修道女の薔薇

キャロル・オコンネル

消えた修道女をさがしてほしい――マロリーのもとに一件の訴えが持ちこまれる。驚いたことに、同じころ、彼女の甥と思われる盲目の少年が姿を消していた。そして数日後、修道女は意外なところで発見される。元投資ブローカーである市長の官邸の正面階段下に置かれた四体の死体、その中に彼女もいたのだ。四人の被害者につながりは見つからない。市長に恨みをもつ者の仕業か？　一方、消えた少年は一人の男に囚われていた。盲目の少年に脱出の機会はあるのか。初期の名作を彷彿とさせる、心を打つラストが印象的な、マロリー・シリーズ最新作登場。

登場人物

キャシー・マロリー……ニューヨーク市警ソーホー署巡査部長
ルイ・マーコヴィッツ……マロリーの里親。故人
ヘレン……ルイの妻。故人
ライカー……ソーホー署巡査部長。マロリーの相棒
チャールズ・バトラー……マロリーの友人。コンサルタント
ジャック・コフィー……ソーホー署警部補
ジェイノス
ルビン・ワシントン
ゴンザレス
サンガー
ロナハン
……同、刑事
ヘラー……同、鑑識課長
ジョセフ（ジョー）・ゴダード……ニューヨーク市警刑事局長
エドワード・スロープ……検視局長。マーコヴィッツの旧友
デイヴィッド・カプラン……マーコヴィッツの旧友。ラビ
アンジェラ（アンジー）・クウィル〔シスター・マイケル〕……修道女

ジョーナ……アンジェラの甥。盲目の少年
ハロルド……アンジェラの弟、ジョーナの叔父
ミセス・クウィル……アンジェラとハロルドの母
アルバート・コステロ……セント・マークス・プレイスのアパートの住人
ブレナー神父……司教
デュポン神父……枢機卿のスタッフ
チェスター・マーシュ……証券取引委員会（ＳＥＣ）の元弁護士
ジョーイ・コリアー……元タトゥー職人
アンドルー・ポーク……ニューヨーク市長。元投資ブローカー
サミュエル・タッカー（タック）……市長補佐官
ジョナサン・ライト……
アマンダ・ライト……
ゼルダ・オクスリー……
スーザン・チェイス……
マーティン・グロス……
ドウェイン・ブロックス……
（以上）ポークの仲介で損失を受けた投資家
ゲイル・ローリー……殺人の仲介人
イグネイシャス（イギー）・コンロイ……殺し屋

修道女の薔薇（ばら）

キャロル・オコンネル
務　台　夏　子　訳

創元推理文庫

BLIND SIGHT

by

Carol O'Connell

This book is published in Japan
by TOKYO SOGENSHA Co., Ltd.
Japanese translation rights arranged with G. P. Putnam's Sons,
an imprint of Penguin Publishing Group,
a division of Penguin Random House LLC
through Tuttle-Mori Agency, Inc., Tokyo

修道女の薔薇（ばら）

地元の書店をご愛顧ください……お願いします。

インターネットで復活した地下出版活動だけでは、充分とは言えません。かつて市場だった焼け野原に、ぽつんと一軒、店がある——そんな未来では、さまざまなアイデアが生き延び、明るく輝きつづけることはできないのです。

——キャロル・オコンネル

謝辞

全米盲人連盟のマーク・モーラー会長には、用語のことを含め、大変ご親切にご助言をいただきました。会長は盲人を〝盲人〟と呼びます（政治的に妥当（ポリティカリー・コレクト）な人々のみが知る理由から、この語を避けるために編み出された諸々の言葉よりも、実際的な呼びかたとして）。わたしの友人のリチャード・ヒューズはこの小説の第一草稿を読んでくれました。彼の無類のこきおろしと皮肉に感謝します。また、超一流のリサーチャーであるもうひとりの旧友、ダイアン・バークにもお礼を申し上げます。〝薔薇（ばら）を知る〟ケン・ゲイツには、特別な感謝を捧げます。また、わたしは故ドクター・ケネス・ジャーニガンにもご恩があります。この小説から何を除くべきかという点で、彼は死後にわたしのガイドとなってくださいました。生来盲目だったこのかたは、その著書『盲目ということ――文学はわれわれの敵なのか？』において、著作家たちの紋切り型の表現を罵倒（ばとう）しています。わたしはそれを読み、表現の洗練をめざしました。

プロローグ

変わった人間は、この近隣ではめずらしくもない。それでも彼女が歩いていくと、地元民は振り返った。その他の連中、観光客たちが見ているのは、過去の暮らしを偲ばせるランドマークのみ。彼らは、いまこの瞬間、まわりで起きていることにはほとんど関心がなく、それゆえ、黒いローブをまとったその女もふつうに通り過ぎていった。よく見えるところを。目につかないまま。

セント・マークス・プレイスの青空のもと、商店やカフェはすでに営業を始めている。彼ら観光客の第一波、十人ほどの団体は、ガイドのまわりに群がっていた。ガイドが語っているのは、この近隣がとんがっていて、危険で、クスリ漬けで——楽しかった過ぎし時代のこと、町の三ブロックにわたり夜の空気がマリファナでぷんぷんにおっていたころのことだ。「当時は、葉っぱを買う必要などありませんでした」ガイドは言った。「ただ深く息を吸いこめば、酔っ払えたのです。まあ、何年もパーティーがつづいていたようなものですね」

「何十年もさ」白髪頭の太ったニューヨーカーが、口を出した。この男は、その長い人生を通じてずっと、そこにある家族経営の食料雑貨店（ボデガ）の上に住んでいるのだ。彼はツアーの一行に背を向け、店の壁に向かうと、キーキーきしるクランクを何度かすばやく回した。縞模様の日除けが下りてきて、店先の花の陳列台に日陰が作られた。歩道が狭いので、台の奥行きは浅い。ツアーの一行が移動しはじめると、スニーカーやサンダルで歩道はふさがれた。

通過する車は、徒歩で行く老いたロックンローラーふたりと路面の共有を強いられている。ボデガの店主は、そういった連中を見る目があった。巡礼者——店主は彼らをそう呼ぶ。ふたりは、彼らの聖地、ある褐色砂岩の家の写真を撮るために立ち止まった。その建物は、レコード盤の音楽と、このふたりの若かりしころすでに古かった数々の歌の時代に、アルバムのカバーに登場したのだ。

日除けの陰から足を踏み出し、老店主は空を見あげた。雲ひとつない。万引きをする子供らがまだ教室に収監されているこういった初夏の日々を、彼はどれほど愛していることか。目の隅に動きをとらえ、店主は何か黒っぽいものがこちらに向かってくるのを知った。そしてこれ——今朝のこの最初の驚きは、彼の顔を大きくほころばせた。

「アンジー！」いったい何年ぶりだろう？「すっかり大人になったねえ！」この大嘘つきめ。アンジェラ・クウィルは一日も年を取っていない。いまでは彼女も二十代だが、その大きな灰色の目は、それに合うサイズにまだ育っていない子供の目だった。

強い抱擁から娘を解放すると、店主は一歩うしろにさがって、彼女の服装をしげしげと見つめた。ベール——これさえももう、彼女の商売につきものとは言えない。では、それ以外の部分は？　彼女の顔は白いかぶりものに縁取られている。大きな黒いローブは、彼女が三人いても着られるほど、生地がたっぷりしている。しかもその丈は、足まで隠すのに充分だ。聖女の裾のラインが高くなったこの時代に、それはいかにも場ちがいだった。

店主は補聴器をはずして、音量を調節し、キーンという音を抑えた。「なんだって？　もう一遍、言っとくれ」ああ、この子は修道院住まいの尼僧なのか。自分ならこの子にそんな道は選ばせまいに。そういう女たちは、世界から隔絶され、死ぬまで壁の内側で過ごすのだから。

それでも彼女はここにいる——町なかを歩き回っているのだ。これはどういうことだろう？いったい何を——

彼女は花を買いたいと言った。だが、彼の店先の花はどれも一ダースずつ包んでブーケにしてある。二本だけ薔薇(ばら)を売ってもらえませんか？　二本分のお金しかないので。

「あんたにかい？　ほら」彼は赤い花を二ダース、娘の腕にかかえこませた——彼女との再会がうれしくてたまらずに。「金をもらう気はないからな」ふたりはしばらく話をした。店主の言葉はどれも、「思い出すねえ——」で始まった。まだ十歳のとき、アンジーは彼のフラワー・ガールだった。彼女こそ、店先で花を売るというアイデアの源なのだ。草木を枯らす秋の霜のあと、少女は彼の住居である二階の窓台のプランターから薔薇の木々を引き取った。そしてつぎの春、その莢の果実を若木の鉢植えというかたちで、彼に渡したのだ。今日、彼の植物や切り花はみなトラックで運ばれてくる。それでは同じとは言えない——枯れ木から薔薇たちを連れもどしてくれる賢い子供ほど魅力的ではない。

いま何時かしら？

「行かなきゃならないのかい？　もう？」お客の来店で、彼の注意が——ほんの一瞬だけ——それた。話をつづけようと顔をもどしたとき、アンジーはもうかたわらにいなかった。その姿はどこにもない。さよならも言わずに、ひどいじゃないか。それに彼女は花も持っていかなかった。二十四本全部は。持っていったのは二本だけだ。そして、あとにはドル紙幣が何枚か残されていた。店主の目が通りを見回す。誰もが脚を出しているこの季節、彼女の長い黒のローブは目立つはずだ。

ああ、だめか。ヒューッ。消えてしまった。しかも瞬時に。いったいぜんたいどうやって——

女の悲鳴があがった。

アンジーか？　まさかそんな！

ギャアギャアうるさい十代の少女らの一団が、黄色い声で笑いながら、こちらにやって来る。なんてやかましいんだ。彼は補聴器の音量を下げた。そして先刻の悲鳴は、少女らのものとみなされた。くそガキどもが。連中は他人様（ひとさま）の心臓を止めかねない。

「みなさん、ご注目を」観光ツアーの一行は空き店舗の前で停止し、ガイドは道の向こう側に立つアパートメントの住宅を指さした。

その二階の住人、引きこもりの年寄りは、ガイドが自分を指しているのかと思った。だがちがった。彼は、かつてここに住んでいた、世を去って久しいある詩人の名を唱えた。老婦人は、観光客が早く行ってしまうよう念じた。連中は眺めの妨げになる。

車椅子のこの女は時計の奴隷だ。そして、窓辺でのいつものひととき——軽い朝食とクロスワードパズルのための時間は、まだきっかり五十分残っている。それに彼女は、向かい側の歩道に立つ老人と秘かに交際しているのだ。彼とはもう何年も言葉を交わしたことがない。しかし彼女はセント・マークス・プレイスの古顔であり、彼の名を知る数少ない人間のひとりでもある。男の名はアルバート・コステロ。かつては元気で話し好きな男だった。現在の彼は隠遁者だが、それでも外出の習慣はある。だから彼女は、毎朝九時に彼がどこにいるか正確に知っている。彼女が車椅子で窓辺に行くと、道の向こうには必ず——

あら！　あの老いぼれの痩せっぽちはどこなの？

パズルの空欄のいくつかを埋めるため、彼女はしばらく窓から目を離していた。その数秒のあいだに、彼女のお相手は消えたのだった。街灯のそばの持ち場を離れ——ふたりのひとときが終わるずっと前に。

いったいどこに行ってしまったんだろう？　アルバートは彼女と同じくらい年老いている。そんなにすばやく動けるわけはない。本人の住むアパートメントの入口まで行くのも無理だ。彼女は下の歩道の観光客の流れに目を走らせたが、あの愛しい禿げ頭はそこを泳いではいなかった。

うーん、なんとも不可解。パズルは好きだけど、これは気がかりだ。

通りであがった女の悲鳴には、そこまで興味は引かれなかった。

ツアーのガイドは、ある衣料品店に顔を向けた。「あの店はかつてジャズクラブだったのです。チャーリー・パーカーもそこで演奏しました。史上最高のサックス奏者ですよ」彼のグループは立ち止まって、もはやそこにない有名なナイトスポットの写真をパチパチと撮った。

そしていま、この一行は、ブルージーンズの若者の注意を引いている。彼は歩道に立って、腰にエプロンを結ぼうとしていた。この近所では昼前の売り上げはいくらにもならない。だが、彼はこのくそ観光客どもがカフェに押しかけてくる前に、ぜひともタバコを一服したいのだった。ゲッ、連中がこちらに向かってくる。もう遅すぎるのか？　いや、まだひと吸い、うまくすればふた吸いする時間はある。口からタバコをぶら下げ、ウェイターは煉瓦(れんが)の壁にもたれてマッチを擦った。角を回って現れたひとりの子供を、彼は見つめた。白杖(はくじょう)で舗装路をたたく盲目の少年――学校はサボっているわけだ。いいぞ、チビすけ。そのとき、手品師の早業により、少年の杖がパタパタと縮んで短い棒になった。

やるね。あの子は実は盲目ですらないのでは？　足もとがあんなに確かということは、偽物か、セント・マークス・プレイスをよほど歩き慣れているかだ。

女の悲鳴があがった。しかし、近づいてくる観光ツアーの一行のなかに、振り返って見る者はない。そう、この連中の意識は一点に集中している。空っぽの腹に。それに、血による裏打ちのない悲鳴は、単なる街の騒音として無視される。

ツアーの一行がウェイターの視界を通過した――

盲目の少年は消えていた。ついさっきそこにいたのに――もういない。きっと建物のどれかの入口をくぐったのだろう。それでも、この消滅のイリュージョンは、ふたつめの早業として、ウェイターの心に残った。


信じがたいことに、観光客の一団は何ひとつ目撃しなかった。歩道から流れ出て、狭い道を渡ってくるとき、彼らの目はそれぞれ別のどこかに向けられていたのだ。

ボラボラ島から来たその婦人は、カフェに入ってくる彼らを見つめた。空腹ではあったが、朝食は息子が来るまで待つつもりだった。婦人は、彼の大学がある方角――西に目を向けた。息子の姿は見当たらない。だが、わたしの学生王子はどこなの？ 婦人はタヒチ語とフランス語を話せる。それに日本語も少し。だが、アメリカ人に理解できそうな言葉はまったく知らない。だからこの一週間、彼女のいちばん上の子は、この地における彼女のガイドだった。いま、彼は待ち合わせに遅れている。親子は、母親が空港に向かう前にもう一度、食事をともにし、キスでお別れする予定なのだった。

別に待つのはかまわない。南太平洋の故郷は実に美しい、平和に満ちた場所だが、この別の島、マンハッタンは目を奪うアクションの展示場、街の劇場なのだ。通訳してくれる息子がいないと、演目のいくつかは決まって理解不能となる。そして最新のやつは、瞬時に終わってしまい、ふたりの人間が消え失せた。

長旅を終え、故郷に帰り着いたとき、彼女は歩道で展開されたこのドラマを物語る。いちばん下の子供、怖い話が何より好きな男の子のために、すばらしい寓話に作り替えて。「道の上を飛んできたんだよ」彼女は子供に言う。「走っていた女の長い黒のローブが風で広がって黒い翼になったの」

怒りに駆られ、セント・マークス・プレイスの〝バード・ウーマン〟は、筋骨たくましいひとりの男に襲いかかって、その背中にとりついた（この部分は本当だ）。「鉤爪が食いこんでね、女の黒い翼はバタバタはためいていたよ。男は両手を振り回していた」男と巨大鳥が消えたのは、その緊迫した闘いがまだ始まったばかりのとき――ほんの一瞬後のことだ。通過する団体観光客という、束の間引かれた幕の陰で、ふたりは消滅した。そのためそれは、〝バード・ウーマン〟が鉤爪で獲物をつかんで飛び去った結果のように見えた。

しかし実のところ、巨大鳥の勝利の叫びを耳にしたとき、ボラボラ島のこの婦人は空を見あげてはいない。その叫びは、上空から聞こえてきたわけではないのだ。それでも彼女は、物語を成り立たせるために、その瞬間に働いていた魔法のロジックに従うだろう。

第一章

彼がなぜここに来たのか、もしも知ったら、室内の男たちはみな、入室を差し止めたにちがいない。

放浪の旅は、その朝、このソーホー警察署から半マイルも離れていないセント・マークス・プレイスで始まった。そしていまは、もう夜だ。背の高い汚れた窓の列は、鏡としての機能には乏しく、映っているのは彼の白髪と顔のみ。黒いカソックは見えないため、ブレナー神父の首は宙に浮いて刑事部屋を移動していくように見えた。それも、ゆっくりと――彼のミッションは急を要するものだというのに。

高い天井には長い蛍光灯の管が渡されており、うち何本かは、不規則にパチパチいいながら、間欠的に点滅している。電話機の多くは、保留にされた人々を示す小さな信号、赤いライトで輝いている。デスクの半数は疲れた刑事たちに占められており、彼らはコーヒーを飲んだり、キーボードを打ったり、仲間内で話をしたりしていた。

すべての会話がやんだ。

あちこちで顔が上がって、通路を行く彼に注目する。そして、この老神父がキャシー・マロリーのデスクに向かっていることがはっきりすると、男のひとりは身をすくめた。

当然だな。

ブレナー神父は、彼女を呼ぶときは忘れずにマロリー刑事と呼ぶよう、自らに言い聞かせた。彼女が神父の教区学校の生徒だったとき、彼は気安く接する権利をすべて失ったのだ。その学校に彼女を入れたのは、彼女の養母、ヘレン・マーコヴィッツだ。あの善良な女性は、キャシーはカソリックの家庭に生まれたのではないかと考えたのだ。だが、ヘレンとその夫に推測できたのは、そこまでだった。あの女の子は、手がかりになることを何ひとつふたりに語らなかった。自分の本当の年齢さえも。神父の執務室で初めて顔を合わせたとき、彼女が十歳だった可能性はある。しかし十一ということはない。入学願書では、そうなっていたが。

子供は、ボッティチェリの小さな天使の扮装で、彼の前に差し出された。あの日、背後から陽光を浴び、彼女の金色の巻き毛は光輪さながらに輝いていた。

ここで彼は、回想を中断し、足を止めた。

そう、あの初期の印象には、〝呪われた〟という語がぴったりだ。二度目に見たとき、天使という彼のイメージは相当の打撃を受けた。その釣りあがった切れ長な目は、自然界にはない、神の仕事ではない色調の緑だった。彼女が成長し、銃を携行するようになるはるか前のそのときさえ、神父はこの子は危険だと直感した。もうひとつの初期の指標は、教師の尼僧だった。彼女は片足が不自由になり、それを以てキャシーの最後の学期には終止符が打たれたのだ。

神父はいまも自らの罪を背負っている。彼はシスター・ウルスラの奇行に対し盲目だった。いや、あれは虐待と呼ぶべきだ。頭のおかしい老女。

初めてこの警察署を訪れたとき、彼はマーコヴィッツ警視の養女を伴っていた。それは、子供の手首のギプスについて――そして、尼僧の病院行きについて説明するためだった。話し合いはうまくいかなかった。学生の掟、〝汝、チクるなかれ〟に従い、キャシーはシスター・ウルスラの暴力を認めることを拒んだ。子供の決意を尊重し、警視はその日は痛み分けとした。「うちの子は手首を折り、その尼さんは脚を傷めたってことで」しかしキャシーの耳に届かないところで、ルイ・マーコヴィッツは神父に怒りの選択肢を突きつけた。「その尼さんを頭の病院に入れるか、犬みたいに眠らせるか。どっちか選ぶんだ！」

ブレナー神父は病院を選んだ。

今夜、彼の眼鏡は汗でずり落ちかけている。この部屋を縦断している時間、成長したキャシー・マロリーに会うまでの時間が、ものすごく長く思えた。もう一度、彼女に会いたいという彼の思いはそれほどに強いのだ。神父は下の階の入口で、通りかかった彼女の上司と話をした。コフィー警部補は、訪問者用バッジというルールを免除し、重大犯罪課に通じる階段を指し示してくれた。だから神父はこう思ってもよいはずだ。自分はこの若い女を前触れなしに襲い――彼女の意表を突こうとしている。

馬鹿げた考えだろうか？　ああ、そうとも。

子供のころ、彼女は、この子の視野は本人の頭のうしろまで――さらに不気味なことに――彼の頭の内部にまで及ぶのだという不吉なイメージを抱かせたものだ。彼はこの幻想を彼女にまつわる他の神話とともに蓄えている。何ページもある本のなかに。

それは聖なる書ではない。

目下のところ、そのブルージーンズの若い刑事は、ごく正常に見える。ただし、公僕にしては、ずいぶんと身なりがよいが。少年時代、神父は父親の仕立て屋で働いていた。だから、彼女の椅子の背にかかっているみごとなリネンのブレザーのもののよさはよくわかった。服に関しては相当な目利きなので、彼女のTシャツのシルクのグレードを保証することさえできた。キャシー・マロリーの目はコンピューターの輝く画面に注がれていた。デスクのランプの光がまたしても彼女に光輪を与えているが、神父はそれにだまされる段階はもうとうに過ぎている。彼が近づいたとき、彼女は自然なかたちでは振り返らなかった。その黄金色の頭は——機械のように——回転したのだ。それに彼女は、彼の目を見あげもしなかった。誰なのか認知した様子はない。彼は神父のカラーを付けた家具も同然だった。これは、彼女の昔ながらの冷たい特性、かつて彼の心をかき乱した奇癖だ。この子は他の子とはちがう、人ではない、心臓もなく、脈もないのだ——彼はそんな考えを抱いたものだ。

もっと世俗的な意味でも、二十代半ばの彼女は昔とあまり変わっていない。高い頬骨はより際立っているものの、その他の点では、これはあの子供の背の高いレプリカ、乳白色の肌もキューピッドの弓の形の唇もそのままだ。彼はときどき考える。何よりもあの美しい顔こそが、キャシーとは正反対の醜いもの、シスター・ウルスラの不満の種だったのではないか？　そう、それがあの老女を駆り立てたのだろう。あの尼僧は、痛みを与えることを肉欲の誘惑を抑える手段と考え、小さな女の子の罪を罰しようと——

「すわって、ブレナー神父」キャシー・マロリーのかすかな笑いは、地獄へようこそと彼に言っていた。自明のことだが、もし彼女が彼に会えて少しでも喜んでいるとしたら、それは彼の魂を弄ぶという気晴らしが好きだからにすぎない。つまり彼女は、それだけの力が自分にあると思っているわけだ。

しかし……ないと言えるだろうか？　彼は従順にデスクの横の木の椅子にすわった。

「今夜はどうしてここに？」そのなめらかな声に、抑揚というヒントはなかった。彼女の赤い爪のほうがより雄弁だ。それはデスクをトントンと連打し、自分の邪魔をする理由をさっさと話せと促している。

彼女の宿敵、シスター・ウルスラが死んだという報せから始めようかと思ったが、神父が口を開くより早く、彼女は彼の心を読んで言った。「ご愁傷さま」尼僧の死に対するこの悔やみを述べるとき、彼女の顔には純然たる喜びの表情があった。猫がネズミをくわえて――その背中を歯で嚙み砕く直前に――笑うとしたら、ちょうどこんな顔になるのだろう。憐みはない。許しもない。

驚くには当たらないが。

「わたしは別の尼僧のことで来たんだ」彼は言った。「若い尼僧、きみくらいの年の人だよ。彼女のことが心配でね」この話に同情は期待できない。彼としてはただ、興味をそそれるよう願うばかりだった。「シスター・マイケルはきのういなくなった。失踪課にはすでに届が出ているよ。彼らは、調べようと言った……それがどういう意味かはわかっているがね」さよなら、シスター、どうか幸運を。「しかし、彼女は誘拐されたものとわたしは思っている」

「じゃあ、身代金の要求があったのね？」興味なげに、刑事はノートパソコンの画面に注意をもどした。話は終わったという合図。そのうえに、彼女は言った。「重犯捜査課に行きなさい。その件は彼らが担当する。うちの課は殺人事件を扱うの」

なおかつ、彼女の興味を引くには、殺人が二件以上必要だろう。長年にわたり、ニューヨーク市警での彼女のキャリアを見守ってきて、神父は学んでいた。重大犯罪課は、死体の数の多い事件、ニューヨーク・シティのとりわけ凄惨な殺しを扱うことで有名なのだ。

「身代金？」彼は、計算されたどっちつかずの表現で頭を掻いた。「それはどうかわからないが」

「脅迫状はなし？　電話も？」彼女は目を細めて、もう一度、彼に顔を向けた。「だったらなぜ、誘拐だと思うんです？」明らかに彼女は神父を信じていないのだ。

ようし。これで彼女の注意を引きつけておける。おお、嘘を看破し、彼を身悶えさせる絶好のチャンス。彼女はそれがしたくてしょうがないだろう。「わたしが知っていることは、これだけだよ」彼は言った。「シスター・マイケルは、セント・マークス・プレイスの母親のうちに行く途中だった。彼女は朝、出発したが、そこまでたどり着かなかった。これはきのうのことだ。そしてきみもわたしも知っている。失踪課は彼女をさがしてはいない」

「失踪課は家出人まみれだから」満足した猫の緩慢な瞬きよろしく、彼女の目が閉じる。そして彼は、自分が彼女をつかまえたことを知った。というのも、さりげなくこう付け加えたとき、彼女が無害を装っていたからだ。「古い生活を捨てて消える人はあとを絶たないんです」

「聖職を離れたかったなら、彼女はふつうの服を着ていたはずだよ。これではなくね」神父はデスクの上にスナップ写真を置いた。手に持っていたせいで、それは少し湿っていた。彼はきょう一日、その写真を持ち歩いていたのだ。そこには、修道女の長いローブとベールをまとった若い女が写っている。「それに、彼女が母親のうちの近所で赤い薔薇を二本、買ったことをわたしは知っている。花を売った男性と話をしたのでね――」ああ、まずい、彼女が退屈している。では、そろそろとっておきの情報を。「シスター・マイケルの母親に市長とのつながりなどあるわけがない。この点は確かだ……しかし、あの男は失踪課に届が出される以前に、この失踪のことを知っていたよ」

彼女はこの部分を気に入るだろう。そう思ったが、本当のところどうなのかは計りかねた。彼女は緊張している。まるでぜんまいで巻かれて、いまにも――

彼女が大きく身を乗り出した。そして鞭をふるう速さで、彼はさっと身を引いた。

「それ以外には何を失踪課に隠しているんです？　あの連中は馬鹿じゃない。ちゃんとすべて話していれば――」

「届を出したのはわたしではないんだ……わたしはシスター・マイケルの知り合いでさえないんだよ」

彼女の目がきらりと光った。〝ユリーカ！〟の瞬間か？

「つまり、教会が警官を物色しているわけね」彼女は言った。「汚い部分にうまく対応してくれる刑事を求めて……彼らがあなたを選んだのは、だからなんですか？　わたしが子供のころ、わたしたちが温かな親しい関係にあったから？」

いくつかの点では、よい推理だ。「わたしは重犯捜査課も訪ねた」彼は言った。「あそこの刑事には、五分で送り返されたよ。誘拐の証拠がない。彼はそう言って——」

「あなたは、証拠はあると思っている。わたしならそれをつかめると思っている。つまり、身代金の要求はあったわけです」その口調は、おまえは嘘をついていると彼を非難していた。明白な警告。これは警察署における告白の時間なのだ。「あなたはどこから情報を得ているんです、神父さん？　ポーク市長は司教より低い地位の司祭とはゴルフをしない。誰があなたに、市長はすでにその件を知っていると——」

「名前は言えないんだ」

「いいえ、言える！」句読点として、彼女の拳がドンとデスクをたたいた。「あなたにはいま、守秘義務はないはずよ」突如表れた怒りの表情が、スイッチの切り替えで、瞬時にあきらめの色に変わった。これもやはりまやかしの仮面にちがいないが。「オーケー。これだけ教えてください。市の政治家たちと話をするのは、教会のどの政治家なのか。それなら他の神父を裏切ることにならないでしょう？」

そう、それならいいだろう。「デュポン神父が枢機卿のスタッフになっているね。たぶん彼が——」

「その尼僧の名前は?」彼女はコンピューターの画面に顔を向けた。

「さっき言ったろう。シスター——」

「いいや、本当の名前よ」

シスターが最後の誓いとともに選んだ聖徒の名ではなく。あの大天使という選択は、一尼僧として思い切ったものだ。天国の戦いで善の天使らの鬨(とき)の声となった名を選ぶとは(マイケルは英語読み。大天使ミカエルは、善の天使らの指揮官。天使が善と悪に分かれて戦ったとき、サタンを打ちのめし、天国から追い出した)。「俗世での彼女の名はアンジェラ・クウィルだった」

刑事はキーボードをたたいた。「で、その女性は消え、あなたは結論に飛びついた……でもどんな? 悪魔的な尼僧コレクターにさらわれたとか?」彼女は首をかしげた。こう訊ねたとき、その顔は無邪気のパロディーだった。「それはなぜなんです?」

「やあ、マロリー」まぶたの垂れた男がぶらぶらと近づいてきた。男の黒っぽい髪には、その年齢を彼女の二倍と見積もれるだけの白いものが交じっている。一方の手を上げて、男は彼女の反応を制した。「わかってる。半日ぶりだよな。実は、昼飯を食いにうちに帰ったら、拳銃強盗に出くわしてね。身柄の登録に延々かかっちまったんだ」彼は愛想のよい笑みを神父に向けた。「わたしはバーの上に住んでるんです。店の店主が大家なんですよ。もし現ナマもろとも犯人を取り逃がしたら、家賃が上がっちまうわけです」男はスーツの皺(しわ)くちゃの上着を脱いで、キャシー・マロリーのデスクと向かい合わせにくっつけられたデスクの前にすわった。上着は男の膝から床へとすべり落ち、そこにそのまま放置された。

几帳面な男ではない。

安物のスーツはまちがいなくシミ抜き剤のにおいがするものの、男の靴はここ何十年か磨かれていない。服に欠陥のあるこの刑事は、ライカーと名乗った。「わたしは彼女の相棒なんです。ご用件は、牧師さん？」

カソリック教徒ではない。

ブレナー神父はカソックのポケットから折りたたんだ紙を一枚、取り出した。粒子の粗い尼僧の写真の上で太い文字が呼びかけている——この女性を知りませんか？　これは、ひと目でわかる、神父の使命の表明だ。彼はそれを男に手渡した。

「それが最後の一枚です。あちこちの店のウィンドウに貼ってきたんですが」シスター・マイケルの写真は、正確に言えば、彼女の着ているものの写真だった。シスターの顔はフレーム内のもっとも小さな要素であり、神父はそれが公衆の記憶に残るとは思っていない。しかし彼女の長いローブとベールは、町なかではめったに見ないものだろう。

「ドレスコードに忠実な尼さんか」ライカーが言った。「この暑さのなか、こういう格好でいるのは、地獄だろうな。ブルックリン修道院の人ですか？」

「いや、セント・バーナディン修道院です。約六十マイル北ですよ。尼僧たちにはウェブサイトとトラクターがありますが、その他の点では、彼女らは何世紀も前の伝統を守っています。わたしたちには、他の服を着たシスター・マイケルの写真は一枚もありません。それに力になれる家族も——」

「でも母親は生きている」キャシー・マロリーは笑みを浮かべ、またひとつ嘘を見破ったことを伝えた。神父はまだ虚偽の供述などひとつもしていないのだが。「神父さんは言いましたよね。その尼僧は、母親のうちに行く途中――」

「その母親も、わたしがポスターに使ったのと同じ写真しか持っていないんだ。今朝、本人を訪ねてみたがね」

ライカー刑事は大きく腕を伸ばして、尼僧のポスターを持った。遠近両用眼鏡をかけるべき人間の距離だ。眉を寄せ、目を細めて、彼は訊ねた。「この顔は――」男が相棒に目をやる。まるでこの半端な問いかけの答えが彼女にあるかのように。

事実、彼女には答えがあった。ノートパソコンがライカーのほうに向けられ、ブレナー神父は、全画面表示のシスター・マイケルを目にした。身に着けた赤いキャミソールは破れ、一本の華奢(きゃしゃ)なひもで痣(あざ)のある一方の肩からぶら下がっている。メイクはどぎつく、黒っぽい髪はつんつん立てて、ところどころパープルに染めてある。

それは古い逮捕者の顔写真だった。

キャシー・マロリーは、ごく軽い好奇心を装い、眉を上げた。「訳ありの尼僧?」

ライカー刑事はじっと画像を見つめた。それは太い大文字で女の名を明かしている。「クウィルだと!」彼はポスターを見おろし、尼僧が消えた日の日付をたたいた。「同じ日にクウィルがふたり失踪したのか?」

あと少しだ。

ライカー刑事はパトカーの後部座席に乗せてもらってソーホーを出、目下ミッドタウンの摩天楼のなかをゆっくり北に向かっている。めざすは、アッパー・イーストサイド、さらわれた少年の捜索活動の中心部だ。

彼の相棒は、行方不明のもうひとりのクウィル、ジョーナのことに触れないまま、いつまでブレナー神父を弄ぶ気だったのだろう？　ライカーは神父に要らぬ同情など一切していない。あの老人は重大犯罪課のドアに入ってくる前から、何に向き合うことになるかわかっていたはずなのだ。

キャシー・マロリーは――特別だ。

車が角を曲がったとき、ライカーは路傍の馴染みの顔に気づいて、前部座席のパトロール警官らのほうに身を乗り出した。「なあ。ここで降ろしてくれ」

運転者はこの管区の警察署の半ブロック手前で車を止め、ライカーは歩道へと出ていって古い友人と握手を交わした。相手は彼と同じ巡査部長だが、所属は刑事局ではない。マーレイはいまも制服を着ており、目下、ジョーナ・クウィルの自宅近隣の聞き込みを指揮しているのだった。

いつものやりとり、〝おまえの汚ねえ面を見られてうれしいよ〟〝調子はどうだ？〟のあと、ライカーは、誘拐の情報がなぜ記者たちに提供されていないかを教わった。「その子供の叔父さんは大金持ちなんだよ」マーレイは言った。だから、身代金の要求を見込んで、犯行は公表されていない。そして、記者連中に情報が漏れる恐れはない。市警長官が、公的にはメディアへの協力依頼として知られる伝統の手続き、人間の内密の部分に対する露骨な脅迫により、町じゅうの報道発信源に脅しをかけたのだから。

ライカーはスーツの上着を腕にかけ、マーレイ巡査部長と並んで東六十七番ストリートを歩いていった。ふたりは、リードでグレートデーンを連れている女に追い越された。刑事は思わず考えてしまった。ポニー並みにでかい犬を飼っておけるとは、あのご婦人はどれだけ広いアパートメントに住んでいるんだ？　床面積はいったい何エーカーだろう？　ダウンタウンのハウストン・ストリート以南では、バスタブがキッチンのなかにないというだけの理由で、このライカーが上昇志向の強いやつとみなされるのだが。

地元の警察署に入っていきながら、彼は尼僧のポスターをマーレイに渡した。この署の建物は、一八〇〇年代に建てられた歴史的建造物だ。ライカー自身の署のほうも築一世紀以上だが、ここまで壮大ではない。これは、町の大邸宅を模し、第十九管区の百万長者まみれの地帯に溶けこむよう作られた建物なのだ。だが、この近隣には趣きもなければ、音楽もない。なにがしかの歴史はあるのだろうが、ライカーは知らないし、関心もない。この地区について歌ったロックンローラーはひとりもおらず、彼にしてみれば、それがすべてを物語っているのだ。

ライカーほど見栄っ張りではないマーレイ巡査部長は、遠近両用眼鏡をかけて、ポスターのなかの小さな顔をじっくりと観察した。「なんてこった。尼僧のことなんぞ、誰もおれたちに話しちゃくれなかったぞ……この人はジョーナそっくりだよ」先に立って階段をのぼっていきながら、彼は肩越しにライカーに話しかけた。「おれたちが何を聞いてたか教えてやろう。ダウンタウンの警官どもは、白杖で路面をたたきながら歩いている目の見えない子供の目撃情報を報告してきた。それらの情報は、少年がその朝、イースト・ヴィレッジにいたことを示している。だがおれたちは、ブロンクスとクイーンズでも別の目撃情報を得ている」

「イースト・ヴィレッジの情報は、シスター・マイケルのと整合するな」ライカーは言った。

「彼女はその朝、九時ごろに、セント・マークス・プレイスで花を買っているんだよ」

「なるほど。そいつは手がかりになるな」マーレイ巡査部長はポスターを持ちあげて、再度、眺めた。「失踪課の連中は何やってるんだ？　同じポスターがこっちにも来てなきゃおかしいだろ。この尼僧、笑いかたまであの子供とおんなじだよ」

「凡ミスは起きるもんさ」

巡査部長はうなずいた。確かにな、兄弟。それから彼は、階段をのぼりきった先の閉じたドアの前で足を止めた。「彼はここだよ」

ライカーがなかの男を秘かに見られるよう、ドアが数インチ開かれた。年齢はライカーの半分ほどか。紙コップやテイクアウトの容器、ペンや黄色い剝ぎ取り式ノートで散らかった会議テーブルの向こう端に、若者はすわっていた。その頭は垂れ、両手は祈りの形にぎゅっと組み合わされて、関節が白くなっている。

マーレイが声を低く保って言った。「子供の叔父さん、ハロルド・クウィルだ。うちに帰ろうとしなくてな。いいか、あんまり期待するなよ。いまは放心状態なんだから。甥っ子が消えてから一睡もしていないんだからな」

瘦身、黒髪のクウィルは、無精髭を生やしていた。また、高級スーツの皺のほうも、できはじめてしばらくになる。刑事と巡査部長が部屋に入ると、男は少年と尼僧のあの目、黒い睫毛に縁取られた灰色の大きな目でふたりを見あげた。ただし彼の目は、そこに誰も宿していない虚ろな色をたたえている。その肌にはまったく血の気がなかった。風のひと吹きで、彼は倒れてしまいそうだが、倒れたところで本人は気づきもしないだろう。

ライカーは以前にもこれを見たことがある――我が子が行方不明になったときの、男の残骸を。

マーレイ巡査部長による紹介のあと、刑事は打ちひしがれた叔父の隣にすわった。「で……あなたはアンジェラ・クウィルと血のつながりがある。そうですよね？」

無回答？　この男は、こういう単純な質問に答えるのに法的助言を得なくていいかどうか迷っているんだろうか？　まったく金持ちってやつは。連中は弁護士なしじゃ、電話一本、取れないんじゃないか？

「アンジーはぼくの姉です」ハロルド・クウィルは言った。「彼女は――」

「うん、尼さんですよね。きのうの朝、お姉さんは甥御さんと会う予定だったんですかね？」

「いや！　どうしてそんな――」そうすれば警官が消え失せるとでも思っているのか、クウィルは両手で顔を覆った。そして彼は首を振った。「ぼくは車でジョーナを学校に送り届けた……あの子は教室にいるはずだったんだ」

「尼さんも行方不明なんですよ。いま、わたしの相棒が、ダウンタウンであなたのお母さんから話を聞いているところでね。あなたは――」

「だめだ！」ハロルド・クウィルがライカーの腕をつかんだ。相手の爪が皮膚に食いこんでいることに、刑事は気づかぬふりをした。「約束してください」クウィルは言った。「ぼくがどこに住んでいるか、母には教えないと、約束してください！」

ニューヨーク市警からミセス・クウィルを訪れたのは、これまでのところ、マロリー刑事ただひとりだった。つまり、夫人の息子は、誘拐された甥の祖母がロワー・イーストサイドにいるという事実を警察に言わなかったわけだ。驚きのレベルはこれより落ちるが、娘の失踪に関しては、夫人の供述を求めた者はひとりもなく、電話さえも入っていない。では、いちばんの驚きは？ この女は、家族が減っていく今回の現象をごく平静に受け止めている。まるで、身内がひとりふたり消えるのは日常茶飯事であるかのように。

「わたし、修道院長に電話して、娘の反抗をどう思っているかお話ししたんですよ」声を低くし、母親はつぶやいた。「あのビッチ、あの淫売め」

ご親切な刑事さん、お茶でもいかが？

空気の悪いこの客間は、物を置けるあらゆる場所が、ごちゃごちゃ並ぶ聖人の小像で埋め尽くされていた。室内は、香りつきの奉納ロウソクと、ローズマリーやラベンダーと戦うシナモンの異臭とで、ぷんぷんにおっている。壁面はすべて、キリストの肖像だらけだ。笑っているキリスト、泣いているキリスト。しかし大部分は、手足に釘を打たれ、磔にされて、苦しんでいるキリストであり、ミセス・クウィルへの聴取の基調を定めたのは、これらの像だった。夫人の口は、〝正しい人間〟の永遠に凍りついたへの字形、目は異様に大きく、主の御光でまぶしく輝いていた。

マロリーはソファにすわって、家族の写真のアルバムをぱらぱらと繰っていった。使えない。そこに写る顔のほとんどはえぐり取られていた。ただし、そういった削除すべてに同じ道具が使われているわけではない。なかには、他よりも鋭い刃の痕跡もあった。マロリーの隣には、この一家の骨ばった女家長が、小綺麗な白のナイトガウンに身を包んですわっている。おしゃべりな皺くちゃ婆は、刑事を案内して一ページずつ進んでいき、これによってマロリーは、最初に切断されたのは夫の像であることを知った。

「あの男が地獄で朽ち果てますように！　彼はわたしに呪われた子供を三人遺していったんですよ」

捨て去られたつぎのものは、金髪の娘のえぐり取られた顔だった。

「ガブリエル。わたしたちは、ガビーと呼んでいました。その写真を撮った当時は、十五歳でしたよ。わたしから逃げ出したのも、同じころです。一年後、その子は私生児を産むときに死にました」ミセス・クウィルは大いに満足そうにそう言った。まるでその死が、婚外で子供を産んだ報いであるかのように。もうひとつ、楽しい秘密を打ち明けるため、女は声を落として、身を寄せてきた。「ガビーの息子は、生まれつき目が見えなかったんです」

もっと年季の入った刑事でも、これにはたじろいだろう。だがマロリーは、また別の、顔のない少女の写真を見おろしただけだった。こちらの少女は黒髪だ。

「ああ、それはアンジーです。もうひとりの商売女ですよ」ミセス・クウィルは骨ばった手を伸ばして、ページをひとつ繰った。そこには、この娘の写る唯一の傷のない写真があった。最近、加えられた一枚。まだ留められていないし、フォトコーナーも付いていない。尼僧のローブを着たシスター・マイケルがカメラに向かっている。「この子は罪を償い、許されたんです……教会によって」その皮肉は、尼僧がまだこの家では許されていないことをほのめかしていた。

ミセス・クウィルの息子、ハロルドの写真はすべて、彼が母親を相手取り、甥の監護権をめぐる訴訟を起こした年に、顔をえぐり取られていた。ガビーの盲目の子供がその甥だ。「かわいそうなジョーナちゃん。連中がわたしからあの子を盗んだんです――ハリーとあのソーシャル・ワーカーの淫売が。いまごろ、あの坊やは罪にまみれていますよ」この子供の写真――わかっていい、かい、かい、かぎりまだ祖母に対してひとつも罪を犯していない幼児期のものは、ナイフによる家族からの削除を免れていた。

狂気と会釈を交わす以上の仲であることを考え、マロリーはこの女に、シスター・マイケルとジョーナの生存の見込みについてどう思っているのか、訊かなくてはならなかった。「ふたりは生きていますか、それとも、もう死んだんでしょうか？」

「死んでいますとも！」断定的なこの一票は、罪の証ではなく、たぶん、尼僧と少年は命を失って当然ではないかという意見だろう。そしてここで、ミセス・クウィルは付け加えた。「死んで、神のみもとにおりますよ」――言いかたに前ほどの熱意はないが、いくらかましな結論だ。

その壁は煉瓦でできていた。ドアは金属製。大人たちは死んでいる。

ジョーナは、十五歩四方のこの冷たい部屋の地図作りに取り組み、両手と両足を大きく広げて歩いていた。吐き気を誘う恐怖。そしていま、嗚咽のもたらす鼻水が鼻を詰まらせ、他の人たちのにおいが薄れた。少年は死体のなかで叔母を見つけたのだ。

手で触れることで、長いローブとベールはすでに確認できていた。でもそれがアンジー叔母さんだとわかったのは、右手の小指によってだ。子供のころに叔母が折ったその指は、関節のところで曲がっている。ジョーナはこの手を何度となく握ってきた。他の手とまちがえるわけはない。

叔母はジョーナが七歳のとき出ていった。五年間、彼は〝叔母さんがもどってくる〟という空想のなかで彼女を待っていた――そしていまここに、彼女はいる。

その曲がった指に、彼はキスした。

壁の上のほうの、彼の手が届かないところで、やかましいモーターがふたたび回りだした。古い機械の死の喘鳴とともに、故障したのか、しかけているのか、部品をカタカタ鳴らし、それでもなお、冷たい風をつぎつぎ送り出している。震えながら、ジョーナは叔母のかたわらに身を横たえた。彼女はなぐさめを与えてくれた。それに、ぬくもりも。その大きなローブには、彼の体まで覆えるだけのゆとりがあった。「ありがとう」

一日の多くの部分が失われつつある。それとも、二日だろうか？ 彼の体内時計は壊れていた。お腹がゴロゴロ鳴っている。でも、食べ物のことを考えると吐きそうになった。脳もイカレちゃったんだろうか？ 知能低下？ いまになってようやく彼は、自分の身に――そして叔母の身に――何があったのか考えることを思いついた。

叔母さんが死ぬなんて、どういうことだ？

アンジー叔母さんは闘いかたを心得ている。ジョーナの人生から出ていくとき、叔母は彼に、爪が出血を引き起こせること、親指が目をえぐり出せること、タマへの蹴りが男にものすごい痛みを与えられることを教えてくれた。そうして叔母さんはドアから出ていき、神の家に行くバスに乗ったのだ。

そのときすでに、将来、何が起こるか――誰がやって来るか、知っていたのだろうか？

叔母さんを殺したやつは、手遅れになるまで、ジョーナを疑わないだろう。あのイカレ野郎のところまでまっすぐ歩いていってやろう。無力なふりをして。ただの子供だよって。そうしておいて、あいつをぶちのめす。殺すのか？ そうさ！ 共用のローブという毛布の下で、ジョーナの拳がワンツーパンチを打つ。怖くなんかない。アンジー叔母さんがそばにいて、彼を温めつづけ、傷の負わせかた、痛みの与えかたを教えてくれているから。この会話の叔母さん側の台詞(せりふ)は、保存してある叔母さんの思い出、叔母さんの音声から作られたものだが、それらの言葉すべてに本物らしい響きがあった。叔母さんがなんと言うか、彼にはすっかりわかっている――

エアコンが停止した。新たな音がする。金属と金属が触れ合う音。ドアの蝶番のきしみ。頭のなかで死んだ女の声が叫ぶ。**あいつよ！**

少年はローブを払いのけて、身を起こした。

足音。重たい音だ。アンジー叔母さんが声を張りあげる。**準備して！**

ジョーナは震えていた。ひどい寒さとパニックが彼を貫いた。心臓がバクバクしている。

部屋に何歩か入ったところで足音が止まった。ジョーナは木馬に乗った幼児みたいに体を揺らした。底の硬い靴が近づいてくる。こちらに――彼を襲いに。**来たよ！** タバコの息のにおいがする。すぐそばだ。いやなにおいの風がひと吹き、顔にかかった。

いまよ！ アンジー叔母さんが叫んだ。

男の低い声、現実の声が言う。「目が見えないんだな」

ジョーナ、やっつけて！

ごめん。ほんとにごめんね。でもそんなこと、できない。彼は怖くてたまらなかった。チャプチャプと音がする小さなボトルが手のなかに押しこまれた。十二歳の少年が大人の男に必ず負ける世の掟をきちんと理解した報酬。**ごめん。**

ボトルの水は妙な味がした。かまうもんか。喉がからからだ。ジョーナはそれを飲んだ。ゴクッと一気に。もう一滴もない。体の揺れの速度が落ち――やがて止まった。恐怖が退いていき、鈍くなり、消え失せる。眠気が忍び寄ってきた。

背後では、男の硬い靴底の音がしている。他の死体をまたいでいるのか？　トントンという軽い音。鈍いきしみ。床をこすってすばやく進む靴。ドアが開いて閉じる。靴が遠ざかり、ふたたびもどってくる――そしてもう一度。またもや足音がし、靴が床をこすり、さらさらと音がする――これはなんだ？

やめて！　ジョーナは首を振り、意識を濁らせる霧を払いのけた。

彼は叔母さんの手に手を伸ばした。いやだ、いやだ、いやだ――叔母さんがずるずる動き、離れていく。その体は、ジョーナが這って追いかけても追いつけないスピードで、床の向こうへと引きずられていった。ひどいよ！　彼は膝立ちになった。精一杯の直立姿勢だ。両の手がぎゅっと固い拳になる。「叔母さんを返して！」

バタン！　ドアが閉まった。

少年はくずおれ、一方に傾いた。急速に眠気が襲ってくる。硬い床にぶつかった痛みなど、彼は少しも感じなかった。それは、猛スピードでせりあがってきて、頭をゴツンとたたいた

――おやすみ！

第二章

カール・シュルツ・パークの木々は、市長官邸、グレイシー邸（マンション）を覆い隠す帳（とばり）となっている。深夜、警報が鳴り響き、いま、この十八世紀の建造物と、隣接するその翼（ウイング）とは、十フィートの支柱に結えつけられたビニールシートに囲われていた。イーストエンド・アベニューの市民らに見えるのは、このカーテンの上にのぞく、増築部分の上半分のみ。ヘルゲイトの川面を見おろす奥のほうの黄色い館は、彼らにはまったく見えない。芝生に積みあげられた複数の死体もだ。

危険物処理班の隊員たちの姿は、半透明のビニール越しに見ることができた。ヘルメットとかさばる白い防護服に身を包み、彼らは動き回っていた。密閉されたその服は、有毒ガスや人食いウイルス、その他、ありとあらゆるものから彼らを護っている。

通りの向こう側の、幅の広い歩道には、よそいきのTシャツや夏のワンピースで着飾った見物客たちがいる。屋台の派手なパラソルの第一号を目にして、人々が拍手すると、あたりはお祭り気分に包まれた。食べ物を商う物売りたちが、公衆の衛生および安全に対するこの新たな脅威に際し、賄（まかな）いに現れたのだ。エプロン姿の男たちが、路肩で売り声をあげ、まずは最前線の人々の注文に応じる。つづいて、後方の腹ぺこのお客らから前へ前へと金が送られ、引き換えにベーグルの袋やコーヒーが彼らの手に届けられた。

ダークスーツの男や女が国家安全保障局の身分証を掲げて、民間人をどなりつけ、立ち止まるなと命じている。当然予想できることだが、これらの政府職員は無視された。防護服の示唆する脅威に、よそ者たちは逃げ出したが、すれっからしの地元民となるとそうはいかない。連中は、ニューヨーク・シティの不慮の死を見るチャンスがあれば、必ず人垣を作る。それに、なんたっていまはブランチの時間なんだし。

叫び立てる政府職員の背後の道路の中央には、制服警官の精鋭部隊が一列に並んで立っている。彼らは全員、薄笑いを浮かべていた。その意味するところは、だから言ったじゃないか、このアホどもめ、だ。ニューヨーク市警(NYPD)は、群衆をコントロールするすべを知っている。連邦政府にその心得がないのは明らかだった。

歩道際に陣取った民間人の何人かは、扇子(せんす)やサンバイザーを商う屋台から買ったキャンバス地のキャンプ・スツールにすわっていた。野次馬の大半は立ったまま、ぼんやり見える危険物処理班の緩慢な動きを目で追っている。そこには、ニューヨーク流の険悪な空気があった。その空気は要求している。なあ、さっさとショーを始めろよ!

野次馬たちのうしろには、刑事がふたり立っていた。一方は、稼ぎの範囲内で暮らす公僕として本人の評判を高める、流行遅れのスーツを着ているが、実を言えば、ライカーは買い物嫌いで、何年もそれを怠(おこた)っているにすぎない。

彼は紳士的に、"お先にどうぞ"の手振りで相棒を促した。これは、密集する野次馬のなかを進んでいく際、長身のマロリーを楔(くさび)として利用するためだ。彼女が通れば、人はたいてい道を空ける。別に、警察バッジや、彼女の注文仕立ての服に——または、靴もひっくるめライカーのクロゼットの中身全部より値が張るランニングシューズに——敬意を抱いてのことではない。このパッケージは確かに、彼女が只者ではないことを告げているが、群衆に対する〝マロリー効果〟はそれを超えるものだ。民間人の不安を——たとえば、いまこの瞬間のように——かきたてたいとき、彼女は人間の偽装をすべて捨て去り、哀れなその野郎へとまっすぐに、まるで相手を突き抜けて進むつもりであるかのように、向かっていく。そして、その男の用心深い後退のダンスを誘発するには、これだけで充分なのだ。

この町では、ちょっと狂気をにおわせれば、大変な敬意が得られる。ただし、重大犯罪課の刑事たちは、キャシー・マロリーの場合、におわせてはいないんじゃないかと疑っている。彼女は本物かもしれないと。ライカーは、彼女自身もこれを知っていて、着るもので自分が汚職警官かもしれないことを宣伝しているのと同様に、その疑いを煽(あお)っているものと見ている。

彼女はゲームが大好きなのだ。しかも、それがとてもうまい。

車道に出たライカーは、政府のスーツ族を無視した。列を作る警官たちの前で面子(メンツ)を失うわけにはいかないのだ。彼は巡査部長の袖章を帯びた制服警官に話しかけた。「どうなってる、マーレイ？　死体の数はわかったかい？」

「ああ、あのなかに四体あるよ」巡査部長は左右の警官たちに目をやり、いまは礼を言ってもらっては困るとライカーに暗に伝えた。尼僧の死体に関し、情報を流したことは内密にしてくれ、と。「防犯カメラは役に立たない——ペイントボールでやられてた。だが、犯人がニューヨーク市警の制服を着ていたことはわかってる。公園の向こう側で、気絶して下着姿で倒れている警官が見つかったんだ」

マロリーは半ブロック先で起きている言い争いに気を取られていた。それは一方的なもののようで、まだ拳は振るわれていないが、その段階に近づきつつあった。ライカーも成り行きを見守った。顔を赤くした政府職員が、つま先立ちになり、いくらかでも背丈を伸ばそうと必死でがんばっている。職員は、相手の男にサイズにおいて負けているのだ。そちらの男のブーツの足もとには、グラッドストン・バッグが置いてあった。検視局長エドワード・スロープは、自らの防護用のヘルメットと手袋をむしり取った。このドクターの怒りはもっと威厳があり——もっと効果的だった。一方の手が上がり、彼より若く背も低い国家安全保障局の男を黙らせる。今度は、ドクターが鬱憤を晴らす番だ。そして、政府職員は踵を下ろした。

「ペテンか」明瞭に聞こえる言葉が一語もなくても、マロリーには検視局長の不満の骨子がつかめた。「防護服の連中は単なる偽装ね」

「おれもそう思う」マーレイが言った。「あそこじゃ何か異様なことが起きてる。だがそれは病原菌や毒ガスとはまったく無関係だな。市長は公園内に人を入れたくないんだろうよ……日曜だってのに。まあ、それはいいんだが」マーレイは、ビニールの幕のほうにうなずいてつづけた。「とにかく、あのピエロどものひとりが危険物処理班を出動させたのさ。それでみんな怯えて逃げ出すと踏んだわけだ」彼は、ベーグルをパクつく歩道の人々を振り返った。「あいつらが怯えてるように見えるか？」

外交は相棒の得意分野ではないので、ライカーが非常事態の茶番を仕切る坊ちゃん職員のところまで歩いていった。刑事は、大人扱いというニンジンをこの若者に与えた。「なあ、兄弟、おまえさんが一杯食わされたのはわかってるがね、八つ当たりはやめとけよ。ここは裏技が必要だ。とにかく、防護服どもを撤収させて、引きあげな」

「でも、処理班を引きずり出した責任を誰かに取らせないと――」

「それはおれたちに任せとけ。おれと相棒に。おまえさんをなめるんじゃなかったたって、連中を後悔させてやるからさ」ニューヨーク・シティのヒエラルキーから見て、これはおとぎ話だが、若い職員はこの作り話を気に入ったようだった。

エドワード・スロープの防護服は、国家安全保障局の職員らによって持ち去られ、目下この検視局長が着ているのは、日曜に裏庭でバーベキューをやる際のユニフォームだけだ。ド派手だっていい。ドクターのアロハシャツは金切り声で色を発しているが、それでも彼は、この場の誰よりも気品のある人物だ。髪は銀髪、背は高く、子分たちに命令を下すとき、その姿勢と厳しい声は将軍のものだった。子分たちはそれまでずっと離れたところで待機していた。検視局長は危険地帯にただひとりで入っていったのだ。自分の部下たちの大半を、彼はド阿呆とみなしている。しかし連中は、彼のド阿呆たちだ。何があろうと危険にさらす気はなかった。短いドライブウェイの入口で、連中のふたりがビニールの幕を脇に寄せ、死体袋を積んだストレッチャーが彼らのあいだを通り過ぎていった。

ドクター・スロープは声を低くして、ライカーとマロリーに話しかけた。「非常に平等主義的な殺人犯だ。被害者は、性別、人種、年齢ともまちまちでね。わたしに言わせれば、顕著に無作為というところだな」

ドクターは天蓋のあるエリアに入っていき、刑事たちも彼に従って、守衛詰所を通過し、増築部分も通過して、黄色い邸宅の側面を進んだ。その角を回ると、ビニールの幕がはずされ、円形に大きく広がる刈りこまれた芝生の彼方に、川の眺めが現れた。

ベランダと市長邸の正面口に向かう階段の下には、三体の死体がうつぶせにされ、無造作に積まれていた。老女の真っ白な顔が、若い男の死体の茶色い手に押しつけられ、その男の頭は、彼の体の下から突き出た誰かの足に乗っている。死体のなかでいちばん目を引くのは、四番目の死者、シスター・マイケル、別名アンジェラ・クウィルのものだ。この亡骸(なきがら)は転がされ、他から離して置かれていた。

ライカーは手帳とペンを取り出した。「凶器は?」

「ナイフだろうな」ドクター・スロープは言った。「しかし連絡が入ったとき、わたしは、現場の医師がサリンガスの症状を認めたと聞かされたんだ。そんな馬鹿な。結局、その医師というのは報道担当官だったよ。あの女を身分詐称で訴えてやりたいね——」

「オーケー」ライカーは言った。「おれたちが彼女と話しますよ」

「もう遅いな。そのお役目はわたしが果たさせてもらったよ。問題の馬鹿女はバスルームに閉じこめてある。泣いていたがね——わたしの話がすんだときは、まだ生きていた」

「へえ」ライカーは笑みを押さえつけた。この嘘つきめ。骨の髄まで紳士であるドクター・スロープが女を泣かせるわけはない。もっともマロリーがまもなくドクターの嘘を現実にするだろうが。

草の多い敷地はほぼ全域、先の尖った鉄の棒の高いフェンスに囲われているが、一区間だけ、公園の公共エリアと屋敷の芝生が赤煉瓦の塀で隔てられた部分がある。ここがいちばん可能性の高い、乗り越えやすい侵入路だった。刑事は手を伸ばし、通りかかった顔見知りの鑑識員の腕をとらえた。「なあ、リッツォ。ホシは塀の向こうから死体を投げこんだわけじゃないよな。茂みにつぶれた箇所はないし、芝生に引きずった跡もないんだから。となると、こりゃあどういうことだ?」

「まずこいつを見てもらわないと。でなきゃ信じられないだろうよ」リッツォは彼を連れて、邸の南の角を回り、煉瓦の塀の凹所を指さした。そこでは、別の鑑識員が左右の塀のつなぎ目の狭い鉄門を撮影していた。「あの門の施錠に使われてたのは——」

「南京錠か?」それはライカーの足もとの地面にあった。壊れた錠前。ちゃちな代物だ。

「うん。ここから侵入したわけだ——それなりの道具があれば、三秒でやれるね。公園のパトロール警官によると、これは娼婦用の出入口なんだそうだ。制服警官たちも、日暮れ以降はここには近づかない。ポーク市長は、警官を見ればコールガールが逃げちまうと思ってるんだ」

リッツォ鑑識員は、邸のウィングの地下に通じるコンクリートの階段を指さした。説明はいらなかった。この進入ポイントは鉄格子の門の外から丸見えだ。それは、通りすがりの異常者に、お入りくださいと言っているようなものだった。

「この目で見てるんだが――まだ信じられんね」ライカーは言った。「昨夜、ホシは邸のなかに入ったのかな？」

「いや、この門以外に侵入の痕跡はない。ホシは死体を捨てて、そのまま帰っていったんだ」正面の芝生にもどる途中、鑑識員は言った。「ほんとのウィーク・ポイントを教えてやろう。邸の警備に責任を持つ大人がひとりもいないってことさ。市長の警護班は市警長官に従う。そして――」

「市警長官は市長に従う、か」ライカーは言った。「なるほどな」

死体の山が見えてくると、リッツォは足を止めた。彼はこう訊ねずにはいられなかった。

「あんたの相棒はいったい何をしてるんだ？」何をしているのかは明々白々だというのに。

「死体のにおいを嗅いでるんだよ」ライカーは言った。

マロリーが尼僧のチェックを終えた。そしていま、検視局のチームが他の死体をつぎつぎ転がし、彼女は腰をかがめては、その一体一体を順繰りにくんくんと嗅いでいる。作業が終わると、彼女は言った。「つまり……スプリー・キリング（短期間で連続的に行われる殺人）ではないわけね」

「そう」検視局長が言った。「腐敗の度合いはそれぞれ異なる。脱水症状も見られる――最後の殺しは別だがね。いちばん気になるのは、彼女だよ」ドクター・スロープは尼僧の衣装をまとった遺体を見おろした。その若い女の灰色の大きな目は開いていた。なおかつ彼女は、いたずらっぽくかすかな笑みを浮かべているのだ。「この先長いこと、この顔は夢に出てくるだろうな」

マロリーと彼女の相棒はグレイシー・マンションのベランダに立ち、ボータイと薄ら笑いをまとうひょろ長い若い男とにらみあった。

市長補佐官、サミュエル・タッカーは、頭の固い馬鹿どもが行く大学の社交クラブのメンバーっぽい尊大さでふくれあがっていた。刑事らの金バッジを、彼はじっくりチェックした。目を細め、まるでそうすれば偽物を見破れる――または、病原菌を発見できると言わんばかりに。そのうえで彼は、邸内での会議の出席者名簿にふたりは入っていないのだと告げた。嫌悪に満ちたしかめっ面で、補佐官はライカーのスーツを見やった。いかなる場合でも、この刑事が正面からの入場を許されるわけはない。これでは予選すら通過できまい。彼は肩をすくめてみせた――裏口からなら、入れるかもな。でもきょうはだめだよ。

ライカーとマロリーは補佐官を迂回して、邸のホワイエに入った。カウチがひとつと複数の椅子と大階段が備わった広々したスペースに。

この世における自らの真の地位――ゴキブリの膝頭より下――に気づいたタッカーは、白黒のフロアをばたばたと走ってくると、刑事らを導く体を装うために、猛スピードでふたりを追い越した。向かった先の小さめの部屋は図書室だが、その名はまちがいかと思うほど、蔵書は乏しかった。部屋のデザインは博物館風で、壁は青緑に白の縁取り、家具調度はガス灯の時代の古いものだ。室内では、十数人の人々が所在なげに歩き回っていた。スーツ姿の者もいれば、週末の服装の者もいる。補佐官は会話の低いざわめきのなかを歩いていき、暖炉の前に置かれた一対の青いふたり掛けソファの片方に近づいた。そこで彼は身をかがめ、市長に何か耳打ちした。

アンドルー・ポーク閣下はかれこれ五十だが、その茶色の髪にはひとすじの白髪もない。マロリーはそれをみごとな髪染めの賜物と断じた。公称身長五フィート四インチの彼だが、害獣と同じ光る小さな目をしたこの小男に対し、それは気前がよすぎる寸法だろう。彼の服装は日曜のヨット乗りのカジュアルなものだった。そのキャンバス地の靴は、擦り切れかけた神経のビートを打ち出している――あるいは、これは単に、自分の上にかがみこんでいる男に対するいらだちの表れなのかもしれない。

市政のトップの隣にすわっているのは、彼よりも十歳若く、はるかにルックスのよい金髪の男だ。市長に匹敵する日焼けを誇っているものの、こちらの男を同類のヨット乗りとみなす者はいないだろう。あのスーツ、とてもいい品――聖職者の服にしては高価なやつを着ていて、それはない。この男は枢機卿の部下、デュポン神父だろう。こいつもまた政治家だ。そしてマロリーには、その日焼けがボールを打ってグリーンを回る数多のラウンドに由来することがわかった。ゴルフ場こそ、好意を調理し、贈与する聖職者に好まれる政治活動の場なのだ。神父の表情は、死んだ尼僧が玄関先で見つかった時にふさわしく厳粛(げんしゅく)だった。

本来なら、その向かい側のふたり掛けソファにいるのは、市警長官その人でなくてはならない。しかしそこには、シルクのスーツを着た肩幅の広い男、刑事局長ジョセフ・ゴダードがいた。顔を見るまでもなく、マロリーには、その弾丸形の頭と角刈りからそれが誰なのかわかった。ポーク市長の警察内の腹心として、彼が選ばれるとは興味深い。周囲はいたるところ民間人職員やボディガードの警官だらけだった。そのほとんどは立っており、残りの者は椅子や縞模様のカウチにすわっている。つぎの瞬間、市長補佐官をのぞくその全員がぞろぞろドアから出ていった。彼らを去らせたのは、刑事局長の手のひと振りと「行け！」のひと声だ。

どこに権力があるかがこれで明確になった。

つまり取引が行われ、刑事局長は彼の人物ファイル・コレクションに加える新たな犠牲者を得たわけだ。権力の行使は人間の真の顔を暴くというが、ジョー・ゴダードの真の顔――凶悪犯の顔は常時、表にさらされている。ただ、この日の彼らは、局長のトレードマークの登場、床を震わす鉛の足の歩みは見ずにすんだ。彼は自分がやって来ることを――また、警官と犯罪者の両者にとって等しく危険な存在であることを、宣伝するのを好む。局長の政治的通貨は情報であり、彼は汚い秘密を入手する達人だ。

このことは市長の脅威となるのだろうか？

当然だ。

「きみは呼んでないんだがね」ゴダード局長はライカーに話しかけた――この招かれざる客への、それと、もう一方のやつへの不快感を露わにして。ようやく彼がこちらに目を向けたとき、マロリーには容易にその表情を読みとることができた。侮蔑といらだち。ヒヨッコ刑事への警告。敷物にオシッコをするんじゃないぞ。局長は顔をそむけ、マロリーは見えない存在となった。彼にとっては死んだ者に。局長は彼女の死を願っている。ふたりには、ささやかなダンスをともに踊った過去があるのだ。〝鬼さんこちら、つぶしにおいで〟というやつを。

「わたしらは被害者のひとりの身元を特定しました」ライカーが言う。「シスター・マイケル。この人は別の事件とつながっています」これが彼らのパスポートだ。誰もこれには文句を言えない。ふたつの事件はニューヨーク市警の優先順位のいちばん上でひとつになるだろう。もう致死性ウイルスというペテンはしぼんで消えたのだから。

ゴダード局長が不承不承、刑事たちを紹介したとき、デュポン神父はマロリーの名になんの反応も見せなかった。彼は役者なのだろうか？　マロリーの頭につぎに浮かんだ考えは、この神父がブレナー神父に、選び出した子飼いの刑事の名を知らせないよう指示したというものだ。例の言葉、〝関係否認の能力〟は、教会で使われる用語でもあるのだろう。

「それで……死体は四体」マロリーはポーク市長に顔を向けた。「身代金要求の手紙は四通ですか？」おや、哀れなこの男はびくっとした――まるで彼女にひっぱたかれたかのように。なんとまあ。

進み出て口をはさんだのは、サミュエル・タッカーだった。「われわれは身代金の要求については何も知らないんだ」

ライカーが補佐官を無視して、市長に話しかけた。「ねえ、閣下、なぜわたしらがこれを訊くかおわかりでしょう？……外のあの死んだ尼さんですが。あなたは彼女が消えたことを警察が知るより前に知ってたわけですよね」

うまい一撃だ。

ポークの左手が右の拳を包みこむ。想定どおりの否認のために真っ先に口を開いたのは、今度も彼の補佐官だったが、ライカーはこの若い男にこう言った。「いまのは質問じゃないんだ、坊や。事実の叙述だよ」その言外の意味は明らかだ。嘘をついてもすぐばれるよ。そしてこれでタッカーは口をつぐんだ。ライカーはポーク市長に顔をもどした。「尼さんのことですが。なぜあなたが警察に通報しなかったのか、不思議でなりませんよ」

転嫁の小技を利かせ、アンドルー・ポークはゴダード局長のほうを向くと、同じ質問をこの男にする体で身を乗り出した。

刑事たちを見ようともせず、局長は言った。「市長は連絡を入れている。尼僧の失踪の件はわたしが聞いていた。それについては、ある刑事に調べさせていたんだ……秘密裡にな」

「教会が選んだ刑事に？」マロリーはその信じがたさを思い切り強調して言った。「事件の割り振りとしては、回りくどいやりかたですよね」

ジョー・ゴダードは彼女を見あげた。最初はいぶかしげに。それからその表情が、犬の糞を踏んでしまったときのものに変わった。

「そのとおり」マロリーは言った。「その件を調べるよう選ばれたのは、わたしなんです。わたしこそ、みなさんがお求めの教会に優しい刑事なんですよ」

サプライズ！

デュポン神父はただその青い目を大きくし、彼女の推理を裏付けた。この男はやはり、教会のごますり屋として栄誉を得たのがどの刑事なのか聞かないことにしていたわけだ。そして、刑事局長が神父たちのこの裏工作を知らされていなかったことも、明らかだった。ゴダードがシスター・マイケルの一件を詳しく知っていたわけはない。だが、彼には確かに陰謀を企む素質がある。

「局長は死んだ尼僧の顔をぜんぜん見てないんでしょうね」マロリーは携帯電話のキーを親指で操作し、笑みを浮かべた亡骸が写る犯行現場の写真を出した。「検視局長が彼女の遺体を上向きにしたのは、あなたがここに着いたあとでしょうから。これがシスター・マイケルです」彼女は死んだ女が写る小さな画面を掲げた。その顔は、誘拐の被害者、ジョーナ・クウィルの顔と瓜ふたつだ。そしてあの少年の写真は、ニューヨーク市警のあらゆる警官が目にしている。局長も然り。彼は、少年の捜索のために記録的な数の刑事を投入したのだ。「局長はこの行方不明のクウィルのことを調べさせたわけですね。刑事をひ、と、り使って……秘密裡に？」

市長をかばうための局長の一計が、嘘であると暴露され、室内のぷんぷんにおう屁と化して宙に浮かんでいる。ゴダードはポークをにらみつけた。その目がどなっている。このド阿呆め！

エアコンが彼の頭上でカンカン鳴り、フーフー唸(うな)る。まわりじゅうで何かの液体がジャブジャブと撒かれている。ガソリンだ。それはジョーナの鼻孔をひりつかせた。

彼はボールに変身して、丸くなり、身を震わせ、歯をカタカタ鳴らしていた。つま先と手の指はかじかんでいる。それでも——奇妙だけれど——今回、目覚めたとき、恐怖は湧かなかった。彼はただ、なぜ叔母さんが死ぬことになったんだろう、と思っただけだ。そして、「今度はぼくの番なの?」と。

まだ眠気でぼうっとしているうちに、誰かの手、大きな手が、ジョーナを荒っぽく立ちあがらせた。彼の口は乾き、頭は痛んでいた。ドアの段差の上を引きずられていくときは、膝がぐらついた。ドアを出た先は、もっと暖かな場所で、空気がむしむししていた。腐敗した肉の悪臭は消えた——衣類に閉じこめられ、彼とともに移動しているにおいだけは別だけれど。それと、両手に染みついたにおいも。死体のにおいと——

煙?

背後で火のはぜる音、いつもジョーナを怯えさせる音がした——でもきょうは例外。彼はとても落ち着いていた。狂った落ち着きだ。

衰弱し、朦朧として、少年は引っ張られるままによろよろと歩いていった。Tシャツの袖の下で、片腕の皮膚がざらざらの壁面をかすめている。例の男は、反対の腕をぎゅっとつかんで彼と並んで歩いていき、別のドアを通り抜けた。いま、彼らは屋外にいて、階段をのぼっている。前方からは、町の音、クラクションや車の音が聞こえていた。のぼるべき段が尽きても、この騒音はまだはるか上にあった。高架道? だとしたら、日差しはさえぎられるはず——天を仰ぐ顔に照りつけ、いまが昼であることを彼に告げる放射熱は絶たれるはずだ。地上に出ても歩行者の音は皆無。静かに、という警告も与えられない。これはつまり、付近には誰もいなくて、彼が人目に触れる気遣いはないということか、または——

気をつけて、ジョーナ。アンジー叔母さんの名残りは、彼のなかでまだ生き延びていた。諸諸の思い出から組み立てられた彼の手製の幽霊。その静かな声がささやく。**叫んだって誰にも聞こえやしない。だからこの異常者を怒らせちゃだめ。**

新たなドアがカチャリと開いた。ジョーナはその内側へと突き飛ばされ、クッション入りのシートの上に突っ伏した。革のにおい。誰かが両足をつかみあげ、うしろから押しこんでくる。バタン！　ここの空気は、まるでオーブントースターのなかだ。運転席のドアが開き、バタンと閉じた。エンジンがかかる。そして——カチッ。ライターだろうか？　そう、これは吐き出された煙のにおいだ。彼らはゆっくりと前進している。そして運転者はまだひとことも発していない。

干からびた喉、しわがれた声で、ジョーナは訊ねた。「今度はぼくの番？」

マロリーの相棒はメモを取るふりをし、市長のほうは真実を語るふりをしていた。ライカーがふたたび、市長閣下に尼僧の失踪のことはどのようにして知ったのか訊ねると、アンドルー・ポークは情報源としてデュポン神父を差し出した。

神父は彼らに背を向けて、窓の外を眺めた。うしろめたげな顔を隠しているのだろうか？

マロリーは、デュポン神父に関する考察には、ほんの数秒しか使わなかった。ポーク市長のほうがもっと興味深い。市長は、尼僧の件でヘマをした失踪課をいまだ責めていない。警察には確かに適宜に届が出されており、市長もそのことを知っていたわけだが。

ではなぜ、ゴダード局長にあんな嘘をひねり出させたのか？

「ええ、聴いてる」彼女は携帯電話を耳に当てたまま、しばらく待たされていたのだが、いま、隣の州の警官が電話口にもどり、会話を終わらせるとともに、報告書一通と写真一枚を送信してきた。マロリーは携帯電話を下ろして、新たに現れた画像を見つめた。それから顔を上げ、声を大きくして言った。「ジョーナ・クウィルがニュージャージーの料金所で確認されました」

すべての顔がこちらを向く。マロリーは、目撃者がいないことを言う必要を感じなかった。彼女にあるのは、監視カメラの映像、乗客の伏せた頭が写るひどい写真だけだ。運転者の顔は、目深にかぶった野球帽のひさしに隠れている。しかし彼女はただこう言った。「現地の警察は車を押さえました」

年配の一市民から盗まれたSUVが、ショッピングモールの駐車場から回収されたのだ。誘拐された少年がその車内で見つかったわけではなく、証拠も何ひとつ出ていない。だがマロリーが「少年は生きています」と言ったとき、たぶんその場の全員が、ジョーナ・クウィルは無事、警察に保護されたものと誤解しただろう。

彼女としては、この誤った印象を払拭すべきなのかもしれない。あるいは、放っておくか。デュポン神父はこの報せを喜んでいるようだった。しかし、市長の顔は弛緩している。朝食を絨毯にぶちまける前触れだろうか？　マロリーはこの政治家に、彼女の〝めったに使用しない表情〟のレパートリーから、優しいほほえみを贈った。だから彼女がこう言ったとき、市長は油断していた。「尼僧が何を知っていたにせよ、その少年も同じことを知っているわけです。あなたから何かわたしたちに話しておきたいことはありませんか……わたしたちが少年と話す前に？」

ポーク市長はわかりやすい罵言の形に口を動かし、ゴダード局長をちらりと見やった。どうすりゃいい？

局長は一方の手を上げた。母親たちが興奮した子供を鎮めるときに使うしぐさ。そしてこれは、自分はいまの状況、および、この若い刑事をちゃんとコントロールしているという意味だ。この手話に応え、マロリーは彼に言った。「ですよねえ」

ライカーが彼女に首を振ってみせた。〝やりすぎだぞ〟という警告。

局長が彼女に顔を向けた。油断なく、敵意とともに。だが彼は、彼女の不服従を咎めなかった。これ以上、よいテストはない。彼女は安全なのだ。

ゴダードが本件の担当をもっと御しやすい刑事たちに変えることはない。それは不可能だ。市長をかばうための嘘がばれたとき、チャンスは失われている。あれは、共謀を告白したも同然だった。もっともマロリーは、局長の関与は自分たちの到着の一時間前に遡る程度と見ている。彼の流儀からすると、そうでなくてはおかしい。過去のこの男は、自身のファイルに入れる汚物をうっかり踏みつけないように、常に用心してきたのだ。

しかしいま、彼は力を握る機会を失った。

いや、ちがう。

あの野郎は自信たっぷりに彼女を見おろし、今後も自分はゲームに残るつもりだと無言のうちに告げていた。そしてまた、おまえは背後に気をつけねばならない、と。彼は確信している——強力な一撃が、思わぬときにマロリーを襲い、刑事としての彼女のキャリアに終止符を打つだろう。

マロリーはうなずいてこの挑戦を受けた。見ると、ゴダードの目にはいま、驚きの色がある。そして彼は、声を出さずに〝くそ!〟と口を動かした。その視線は、彼女の背後の何かに向けられていた。

マロリーはくるりと振り返り、ジョー・ゴダード以外の全員の目がよそを向いている無警戒の瞬間のアンドルー・ポークをとらえた。彼はその真の顔を局長に見せていた。

そんなに歯をむきだして、なんて大きな笑いなの、市長さん。それに、すごく気味が悪い。

彼の小さなドブネズミの目は、前以上に光っているんじゃないだろうか? そう、まちがいない! 彼は楽しんでいるのだ。

この病的なゲームは、いったいどういうものなんだろう?

第三章

ジョージ・ワシントン橋のニュージャージー側で、その覆面の警察車両は、ハイウェイのロケットよろしく時速百マイルで走りだした。サイレンの使用はなし――マロリーにとってはそのほうが楽しいのだ。でも助手席の男にとっては、楽しくもなんともない。仕事で毎日、彼女とともに車に乗るというのに、ライカーはいまでも臨死体験に肝を冷やすことがある。

彼の相棒は、信号がなく、自ら決めたもの以外なんのルールもない、殺風景な長い道を何よりも愛している。マロリーの唯一の障害物は、一般市民だ。彼女は彼らを〝スピード防止段差〟と呼ぶ――そしてまた、〝獲物〟と。これまでのところ、同じ道にいる運転者たちからの反撃は、卑猥(ひわい)なジェスチャーのみ。あとは、何人かが窓を下ろして、彼女の運転に対し、多彩なコメントを浴びせたくらいだ。そんななかマロリーは、連中の塗装を傷つけるすれすれのところを猛スピードで通過していく。ライカーは、シートベルトとエアバッグの神々を信じ、前方の道から目をそむけた。

祈りはかなえられ、車が減速して脇道に入った。その先のジャージー病院で、彼らはエレン・キャサリーに会うことになっている。この女性が、誘拐された子供とシリアルキラーを乗せていたかもしれない盗難車の所有者なのだ。

同じ橋のマンハッタン側では、強盗被害者の老人が別の病院で退院の書類に署名していた。何日か前、アルバート・コステロはある空き店舗のなかで意識不明の状態で発見された。彼の頭蓋骨は折れ、頭の下の床には血痕が残っていた。ひどい転倒だったため、本人が〝なぜ〟〝どのように〟という説明で警察に協力することはかなわなかった。きょう、経過観察の期間が終わるのを待たず、薄っぺらい病院のガウンを脱ぎ捨て、クロゼットから自分の服を取り出した彼は、医師の診断に逆らって出ていく支度を始めた。

「もう大丈夫だ」聴診器を持った若い男に裸の尻を見せながら、彼は言った。「わたしに必要なのは、まともな夜の睡眠だけさ」アルバートは隣のベッドの患者をにらみつけた。二夜にわたり、そいつのいびきは彼を死ぬほどいらだたせたのだ。あと一時間ここにいたら、彼は残り少ない白髪をかきむしり、全部引き抜いてしまうだろう。

それに、ビールとタバコが恋しくもある。

体重の減少も、病院に対する不満のひとつになりそうだ。靴ひもを結びながら、アルバートは、自分の腕は前よりも細くなったんじゃないかと思った。若造の医者はそばに立って彼を見おろし、うちには誰かあなたの面倒を見てくれる人がいるのかと訊ねている。「いいや、気にかけてくれそうなのはみんな死んじまったよ」そしてこれは、妻の葬儀からの十年を要約している。新たな友の作りかたを彼が忘れてしまったのは、そんなにも昔のことなのだ。転居や死によって消えた人々の穴はそのままになっている。人は彼の人生の中心だった。だがその人たちはみんな、いなくなってしまった。

アルバートはうちまで歩くことにした。ときおり彼は、他の歩行者の脇をかすめ、生命に触れた。それは加速して通り過ぎ、彼を歩道に残していく。道々めまいに襲われて、彼は何度も休まざるをえなかった。ときには、足を止めて、大丈夫かと訊ねてくれる人もいた。その連中を、彼はよそ者、いいカモと見て、会話に引き入れ、相手に飽きられるまで、強盗に遭った話と、病院食や隣のベッドのいびき男に対する文句を聞かせた。

彼がセント・マークス・プレイスに着いたのは、午後になってからだった。街を歩いてくる途中、仮に誰かが耳を傾ける気になっていたら、彼はその通りの歴史を語ることができただろう。近隣には、アナーキストや芸術家気取りの連中のかつての住みかがある。彼は詩など読まないが、W・H・オーデンが二十年前、七十七番地に住んでいたことは知っている。それに、マンハッタンにおけるマフィアによる暗殺の第一号はこの先で起きたのだ。この界隈について語るべき物語が彼にはいくつもある――だがそれを聞く者はいない。いまはもうひとりも。

入口の鍵を開け、アルバートは自宅アパートメントの建物に入った。この場所を彼は〝墓場〟と呼んでいる。他の居住者が仕事に出ている日中、この古い五階建ての褐色砂岩の家はいつも死んでいるようなのだ。その狭い階段で彼が人に会うことはめったにない。もっとも会ったところで、彼には誰なのかもわからないだろうが。風来坊どもめ！　アルバートはほんの何人かを、週末ごとに廊下を侵略する各人の習慣を通じて知っているだけだ。一階の居住者は、料理の強烈なにおいを放出する。また二階で彼は、やかましいラジオの住む一室を通り過ぎる。

しかし料理するやつにも、ラジオをかけるやつにも顔はない。彼自身の部屋より上の階はと言えば――それはもうよその国であり、彼にはそこに行く理由もなかった。

アルバートは三階の自室の前に立って、鍵を取り出し――ドアに鍵がかかっていないことを知った。この事実は本来ならば彼を警戒させるはずだった。この町は、あらゆる玄関にデッドボルトが三つ付いていることを誇りとしている。このような状況下では、ニューヨーカーは全員、被害妄想を抱かねばならない。恐れを――少なくとも疑いを抱かねば。

それでも彼は後退しなかった。

先日、強盗に遭ったことが、彼の冒険心を目覚めさせたのだ。

ニュージャージーの住人、ミセス・エレン・キャサリーは病院のベッドの上で枕から頭を起こし、皺だらけの首を細くして、消毒剤でも医薬品でもない新たなにおいをとらえるべく、くんくんと空気を嗅いだ。ニューヨークから来たその刑事の花の香りはごくかすか、多めに見積もっても香水一滴分にすぎず、なおかつ、未知の芳香だった。ミセス・キャサリーには(「エリーと呼んでね」)このにおいから花の種類を特定することができなかった。一方、ベッドの反対側の男は、明白なブロンド娘のアクセントもどこのものなのかわからなかった。また、ブルックリン訛でしゃべっていた。「ご面倒をおかけしてすみませんね、奥さん。ですが、どんなことでも捜査の役に立ちますんで」

部屋の反対側では、髪をヘナで赤く染めた恰幅のよい女、メイジー・ウェイドが同じことを何度もぶつぶつつぶやきながら、行きつもどりつしている。「どうしよう、どうしよう」

エリーはこの愛しい友にもう五、六回、大丈夫だからと言っている。本当に大丈夫――ただ、事件の記憶はないけれど。それはすっかり消えている。思い出せるのは、自分の車を修理に出しているので、メイジーのSUVを借りたということだけだ。ふたりはどちらも、ガソリンを食う大型車を好んで使うし、そういった車は、エリーの年金の足しとなる、骨董品買い取りの旅にぴったりなのだ。彼女の友メイジーはまだほんの子供、五十二歳で、町の警察に雇われ、ちゃんと給料をもらっている。

静脈が青く浮き出たエリーの手の一方が、脱水症の治療のための点滴の針を覆った。彼女が針を腕に留めているテープをいじっているあいだに、ブルックリン出のあの優しい男は四つの名前を読みあげた。「いいえ、ごめんなさい。どれも知らない名前だわ」ああ、この言葉はもう一方の刑事、背の高いブロンド娘を失望させたようだ。彼女はベッドから歩み去った。「ごめんなさい」エリーは残ったほうの刑事に言った。「あまりいろいろ覚えていないの。でもメイジーの車はもどってきた。これがいちばん大事なことよ。彼女の車のなかで目を覚ましたことを、わたしは確かに覚えている」

救急隊員が前部座席から彼女を助け出したのだ。どうやら彼女は運転席で眠りに落ちたらしい。膝から力が抜け、救急車の助けが必要になるような深い眠りに。しかし自分のいた場所、あの未知の駐車場は、彼女にとって謎だった。それから、救急隊員が彼女の顔の薄い皮膚に残るかすかな痕跡に気づいたとき、もっと大きな謎が広がった。それは、彼女の口がテープでふさがれていたことを示唆していた。

マロリー刑事がメイジー・ウェイドのそばに立って、訊ねている。「ミセス・キャサリーはそのモールの常連なんですか？」

「いいえ」メイジーが言った。「あのモールはここから二十マイルですからね。エリーはとても公共心の強い人なの。買い物はすべてこの町でするよう心がけているのよ」

ニューヨークの刑事は手帳を確認した。「で、そちらでは、彼女のドレスのオイル痕と一方の腰の打撲痕を見つけたと」

「そう」地元の刑事、メイジーは言った。「エリーはどこかの駐車場の床に倒れたんだと思う。彼女の住む集合住宅群の下には何エーカーもの駐車場があるしね。犯人の子供たちは、きっとそこで車をかっさらったんでしょうよ」

「子供ねえ」ブロンド娘はこのひとことを挑戦的な口調で言った。

「前にも一度あったのよ」メイジー・ウェイドは言った。「そのときの被害者は、高齢の男性だった」

「奥さん」ニューヨークの刑事がエリーの注意を自分のほうに引きもどし、身を寄せて言った。「きのう、あなたはウェイド刑事の車を借りたわけですよね。それから？　なんとか思い出せませんか？　あなたはどこで――」

「その人にやいやい言うな！」ドクター・クレイが下唇を思い切り突き出して部屋の入口に立ち、病院の王を演じている。実は彼は、町の比較的小さな診療所に勤めるエリーの主治医にすぎないのだが。この役立たずめ。ようやく彼はエリーに訪問を賜ることにしたわけだ。高いところから短くうなずくと、彼はベッドの裾側まで進んできて、そこにぶら下がるクリップボードを手に取った。すばやく数ページ繰ったあと、彼は三人の刑事を威圧的にひとにらみした。どう見ても演技過剰だったが。「彼女はまだ薬物の影響下にある。全員ここから出ていってもらいたい」

「どういう薬物なんだ？」ライカー刑事には室内のその医師が見えていないようだった。彼はその質問を地元の刑事にしたのだ。「病院が投与した何かかな？」

「いいえ」メイジーは言った。「救急隊員がエリーのうなじの注射痕を見つけたの。搬入されたとき、彼女の体内には複数の薬物があったのよ」彼女は背の高いブロンド娘に紙を一枚手渡した。「それが病院のラボの血液検査の結果。薬毒物検査にいくつか標準外のテストも加えさせた。検出された薬物は微量だけど、昨年の事件のものと一致している。第一の薬物は彼女をその場で昏倒させたはず。それは通販で買える品よ。わたしはいま、動物医療用品の小売店をチェックしている。第二の薬はロヒプノール。こっちは入手できる子供が山ほどいるわね」

「デート・レイプ・ドラッグか」マロリー刑事が言った。「彼女の記憶が飛んでるのも無理ないわね」

「性的暴行はなかった！」激怒したドクター・クレイはエリーに顔を向けて言った。「落ち着きなさい」現に彼女は平静そのもの、それ以外なんの徴候も見せていないというのに。そしていま、刑事三人に向き直り、医師は叫んだ。「耳が聞こえんのか！　出ていけと言ったんだぞ」

刑事たちはうるさいやつを無視し、このやりかたはエリーのハートを射止めた。

三人は話をつづけ、モールの駐車場のうちどのエリアを防犯カメラがカバーしていたか論じ合った。しかし、画像が手に入らない死角はあまりにも多かった。

「とにかく車は盗まれなかった」メイジーが言った。「無断借用といったところね。部品は取られていないし、何もなくなっていない。単なるドライブ。しかも、これをやった連中は、点火装置をショートさせる方法すら知らなかった。エンジンをかけるのにはキーが必要だったわけ。で、老婦人からキーを盗むのに薬を使うのって誰？　教えてあげる！　腐りきった最低のガキどもよ！」

強盗の被害者であり病院からの脱走者でもあるアルバート・コステロは、不思議にも鍵のかかっていなかった自宅のドアを開けた。その先は、ちっぽけな汚れた窓と深い闇と埃の部屋。カウチには見も知らぬ人がすわっていた。三十代の終わりくらいだろうか。筋肉隆々の腕や、Tシャツとジーンズをぴっちり満たすその体つきから見て、タフな男だ。それにあの目は、まちがいなくかなりやばい。

アルバートがまず感じるのは、恐怖であるはずだった。しかし彼はこの招かれざる客に倣った。相手は青い野球帽を脱いで、生えかけの黒い毛でざらざらしている剃った頭と立派なマナーを見せたのだ。男はカウチから立ちあがり、家の主（あるじ）を笑顔で迎えた。

そしてアルバートもほほえんだ。

見知らぬ男はタバコを吸っていた。それは問題ない。アルバートも愛煙家なのだ。室内にはいたるところに灰皿があり、そのほとんどはいっぱいで、どれもが汚れている。

やれやれ、この部屋の汚いこと。お客が来るのがわかってさえいたら！


ライカー刑事は、ニュージャージーの道路のにおいがもっとひどかったころを覚えている。今日この道は、アメリカのどのハイウェイとも変わらず、ニューヨーク市外の別の国と化していた。「昔はよかったよ」彼は相棒に言った。「車泥棒はただナンバープレートを取っ替えるだけだったんだ」確かに、車の盗難届が出なければ、運転者が捜索されることもないわけだ。とはいえ、ハイウェイ・パトロールや監視カメラやハイテクのプレート・スキャナーを回避するために、ここまでやるのは尋常じゃない。「車を盗むために老婦人を薬で眠らせるとはなあ——どう考えても度を超してるよ」

彼らの車はEZパスのスキャナーに近づいており、マロリーは料金所のスピード違反の警報器が作動しないよう速度を落とした。レーダーの圏外に出ると、ロケットガールはいつもの姿にもどり、アクセルを思い切り踏みこんだ。

これまで、精神的にタフな警官の多くが彼女の車への同乗を拒否してきた。こういう日には、ライカーも自分の運転免許を更新しようかと考える。だが、運転は飲酒の深刻な障害となるだろうし、彼は酒への渇望こそ自らの生きる意志を強める唯一のものと信じているのだ。

ニューヨーク・シティへの橋は、まだまだ先。このハイウェイをさらに何マイルも走らねばならない。路上で切れるイカレ野郎の目を引くまで、自分たちはあとどれくらいだろう？　ライカーは助手席の窓を下ろして、ポータブルの回転灯を車の屋根にぴしゃりと載せた。効果覿面。ジャージーのドライバーたちは、彼の相棒がテールライトにキスせんばかりにうしろに迫ってくることにそれまでよりも鷹揚になった。そして、みんながその車線——マロリーの車線からすうっと出ていった。

ライカーは、メイジー・ウェイドの車が写る料金所の写真数枚をじっくりと眺めた。ハンドルを握る男がひとりでマンハッタンに入っていき、その後、前部座席に人を乗せて町を去っている。どの写真もほぼ用をなさない。見えるのは、ドライバーの野球帽のひさしばかりだ。同乗者は背を丸めており、その顔は隠れている。ただし髪は黒っぽい。それにこの連れは、公表された失踪当時の服装に一致する赤いTシャツを——

「それがホシと例の子供よ」マロリーが言った。

「検視局長が老婦人の薬物のミックスと死体とを結びつけられりゃいいんだがな。あのデート・レイプ・ドラッグは体内からすぐ消えちまうだろ」

「尼僧の薬毒物検査で何か出るかも。いちばん最後に死んだのは彼女だから」

仮にドクター・スロープが現場でその事実を明かさなかったとしても、ライカーはいちばん新鮮な死体を見つけ出す相棒の臭気検査の結果を尊重しただろう。彼は一連の写真をダッシュボードに放り出した。「最悪だな——おれたちは時間を無駄にしたわけだ」

「ちがう」マロリーはややいらだたしげに言った。「それがホシなのよ。そいつはニュージャージーに住んでるってこと」彼女はハンドルから片手を離し、尻ポケットに手をやった。そしていま、二十ドル紙幣がコンソールに置かれた。「それに、その男はプロよ」

「ありえんよ」ライカーは、彼女がこの賭けをしかけてきたのは、こっちの脳をひっかきまわすためと見た。「そいつはジャージーの人間か。なるほど、その部分はよしとしよう」盗む車を物色するなら、犯人は橋の自分の側に行くだろう。「だが殺し屋だと？」彼は写真の一枚をつかみ取った。「写りは悪いがね、プロはここまで不注意じゃない。もしこれがジョーナ・クウィルなら、彼は見えないように後部座席に乗せられてたはずだ」

　マロリーは首を振った。「きょうは別。市長のペテンのおかげで、午前中いっぱい、あらゆる橋の出入口に警官がいたんだから。国家安全保障局が化学兵器を持った架空のテロリストを見つけるために、抜き打ち検査をさせてたの。だからホシはこう考える——後部席の縛りあげた子供より前部席の薬で眠らせた子供のほうがいい。生死を問わず学童がいれば、その車は連邦政府の捜査対象から除外されるから」

　ライカーはうなずいた。これで彼にも、カメラを作動させるスピード違反を犯していない車の写真がなぜここにあるかがわかった。それに、少年を前部座席に乗せたことは、冷静な頭とプランニング力の高さを示しているのかもしれない。だから、もっとさぐり出したい気分になって、彼は言った。「あの老婦人によってそいつは盗難車に結びついちまう。殺し屋にしちゃ、ずさんすぎるだろ」

「それは利口なの。エリー・キャサリーは仕事がない。ひとり暮らしだしね。もし警官の私用車を借りていなかったら、彼女がいなくなったところで誰も気づかなかったでしょうよ」

「それはどうかな」ライカーは言った。「プロにしちゃ、ホシはとんだドヘマ野郎だよ。もし地元の警官たちが話を耳にしたら――」

「地元の警官は出てこない」マロリーが言った。「メイジー・ウェイドは、以前にも一度起きたことだと思ってる。同じことは十何回も、起きているかもしれない。年寄りが自分の車の運転席で……それも知らない場所で目を覚ます。そういうことは、どれくらいの頻度で起きてるのかしら？　それが警察の扱いになると思う？」

そう。被害者は医者には話すかもしれない。だが、たいていの高齢者は誰にも言わないだろう。それはあまりにも恥ずかしすぎる。加えて、運転免許を失うことへの恐れもある。免許の喪失は、高齢者の世界を歩いていける範囲に縮小してしまう――それも歩けなくなるまでのことだ。

だからたぶん相棒に一点やってもいいだろう。もしもきょう犯人が自分の車やレンタカーを運転していたら、いまごろはもう警官隊がその男のうちのドアをぶち破っていたにちがいない。だが、殺し屋説はどうしてもいただけない。それでもライカーは、マロリーの賭けに乗らなかった。簡単な金儲け。簡単すぎてどうも怪しい。彼女は確実なものを好む。絶対負けることのない賭けを。ライカーはそれを〝尻もちをつかせる罠〟と呼ぶ。

見知らぬ男の顔にあるその引っ掻き傷が女にやられたものなのかどうか。アルバート・コステロにはそれを訊ねる気はなかった。別にマナーを気にしてのことじゃない。その傷をつけたのは女の爪に決まっているのだ。アルバートは馬鹿な質問は絶対にしない人間だ。それに、この男の目という問題もある。どまんなかに小さな黒い穴がある恐ろしげな白い大皿。ちょっと強烈な目だ。それは無言のうちに、動くな、と彼に命じている。おれにはおまえが見えている——その目は言う。だがアルバートは、これを自分に対する威嚇とはとらえなかった。そう、これはめぐりあわせにすぎない。持って生まれた欠陥みたいなもんだ。

だから彼は、自分の最高の物語でこのお客のもてなしをつづけた。自身が病院に担ぎこまれるに至った強盗事件の経緯。セント・マークス・プレイスを見おろす窓の汚れたカーテンを開け、彼は男に下の歩道を指し示した。「あれがその場所だよ」そこが、襲われる前に彼が立っていたところなのだ。例の空き店舗に入った記憶はまったくない。彼はそのなかで意識不明の状態で見つかったわけだが。「あの街路灯が見えるかね？　わたしは毎日、あそこで一時間過ごしてるんだ」

彼は謎のお客に顔を向けた。男はいまだ名前を名乗っていない。だがその長い上唇は、古いアイルランド系ファミリーの荒くれ者を思わせた。それにこいつの独特のしゃべりかたは、当時なら〝組員〟の証とされただろう。この男は警察の連中以上にあれこれと質問する。だが、どう見てもおまわりじゃない。顔つきは、むしろギャングの殺し屋、暴力請負人のものだ。

これは気にすべきことなんだろうか？

いいや、アイリッシュ・ギャングはいまや過去の存在、イタリア系も、昔のドンたちが監獄行きとなって、死に絶えつつある。近年、暗黒街を牛耳るのは、ロシア系、中国系、ドミニカ系だ。そうとも、古きよき時代は消えちまった。そしてアルバートは見知らぬ男に言った。「ところで……あんたはこの界隈で育ったんだよな？　ちがうかい？」

おいおい、なんて冷たいやつなんだ。それに、その変化は突然だった。男は急に笑みを消し、全身をこわばらせ、様子がおかしくなったのだ。

アルバートはよたよたとキッチンに向かった。「冷えたビールを取ってこよう」きょうは最高におもしろい日になりそうだ。人生が上向いてきた。

ライカー刑事の相棒は、クイーンズ地区ジャマイカの町の駅から二ブロックの、無味乾燥な建物の前に車を止めた。ここが鑑識課の所在地なのだ。ライカーの両足が歩道に乗ったとたん──ビュン！──車は消え失せ、道は空っぽになった。たぶんマロリーが車に空の飛びかたを教えたんだろう。

鑑識課のボスは、開いたドアの前に立ち、出現と消滅の芸に見とれていた。ヘラーの別名は〝熊〟だ。彼はどう見てもそのスーツとネクタイにふさわしくない。そのうえ、歩きかたも他の人間とは異なり、どこに行くにものっしのっしと移動するのだ。緩慢に動く彼の茶色の目は何ものも見逃さない。そしていま、その目がライカーのゆるんだネクタイや汗ばんだ手をスーツでぬぐうしぐさをとらえた。

この課長は、以下の質問をする最初の人間ではないし、十人目でもない──「なぜあんたはマロリーに運転をさせるんだ?」

長きにわたる自殺とのじゃれあいのことは明かさずに、ライカーは肩をすくめて、この質問を受け流した。

階段をのぼって鑑識課長の執務室に着くと、ヘラーはデスクの前にすわって、課員らによって集められた証拠物件を並べた。「臓器の闇市場は無関係だ。これは検視局から直接入った情報だよ。ドクター・スロープによれば、刺傷はすべて深いところに達しているらしい。ホシが取り出す前に心臓にはまちがいなく傷がついたはずだ」

「そいつ、被害者たちの心臓を取っていったのか?」ライカーは椅子にだらんと身を沈めた。「すごい戦利品だな」そしてこのイカレた行為で、マロリーのプロの殺し屋説は瓦解する。ようし。こっちはサイコ説を推そう。プロとなりゃあ、つかまえるのはまず不可能。それに今回の場合、委託殺人じゃまるですじが通らない。

ヘラーが銀色の粘着テープのロールを手に取った。「被害者たちの体にはテープは残っていなかった。だが、このブランドは彼らの皮膚に残留していた接着剤に適合する。これは、アメリカ全土のどの金物屋にも売っている品だ。出所を突き止められる見込みはない」

「遺体はどこに保管されてたのかな? その点に関して何か意見はあるかい? おれたちの考えじゃ、被害者はそれぞれ別の――」

「凍傷の痕跡はない。しかし、保管場所が空調の効いた倉庫であることは確かだよ。ドクター・スロープによると、尼僧の死後硬直度は死亡推定時刻に整合しないらしい」ヘラーは科研から届いた小さな証拠袋と文書のほうに移った。「われわれは衣類からゴミを採取した。わたしの考えでは、それらはすべて倉庫を示唆している。ネズミの糞、甲虫の破片、段ボール箱の繊維……筆毛が一本。科研の技術者によると、カモメの落としたものだそうだよ。だとすると、現場は水辺なのかもしれない」彼は指を二本立ててみせた。「ふたつの川──数マイルにわたる水辺のエリアのどこかだな」より端的に言えば、こうなる──手がかりよ、さようなら。

「何か、移送に使った乗り物がわかるようなものは出てないかな？」

「繊維のことか？　いや、何も。フロアマットやトランクに結びつくようなものは皆無だ。しかしそいつは四体も死体を捨てたわけだからな。使ったのはバンだろう」

ここまでのところ、相棒の途方もない仮説を支えるものは何ひとつ出てきていない。彼女は何を企んでいるんだろう？　戦利品の心臓のことは、検視局長と話をして、すでに知っていたんじゃないだろうか？　そうとも、家賃の金を賭けてもいい。そしていま、ライカーはマロリーの罠──ヘラー祖父ちゃんに馬鹿な質問をするよう彼を追いこむゲームへの対処法を思いついた。その質問は確かにしないわけにいかない。だが彼はそれをありえないこととして口にしたのだ。「まあ、これが最悪ってわけじゃない。少なくとも今回のは委託殺人じゃないもんな」

鑑識課長ヘラーは、物的証拠の科学を信じている。また彼は、ニューヨーク・シティがこの国の〝殺人の都〟だった時代──この呼称がシカゴに奪われる以前からの暴力の歴史も知っている。この男なら、現場に残された痕跡からプロと異常者を識別することができるはずだ。だからライカーは、ヘラーのそんな表情は予想していなかった。なのに彼は、殺し屋というこのイカレた仮説を真顔で検討している。

「ホシは追跡不可能な殺人キットを持っている」ヘラーは片側が鋸歯状になった長いナイフを手に取った。「このナイフは死体の傷に整合する品だ。わたしはこいつをこの近所の店で買った。これならどこででも買えるんだよ。食卓用の肉切りナイフは、プロの通常の武器じゃないが、連中は常に二十二口径を使うわけでもない。後頭部に撃ちこまれた一発の弾丸は、暗殺を示唆する。それはメッセージなんだ。冷酷非情。単なるビジネス……今回のもそうなんだよ」

彼は被害者のひとりの写真をデスクに置いた。そのシャツは開かれ、盗まれた臓器のもともとあった箇所の傷がむきだしになっている。「心臓をくり抜く行為——そこには憎しみがある。それは私的な行為なんだ……だが、今回の殺人者にとってはそうじゃない。彼は被害者たちを切開した。傷はひとつだけ。ひと刺ししてから、一直線に長い切れこみを入れる。怒りによる攻撃じゃない」彼は金槌を持ちあげた。「この品は、折れた肋骨に見られた道具の痕に符合する。その肋骨は犯人の作業の邪魔になったはずだ。つまり……さっと切り開き、何度か金槌を打ちおろし、チョキチョキやって、完了ってわけだ——まるで、チェックリストの項目だな。激情はなし。それに近いものも一切。これはひとり隔てた憎しみを意味する。その男はひどく冷酷なイカレたやつかもしれないが……きっとその仕事で金をもらっているんだろう」

そしてこれこそ、マロリーの仕掛けたオチにちがいない。

アルバート・コステロと名なしのお客は、セント・マークス・プレイスの強盗事件の話をしながら、なごやかにタバコを吸っていた。「そいつは財布を取ってかなかった。腰抜けめが。きっと怖くなって逃げたんだろうよ。あんまりいろいろ覚えてないんだ。医者によると、頭蓋骨にひびが入ってりゃ、それも当然らしいんだがね」

見知らぬ男はビールを飲み干した。「同じ日に、目の見えない子供が行方不明になったそうだね」

「ほんとかい？　こっちはここ数日、テレビも新聞も見てないんだ。他にも何か見逃してないかな？」

「警察は、あんたが強盗に遭ったとき、その子供がこの通りにいたと見ている。あんた、その子を見てないかね？」

アルバートは首を振った。それから、頭を絞ってもうひとつ細かなことを思い出し、彼は言った。「尼さんだったかな？　うん、そうだよ。あの人のことは覚えてる。半ブロック向こうから歩いてきたんだ。この悪い目でもわかったよ。きょうび、あの手の服はめったに見ないからな。まるで歩道を進んでくる黒い帆船だったよ。で、その尼さんはボデガで足を止めた。彼女、花を見てたんだよ。たぶん、何本か買う気で選んでたんだな。しばらくそこにいたんじゃないか。こっちはそのあとで襲われたんだろう。医者が言うには、わたしの記憶は十分かそこら消えてると見ていいそうだからね。しかしなんであんたは――」

見知らぬ男の手がビールの空き缶を握りつぶした。

第四章

白いタイルとステンレスから成るこの部屋には、鋸（のこぎり）やドリルといった家庭用の修理工具とともに、鋭く尖った武器類が陳列されている。それらはすべて、検視局長の芸、死体を切り刻む業務に使われる品々だ。いちばん最近、蹂躙（じゅうりん）された四つの遺体は、一列に並べられ、それぞれの解剖台に置かれている。検視解剖はすでに終わり、この四体は、死体保管所（モルグ）の冷たい引き出しに移されるのを待つばかりとなっていた。

検視局長エドワード・スロープは、若い刑事に言った。「わかっているだろうが……遅刻だぞ」

キャシー・マロリーは仲裁役の相棒を伴わずにやって来た。だからドクター・スロープは戦（いくさ）に備えて身構えていた。戦いは歓迎。なんて楽しいんだ。

ホルスターの拳銃は子供時代に没収された剃刀（かみそり）よりもだいぶ高級だが、その他の点ではキャシーはあまり変わっていない。彼女はいまも冷たい心の持ち主だ――仮に心があるとしてだが。エドワード・スロープは、道義上、旧友の遺児を愛さねばならないと思っている。ただしドクターは、この義務の遂行には努力が必要であることを常に周囲に知らしめている。そして彼はそれと同様の心意気で――戦いに向き合う。ナイフや銃、仕掛け線や拷問は想定内だ。こういうとき、彼はいつもふたりの最初の戦いを懐かしく思い出す。当時、彼女はルイ・マーコヴィッツのポーカーの集いにおける小さなペテン師だった。あの女の子は、ドクターがずるを証明できないなら、自分は無罪なんだと言い張った。そのうえ、彼女の養父、警官のなかの警官も、この証拠の原則に基づいて彼女を支持した。あれがルイとキャシーの絆の始まりだったのかもしれない――ドクターの金を巻きあげることへのあの助太刀が。何年も後に、エドワード・スロープはその報いを目にした。あの小さな悪党、生来の泥棒が大学を中退してニューヨーク市警(NYPD)に入ると聞き、ルイは心臓の発作を起こすのだ。

この世はやはりバランスが取れている。

きょう、ドクターと警官は第一の死体をはさんでにらみあっている。その天職への敬意から、シスター・マイケルの遺体だけはシーツの保護のもとにあった。ドクターは傷以外、尼僧のすべてが覆われるようその布を整えていた。もっとも彼女の体は隈なく、警察用に写真に撮ってあるのだが。しかし、キャシー・マロリーはまだそれらの写真を見ていない。そして当然、何かが隠されていることを彼女が察知しないわけは――

キャシーがシーツをさっとめくりとり、死んだ女の雪のように白い肌がむきだしになった――それとともに、シスター・マイケルのカラフルな一面も。墨で描かれたたくさんの赤い薔薇(ばら)が、その太腿(ふともも)をぐるりと取り巻き、螺旋(らせん)を描いて骨盤へと這いのぼっている。「修道女たちときたら……いつだって予想以上におもしろいんだから」

「キャシー、それは――」

「マロリーよ」彼女はそう言って、プロらしく距離を保ち、姓を用いねばならないことを彼に思い出させた。彼女には彼女のルールがあるのだ。

そして彼はいつもそれを無視している。

いずれにせよ、彼女にさえぎられたおかげで、ドクターは言わずもがなの発言による失点を免れた。当然ながら、その薔薇は聖職に就く前から入っていたものだ。カソリックの尼僧がタトゥーの店を訪れることはめったにない。そしてここで、シスター・マイケルの擁護者は付け加えた。「しかしみごとな出来栄えだね」老年期に入り、ドクターは自分がロマンチックな人間であることを発見していた。そして彼は、この死んだ女性に胸の内で新たな名前を与えている。〝薔薇の鎖に巻かれ、横たわる女性〟と。「タトゥー職人は特定できない。これに似たものは、ファイルにひとつもないんだ」

「売春で逮捕されたときは、タトゥーなんてなかったのよ」刑事は視線を上げて、ドクターが混乱するというめったにない瞬間をとらえた。悦に入って、彼女はつづけた。「きっとそれはシスター・マイケルが尼僧になる前だったんでしょう……でも確認してもいいかもね」

この餌には食いつかずに、ドクターは言った。「赤い薔薇か。これはこのレディーが恋していたことを示しているのかもしれんな」

「レディー？」キャシーは解剖台の頭側に移動して、検視に先立ち、彼のインスタントカメラで撮影された一枚の写真を手に取った。「ポラロイド？　ドクターは記念品がほしかったわけ？」

なんでもデジタルのこの時代、もちろん彼女にはこの古風な方式に他の理由があるとは思えまい。だが今回は、実際、彼女の言うとおりなのだ。彼は罪を暴かれたわけだ。

キャシーはじっと写真を見つめた。「尼僧のこのほほえみ……これはいまもあなたを悩ませているんじゃない?」

そのとおり。だが、認めたくはない。「ごく稀にだが、顔の表情は死亡直後の弛緩のあとも保たれる場合があるんだ」死後硬直後の第二の弛緩こそ乗り越えられなかったものの、シスター・マイケルの笑いは彼が解剖を終えるまでは消えなかった。この女は解剖という暴虐のあいだずっと彼にほほえみかけていた。胸骨から女性器まで切り開かれ、横たわった状態のまま。そしてそのあいだずっと、自分が何かを見落としていることが彼にはわかっていた。

それは重大なことなのだろうか?

「あの縫合……あれはドクターがやったのよね」

「大きな事件は常にわたしが担当するからね」いまのは言い訳がましく聞こえただろうか?

もちろんだ。

キャシーの目が光った。単なる瞬き(まばた)のイリュージョン。だが、みごとなものだ。彼女は何かドクターの秘密をつかんでいる。そして、そのことを本人に気づかせたがっている。「いいえ、今回のはちがう」さっと手を振って、彼女は長い縫合の痕を示した。「これはまるで……刺繍(ししゅう)じゃないの」刑事は顔を上げた。証拠を押さえたと言いたげに——だが、なんの証拠だ? 目下、彼女は縫合の線のひとつに気を取られている。それは、解剖の傷跡を横切るように走っていた。「ホシは切り裂き魔なのね」

「そうとは言えない。犯人は彼女を切開し――」

その裸の遺体を、いま、モルグの職員が横目でちらちら眺めている。その男は死者の回収に訪れ、音もなく入室していたのだ。ドクター・スロープは刑事の手からシーツをひったくると、ふたたび遺体を覆い隠して尼僧を好奇の目から護った。

弱さの表れ。

失点だ。

キャシーは、邪魔者が手振りで追われ、「あとで来い」と命じられるのを無言で見守っていた。彼女はメディアへの深刻な情報漏洩に関し、前々からこの子分を疑っている。だが、それを言うなら、彼女はあらゆる人間を何かしらで疑うのだ。ドクターの部下はもちろん、ドクター自身までも。職員が立ち去り、やっとドアが閉まると、キャシーは視線を落とし、ドクターの白衣のポケットをじっと見つめた。

彼女は、彼が何か隠しているという妄想を抱いているのでは？　ああ、ちがいない。いつものことだ。ドクターが見おろすと、怪しいポケットからのぞいているのは、セロハンの袋の先っぽにすぎなかった。彼女はそこからどれだけの量の情報を引き出したのだろうか？

正規の手続きどおりきちんとラベルの貼られたこの証拠品を、ドクターは取り出した。そのプラスチック製の身元確認用ブレスレットには、尼僧の氏名と彼女を診ていた病院の名が記されていた。「シスター・マイケルは検査を受けるために町に来ていたんだ。担当医とも話したがね。行方不明になった日、彼女は脳動脈へのリークを堰き止める手術を受けることになっていた。痛みもあったんだよ。ところが、本人は手術を延期した。差し迫った家庭の問題があると言ってね。担当医も詳しいことは知らなかったが」

するとキャシーは言った。「彼女はイカレた女に対応する力がまだあるうちに母親を訪ねたかったのよ」

これは、彼がまとめた亡き尼僧にまつわる言い伝え――科学的なものやそうでないものを含む伝承――にさらに奥行きを与える。「シスター・マイケルは金曜の朝、自ら手続きをして病院を出ている。彼女は午後にはもどる予定だった」彼は自分の切り札を出すときを楽しみにしていた。尼僧のほほえみに関し、ちゃんと証拠のある明らかな理由を示すときを。しかし、あの笑いの奥には何か彼を戸惑わせるものがあった。馴染みのある何かが。自分は何を見落としているのだろう？　ときどきそれは――ちょうどいまのように――もうちょっとでつかめそうに思え、それから、ふたたび彼の手を逃れてしまう。まるで、やましい目的でも抱いているかのように、その何かは脚を生やし、逃げていくのだった。

キャシー・マロリーは尼僧の遺体に対する興味を失っていた。彼女は他の解剖台のほうを向いた。そちらの三体は、裸のままで放置されており、刺繍もさほど美しくはない。それは明らかにドクターの部下の手になるものだった。「この人たちは？　死因は同じなの？」

「きみの言う死因とは、心不全のことなんだろうな――彼らの心臓はくり抜かれていたわけだから」

「戦利品？」

なるほど、彼女はまだ鑑識課と話していないらしい。その解体作業のことは、初耳だったわけだ。だが、死体の一部を盗む行為は、精神の均衡をくずした殺人者の特徴であり、そういう連中は自宅の入口へとつづくぐちゃぐちゃの痕跡を残すものだ。だから、本来ならこの可能性に彼女が失望するはずはない――ところが実際、彼女は失望していた。

「心臓の件は伏せておかなきゃ」

「問題ない」ドクターはすでに、メディアへの情報漏洩を防ぐためしっかりと手を打っていた。

「で……共通点だが。尼僧をのぞく全員の手首と足首に粘着テープの残留物があった。胃のなかに食物はなかった。そして、脱水症の徴候」彼は尼僧の向こうの解剖台の列を見やった。

「あの三体には死亡前の刃物による傷があった。犯人がサディストなのか、他者の苦痛に対し無感覚なのかはわからないが」

キャシー・マロリーは、中年の男の腕に残る斑痕を調べた。手指の圧迫による紫色の痣――逆さまの手形。他の台の遺体にも同様の変色が見られる。「みんな、引きずられたわけね」

「そう、わたしもその結論に至りかけている」別のコースをたどって、だが。「被害者のうち三人は、靴の背面の革に擦過痕が見られた。四人目はサンダル履きだった。擦過痕は踵に見られ、皮膚の裂けている箇所もあった。というわけで、この被害者については、死亡前の擦過痕と死亡後の擦過痕が確認できている」

「最初に引きずられたときはまだ生きていた。でも防御創はない。つまり、ホシが別の場所に移したとき、この男は薬を盛られていたわけよ」

「あるいは、単に手足を縛られていただけか」エドワード・スロープには、彼女のロジックが理解できなかった。自分はちゃんと、手首と足首の粘着テープの痕跡のことに触れたではないか。彼女は頻繁すぎるほど頻繁に正解を出す。ちょうど今回のように。だが、その理屈はまちがっている。こっちはまだ注射痕のことに触れてもいな――

「注射痕はあったんでしょう?」キャシーに一点。

「尼さん以外には。他の三人には、かさぶたになった針の挿入痕が見られた。しかし薬毒物検査では、薬物は一切出ていない」

「やり直すべきね。いくつか検査項目を追加して」

絶対やるものか。

キャシーは、血液検査報告書を一枚、彼に手渡した。そのレターヘッドは、ニュージャージーの某病院の検査センターのものだった。「助かった被害者から微量の薬物が出ているの」

彼は報告書に目を通した。「再検査する意味はないな。わたしが割り出した死亡と腐敗のおよその時間を考えると、これらの薬物が残留している見込みはない。第一の薬は、家畜用のものだ。これは、医療用ダーツが使われたことを示しているのかもしれない。非常に利口だな。それを使えば、犯人は三十フィート離れたところから被害者に薬を打てる――そいつにダーツガンを撃つ腕があるとして、だがね。もう一方の薬物、ロヒプノールのほうは、わけがわからんよ……一時的記憶喪失を誘発したかったということかね」だが、もしそうなら、犯人はキャツチ&リリースを意図していたことになる。連続殺人犯には適合しそうにない手口だ。うーん、わけがわからない。そして、そのほほえみから明らかだが、キャシーは彼がそう認めるのを待っていた。

生憎だね。

兜を脱ぐ代わりに、彼は自分の最高のネタを放った。「さきほども言ったとおり、尼さんに注射痕はなかった……だがそもそも……彼女は刃物による傷で死んだわけでもない。傷は死後のものなんだ。また、被害者のうち彼女だけが頭部に外傷を負っていた」ああ、キャシーもこれは見逃していたか。完璧な勝利だ。

尼僧の頭皮を調べるため、キャシーは最初の解剖台にもどって、その黒っぽい髪をめくりあげた。するとそこに、打撲による出血のない傷が現れた。

「凶器は、かなり力のある手または腕だな」キャシーに疑いの目を向けられ、ドクターはほほえんだ。彼女は頭からこれを信じていないのだ。そこで、彼女の第二の見落としに寄り添い、彼は言った。「その頭の反対側を見てみるといい。わたしは、頭を覆う布に付着した硬い赤い物質の屑を発見している」

「赤煉瓦か」キャシーはスチールの台の反対側に歩いていった。「屑って？　古い煉瓦ってこと？」

「鑑識による裏付けを待たんとな」だが、彼自身もそう見ていた。「彼女は最初の一撃で壁にたたきつけられたんだろう」よって、最初の外傷は手、または、腕によるものである。

キャシーは第二の傷を調べた。「こちら側には頭蓋骨骨折が見られた。そうでしょう？」

「いや、骨折に至るほどの力は加わっていない。だが命取りとなったのは、その打撲でね。それによって彼女の動脈瘤（どうみゃくりゅう）は破裂したんだ。打った箇所は、ベールの生地に護られていた。従って……皮膚の裂傷はなく、出血もない。凝血から死亡時刻を特定することもできないわけだ。彼女はその場で死んだのかもしれない。しかし何時間か生きていた可能性も充分にある。出血に由来する発作は――」

「でもドクターは、ホシが切開したとき、彼女はもう死んでたって言ったじゃない」

「確かに。最初の三人の被害者に関しては、犯人は注射を打つために背後から接近している」これを言うとき、不謹慎にも彼は楽しげだった。キャシー・マロリーがまたひとつ見落としをしている。「尼さんの頭の第一の打撲傷の角度を見てごらん」

キャシーはしゃがみこんで、尼僧の頭蓋骨に目の高さを合わせた。「つまり、シスター・マイケルは正面から襲われた唯一の被害者ってことね。彼女はホシと知り合いだったのよ」

ああ、勘弁してくれ。科学者である彼は、裏付けのない推理より確固たる証拠を好む。「そうだな、ひとつ言えることがある……事実に基づいて、だ」ドクターは言った。あまり辛辣（しんらつ）にならないように。彼は、助かった被害者のものだという、ニュージャージーの病院による薬毒物検査の結果を掲げた。「もし他の三人がこれと同じ薬物を打たれたなら、その分量は体重に応じて調整されていたはずだ」

「つまり、そいつは毎回、被害者のリストを見ながら仕事をしてたってわけね」

「どうやらそのようだね」ドクターはミセス・キャサリーの検査報告書の第一の薬物を指さした。「この薬には麻痺性の混合物が入っている。野生動物にタグを付けるとき使われるものなんだ。用量をまちがえると命取りになる。注射された被害者たちは、ほぼ即座に倒れただろう。このことからわかるのは、犯行が衆人環視のなかで行われたのではないという――」

「いいえ、そうは言えない」一方の手が彼女の腰に行き、おまえは警官のテリトリーに立ち入っていると彼に通告した。そもそも、彼女の仕事をすることで、彼がどこに行けるというのか？「真っ昼間の歩道でもホシにはやれたはず。誰かが通りかかって、なすすべもない被害者を支え、助けているそいつを見たとしたら？　よかった。足を止める必要はない。善きサマリア人は歩きつづける……そして被害者は引きずられていき、殺害されるというわけよ」

「だが尼さんは――」

「その犯行にはプライバシーが必要ね。むきだしの煉瓦の壁のある屋内の犯行現場」キスをするようなしぐさで、キャシー・マロリーはシスター・マイケルの右手を持ちあげた。「漂白剤のにおいがする。ホシはこの人の爪を洗浄したのよ」

くそ。これでドクターの最後のエースが失われた。「片方の手だけが――」

「死亡後にね」キャシーは言った。

「それはわからない。言ったろう！　彼女は何時間か生きていたかも――」

「ロジックよ。彼女はそいつの片鱗を手に入れた」刑事はドクターの私物のポラロイド写真を持ちあげた。そのなかの尼僧はまだいたずらっぽい笑いを浮かべている。「彼女の爪にはそいつの皮膚が収まっていたの。ホシが証拠を漂白剤で洗い落としたあとなら、彼女がそんなふうに笑っているわけはない。結局、ＤＮＡは手に入らない。でもこれで、そいつに引っ掻き傷があることがわかったわね」

「この人が犯人に印をつけてくれたわけだからな。言わずもがなだよ」従って、キャシーに得点は入らない。「しかし――」

ああ……これだったか。

エドワード・スロープは頭を垂れた。もうひとつの謎、何より気になっていたやつが氷解していく。胸の内で彼は自分を大馬鹿者と呼んだ。どうしてこれに気づかなかったのだろう？かたわらにいるこの若い刑事は、〝仕返しの女王〟だというのに？　その遺体にメスを入れているあいだ、彼をあんなにも悩ませ――なおかつ、強力に惹きつけた尼僧のほほえみ。それはキャシーのほほえみだったのだ。

チェーンスモーカーのその見知らぬ男が、また一本ビールを飲み終えた。そしていま、彼は気配りを見せ、握りつぶした缶を足もとのダッフルバッグのなかに落とした。アルバート・コステロのコーヒーテーブルを濡れたアルミ缶の輪っかで汚さないように。

なるほど、こいつはきちんと躾(しつけ)を受けてるわけだ。

この若い男は、肉太の腕を大きく広げ、ソファの背もたれに乗せている――すっかりくつろいで。まるで、何年も前からふたりが知り合いであるかのように。男はまだ強盗の話に飽きてはおらず、こんな質問をしてきた。「その日、あんたはあの道で何をしてたんだね？」

「人生が過ぎてくのを眺めてたのさ」アルバートは言った。「わたしは毎日、それを見たくなる。だから外に出るんだよ。だが行くとこなんぞひとつもない。ただしばらく街灯に寄りかかっているんだ。そうして人がつぎつぎ通り過ぎてくのを眺めるんだよ……人生のケツをな」

アルバートのタバコの最後の一本が吸われた。冷蔵庫にはもうビールもない。彼が入院していたここ数日で変貌した食べ物は、いまや食に適さない。だから彼は、いっしょに食事をしよう、それと、冷えたビールとタバコを楽しもう、という見知らぬ男の誘いに応じた。

なんていい話なんだ。

アルバートの連れは先に立って階段を下りていった。一階で、男は正面の入口に背を向け、建物裏手のドアを開けた。「この外に車を駐めたんだ」

路地に出てみると、日はすでに落ちていた。とはいえ、夏の宵にはまだたくさんの光が残されていた。外気は冷たくてすがすがしく、彼ももう疲れてはいない。そう、彼は復活しつつあった。愛おしい人生へと。

アルバート・コステロとは何者なんだ？

重大犯罪課の指揮官はマロリー刑事の椅子にすわって、デスクの縁と平行にきちんと置かれた一枚の紙を見つめていた。それは、ロワー・イーストサイド署からファックスで届いた報告書の表紙だった。しかし、中身の報告書はどこなんだ？　この一枚の紙から得られる情報はごくわずかだ。それは、マロリーが最優先の事件を放り出し、数日前の強盗事件に時間を浪費していることを物語っている。

警部補は、病的に整然とした引き出しをつぎつぎ開けてはバタンと閉じた。成果なし。さらに、マロリーの固定電話の通信履歴を調べ、屑籠も漁り終えると、彼は髪を手櫛でかきまわした。後頭部の禿げを広げてしまう悪い癖だ。

ジャック・コフィーはいつも、自身の毛根の消滅を殺人専門の署を統括するストレスのせいにする。それさえなければ、彼は平均的容姿の標本。銀行を五、六店舗襲っても、目撃者の誰ひとりとして特徴を挙げられないような男だ。三十七歳の彼を三万人の警察部隊のなかで際立たせるのは、精鋭指揮官の地位に若くして就いたことであり、コフィー自身も、彼を利口な警官とする母親の意見に賛同せざるをえない――なぜなら、マロリーがペテンにかけようとしているとき、彼には常にそれがわかるのだから。

彼女のデスクの天板はとにかくクリーンで、虫たちも塗りたての家具用ワックスに罪の証拠を残すのを恐れ、ここには着地できないほどだった。電話機は別として、報告書の表紙は人目につく唯一のアイテムだ。そして彼はもう一度それを読んだ――その文面の全四行を。

彼はこれを餌とみなした。

そうとも。彼からの電話をすべて留守録に送ったあと、マロリーは気づいたのだ。ボスは必ず彼女のデスクを調べに来る、そして、そこにない、まったくどうでもいいもの――報告書のことでやきもきするだろう、と。

ファックスの表紙を手に、コフィーはデスクを離れた。彼はアルバート・コステロ事件の消えた報告書を見つけ出し、実際にそれを読んで――さらに時間を無駄にするつもりだった。本当は、この紙をくしゃくしゃに丸め、その玉に火を点けて、彼女のデスクを灰だらけにしてやるほうが利口なのだろうが。

捜査本部の壁は上から下までコルクのシートに覆われており、あの最重要事件の文書や写真はその壁面にウイルスよろしく広がりつつあった。例の強盗事件の報告書をジャック・コフィーはすぐさま見つけた。それは左右二箇所でコルクに固定されており、それゆえ一個の鋲からぶら下がっていない唯一の紙束として、彼の目をとらえたのだ。大工道具の下げ振りを片側にあてがえば、その書類は寸分の狂いもなく天地に垂直であることがわかるだろう。これはマロリーの作品だ。だが、あの整理魔はどこなんだ？

それに「アルバート・コステロというのは、いったい誰なんだ？」

「強盗の被害者」ルビン・ワシントンが言った。勤続三十年、肩幅の広いこの刑事は、筋金入りの悪党によく効く、きわめて貴重な、感じの悪さをそなえている。無口な男である彼は、そのまま壁の前に立ち、検視局の仮報告書を黙々と鋲で留めつづけた。だがここで、その目がちらりと横に動き、彼はボスの警部補がまだ自分を見つめているのに気づいた。「殴って奪う辻強盗ですよ。数日前にセント・マークス・プレイスで起きたんです。ライカーとマロリーは被害者の爺さんをさがしに現場に行きました」

ほう。そして、彼のボスは敢えて訊く。「なんのために？」

「コステロは病院を出ちまったし、自宅の電話に出ないもんでね」

だが、ジャック・コフィーが訊いているのはそこではない。「あのふたりはくだらん強盗事件で時間を無駄にしてるのか？」

「マロリーによると、尼僧はパターンに合いそうにないが、その爺さんは合うかもしれないってことです」

コフィー警部補もときとして、自分がこのチームを仕切っているのだと信じることはある。だが、きょうは素直に現実を受け入れていた。彼は壁の途中まで歩いていき、そこに広がる何枚もの黄色い紙、人々の証言を書き取った手書きのメモに目を通した。それは彼の指示であり、彼の部下の刑事らは被害者それぞれの地元に行き、聞き込みを行ったのだ。それは彼の指示であり、その目的の一部は、マロリーとて有益な情報のすべてをコンピューターから得られるわけではないという事実を示すことだった。ところが、人間がドアをノックして集めたこの情報はどれもこれも、彼女の仮説を補強していた。そこにはパターンがある――ただし、それは被害者四人のうち三人にしか合いそうにない。

もっとも腐敗が進んでいた第一の被害者は、ラルフ・ポージー、四十一歳。アッパー・ウェストサイドの住人だ。彼は近所の人々と言葉を交わすこともなく、職も持たず、その生死に気づく同僚や家族はいなかった。彼を知っているのは、近くの食料雑貨商だけで、この男は毎週月曜の正午に彼の買い物を袋に詰めており、被害者が殺されたことについては、意外でもなんでもない、「いやな野郎」だったからと公言していた。最年長の被害者、サリー・チンはアッパー・イーストサイドに住んでいた。彼女は週に二回、松葉杖でよろよろとカイロプラクティックに通っていた。この習慣がもしなければ、写真の彼女がわかる者は街にひとりもいなかったろう。そして、非常に内気な若者、オールデン・トゥーミーは、ウェスト・ヴィレッジの自宅で仕事をしており、思い切って外に出るのは、アパートメントの部屋に届けてもらえない唯一のサービス、日曜に教会の礼拝（サービス）に出席するときだけだった。

マロリーの言うとおりだ。尼僧は被害者像に合いそうにない。それに、彼女の甥のほうも。被害者のなかで、消えた当日に失踪届が出そうなのはこのふたりだけだ。叔母とちがって、ジョーナ・クウィルのほうは予想可能な日常の行動、学童が日々たどるお決まりのコースがある。だがさらわれたとき、少年はそのコースを進んでいなかった。

部屋の向こう側には、尼僧に関するコフィーの顧問、デュポン神父が、凶悪そのものの顔と驚くほど小さな声を持つゴリラ、ジェイノス刑事と並んで立っていた。優しくて礼儀正しいジェイノスは、会う人すべてを戸惑わせる。そしてそれゆえ、彼はこの役割にぴったりなのだ。神父とゴリラはコルクの壁と向き合っている——その血なまぐさい一画と。そこには、解剖台の上で切り開かれ、内臓をくり抜かれた女の遺体の写真が並んでいた。これらの写真のほうが犯行現場の写真より、ジャック・コフィーの目的にかなっている。現場の写真に写る傷は、これに比べると、おとなしすぎるのだ。

任命したのはローマ法皇だが、ライス枢機卿は選挙の年はいつもこの町の一番人気の政治家となっており、神よりも大きな影響力を持つ。それゆえ彼の使者、デュポン神父は重大犯罪課で手厚いもてなしを受けていた。一般市民が捜査本部への入室を許されることはめったにない。もっとも彼らが神父を招待したのは、ただ、この一連の写真を見せるため——事情聴取に備え、弱らせるためにすぎない。そしていま、神父は確かに前より青ざめている。シスター・マイケルの血みどろの残骸により、吐き気を催し、ごく慇懃(いんぎん)にぶちのめされて。

マロリーが、強盗の被害者、アルバート・コステロのうちのドアをノックした。

ライカーは壁にもたれて、彼女が入手したこの老人の事件報告書に目を通した。その日付は尼僧とその甥が同じ通りから消えた日と一致していた。「だがこいつはパターンに合わないいんじゃないか。担当者は純然たる辻強盗としているもんな」

「いいえ、それは訓練生のミス」マロリーは再度、ドアをバンバンたたいた。「署名はその相棒の、本物の警官がしてる。でも、彼は書類仕事を新米にさせたのよ」

「そんなこと、どうしてわかるんだよ?」この署の内勤の巡査部長以外、誰にもわかりっこない。彼女は自分を賭けに誘いこみ、カモろうとしているのだろうか? ライカーとしては本人にそれを訊くわけにもいかない。彼らにはいま観客がいるのだ。

「何年もここに住んでる人だっていうのにね」一階の女が言った。「みんな、この部屋は空き家だと思っているの。そのお爺さんはそれくらい静かなのよ」

「ああ、その人か」上の階の住人が、強盗事件の報告書に入っていた写真を見て言った。「週末うちにいるとき、その人が表にいるのを見ることがあるな。ただ歩道に立ってるんだよ」

別の居住者が空気のにおいをくんくん嗅いだ。「タバコ？　喫煙者か」その女は顔をしかめた。「まあ、少なくとも、なかで死んでるようなにおいはしないね」

マロリーは最上階のこの女に顔を向けた。「毎日この部屋の前を通っていて、これまでタバコのにおいに気づいたことはないんですか？」

「そりゃねえ、ここまでひどかったら、気づいてたでしょうよ」

ベルト通しのまわりで弾み、ジャラジャラと鳴る鍵の音が、管理人の到着を告げた。彼はハアハアいいながら、階段をのぼってきて、部屋の鍵を開けた。見物人と管理人が解散すると、マロリーはドアを開けて、明かりのスイッチを入れた。

タバコのにおいは濃厚、ランプシェードとテーブルは埃に覆われていた。ライカーはしゃがみこんで、カーペットの染みに触れた。それはビールのにおいがした。

マロリーは、室内にある唯一のきれいな灰皿を見つめていた。他の灰皿は各々、〝吸い殻がいっぱい〟から〝あふれている〟まで、さまざまな段階にある。「ホシはここに来たのよ」

「なんだって？」その発想はどこから来てるんだ？　肘掛け椅子の横の小さなテーブルにはビールの空き缶が散らかっている。ライカーがそこから読みとれるのは、人がひとりいたという証拠だけだった。

「ホシもタバコを吸うわけ」マロリーは言った。「そいつは自分の吸い殻を持ち去っただけじゃない。灰皿を洗ったの。ＤＮＡは残っていない。それに指紋も一切出ないでしょうね」

ライカーが一週間前の新聞を拾いあげると、もうひとつ空っぽの灰皿が現れたが、こちらは何年も洗われていなかった。そこには、彼の自宅の灰皿すべてにあるのと同じ汚らしい滓（かす）があった。彼は簡易キッチンに顔を向けた。調理台とコンロは、シンクからあふれ出た汚れた食器に覆い尽くされ、使用不能。リノリウムの床は、ぬぐわれたことのないこぼれた飲食物による無数のべたべたを記録している。ゴミバケツは汚れた紙の皿やコップで満杯で、そこにいくつか、テイクアウトの料理につきもののプラスチックのナイフやフォークやデリカテッセンのナプキンが混在していた。これで、きれいな皿がないという問題は解決する。ここに住む老人は、どんなものも洗わないらしい。だから彼の相棒は、一個の灰皿、ぴかぴかのやつに注目したわけだ。そしていままでは、ライカーも彼女の説を信じていた。

「そいつは当初の殺害リストの残りをかたづけようとしているわけよ」マロリーは携帯電話を取り出して、アルバート・コステロ、八十一歳の全部署緊急手配を要請した。最後に目撃されたときは、後頭部に分厚いガーゼを当てていた、とした。

ライカーは壁に飾られたフレーム入りの写真を眺めた。この部屋の住人は、若いころ、ここで写真を撮っていた。にぎやかに笑う一団とともに、彼は立っている。隣にいる女は彼の花嫁だ。どの壁にもそんな写真があった。若いコステロと彼を囲む友人たち。フレームを経るにつれ、その数は減っていく。それに着ている服から見て、彼らはみんな別の時代の人々だ。いちばん新しい写真でも十年以上前のものだった。

これで、ライカーの描く孤独な男の肖像が完成した。それは事件の被害者像に合っていた。

「その子供と尼さんは、コステロが襲われるのを偶然、目撃したってわけか?」

「それだけじゃない。ホシが老人を始末する前に、ふたりが現れたことはまちがいない。でも、わたしはアンジェラ・クウィルは犯人と知り合いだったんだと思う。だから彼はターゲットを換えたのよ」

ライカーは懐疑的だった。きれいな灰皿ひとつからそこまで言っていいものか。

今夜、廊下の先の刑事部屋は、鳴り響く電話と出入りする男たち、デスクからデスクへ飛び交うどなり声のカオスと化していた。

捜査本部は静寂のオアシス——ここには電話もない。コルクの壁に留められた紙がさらさら鳴っているばかりだ。ある大きな一画でひときわ目立っている色は、血のような赤。いまやそこには、四人の被害者全員の解剖写真が掲示されている。その隣の壁には、雑然とメモが並んでいた。被害者たちの生命の記録、証言。そして、彼らのうち三人のすぐそばに住みながら、その存在をまったく知らなかった人々の証言。コフィー警部補もこの件に関しては人員不足を主張することはできない。彼は町じゅうの警官を自由に使って、手がかりを追えるのだ。

ゴンザレス刑事がドアから顔をのぞかせて言った。「お客さんですよ。マグリア警部補です」

「ようし」会う必要のあるくそ野郎だ。「ここに連れてこい」コフィーは奥の壁際に群れている刑事の一団に顔を向けた。「この部屋を使いたいんだが」彼が言うと、その全員が出ていった。

訪問者が入ってきた。

いや、あの警部補はふんぞり返って入場し、バタンとドアを閉めたのだ。これは、同調主義、争い嫌いのマグリアらしくない。とはいえ、警官の国(コップランド)においては、攻撃は常に最大の防御だ。彼はまた、コフィーより豊かな頭髪と、数インチ高い身長、十年多い勤続年数で武装していた。

コフィーは片手を振って一群の折りたたみ式パイプ椅子を示したが、失踪課を統べるこの警部補はすわろうとしなかった。トニー・マグリアはズボンのポケットに両手を突っこみ、いらだちを装って言った。「ジャック、わたしは忙しいんだがな」

だろうねえ。マグリアは電話で話すことを拒否した。この邪魔くさい訪問は、マグリア自身の発案なのだ。行方不明のふたりのクウィルに関する彼のチームの大失態には、プライバシーが求められる。その点は理解できた。マグリアの部下たちが事件の扱いを誤ったのはこれが初めてではないし、今回のは調査の対象となるだろう。電話回線にどれだけのプライバシーがあるか、それは誰にもわからない。どこの誰が聞いているかも──何が録音されているかも。

それに、偏執的な疑り深さで、警官の右に出る者は？　ひとりもいない、い、い、い。

ジャック・コフィーは、奥の壁際の証拠物件のテーブルへと歩いていった。それから、手振りでこちらへと合図して、お客の警部補を自分のもとへ呼び寄せた。コフィーは尼僧のポスターをそっとテーブルに置いた。つづいてその隣に──バン！──広く配布されている誘拐された少年の写真をたたきつけた。もうひとりの消えたクウィルの肖像を。

言いたいことは伝わった。

こっちは怒っているのだ。

「トニー、このふたりは顔まで同じだろう……なのにお宅の連中はこの二件を結びつけなかったのか?」

「届はシスター・マイケルで出ていた。アンジェラ・クウィルではなく。ある神父が電話を寄越したんだ」

「いいや、届は直に提出されている。それに、その捜索願はニューヨーク病院の医者の支持を得ていた」コフィーはコルクの壁をこれ見よがしに眺めまわした。「このどこかに、その医者の確認のEメールがあるはずだよ。病状に基づき、尼僧は失踪課の最優先事項になってしかるべきだった。だから神父はこの写真を――」

「われわれが届を受理したときは、写真など――」

「お宅の課は写真を受け取っている。彼女の履歴もすべて……アンジェラ・クウィルの母親の住所氏名までだ。それは直接、あんたの部下に渡されているんだよ」

「そして、その刑事は数秒後に部屋を出ている――行方不明の子供をさがすためにな!」

「同じ苗字……同じ顔の子供を、だ」

「わたしには写真などなかった! あの尼僧の履歴も本名もだ! わたしはこの目でファイルを見たんだ。となると……これはどういうことだと思う?」

「神父が嘘をつくとでも?」コフィーは大きな笑みをたたえて言った。「デュポン神父は、あんたの部下たちが行方不明の尼さんの件にさして興味を持っていないのを感じた。そしてそれは……妙だった。届を出す前に、彼はポーク市長に助けを求めに行っている。神父は尼さんの件を書類の山に埋もれさせたくなかったんだ」そうして市長を訪ねたあとならば、カソリック票の化身である枢機卿の部下は、トニー・マグリアの課員らに直立不動で迎えられ、午後のお茶でもてなされて当然なのだ。「そうそう、デュポン神父はきょうもグレイシー・マンションに――尼さんの身元確認のために――行ったそうだよ。彼女の亡骸は死体の山のいちばん上に載ってたらしい。神父はまだわたしの部屋にいるんじゃないかな。いまここにお呼びしようか?」ノー? 利口だね。証拠が消えた――または、隠滅された――という話をする場合、目撃者は最小限に留めるに限る。「本人の話だと、神父は何もかも失踪課に――」

「フライ刑事」ここでトニー・マグリアは椅子にすわることにした。いまやすわらずにはいられないようだ。「神父が来たときのことは、フライが覚えている」

「一日に二度」コフィーは言った――これは手助けだ。「最初は尼さんの失踪を届け出るためで、二度目は――」

「もしかすると、彼が封筒か何か受け取ったのかもしれない。だが、それを見る時間はなかっただろうな。さっきも言ったとおり、フライ刑事はその直後に出かけ、盲目の子供に関する手がかりを追っている。封筒がどうなったのか、彼にも皆目わからないんだ」

ジャック・コフィーにはひとつふたつ考えがあった。今朝早く、尼僧の写真と彼女の個人情報はマグリアの課の恥となったのだろう。そして封筒はシュレッダーのなかへと消えたのだ。彼のもうひとつの考えは、刑事局長による隠蔽を軸にぐるぐると回っている。この仮説は、デュポン神父がグレイシー・マンションでのマロリー刑事流事情聴取について味わい深く語ったときに生まれた。そこに燃料を注いだのが、ゴダード局長から苦情が来ていないという事実だ。ふつうなら局長はいまごろ不服従の罪により彼女を磔(はりつけ)にしているはずだ。

あの男の秘密を何かつかんでいないかぎり、マロリーがあいつとやりあうわけはない。あるいは、彼女はただ、何かある可能性に賭け、刑事局長で遊んでいるだけかもしれないが。マロリーはゲームの達人なのだ。


アルバート・コステロは、見知らぬ男のバンのなかでテイクアウトの食事を終えた。彼らはハドソン川ぞいのパークウェイを走っていた。前方の道路は、街灯とヘッドライトとテールライトで輝いている。高層ビルのなかでは、明るい窓が星のようにぽんぽん現れだしていた。一日が終わった。残念至極。老人は、きょうという日がもっと長くつづいてくれたら、と思った。

運転席の若い男がまた新たな提案をした。

「うん、そりゃあいいね」川辺の夜の散歩こそ、いまの彼に必要なものだ。こってりした食事を歩いて消化するチャンス。タバコも吸えるし、雑談も楽しめる。「ああ、あの橋がいいね。最高だ」そこからなら、またボートが見えるかもしれない。「こうして島に住んでるってのにな。もう十年になるんだよ——最後に川を見てから」


重大犯罪課の指揮官は、執務室のドアを閉めて騒音を遮断し——ドアに鍵をかけた。つぎに彼は、外の刑事部屋の騒ぎが見える幅の広い窓のベネチアン・ブラインドを閉じた。固定電話の呼び出し音をオフにしてから、彼はデスクの前にすわった。

頭を背もたれに。足はデスクに。そして目を閉じる。

これでもう邪魔は入らない。だが彼の心に安らぎはなかった。例の殺人被害者の三人。彼らのことを気にかける人間はこの町にひとりもいない。隠遁者は毎日死んでいる。そして死体が腐敗し、ウジ虫が孵（かえ）るまで、それを知る者や気にする者はない。だが、四人目の被害者、あの死んだ尼僧は上層部の脅威となっている。なぜだろう？

ジョー・ゴダード刑事局長は、いまだ介入してこない。これも奇妙な点だった。世間が注目する事件の捜査の際、コフィーがあの悪党の重たい息遣いを電話越しに聞かないことはめったにないのだ。

さらに、デュポン神父の事情聴取から生じた問題もある。それはマグリアの嘘を証明する。一方、尼僧の捜索に関し、神父は市長のあと押しを求めていた。そのことに疑問はない。デュポンは枢機卿の部下だ。猊下のお役に立つことは、政治的な基盤となる。ふつうならアンドルー・ポークは、尼僧の失踪届が出る前に、トニー・マグリアの尻に火を点けるはずだ。

なのに、マグリアに市長からの電話は入っていない？

これは第二の嘘なのか？

盲目の少年の事件は、マグリアの課のものではない。身代金めあての誘拐の疑いがある場合、捜査は失踪課の手を離れる。となると、フライ刑事がジョーナ・クウィルの手がかりを追うために駆け出ていったという話——あれはでたらめだ。あの事件には町のあらゆる班が時間を割いているが、失踪課からは手がかりなどひとつももたらされていない。となると、神父が訪れたとき、連中はなぜ彼を無視したのだろう？　一度ならず二度までも、いなくなった尼僧をさがしてほしいと乞う彼を？　デュポン神父が市長の全面的な支援を受けていたなら——

　警部補は目を開いた。

　そうか！

　この種の悟りがひとりの男をひざまずかせ、自らの職と恩給の無事を祈らせることもある。コフィーはマロリー的飛躍をしており、そんな自分に不安を覚えた。歪んでいる？　ああ、そうとも。しかし、マグリアの部下が尼僧の写真と履歴の入った封筒を開けなかった理由として、考えられることがひとつある。

　もしも市長が失踪課に電話を入れ——尼僧の件を闇に葬(ほうむ)れと指示したとしたら？

　すべての事実と嘘を考え合わせると、これがすじの通る唯一のシナリオだ。そしてこのシナリオは、まるですじが通らない。

第五章

アパートメントの四階と五階の住人たちは、褐色砂岩の建物の上層階で私生活を送っている。一階では、カフェ、商店、バーが躁病的賑わいを見せており、のろのろ進む車はなすすべもない。この場所を支配するのは徒歩の往来なのだ。ライカーはいつのまにか相棒の作る後流から外れており、向かってきた観光客をニューヨーク流ステップ&グライドで避けるはめになった。相手は、ぶん殴ってくださいとばかりに鼻を先に立て、カミカゼの勢いで歩いていた。

三番アベニューからアベニューAまでのこの三ブロック間、通りは人で込み合い、ざわついているが、それでも昔のようではない。時を経て、葉っぱのにおいは屋内へと消え、空気までもが紳士的になったのだ。とはいえ、地元のヘッドショップはいまも、ド派手な毛皮のボアをマリファナ用の水パイプと並べて売っている。

カプチーノとタトゥーが買えるある店を通り過ぎるとき、ライカーは顔を上げ、マスタード色の文字を眺めた。〝わたしを食べて〟——歩道の上に吊るされた巨大なホットドッグにはそう書かれていた。これは新しい。それとも、ちがうのか？　この前、彼がここに来てからもう何年にもなる。十九世紀の家々の並ぶこの狭い並木道は、ライカーにとって単なる地区以上の存在だ。セント・マークス・プレイスは場所なんかじゃない。それは時代なのだ。彼の若かりし日の深夜の多くが、酔ったティーンエイジャーたちのロックンロール・パーティーだった。みんな、車をかわしながら、通りで踊ったものだ。あたりには葉っぱのにおいがたちこめ、高い窓から流れてくるレコードの音楽や、紙幣や小銭を稼ぐ彼自身のギターの生演奏がズンズン鈍く響いていた。

あの時代はどこに行ったんだ？

中年となったライカーは、旧友のように馴染み深いある建物の前で立ち止まった。八〇年代、キース・リチャーズとミック・ジャガーがあるレコードの宣伝のため、ミュージック・ビデオのなかでその入口にすわったのだ。彼は思い出そうとして、ちょっと目を細め、首を振った。あのレコードのタイトルは——

「ストーンズのあの昔のレコード？」ただずむ彼をずっと見ていたマロリーが、彼が記憶と格闘している現場を押さえた。「タイトルは《友を待つ》よ」

養父と同じく、彼女もロックンロール・トリビアの百科事典なのだ。あのジャンルの音楽は、ライカーの宗教であって、マロリーのではない。それでも、もし焼きが回ったとして彼をやっつけたければ——あんたはお荷物だとほのめかしたければ、彼女には、そのレコードがリリースされた年月日まで言えるにちがいなかった。しかし彼女はただ向きを変えて、歩み去った。

店先に花の陳列台のある角のボデガで、彼はマロリーに追いついた。彼女は店内に入っていった。ブレナー神父は消えた尼僧の足跡をたどり、その店を訪れている。ふたりの刑事は赤い薔薇（ばら）二本が購入された日時を確認した。店主はシスター・マイケルという名は知らなかった。

その男にとって彼女は〝マイ・アンジー〟なのだ。店主は彼女を子供のころから知っているうえ——やったぞ！——彼女が急いでいたことも覚えていた。しかしそれは朝の九時のことで、ミセス・クウィルは娘が来るのは十時過ぎだと思っていた。したがって、尼僧はこの通りのどこかで甥と会う約束だったにちがいない。なおかつ、その場所としては、カフェが有力だ。

店を出た刑事らは、アンジェラ・クウィルの足跡をたどりつづけた。ところがマロリーは一軒目のカフェをそのまま通過した。どうやらその店よりも、若い行商人が路上の敷物に広げている売り物のほうに興味があるらしい。彼女は身をかがめ、一本の白い棒をつかみ取って、しゃがんだ格好のティーンエイジャーの鼻先に突きつけた。「これはどこで手に入れたの？」

バッジや銃は出さなかったが、彼女のすべてが消耗しきったその少年に〝おまわり〟と告げていた。薬物依存の判定は簡単だった。少年はひどく痩せているし、ひどく怯えているから。

「わかんないな……ゴミ缶からいろいろ拾ってくるんで」

「ちがう、これは盗品でしょ」マロリーは棒の両端を持って引っ張り、入れ子式のファイバーグラスの短い筒を白杖（はくじょう）の長さに伸ばした。「あなたはこれを盲目の少年から盗んだ」その言外の意味は、〝このゴキブリ野郎〟だ。

「ちがうよ！　この先の歩道に落ちてたんだ。誓うよ」

「いつ？」

「さあ」少年は言った。「何日か前」

「どこで？　正確に言って……どこ？」

道の先を指さすとき、ティーンエイジャーの手は痙攣していた。「ほら、大きく〝賃貸〟って張り紙が出てる店があるでしょ。そいつはあそこの歩道に落ちてたんだよ……あの建物の何ヤードか先だったかな」

刑事たちは来た道を引き返し、アルバート・コステロのアパートメントを通り過ぎて、不動産屋の張り紙のある暗い店の前まで行った。それは、あの老人が意識不明の状態で見つかった場所だった。空き店舗か。そしてようやくライカーにも、なぜマロリーが強盗事件の報告書を新米のミスと判定したかがわかった。被害者がこの第二の場所に移されたことは明らかだ。したがって、その襲撃は、殴り倒してその場で奪う古典的な辻強盗じゃない。そうそう、それに店のドアには鍵がかかっていない――アメリカ一戸締り厳重な町の、施錠されていないドアってわけだ。

入口から身を乗り出し、ライカーは照明のスイッチを押した。なかに二歩入ったところで、視線を落とすと、血痕がひとつ床にあった。「するとここが、アルバートが頭をぶつけた場所なんだな」

「転倒したってわけ」マロリーが言う。「麻酔薬を投与されれば、当然そうなる――ジャージーのお婆さんと同じよ」

仮に彼女の手もとに老人が薬物を盛られていたという検査報告書があるとしても、転倒という説は不確かだ。コステロの頭はこの床にたたきつけられたのかもしれない。だがライカーはなんとも言わなかった。マロリーはいつも、自分の好きな絵になるよう強引にパズルのピースをはめこむのだ。もうそのやりかたには慣れていた。彼は窓に顔を向けた。すると、窓枠のどまんなかに背の高い銀色の支柱が見えた。あれこそ、近所の人が爺さんのお気に入りの街路灯と言っていたやつにちがいない。老人が毎日一時間、たたずむ場所。その隠遁者の一定不変の日課もまた、殺害された他三名の被害者と共通するものだ。

マロリーは店の奥のほうに行き、かがみこんで裏口の鍵を調べていた。「いくつか小さな道具を使った痕跡がある。なかなかの腕ね。この鍵は前もってこじ開けてあったのよ。いい錠前で、ピッキングはむずかしいから。ホシも間際にその作業をやろうとは思わないはず」彼女は店の正面側に引き返して、窓の前に立った。「ホシは、あの街路灯のそばに老人が立つのを知っていて、この場所を選んだわけ。つまり、つけまわし、計画を練っていたということよ」彼女は手を開いて、赤い薔薇の花びらを一枚、ライカーに見せた。「ドアの側柱にくっついていた。例の尼僧もここにいたのよ。ホシは彼女の花を持ち去ったにちがいない。だけどそいつは、これを見落としたの」

花びら一枚で尼僧がここにいたとするのは、飛躍のしすぎだ。だが、それについてはライカーも彼女に同調することにした。そしていま、彼のなかで、麻酔薬という説が意味を成しはじめた。「ホシはここからアルバートに注射したのか——」

「医療用ダーツでね。動物管理局も野犬を捕獲するのに同じ麻酔薬を使っている。ホシはここからダーツガンを撃ったわけ。薬が効きだしたとき、そいつはアルバートの近くにはいなかったの」

「オーケー」確かに無理はあるが――「きっとそうなんだろう。そのあとホシは、ぶっ倒れる寸前の爺さんをつかまえて、ここに連れこんだわけだな」親切な近所の人を装って。「そこへ、甥っ子と待ち合わせてた尼僧が現れ、ここまでやって来た」

マロリーはアルバート・コステロの血かもしれない血痕に目をやった。「老人は気を失って床に倒れていた。尼僧にはその姿は見えない。でも彼女は、窓の外からホシを見たのよ。あるいは、そいつが戸口に立ってたのかも。とにかく彼女はそいつを知っていた。だからホシは手を伸ばして、彼女を引きずりこんだ。そして、殺される前に……彼女は悲鳴をあげた」

ライカーは笑みを浮かべた。「ああ、まちがいない」わかるもんか。物的証拠からはたくさんの情報が得られる。だが証拠は音を立てないし、悲鳴もあげない。ささやきさえもしないものだ。いまの皮肉はふつうなら相棒を怒らせるはずだが、そうはならなかった。不気味な緑のキャンドルよろしく彼女の目が輝いた。ライカーの屈辱の予告だ。

いつになっても彼は学ばない。

マロリーは開いたドアのほうを向いた。「ホシはこのなかで何をしていたか人に知られないよう手を尽くしている。尼僧を――現場に自分を結びつけうる目撃者をつかまえること。これはリスクの高い行動だけど、彼女はすぐそこ、手を伸ばせば届くところにいたわけだから、理解できる。でもなぜ、わざわざ外に出て、盲目の子供を通りからさらってくるわけ？　そんな危険を冒す理由がある？　何かに驚いたとき、ジョーナはまだこの店舗まで来ていなかったのよ」腕を組み、彼女は相棒に顔を向けた。「少年は目が見えない。でも叔母さんの悲鳴は聞こえる。その声は彼を驚かせ、怯えさせた。それ以外、少年が歩道に杖を落とし、そこに——この店から数ヤードのところに——放置するシナリオはありえない」

オーケー。たぶん証拠が悲鳴をあげることもあるんだろう。ライカーはうなずいた。「つまり……少年が叔母さんをさがして、ドアからなかに入ってきたとき、その手に杖はなかったわけだ。たぶんホシはジョーナの目が見えないことに気づかなかったんだろうな」

「あるいは、少年には尼僧とホシを結びつけることができるのかも。尼僧はその男と知り合いだったわけだから」

尼僧がホシと知り合いだったというのは、たぶんの話だ。しかしライカーは、その点はやり過ごした。相棒が何か隠している可能性、彼のための落とし穴を用意している可能性もある。判断がむずかしいが。これは単に、彼女がこの仮説をすごく気に入っているだけだとも考えられるのだ。

ふたりの刑事は裏口から外の路地に出た。そのコンクリートの四角い大きなエリアには、店が捨てた棚やゴミの袋が積みあげられていたが、車を一台、駐車するだけのスペースはあった。バンでも駐められるし、ふたりの人間を誘拐するのに必要なプライバシーもある。錆びた金属のひさしが、高い窓からその場面を隠しただろうし、低い窓からの目は大型ゴミ容器によってさえぎられただろう。

「ホシは他の殺しの手口に一致するように尼僧の心臓をくり抜いたのよ」マロリーが言った。

「そいつは、警察がそもそものターゲットである強盗被害者とのつながりに気づくとは思っていない。でも、用心するに越したことはないでしょ？　だからきょうまた、アルバート・コステロを始末しに来たわけよ」

橋の上の道路はすいていた。見知らぬ男は先に立って歩道を歩いていく。男は足早に歩いており、アルバートは置いてけぼりにされつつあった。やれやれ、自分ひとりで散歩するなら、こんなところまで来なかったんだが。彼は追いつくためにふうふう言わねばならなかった。若い男は、通過する車から見えない、鋼鉄の骨組みの陰で止まった。目深にかぶったキャップの下で、男の目があらゆる方向、頭上以外のいたるところに飛んでいる。

「この空気のにおい」アルバートは言った。「雨が来るんじゃないかね……あんた、何をさがしてるんだい？」

「カメラ。近ごろはどこにでもあるからね」

「うん、もう人に見られずに小便をすることもできなくなってきたよなあ」アルバートは高い鉄の塔を見あげた。「カメラはないようだよ」

男が襲いかかってきて、彼をつかまえた。おいおい、ちょっと待ってくれ！　腕と脚をつかまれ、アルバートの体が宙に浮く。

そして手すりの向こうへ。

なんてこった！

彼は漆黒の水の上を飛んでいた。

落下しながら――絶叫しながら――アルバートは虚空を掻き、両脚を動かした。まるで空気の階段をのぼって、橋にもどろうとしているかのように。理性は飛び去った。命がすべて。命が全部だ。

彼は着水し、川面にたたきつけられた。それはコンクリートのベッドだった。この痛み。脚が。背中が。そして下へ下へと沈んでいく。彼は息を止めた。残りわずかの空気だけは手放すまい。翼よろしく両の手がばたばた動く。水面まで飛んでいき、彼は肺を満たした。ああ、助かった。

息をどっと吐き出したとき、波が覆いかぶさってきた。水中に引きこまれた彼は、巨大な手に胸を圧迫され、水を吸いこんだ。水面にもどると、いつもの咳が内臓を痛めつけた。溺死は、肺を裂き、鼻腔(びくう)を焼く、すさまじい苦痛を伴う。水責めはいつまでもいつまでもつづき――ついに疲労困憊(ひろうこんぱい)し、彼は黒い波の下に沈んで、水中に留まった。じっと動かずに。脳の酸素を完全に断たれ、静かになって。あの苦痛ももはやなく。川面に彼の痕跡はひとつも残っていなかった。その口から漏れたあぶくがふわふわと上昇していき、彼の最期の息が大気のなかでポンとはじけた。

水？

その暗い部屋で、ジョーナ・クウィルはなかなか眠りから抜け出せずに、湿気でべとつく空気を吸っていた。水の気配はまわりじゅうに感じられた。それが自分をなぶっているのが。喉はひりひりし、唇はひび割れている。一方の手が冷たい石の床にストンと落ちた。反対の手がゴム張りの何かの上に着地したので、彼は指を歩かせて、コードを見つけた。空気ポンプをコンセントにつなぐやつ。これはふくらむマットレスだ。ジョーナが友達のうちに泊まりに行くとき、叔父さんはいつも似たようなのを引っ張り出してくれる。

静かに横たわったまま、少年はいつもどおり、目覚めの儀式として、彼自身の再生する遠い昔のささやきに耳を傾けた。叔母からの一日の最初の指令は常にこれだった。幼稚園に行くようになって初めて、**目を開けて**。彼は疑問を抱いた。なんのために？　何も見えない目のために、なぜまぶたを上げなきゃならないんだろう？

「教えてあげる」アンジー叔母さんは、ブルーミングデール百貨店にジョーナを連れていき、店のマネキン人形のひとつを彼自身の手でさぐらせた。女性店員のひとりが一体を床に寝かせてくれたので、彼はその見開かれたプラスチックの目のまぶたに触れることができた。女性店員は彼に、人形は生きている人間にはぜんぜん似ていないと言った。「それでもお客さんは人形に見られているような気がするのよ。だからあんまり盗まない。わたしたちはそれを、スプーク効果と呼んでいるの」

そしてここでアンジー叔母さんが言った。「開いた目はね、見えない目でも、役に立つの……だってあなたが見ている可能性もあるから。外にいる知らない人たち、目が見える人たちみんなを見ている可能性」

これは叔母さんがくれた贈り物であり、欺瞞によって彼に力を与えてくれた。でもいまは役に立たない。ここでは無理だ。それでも彼は目を開けた——叔母さんのために。

　少年はマットレスから身を起こした。痙攣する脚で立ちあがるには、多少の努力が必要だった。吐き気がするし、胃は痛んでいた。ジョーナはスニーカーの一方を蹴り飛ばすと、つま先でそっとあたりをさぐることで、行く手の障害物をさがした。足の親指が冷たい金属に当たり、彼は両手で段状になった電化製品をなでまわして、その丸い扉と内側のドラムから衣類乾燥機を確認した。その隣の物体は、もっと低い位置にあり、つるんとしていて——

　トイレのある洗濯室?

　ジョーナは便器のなかの臭い水を飲みたいという誘惑に駆られた。だがそのとき、もっと背の高い何かに肘が当たり、彼の両手が——これはなんだ? 外側はざらざらしていて、内側はなめらか、穴がひとつ。排水口? シンクだ! しかも大きなやつ! 指がその縁をなぞっていき、蛇口の栓を見つけた。彼は栓をひねって、両手をカップにし、冷たくて清潔な流水を飲んだ。

　そのあいだずっと、彼は神の恵み(マナ)に感謝を捧げていた。一時的に神が不倶戴天の敵であることも忘れて。でも神はアンジー叔母さんを盗み——そのうえ、死なせたやつなのだ。改めて、天にまします全能のくそ野郎に祈りを捧げ、死んじまっちゃどうかと提案したとき、ジョーナの声はしゃがれていた。

　探査のつぎの段階で、裸足の片足は白カビのにおいのもとに触れた。両手がすっと降下して、モップが入ったバケツを確認した。その後、彼はウエストの高さで壁面に指を這わせていき、丸いノブを見つけて、それを回した。ドアはまったく動かなかった。鍵がかかっているのだ。でも、反対側からは唸り声が聞こえた。床の近くから。がらがらの。醜悪な声が。

何日ぶりかでたっぷり水を飲んだため、その犬が吠え、床板を爪で引っ掻いたとき、ジョーナはもう少しでジーンズを濡らすところだった。そいつは爪を立て、ガリガリやり、木材をかきむしっている。そして今度は鳴きわめき、半狂乱でなかに入ろうとしている。ジョーナを襲おうとして！

過去に気絶したことは一度もない。だからジョーナはそれを気絶と呼ぶ気はなかった。それに眠りと呼ぶ気も。彼は――ただ――スイッチを切った――だけだ。

マロリーとライカーはまだ立ったまま、デスクの向こうの非常に静かな男、彼らのボスの反応を待っている。

コフィー警部補は、クリップをもてあそびつづけ、それを伸ばしてまっすぐな針金にした。ちゃちな武器。でも、銃がしまってある引き出しの鍵を開ける勇気はない。充分心が鎮まると、彼は言った。「うん、こんなのは初めてだな。きみたちはわたしにそれを信じろって言うのか。その異常者、イカレた連続殺人犯が……プロの殺し屋を雇い……殺しをやらせたと？」そうにちがいない。彼がこの与太話にひっかからないとわかったときには、このふたりの手から手へ賭けの金が渡るのだろう。しかしジャック・コフィーには話を長引かせる気はなく、だから彼はこう指摘した。「その異常者は戦利品を持ち去っている」それから大声で――「そいつは被害者の心臓をくり抜くんだぞ！」

ライカーはうなずいた。おっしゃるとおり。「ヘラーと話してみてくれ。彼によると――」

「言うな！」この件で、ユーモアのかけらもないあの鑑識課長の反応を確かめてみるつもりはない。警部補は椅子をくるりと回転させて、刑事たちに背を向けると、まるでそこから外が見えるかのように、今世紀に入ってまだ一度も洗浄されていない通り側の窓を見つめた。彼は気のいい男だ。それに少しも根に持ってはいない。だから彼はこう言った。「出ていけ」

そしてふたりは出ていった。


尼僧を殺した？　子供をさらった？　イギーは気がふれたのか？　依頼人が金を払ったのは、人知れず四人の獲物を殺すためなのに。しかも、このごたごたを知らせるのに、電話を使うとは。これほどまずいやりかたはない。親切のつもり、プロの礼儀のつもりだったんだろうが。

最悪の日だ！

ゲイル・ローリーはこのビジネスの殺害部門の担当ではなく、むしろ自身を仲人みたいなものとみなしている。ただし、妻のほうは彼をフリーの保険調査員だと思っていた。実際、彼はその仕事を――副業で――している。しかしそれはただ、所得税を申告するためにすぎない。国税庁ともめるのはまっぴらだから。

ああ、パートナーのほうも法執行機関をもっと警戒してくれたら。

六歳のパティーが足付きのパジャマ姿でホーム・オフィスに入ってくると、彼は血なまぐさい事件を報じるラジオのスイッチを切った。この幼い娘のウェーブする髪と海の碧（みどり）をたたえる瞳は、ゲイルからゆずり受けたものだ。彼女は新聞を携えていた。パパのお手伝い。こんな時間に起きているという事実を大目に見てもらえるように。彼は娘にありがとうと言い、新聞をデスクに置いた。「ベッドにおもどり、プリンセス」

ううん、ここにいる。パジャマの足が敷物をしっかり踏みしめ、そう言っている。それに、つんと上を向いた顎は、自分はどこでもいたいところにいるんだと告げていた。

ゲイルは新聞に目を向けた。ここ十年、ニューヨークのデイリーニュース紙が遅い版を発行した記憶はない。この版は、第一面に例の尼僧と少年の写真を載せていた。市長邸の庭に遺棄された四つの遺体のうち三体は、この記事の脚注みたいなものだった。それに、死体損壊に関する記述はない。亡骸（なきがら）からくり抜かれた臓器の話は一行も。

依頼人は被害者たちの心臓をどうしているんだろう？

電話が鳴った。デスクの引き出し、携帯電話がぎっしり詰まったやつを開けてみるまでもなく、ゲイルにはわかった。この電話は、例の心臓フェチからだろう。やつはプランの変更のことで文句が言いたいのだ。呼び出し音の音色からも怒りが読みとれそうだった。

ところが、依頼人の声には嘘偽りない喜びがこもっていた。「いやいや」ゲイルは言った。「喜んでいただけて、本当によかった」

ゲイルは手を振ってプリンセスを部屋の外に追いやろうとした。姫君は彼を無視した。「ええ」彼は電話の相手に言った。「かなり大きく扱われてますね」殺し屋はまだ盲目の少年を手もとに置いているのだろうか？「確認します」急いでほしい。なお、追って指示するまで、その少年は生死を問わず発見されてはならない。「わかりました」写真は入手できるのか？「問題ないです」ここで、遂行すべき新たな仕事の指示が出た。つぎの報酬はその後、ゲイルの海外の口座に振りこまれ、それを以て彼らの取引は完了する。

ゲイルはこの依頼人専用の携帯を引き出しに放りこみ、ビジネス・パートナーとの連絡用のを手に取った。

幼い娘が父親をにらみつけた。早く寝る前のお話を読んでほしい、と。**それがパパの仕事なんだから！**

ゲイルは娘にほほえみかけた。「ちょっと待ってね」彼は一本指を立ててみせた。**パパはもうひとつだけやることがあるんだよ。**それに彼女は、父親が男の子の殺害についてイギーと話し合うのを聞かないほうがいいかもしれない。

「やだ！」プリンセスに待たされる気はなかった。彼女は小さな足を踏み鳴らした。言うだけのことはもう言ったから。

ランプの光を浴び、大きな影を落としつつ、イギー・コンロイはぐったりした少年の体を肘掛け椅子の上に下ろした。薬の効果はもう切れているはずだ。この子はぱっちり目を開けていなくてはおかしい。イギーは生えかけの毛でざらざらの坊主頭をなでてあげた。やれやれ、また分量をまちがえたんだな。彼は、まあいいか、と一方の肩をすくめた。

最初の三件、しばらく生かしておいた連中は、ただ保管さえしておけばよかった。依頼人の要望により、連中は三日間、水なし食事なしで過ごした。イギーはそういった細かなことは意に介さない。連中は彼のペットじゃないのだ。

イギーは彼らを〝肉〟とみなす。

そして彼は〝肉〟とは決して話さない。そいつらのささやかな夢や希望を知る必要はまったくないから。だがこの子供はワイルドカードだ。指示も一切出ていない。イギーは少年の浅い呼吸を見守った。これは生きながらえるのか、それとも死ぬことになるんだろうか？少年が頭を起こした。手の指が丸まり、ブルージーンズの脚の一方がぐっと伸びる。その目が開かれようとしている。でも、なんのために？　本当に盲目なら、これはどうして目を開けるんだ？

「おまえ、彼女にそっくりだな」男がタバコのにおいの息で言う。

ジョーナが目覚めた場所は、前とはちがう部屋だった。地下室ではない。ここは湿気がないし、湿った壁や白カビのにおいもしない。指が、クッション入りの椅子の分厚い肘掛けをぐるりとさぐっていく。スニーカーの一方はなくなっており、裸足のその足の下には絨毯（じゅうたん）がある。胃の痙攣とともに吐き気がこみあげ、脳の霞（かすみ）がゆっくりと晴れていく——するとふたたび叔母さんが死んだ。彼が目を開けるたびに、アンジー叔母さんは死ぬ。

「聞こえてるか、坊主？　あの尼僧にそっくりだな、と言ったんだが」声は大きくなっていたが、難聴者に語りかけるほどの大きさではなかった。ジョーナはこういった声を知っている。それは、この男が別の場所——すべての盲人が住む場所に電話をかけているようだった。

よくも叔母さんを殺したな、このイカレ野郎！

それを声に出してはだめよ、ジョーナ。この男と争わないで。アンジー叔母さんならそう言うだろう。叔母さんと二度と話せないなんて、とても信じられない。それはあまりにもつらすぎた。だからジョーナは叔母さんの声を頭のなかで再生する。ラジオみたいにスイッチを入れたり切ったり——そうしていると、死んだ叔母さんの肌の感触、あのひどい冷たさの記憶はするする退いていく。

そしていま、小さな恐怖の時が来た。〝タバコ男〟のとはちがう声。それは床に近い低いところ、すぐそばから聞こえてくる。ジョーナの指が椅子の肘掛けのクッションに食いこんだ。そして彼は、口呼吸するその生き物、床の上でゼイゼイいっているやつに顔を向けた。「これ、なんて種類の犬？」

「ピットブルだ。それがそこにいるってどうしてわかるんだ？」

人の手のかすかな熱がジョーナの顔の前をよぎり、鼻先をかすめた。「呼吸音が聞こえたから……犬のにおいも知ってるし」

ああいう犬はね——理由もなく襲ってくることがあるのよ。以前、アンジー叔母さんはそう言っていた。まだジョーナが小さかったころ、叔母さんが杖を使って歩道を進む方法を彼に教えていたころに。叔母さんはジョーナが街を怖がるよう仕向けたかったわけじゃない。ただ、彼がそのちっちゃな指で何に触れようとするか、常に警戒していただけだ。

「おれが近くにいるかぎり」〝タバコ男〟が言った。「その犬はおまえに危害を加えない。じゃあ、おれがいなかったら？　そのときは絶対に動くなよ。これは大事なことだぞ、坊主。動かなけりゃそれは襲ってこない……じっと静かにしてりゃあな」

この犬は〝それ〟なの？　ふつうペットは、〝この子〟なのに。冷たい金属がジョーナの手に押しこまれた。丸いもの。缶だ。指が炭酸でむずむずする。

「大丈夫だよ、坊主。今回は眠り薬は入ってない。ただのソーダだ」男は何か別のものを反対の手の上に載せた。「それと、クラッカー。いいか、ちびちび食えよ。何日か胃袋が空っぽだったんだからな。がっつくと、吐いちまうぞ」

ジョーナはクラッカーに載っている結晶のつぶつぶを指でさぐった。そして言った。「塩つきだね」

「目が見えない割にいろいろわかるんだな……いったいどんな感じなんだ？　すべて真っ黒なのかね……明かりを消したときみたいに」

「ぼくは生まれつき目が見えないんだ。黒がどんなものなのか、わかりようがないだろ」アンジー叔母さんなら、怒りを抑えるように言うだろう。そこで彼は試してみた。そして失敗した。彼の内部のすべてを憎悪が食い尽くす。ジョーナは叔母さんが大好きだった――なのに、このイカレ野郎が叔母さんを殺したんだ！

「愚問とは言えないぞ、坊主。おまえにだって何かが見えるはずだ。無だって何かに見えるだろう」

これは、ジョーナの盲目に関する数ある馬鹿な質問のトップじゃないだろうか。無が何に見えるって言うんだ？　「その疑問なら解決してあげられるよ」ジョーナは言った。「目を閉じて」このくそ野郎！

「オーケー、いまぎゅっと閉じてる」

「じゃあ教えて……何が見えるか……あんたのケツの穴からさ」

いまごろ、アンジー叔母さんは叫んでいるだろう。やめて！　その男を怒らせちゃだめ！　でも男は怒ったふうもなく、こう言った。「やるじゃないか、坊主」声は室内の別の場所に移動していた。ライターがカチリと鳴る。そして今度は、お馴染みの雑音が聞こえてきた。

「盲人ってのは――」

「――テレビを見るか？　見るよ」クラッカーを頬張ったまま、ジョーナは言った。「しょっちゅう」


テイクアウトの容器から遅い食事をかきこむべく、コフィー警部補がランチルームに入っていく。彼女はその姿をじっと見ていた。彼は早食いだが、十五分あれば、やれることはいろいろある。

警部補の執務室で、マロリーはデスクの明かりを消し、彼がやって来るのが見えるよう、ごく細くブラインドのよろい板を開いた。警部補のノートパソコンが起動すると、彼女はパスワードを入れた。警部補はそんなもので彼女からプライバシーを護れると思っているのだ。前回、彼女が自分のコンピューターからそこに侵入して以来、新たなエントリーはひとつもなかった。

彼女はすでに、警部補の携帯電話と固定電話の記録を入手している。刑事局長はいまだ彼女の不服従のことで文句を言ってきていない。連絡は一切なし。ただし、他に興味を引かれる通信はあった。そのいくつかは手書きのメモで、パソコンの画面の光をたよりに読むことができた。デスクの電話が鳴った。局長の名前と番号が明るい画面に表示される。マロリーは受話器を取った——そして待った——そしてようやく相手が言った。「ジャック?」

「ご伝言をうかがいましょうか?」

「マロリーか」ゴダードの口調には失望以上のものが表れていた。彼女とは話したくない——彼女以外なら誰でもいい。

電話を切られないうちに、マロリーは言った。「市長は身代金の要求のことで嘘をついています」

「その件は忘れろ! お宮入りだ。公式にそう決まった。わかったな? もうこれ以上、グレイシー・マンションには行くんじゃないぞ」

なんの感情もこめず、抑揚(よくよう)もなく、彼女は言った。「犯人がなぜ心臓をくり抜いたのかわたしにはわかっている……それは戦利品じゃないんです」そして電話の向こうの沈黙により、マロリーには局長に彼自身の仮説がないことがわかった。もしあれば、彼女は怒声を浴びたはずだ。局長はマロリーのつぎの言葉を待っていた。

彼女は彼を待たせ、宙吊りにしておいた。チクタクと時が過ぎた。一分近くが。電話が切れた。だが、下っ端とのやりとりを終わらせる際に、局長がいつも響かせるガチャンという音はしなかった。そう、この通話は、受話器がそっと置かれる静かなカチャリという音で終わったのだ。そしてマロリーはそこから多くを読みとることができた。

局長は、真相にたどり着いたのだ。

それは彼に恐怖を抱かせただろうか？　もちろんだ。

第六章

ライカーは、この小さな部屋がコピーマシンと備品の戸棚、そして、最後に故障したあとここに遺棄された、欠陥だらけの古いデスクトップ・コンピューターに占められていたころを覚えている。長い侵略の年月のあいだに、この場所はテクノロジーで満杯になった。そして、そのほとんどは未知の品々なのだった。

いまやここはオタク部屋だ。奥の壁の最高の場所は、大きなモニターひとつに占められ、小さなモニター三つはスイッチやスロットやキーボードの付いたコンソールぞいに並んでいる。画面はどれも暗くなっているが、それでもなお光はあり、それら小さな光点は、段状に積まれた電子装置の壁からウィンクし、瞬(まばた)きしている。ライカーにはそういった装置の名前すらわからない。彼は、ノートパソコンや携帯電話のニューモデルに追いついていくだけでやっとなのだ。ライカーがひとりでこの部屋に来ることはめったにない。そして、この朝、たった四時間の睡眠で出勤してきた彼には、機械たちがこちらを見つめ、自分の噂をしているという考えを振り払うことができなかった。

ここはマロリーのテリトリーだ。彼女の背がいまよりずっと低かったころ、ライカーが彼女をキャシーと呼ぶことがまだ許され、ときには、〝このチビ〟とか〝悪ガキ〟などと子供の愛称で呼んでいた往時から。ルイ・マーコヴィッツが勤務を終え、ブルックリンの自宅へと養女を車に乗せていくまで、ここは彼女の放課後の遊び場だった。あの親父さんはこう考えたのだ――自分の愛娘がマンハッタンの路上の罪なき人々のあいだをうろつくのを放置してはならない、外界には無防備な財布やポケットがあまりにも多すぎる。ある日、あの子の見張り――おまわり用語で言えば〝子守りの任務〟――に当たっていたとき、ルイは、古いコンピューターを復旧させてみろ、と言ってキャシーをこの部屋に放りこんだ。市はまともなコンピューターを買う金を出そうとしないが、新しい部品数点なら課の買収資金で賄える(まかなえる)だろう、と。

この小さな部屋は、生まれつきコンピューターやオンライン強盗の才がある子供の前で大きく広がり、可能性の宇宙となった。彼女の養父によれば、その日、あの小さな盗賊はちょっと浮かれていたという。警察から高価な玩具を盗む――新品のコンピューターひと山を偽の電子装置購買申請書によって入手する、という考えは、それほど魅力的だったのだ。彼女は自身の戦利品をすべて無償でルイに――当時、彼女が使っていた呼び名で言うなら〝よう、おまわり〟に――提供した。請求書はなし。ハッカーの商品は無料。なんて意外な！　こうして小さな女の子が、内務監察部からの呼び出しを待つ不安に満ちた数年、あの親父さんの恩給を宙吊り状態にしたのだった。

ライカーがこのオタク部屋のことを初めて知ったのは、キャシーが小学生のときだ。当時の彼は警部で、飲んでは倒れる酔いどれと化す途上にあり、遠からず身を滅ぼし、地位を失う運命だった。その日は、来客として重大犯罪課に来ており、親友のデスクに足を乗せてのんびりくつろぎ、仕事の話をしていた。するとそこへ刑事がひとり、課の指揮官に伝言を伝えに来た。「ルイ？　あの子が会いたがってるよ……彼女のオフィスで」ルイ・マーコヴィッツは涙が出るまで笑ったものだ。

　大人になったマロリーはいま、どこにいるんだろう？

　ライカーは機械のひとつのデジタルの表示を見た。それは千分の一秒単位で時刻を知らせており、いまは九時五分過ぎだった。一分でも遅れるのは、あの時間厳守魔としてはめずらしく、彼は警戒感を抱いた。そのとき彼女が見えた。コンピューターの暗い画面にその姿が映らなかったら、背後からマロリーが忍び寄ってくることは絶対わからなかっただろう。彼女は指のひと突き、または、ひとことのみの台詞で、彼の心臓を止めようとしていた。

今回は飛びあがらんぞ。振り返りもせず、彼は訊ねた。「何かつかめたかい？」

「アルバート・コステロが見つかった」マロリーは言った。

「どこで？」

「言うなよ」コフィー警部補の声がドアから聞こえてきた。「せっかくだからな。本人の目で見てもらおう」ライカーはくるりと椅子を回転させて、ボスを見た。コフィーはいま、こう言いながらコンピューターを指さしている。「マロリーは彼をそのなかで見つけたんだ」

　さらにふたりの刑事がオタク部屋に入ってきて、肩と肩を窮屈そうにくっつけあい、コフィー警部補やライカーと並んで、マロリーの椅子のうしろに立った。

「これがハドソン川のアルバート・コステロよ」彼女が言った。漂う遺体の映像がコンピューターの大画面いっぱいに映し出されている。

「彼はモーターボートに乗っていた三人の少年に引きあげられたんだ」ジャック・コフィーが、この部分をまだ見ていない他の男たちのために言った。「少年たちはへべれけの状態でボートを走らせていた。で、なかのひとりが、ひどく酔っていたせいで錨を下ろした。その後、他のふたりがボートが減速しているのに気づいて……錨が引きあげられ、アルバートもいっしょに上がってきたわけだ」

ビデオには、ボートの高校生たちの会話はまったく入っていないが、サウンドトラックはちゃんと付いていた。巨大魚よろしく死体が引きあげられるのを見守りながら、刑事たちはアカペラで繰り返し歌われる古い童謡の歌詞に耳を傾けた。漕げ、漕げ、漕げよ、ボート漕げよ。アルバートの遺体は後部座席にすわらされた。そして、新たな友人たちの手助けにより、死んだ男は視聴者に向かって手を振った。

「死後硬直はまだだな」ゴンザレス刑事が言った。

「それはこれからだ」ジャック・コフィーが言った。「少年たちがボートの舳先側でポーズを取らせたあとだな。検視局の連中が桟橋に着いたときは、アルバートは完全に硬直していた。彼らは爺さんを座席から引きはがすのに苦労している。爺さんは操舵輪をしっかり握り締め、反対の手にビールのボトルを持ち……タバコを吸っていたんだ……もう死んでいるのにな」

「おれもそんなかたちでおさらばしたいね」ライカーは言った。

その間もずっと、サウンドトラックの音声は、優しいピュアな少年のテノールで歌っていた。歌詞の最後につぎの歌詞が重なり、溶け合って完璧な三パートのハーモニーを生み出し、歌の終わりがぐるぐると始まりを追いかけている。

「この悪ガキどもの親たちはすごい速さでこいつらの酔いを醒ましてやったんだな」ゴンザレスが言った。「ぐでんぐでんの状態じゃこんなサウンドトラックは作れっこない」

動画の最初から最後まで、少年たちは歌いつづけた。「漕げ、漕げ、漕げよ――」

彼らは順番に携帯電話のカメラに向かってポーズを取った。ひとりずつ、彼らの親友である溺死した男に腕を回し、記念写真を撮るために。

「――ボート漕げよ――」

ひとりの少年がアルバートの口にタバコを挿しこむ。死体がちゃんと息をせず、吸いさしの火が消えてしまうと、その若いのはご親切にもう一度、火を点けた。

「――らんらんらんらん――」

別の少年が老人の口を無理やり動かし、驚くほどリアルな笑いの形にした。これでようやくアルバート・コステロもこのパーティーを楽しんでいるような顔になった。

「――川下り――」

ここで、この昔ながらの歌詞につづき、老人の生殖器のスタミナと、死という障害にもかかわらず酒を飲むそのパワーを讃える、新しい卑猥(ひわい)な即興詩が始まった。

「なあ」ライカーは言った。「こいつら、なかなかうまいよな」

「それにはわけがあるの」マロリーが言った。「この子たちは十歳のとき、地元の教会で活動してたのよ」

「聖歌隊か?」

「うん」コフィー警部補が言った。「いい話だろう?」

まったくだ。あんたにとっちゃ、結構なことだよな、アルバート。孤独な老人の葬儀としては悪くない。

「ここからがいちばんいいところだけど」マロリーが言った。「ホシがただ未処理事項の処理に当たっていただけなら、アルバート・コステロの殺害手段としてはもっと簡単な方法があった。でも、あの通りではもうこれ以上、殺人事件は起こせない。従来のパターンで行くならね。だからコステロは川に投げこまれたわけ。ふつう、計画的な自殺は新聞の死亡記事となり、その後、忘れ去られる。ところがいま、あの老人はウイルスと化した。この動画の視聴回数は十万回を超えているの」

ますますおもしろくなってきた。「もしホシがネットを使うやつなら、いまごろ半狂乱だろうな」では、もしそいつがコンピューター音痴だったら? 問題ない。テレビによる過熱報道は保証されている。犯人は自らのミスが、キャッチーなテーマソングまで与えられ、ニュース番組のミニシリーズになるのを見られるだろう。

ジョーナは朝食を食べ終えた。またしても塩つきクラッカー。でも今朝はそこにピーナッツ・

バターが塗ってあった。胃は前ほどむかついてはいない。クラッカーを収めておくのも、いくらか楽になっていた。

彼は、テレビから流れてくるトラフィック・パターンに関するトークの真向かいにすわっている。そしてここで音声が切られた。隣にすわる男との会話がふたたび始まる合図だ。

アンジー叔母さんの初期の教え――ときどき人は顔と目だけで話をする。**あなたの顔と目が人に何を言うかに注意なさい。**

叔母さんの言葉の意味を彼は理解している。彼らが祖母と同居していたころ、感情はよくジョーナの顔を変化させたものだ。彼は自分の恐怖を気取られまいと努めていた。お祖母ちゃんは恐怖が大好きだから。あの老婆とふたりきりにされ、その手が体に触れるのを感じると、彼はいつもほほえんで、祖母専用の呪文を唱えた――**いっしょにお祈りして**。するとあの意地の悪い言動は、苦痛を与えはしない〝主を讃えよ〟の吟唱へと変わり、それを聞きながら、彼は階段をのぼってくる鈴の音を待つのだ。チリンチリンというその音は彼にこう告げる。**がんばって！　いま行くからね！**　アンジー叔母さんが彼を連れ去りに来る。

でも今回はそれはない。

ジョーナにはわかっていた。自分の顔には好奇心しか表れていない。なおかつ、それは本物だ。彼は考えた――このモンスターに効く呪文はどんなのだろう？

カチッ。煙のにおい。吐息。そして〝ダバコ男〟が言った。「何も見えないってのがどういうことなのか、どうもまだよく理解できんよ。結局のところ、なんでおまえにわかるんだ？

無がどう見えるかなんて、おまえにゃわかりようがないだろ？」

　男の声は充分に穏やかで、理性的だった。まだ恐れる必要はない。「目のことならなんでも訊いてよ。あんたのでも。ぼくのでも。ぼくはよく知ってるからね」

　これは完全に本当とは言えない。まだ渡るべき橋はある。学校に入る前、ジョーナは、公立図書館でアンジー叔母さんの膝にすわって長い時間を過ごしたものだ。叔母さんは、彼の質問のすべてをコンピューターに打ちこんでいた。叔母さんが去ったあとも、ジョーナの好奇心は尽きなかった。でもいまの彼には、会話のできるパソコンがある。ときどき夜、自分の部屋にひとりになると、ジョーナはハイパーリンクを要求し、彼の電子の導き手は中空の一室へと彼を連れていく。そこには、他の探求者たち、盲目というのがどういうことなのか、または、見えるというのがどういうことなのか、知りたい人々が集まって――夜なかに橋を造っているのだ。

「ぼくはあんたの目の仕組みを知ってる」ジョーナは言った。「目はあんたに何も見せちゃくれない。データの通る一方通行の道だからね。目にできるのは、脳に生の情報を供給することだけ。それから脳がその情報を三つの異なる場所に送って、あんたの目の前にあるものの映像を作り出す。もし脳がおかしくなったら、その映像もおかしくなる。毎日、目を開けるたんびに、あんたは盲信してるんだよ」

「いいや、自分に何が見えてるか、おれにはわかってる」

「夢のなかでも、ものは見えるよね？　あれを本物だと思う？　まさかね。あれは全部、頭のなかの映像工場が送り出す嘘なんだ。眠っているとき、それは嘘をつく。じゃあ、目が覚めてるときは？　そこにあるはずのないものを見たことは一度もないって、あんた、言える？」

その沈黙は肌に感じられた。それは冷たかった。いやな感じだ。そしてこの会話はそんなかたちで終わった。彼が何かまずいことを言ったのだ。でも何を？

〝タバコ男〟がテレビの音声を入れた。ニュースキャスターが溺死した男のことを報じている。それから、そのテレビの声が途絶えた。そして、タタタという軽い音。タイピング？　うん、男が膝の上でキーボードを操作し、ひとつづきの長い息の流れのなかでぶつぶつ悪態をついている。タタタという音がやんだ。ノートパソコンが歌っている。

その古い曲をジョーナは知っていた。漕げ、漕げ、漕げよ――

「くそっ！」一連の呪詛（じゅそ）が終わり、乱暴にバシンとパソコンが閉じられた。重たい足がドスンドスンと遠のいていく。地べたにいるあの口呼吸生物のあえぎ声も、徐々に消えつつある。ご主人のあとを追い、床のむきだしの部分を爪でカタカタ打ち鳴らして、犬もまた部屋から出ていった。

ゆっくりと十まで数えたとき、どこか遠くでドアがバタンと閉まった。ジョーナはカウチから立ちあがった。壁伝いに歩き、別のドア、この場所から抜け出せるやつをさがすつもりだった。両手を差し出し、五歩進んだとき、犬の爪が硬い床の上をカタカタともどってきた。それから、そいつが絨毯（じゅうたん）の区域に入り、聞こえるのはゼイゼイという声だけになった。

犬が唸（うな）った。少年はソファまであとじさりしてすわった。

あのピットブルは彼の真ん前にいた。熱い息がスニーカーの一方をふんふんと嗅いでいる。そして、べチョべチョ舐めている。上下の顎が靴をはさむこみ——ぎゅっと締めつけた。ジョーナは身を固くした。胃のなかのクラッカーが喉にせりあがってくる。彼は歯が革を破るのを待った。でも目下、足はまっすぐ前に引っ張られ、犬の歯のあいだでゆすぶられている。必死になり、躍起となって、犬はスニーカーを引っ張り、引き抜こうとした。ジョーナの裸足の足が宙に浮いた。動くことも、息を吸うこともできなかった。それでも彼は、犬の荒い呼吸音を追っていた。それは離れていった。だが遠くへは行っていない。

そして、ムシャムシャという音。ピットブルが足のにおいのするランニングシューズに食いついている。

クチャクチャと嚙んでいる。

ものすごく気に入って。

ライカーがドア枠にもたれかかって、ボスに言った。「いいニュースがあるんだ——いいニュースといいニュース」

マロリーが執務室に入ってきて、紙を一枚、警部補のデスクに置いた。「アルバート・コステロの血液検査の結果よ」

疑り深い目で、ジャック・コフィーは検視局発行のその報告書を見つめた。「あの爺さんの遺体がもうジャージーからもどったのか？　いやに早いな」早すぎる。

「そうじゃない」ライカーが言った。「そいつは古いサンプルの検査結果だ。強盗に遭ったあと、アルバートは何日か病院で過ごしてる。そこの連中が緊急治療室で彼の血液を採取したんだよ」

「でも検査は行われていない」マロリーが隅のテレビのほうへと向かう。「ドクター・スロープが昨夜、その血液サンプルを引き取ったの。そこから家畜用の麻酔薬が検出された――ジャージーの車乗っ取りの被害者と同じのが」

「アルバートの体内にデートレイプ・ドラッグはなかった」ライカーが言った。「だがおれたちは、これはあの爺さんがもともとの殺害リストのターゲットだったからだと見ている。つまり、ホシがヘマをして尼僧を殺っちまう前の、当初の獲物だな。だからアルバートは、麻酔薬の注射だけを打たれてる。記憶を消すものは与えられなかったわけだ」

「そしてそれが、彼が死なねばならなかった理由なのよ」マロリーが音声を切られている隅のテレビのリモコンを手に取った。チャンネルが市のニュースの局に合わされた。「犯人がきのう、被害者といっしょに過ごしたことはわかっている。そいつは失敗に終わった襲撃のことをコステロが何か覚えていないか、知りたかったわけよ」彼女は金の懐中時計を取り出した。マーコヴィッツ一族の警察官三代に受け継がれてきた時計。ボスとトラブると、彼女はこの小道具を使って、自分が市警王室の出であることを誇示する。しかしきょうの彼女は、本当に時間を気にしているようだ。

ジャック・コフィーには、自分のために彼女がなんらかの爆弾を仕掛けていることがわかった。そしてここで、彼の目はテレビ画面に注がれた。「すじが通るな」コフィーは言った。「理論上は。なるほど、車乗っ取り事件とのつながりはつかめた。だが、グレイシー・マンションに遺棄された遺体に結びつくものは何もないわけだ。あっちの四体からは薬物は出てないからな」

「そりゃそうよ」マロリーは言った。「彼らのうち三人はしばらく生かされていた。そのあいだに薬物は抜けたわけ。尼僧には薬物は必要なかった。彼女はホシに出会って一分後に死んだんだから」ここで彼女は、〝ああ、そうそう〟といった感じで付け加えた。「グレイシー・マンションの捜索令状が必要ね」

ああ、確かに。「それは無理だな。きみと刑事局長のあいだで何があったかは知っている。だからわたしは、市警副長官から出た通達の裏にはゴダードがいるものと見ている」コフィーは自分のノートパソコン、通達に関する情報源を軽くたたいた。「ヘラー宛にEメールが送られたんだよ。彼はそれをわたしに転送してきた。その通達は、市長邸内への鑑識の立ち入りを禁じると述べている」そして、これは鑑識課の長を驚かせた。なぜなら彼には、市長邸内に鑑識員たちを送りこむ気などなかったからだ。少なくとも、朝のそのEメールで、〝立入禁止〟の表示を見るまでは。

「局長のやりそうなことよね」マロリーが言った。「でも、警部補がゴダードと角突き合わす必要はもうない」

ライカーが口をはさんだ。「これがもうひとつのいいニュースでね」

これを合図に、マロリーが懐中時計を閉じ、テレビの音声をオンにした。ニュースキャスターがしゃべっている。「――今朝、発表されました」

ジャック・コフィーは、ポリス・プラザ一番地、ニューヨーク市警本部前の記者たちを写した使い回しのニュース映像を見つめた。ひとりの記者がカメラを通してキャスターに語りかけ、刑事局長は不在のため、グレイシー・マンション殺人事件に関する局長のコメントは得られないと述べている。「ゴダード局長は現在、休暇中です。居所は不明……期間も未定です」

刑事局長が町から逃げ出すとは、市長の手はどれだけ汚れているんだ？　まあ、これでグレイシー・マンションへの扉も開かれるだろう。ちょっとでもにおえば、市警上層部からの反対は消え失せるはずだ。「オーケー、令状を取るとしよう」令状の獲得は、地方検事の役目となる。地方検事は、選挙で選ばれる役人であり、市長が任命するわけではない。そして検事は、あの頭に来るやつ、アンドルー・ポークを忌み嫌っている。「きょうは無理かもしれんが」市長の住居の捜索令状に署名する判事を釣りあげるなら、やはり慎重に物色する必要があるだろう。

イグネイシャス――歯を折られたくなきゃイギーと呼べ――コンロイは、タバコをもみ消した。彼は自分の手の携帯電話を見つめ、鳴るな、と念じた。だがそのとき電話が鳴り、彼はそれを耳に当てて言った。「おう！」彼のパートナー、ゲイル・ローリーがいい知らせを話しだす前から、その声のくそうれしげな響きは聞き取れた。彼らの依頼人はイギーの仕事ぶりを大絶賛しているという。あの尼僧は、「――みごとな選択だったよ」

イギーは携帯電話を握る手の力をゆるめた。ゲイルと依頼人は、尼僧の殺害現場のすぐ近所に住む男、アルバート・コステロのための珍妙な溺死の宴の関連性には気づいていないらしい。さらにありがたいことに、依頼人は新たな報酬を約束したという。それもでかい額のを――ある条件のもとに。「あの男の子?」イギーは電話を手で覆った。落ち着け。彼は電話を耳に当てた。こう言ったとき、その声は氷のようだった。「ああ、子供はまだ生きてる……うん、うん……何日だ?……オーケー、やれると伝えてくれ」彼は自分のヘマのあと始末をして、金をもらえるわけだ。

イギーはリビングにもどり、ソファの少年を見て気づいた。その目が大きく見開かれている。ひどく怯えて。彼は震えていた。そして犬は、子供のスニーカーの片割れをムシャムシャ嚙んでいる。

この馬鹿犬め。「それを寄越せ!」

ピットブルは口を開き、新しい嚙む玩具をボトッと絨毯に落とした。いま、老犬は前足を見つめている。自分は悪いことをしたのだと悟り、イギーと目を合わせることができずに。イギーは涎でべとべとのスニーカーを拾いあげた。部屋の向こうへ行くと、少年の右手をつかみ、ショックによる小さなトランス状態から彼をハッと目覚めさせた。「おれはなんと言った?」イギーは少年のてのひらにスニーカーをたたきつけた。「おれがそばにいないときは、動くなと言わなかったか?」

このおしゃべりな子供は、完全に言葉を失っていた。

「ピットブルに何ができるか、わかってるだろ？　なあ？　つぎは喉をやられるかもしれんぞ。あるいは、鼻か。耳をなくすかもな」血と内臓がからむ命のレッスン終了。「ランチタイムだ、坊主。クラッカーはもう飽き飽きだよな。今度はバーベキュー・バーガーだ。どう思う？」

裏口から外のパティオに少年を連れ出すと、イギーはきょうの新聞を彼に渡した。その第一面には、尼僧と彼女の甥の写真が載っている。「ちょっとそれを持っててくれよ」携帯カメラの写真の背景に青空以外何も入らないよう、イギーは膝をついた。

クリック。写真が撮れた。依頼人に見せる、ジョーナ・クウィルの生存の証拠が。そして――クリック――それはイギーのパートナーへと送られた。

死んだ尼僧の写真でさえ、生存の証拠として機能した。これも、あの開かれた目といまいましい笑いのおかげ。この稼業に入って以来、あんなのは初めてだ。彼に笑いかける死肉なんてものは。

彼の撮るこれらの写真――それは身代金めあての誘拐に使われるわけではない。彼のパートナーはそう言っている。それにあの男は利口だから、その種の犯罪にかかわるわけはない。写真は、殺しと殺しのあいだの日数を保証するものにすぎない。そしてゲイル・ローリーは、この殺しの企みで依頼人が身代金を得ることはないと言っている。

これが本当だとすると――依頼人はどういうゲームをしているのか？

まあ、こういう殺しに金を払うところを見ると、そいつには掃いて捨てるほど金があるにちがいない。金持ちどもは別の星に住んでいる。そう、ゲイルの言うとおりだ。赤の他人を救うために大金を支払うやつがどこにいる？　依頼人はターゲットを選んではいない。そいつはただ、ばらばらの四つの地域の通りの名を指定しただけだ。ということは、これは保険金めあての謀略でもなさそうだ。イギーが過去に請け負った殺しはみな、愛か憎しみか欲によるものだった。

だが今回のはちがう――そのことに彼は不安を覚えた。

この稼業はシェイクスピアの時代から存在している。ネット上にそういう記述があったので、彼はこれを信じていた。委託殺人は古いものだ。しかし、身代金めあての殺しというのは――これは新しい。

イギーはふつうとちがう新しいものすべてに不信の念を抱く。

「悪いニュースです」

サミュエル・タッカーは、大学時代のクラスメイト、地方検事局のお宝ネタの情報源との通話を終えたところだった。彼は雇い主のアルマーニのスーツの背中に話しかけた。「鑑識班がまた来ます」アンドルー・ポークは、前庭の刈りたての芝生とその先の川を見晴らす図書室の窓の前に立っている。芝生の美しさを損なう四体の遺体の痕跡――それはすっかり消え失せていた。

声にかすかにいらだちをにじませ、市長は訊ねた。「いつ？」

「明日です。しかし今回、彼らには捜索令状があります。ひととおり邸内を見たいようです」
市長補佐官は宙に向かってしゃべっていた。市長はすでに部屋を去ったあとだった。

タックはキッチンでボスを見つけた。彼は冷蔵庫の開いたドアの前に立っていた。市長閣下はもちろん、アイスクリームがなくなっているのに気づいただろう。それに、冷凍室にあった四つの小さな包みもなくなっている。それらを隠すよう、前や上に置かれていた他の食品は、いま、市長の足もとの床に散乱していた。冷蔵庫のドアがふわりと閉まり、そのきらめくクロームがびっくりハウスの鏡となって、ポーク市長の開いた口を絶叫する大きな穴へと拡大した。

そりゃあそうだろう。あの四つの容器は行方不明。そして、捜索者が来ようとしている――

市長が振り向いたとき、タックにはこの男が興奮していることがわかった。わくわくしていることが。うーん、これは気がかりだ。しかし余計な推測は、蜘蛛（くも）やぜん虫でいっぱいの箱を開けるのに等しい。

問題の四つの容器は、アンドルー・ポークが地元の海上でヨットに乗っているあいだに邸内に蓄積されていったのだ。ライス枢機卿からの電話一本で、市長の即興的休暇は打ち切られた。そうでなければ――ああ、おぞましい――あの小包はいまも包装されたまま、二階のデスクに積まれていただろう。それも室温で。忌わしい小さな容器を開けたあと、冷凍保存は、少なくとも休暇中の使用人たちがもどるまでは、最善の策であるように思えた。その後、もう一件のお届け物、四体の遺体により、市長のつぎの逃亡計画は頓挫（とんざ）した。その行き先、公海こそが迷惑な郵便物の理想的な遺棄場所だったのだが。

「タック、あれをどうしたのか教えてくれ」ポーク市長は言った。本人の最近の指示——小包とその処分については一切知りたくないという自らの願いを無視して。

「えー、市長はこの家にあれを置いておきたくなかったわけですよね」そして、石を投げれば届くところに、流れの速い大きな川があるというのは、非常に便利なものだ。「ですので、わたしが川に投げこみました。それでおそらく——」

「よくやった、タック。いまごろ全部、魚の餌になっているな」

市長が歩み去るとき、サミュエル・タッカーの首は一方に傾き——口は開き、目は丸くなっていた。どこかの利口な魚が密閉されたビニール袋を開ける見込みはどれくらいだろうか？ 彼は容器の中身に手を触れたくなかった。ううっ、病原菌のことを考えてみろ。分厚いビニールのおかげでじかに触れずにすむものの、バクテリアは狡猾（こうかつ）なチビすけだ。だから、彼はキッチン用のゴム手袋をはめて、あれを……あの物を川に投じる作業に当たったのだ。

まあ、いいか。

人間の心臓にはどれくらい浮力があるんだろうか？

第七章

ビニールに包まれた四つの心臓が波間をぷかぷか漂っている。その全部が一隻のキャビン・クルーザーの航跡へと吸い寄せられていく。いったん流れに逆らって進んでから、それらは海へと向かった。その進路はタグボートの通過によって再度変わり、四つの心臓はイースト・リバーの北へ向かう航路に送りこまれたすえ、行き交うタンカーやゴミ運搬用の船すべてのなぐさみものとなった。

椅子の肘掛けはざらざらの木材。座面のクッションはビニール。鳥のさえずりのなかで、熱い炭に散った脂がジュッといい、調理中の肉の誘惑的なにおいが、別の香りと混ざり合う。叔母さんの香り。これは本物だ。記憶から紡ぎ出された声とはちがう。「あんたの薔薇(ばら)、何色？赤？」

「そうだが」〝タバコ男〟は言った。「目が見えないのに、色がなんだって言うんだ？」

赤い薔薇はわたしのお気に入り。アンジー叔母さんが言った。生きていたころはそうだった。

「ただ訊いてみただけ」ジョーナは言った。

「この庭についちゃ、おもしろい逸話がある。だが、信じるやつはひとりもいない……だからおれはもうその話はしないんだ」パチンと肉がはじけ、ジュッと脂が散る。

何か小さなものが飛んでいる。ハエのか細い唸り。ハチのブンブンいう音。野生の虫たちのうち、彼をびくつかせるのは、顔めがけて飛んできたり体をのぼってきたりする無言の襲撃者、音を立てない謎のやつらだけだ。ちょうどいま、手の甲で踊っているやつみたいな。

彼はそいつをぴしゃりとつぶした。

「やったな、坊主。おまえはいま蝶を殺したんだ」

タバコの息のにおいが近づいてきて、紙ナプキンのざらざらが彼の皮膚からグチャグチャをぬぐいとった。「ありがとう」ジョーナは言った。

蝶たちはいつも厄介なのだ。

空でカアカア声がする。ムクドリたちの耳障りな歌声を彼は聞き分けた。

そして——カチッ——ライターの音。

「あの尼さんだが」男が言った。「彼女、音楽は好きだったかな？」

「え？」

「ずっと昔、ある女の子がいてな——その子があの尼さんそっくりだったんだ。おれはその子をピザ屋で見かけた。学校帰りにピザを一枚買うとこをな。真っ赤なビーチサンダルを履いてて……そこに小さな鈴をつけてたよ。当時はまだほんの子供でね、年のころはおまえとさして変わらなかった」

あの鈴だ。そう、叔母さんは昔から音楽が好きだった。

太陽が顔に熱い。ジョーナは夏の日の儀式の音に耳を傾けた。ジュージューいう肉。皿にボトンと食べ物が載る音。バーガーがひとつ。バーガーがふたつ。何かの包みがガサガサいう。バンズを取り出しているとか？　テーブルからカーンと何かが跳ね返る。これはたぶん――ケチャップの瓶の蓋だ。やっぱり。つぎに来たのは、どろどろの液が流れ出るようガラスの底をトントンたたく音だった。テーブルの向こうから皿がひとつすべってきた。鼻の下に肉のにおいがする。数フィート先で、椅子の脚が敷石をズッとこすった。それから……何もなし。男は妙に静かになっていた。

それに、犬のゼイゼイいう声ももうしない。あの犬はどこなんだ？

パニックを誘うこの沈黙を、ジョーナは大急ぎで埋めた。「ジングルベルだね。あれはもともとクリスマスツリーの飾りだったんだよ」叔母さんは夏のあいだサンダルにそれを付けていた。もっと寒い季節には、その小さな鈴は靴ひもに結ばれた。そして冬場はマフラーの房飾りに。

「ああ、ジングルベルだ……それじゃ、あの人はおまえの叔母さんなんだな？」最後の部分は、嘘っぽい音色の連続だった。この男は質問する前から答えを知っていたのだ。

こいつは――叔母さんを――知っている。

食事が終わり、ジョーナが料理の作り手への感謝――彼の最愛の人を殺したやつへの感謝を述べたあと――カチッ――タバコに火が点いた。

「それで、おまえの叔母さんはどれくらい前から尼僧院(コンヴェント)にいたんだ？」

「修道院（マネステリ）ね」ジョーナは言った。「そのふたつはちがうんだ。コンヴェントには女子修道院長がいる。叔母さんのマネステリにいるのは、小修道院長だからね……叔母さんはぼくが七歳のとき、うちから出てったんだよ」

「それっきり会ってなかったのか？」

「一度だけ会った」州北部へのあの長旅の際、叔父さんは、修道院に通じる、鬱蒼（うっそう）と木の生い茂る道の様子を教えてくれた。でも、数百年の歴史を持つその院自体は、開けた土地に立っているのだ。そこには、畑や、尼僧らの運転するトラクターを収めた納屋もある。叔父さんはそう言っていた。

「あの人たちには誰も触れることはできない。尼さんたちと訪問客のあいだには、渦巻形の鉄でできた大きな仕切りがあるんだよ」ジョーナはその訪問のあいだ、ずっと無言だった。叔母さんが自分を置いていったこと――自分より神を愛していることに腹が立ったから。彼は神を憎んでいる。叔母さんの最初の誘拐者を。そう、七歳児による初期の解釈では、彼女を閉じこめるあの鉄の細工物は誘拐の証だった。後年、彼はそれを世界から、自分から、甥という重荷から、叔母さんを護るものとして理解するようになった。しかしあの日の彼は、遺棄に対しては罰があるべきだと信じ、むっつり黙りこむことで叔母さんを罰した。そうしたあとに、泣きながら、鉄の仕切りの模様の隙間に小さな手をねじこんで、彼女に呼びかけ、触ってよ、と懇（こん）願（がん）した。するとハリー叔父さんが彼を引きもどして、もう誰もいないよ、と言った。叔母さんは行ってしまったと。

長い後悔の年月、ジョーナはずっとあの日を持ち歩いてきた。

〝タバコ男〟の椅子の背もたれがみしみしと音を立てた。

パティオのテーブルのこちら側で、ジョーナはこの物語を紡ぎ、盲目の蜘蛛よろしく罠を織っていた。「そんなわけで、ぼくはその日、叔母さんとひとことも話せなかった……でもいまじゃ叔母さんは始終、話しかけてくる。きのうの夜なんか――」

「なんだと?」男のすわる椅子の脚がズズッと後退した。バシッと衝撃音がし、テーブルがぐらぐら揺れる。ほどなく木が石にドスンとぶつかり、テーブルの台座が地面の上に落ち着いた。つぎに口を開いたとき、男の声は荒っぽかったが、その陰には別の音色も潜んでいた。「幽霊なんてものはいるわきゃないんだ」

いると信じてるみたいな言いかたね。アンジー叔母さんが言った。

岸辺付近で、浅瀬の詮索好きな魚が四つのビニール袋を見あげた。陽光輝く頭上の水面をそれらはぷかぷか漂っていく。袋同士の間隔は開いているが、どれもみな同じ方向に向かい、心臓の一群として泳いでいた。

「神は存在しない」〝タバコ男〟は言った。「天国も地獄もだ――それに、死んだ人間は絶対よみがえったりしない。ホラー映画の見すぎだよ、坊主。呪われた家やら何やらのな」

確かに。ジョーナはホラー映画が大好きだ。「幽霊が家にとりつくとは思ってないよ。とりつかれるのは人なんだ……ぼくがそう」

「やめろ」新たなタバコに火が点けられた。足がトントンと敷石をたたく。「それで……おまえにゃお祖母ちゃんがいるんだよな？　どんな人なんだ？」

「ずっと前、ぼくたちはお祖母ちゃんといっしょに住んでいた。お祖母ちゃんはときどき頭がおかしくなってね、そうすると――」祖母はジョーナをさがして、あらゆる隠れ場所を調べて回った。ぞっとするようなことを言いながら、ベッドの下、クロゼット、低い戸棚をひとつひとつのぞいて歩いたものだ。けれども彼女は、窓の外の非常階段をさがすことは思いつかなかった。ジョーナはそこで死ぬほど怯え、待っていた。アンジー叔母さんの鈴の音、下の歩道からの救助の音が聞こえないかと耳をすませて。「だから、かくれんぼっていうのは、ぼくのうちじゃふつうとはちがう遊びだったんだよ」

「なんてこった（クライスト）」父なる神を信じず、ましてや子なる神など信じるわけもない男が言った。

「それが毎日つづいたのか？」

「ううん、ぼくはずいぶんデイケアで過ごしてたからね。いつもハリー叔父さんが、自分の学校が終わると、迎えに来てくれたんだよ。叔父さんは出かけるときは、ぼくもいっしょに連れてった……そうできるときはね……だめなら、叔母さんがぼくといっしょにいてくれたし。叔母さんが別のうち、ぼくと叔母さんとハリー叔父さんとで住むところを確保したとき、ぼくは五歳だった。それっきりお祖母ちゃんには会ってないよ」

「アンジーがおまえを救ったわけだな」

アンジー？　シスター・マイケルじゃなく？　〝タバコ男〟はいつから叔母さんを知っていたんだろう？

「うん、叔母さんがぼくを救ってくれたんだ。この先もずっと救ってくれるよ。きょう、叔母さんは――」

「さっき言ったろう」男は低い声で警告をこめて言った。「幽霊なんてものは――」

「ほら聴いて」ジョーナは片手を上げて静粛を求めた。そして、驚いたふりをした。「鈴の音がする」彼は嘘をついた。叔母さんを殺した男に顔を向けたとき、無邪気さを装い、その目は丸くなっていた。「聞こえない？　あのジングルベルの音」

「でたらめを言うな！」相手がだまそうとしていれば、イギーにはそれがわかる。それに、この子供の芝居は下手くそだ。「そういうのはおれには通用しないぞ」

幽霊ってのは、この子供の言うような安直な出没とはぜんぜんちがう。それがなんなのか、イギーは知っている。名残り。命によって残された古い習慣。たとえば、遅くまで息子を待つという彼の母の習慣のような。イギーが家に一歩入るなり、お袋はキッチンに飛んでいき、彼のために食事を作った。たとえその帰りが朝の三時であっても。「食は愛なの」モイラ・コンロイはよくそう言っていた。

何年も前、イギーはよその町での仕事を終え、寝不足でふらふらの状態で帰宅したことがある。スーツケースを床にドスンと下ろしたあと、彼は冷蔵庫からビールを取ってきた。すっかりへたばり、靴を脱ぐ気力さえなく、銃はコーヒーテーブルの上に置いた。ソファのクッションに沈みこむ直前、イギーは暗い部屋を映し出す大きな鏡を足早に横切っていく母の姿を目にした。彼女は、鏡のなかの彼自身のうしろを通って、キッチンに駆けこんでいった。少しも恐れず、彼は声をかけた。「腹は減ってないよ、母さん」あの瞬間、前の年に母が死んだことは、すっかり忘れていた。ビールの缶が宙で止まり、そこで凍りついた。イギーはテーブルの上の銃を凝視した。それを手に取ろうとは思わなかったし、ソファから身を起こそうとも思わなかった。なおかつ、何があろうと、キッチンに行ってみる気はなかった。あれが消えた場所へは、絶対に。

疲れた目の錯覚?

いや、自分自身に百回もついたその嘘には、なんの効き目もなかった。しかしあれは彼の母でもないのだ。八年前、彼は心の奥の一室に、母の名残りであるあのものを閉じこめ——ドアに閂(かんぬき)をかけた。

この少年ももう二度とそのドアをたたきに来ないほうがいい。

川っぷちで、日焼け止めをこってり塗られたひとりの幼児が、小さな赤いバケツに集めた宝物を全部、母親のビーチタオルの上に空けた。その小さな女の子はまだ数を習っていない。しかし、そこ、母親の足もとには、まだ濡れて光っている四つのきれいな石がある。そして、ビニールカバーで密閉された人間の心臓がひとつ。そこには、忘れがたいメッセージが記されてていた。

いた――〝死の証拠〟と。

この収集物への賞賛を待ちながら、子供はいま、くすくすと笑っている。ママがショック状態に陥りかけているとも知らずに。

日の当たる岸辺の彼方では、他の子供たちが各自の拾った心臓を母親のもとに届けようとしていた。

ジョーナは一方の腕をつかまれ、椅子から吊るしあげられた。痛みの信号を脳に送る皮膚細胞や神経終末の名称を、彼は知っている。しかしこの手荒な扱いは、彼の内側から外側まで、いたるところに衝撃を与えた。まるで飛行機から転落したかのように――自由落下の恐怖を。そして彼はパティオを引きずられていった。あのピットブルがご主人の動きをきっかけに、低く唸り、歯をカチカチ鳴らしはじめた。

恐怖を見せないで。アンジー叔母さんならそう言うだろう。その犬がいるときに、それはだめ。

「鈴の話をしてあげようか」ジョーナは言った。「叔母さんのジングルベルの話」

男の手がゆるむ。空気が変わった。犬も黙りこんでパティオの反対側へと向かい、水をピチャピチャ飲みだした。椅子に連れもどされたとき、ジョーナにはわかった。自分は〝タバコ男〟に効く呪文、鎮静の呪文の暗号を解いたのだ。

そしてピットブルももどってきた。いま、あいつはテーブルの下にいる。ジョーナの足のすぐ近くに、ハアハアゼイゼイいうもう一方のモンスターが。

「オーケー」〝タバコ男〟が言った。「ジングルベルの話だ」

「叔母さんが屋外で杖の使いかたを教えてくれた夏に、それは始まった。確かぼくは三歳だったよ」練習のあいだじゅう、ジョーナは呪文よろしく繰り返し〝横から横へ〟と唱えていた。そうして、杖をあちこちにそっと送り出し、丸ぽちゃの赤ん坊の足の先に立てて、舗道の障害物を確認したものだ。「自分がどこにいるのかぼくにわかるように、叔母さんはサンダルに鈴を結えつけたんだ」

手を伸ばせば、叔母さんは必ずその手を握ってくれた。でも彼は、歩道を恐れず歩けるように杖の使いかたを学ばねばならなかった。「『鈴の音を聴いて』叔母さんはそう言った。しばらくすると、ぼくは叔母さんの手を一度もつかまずに、外の通りを歩けるようになった。叔母さんは、ひとりで動けるようにならなきゃって言った。でも、ぼくはひとりになったことはなかったよ。歩道では絶対に。鈴の音はいつだって聞こえたんだ」

あの夏いっぱい、そしてその後何年も、叔母さんはどこに行くにも鈴の音を響かせていた。お祖母ちゃんのアパートメントへの階段を叔母さんがのぼってくるとき、ジョーナにはその音が聞こえた。あの音楽は彼を始動させ、脳内地図に描かれた全障害物を迂回して走らせ、ドアに飛びつかせた。まさにその瞬間、ノブが回り、彼は叔母さんの腕と香りと鈴の音に包みこまれるのだった。

もしも愛に音があるなら――

風が吹き寄せてきた。あと少しでここに届く。それは何千億もの葉っぱがこすれあう音のなかにあり、拍手の波のなかでパタパタいっている。たくさんの樹木。でも、近所に人はいないのだろうか? 犬の吠える声はしない。子供らの叫びも、うちに入るよう彼らを呼ぶ女たちの単調な声も。ただときおり、通り過ぎる車の音は聞こえた。遠いどこかの道を行く自動車の音が。

髪が風でうしろへなびき、同時に温かな花の香りが押し寄せてきた。この庭がモンスターの手で造られたわけはない。この薔薇(ばら)は誰か女性が植えたにちがいない。その人はいまどこにいるんだろう?

あなたにはわかってるんじゃない? アンジー叔母さんが言った。

第八章

その太古の解剖室は、近代化のための改装を免れた唯一の部屋だった。もう半世紀以上、そこに人の遺体が運ばれたことはないのだが、部屋は無傷であり、もともとあった設備や道具はすべてそのまま歴史的遺産として残されていた。今回、特別な配達物に配慮し、検視局長はプライバシーと秘密の保持のため、この小さな部屋を選んだのだった。

「胆囊(たんのう)だと?」ドクター・エドワード・スロープは、証拠の連続性にかかわる書類の不備を発見していた。彼はビニール包装の心臓四つをドライアイスで冷やされた袋から取り出した。なおも説明を待ちながら、彼は言った。「胆囊だと!」

ライカー刑事は肩をすくめた。「わたしが沿岸警備隊の電子掲示板を見たとき、そこに書かれてたのは、岸辺に打ち上げられた医療廃棄物ってことだけでね。だからわたしは連中に電話して、その手のものをさがしてるって言ったんです。連中は、さがしてる臓器はいくつかとだけ訊きました。で、こっちが四個だと言うと、連中はそれを寄越したわけです。胆囊ってことでサインしましたが、別にかまわんでしょう? あの連中には心臓とハンバーガーの区別だってつきゃしませんから」

「しかしこのラベルは?」臓器の包装には、それぞれはっきりと〝死の証拠〟と記されている。

「沿岸警備隊はこれを……妙だとは思わなかったのかね？」

「そうですね、これがふつうなんだと思ったのかも——動物実験施設の場合は」この文書偽造はよく思われないと察したのだろう、ライカー刑事はつづけた。「ねえ、証拠の連続性のことなんぞ、誰も気にしやしませんよ。ここで大事なのは、秘密の保持ですからね。メディアへの情報漏れは絶対あっちゃならない」ライカーはゆっくり体を回転させて、自分を取り巻くものをほれぼれと眺めた。「ここならぴったりですよ」

骨董品の解剖台には、吊りマイクというようなしゃれたものもなく、ドクター・スロープは昔ながらのテープレコーダーに向かって臓器の誤認を訂正した。メスを手にかがみこみ、彼は各心臓を密閉する分厚いビニールを切り開いた。「保存状態は非常に良好」

自らの仕事の残虐で血なまぐさい部分が大好きとは言えず、刑事は奥の壁際のガラスケースに顔を向け、そこに陳列されている古い時代の器具に興味があるふりをした。

所見の録音を終えると、ドクターは彼自身が撮った検視解剖の写真を見つめた。四枚のクローズアップ、心臓のない遺体内部の切断の痕跡を。「組織の照合を待つまでもないな。これらの臓器はまちがいなくあの被害者たちのものだ……ところで、きょうはきみの相棒はどうしたんだ？」

「きっと教会に行ったんでしょう」ライカーは言った。その説明に納得する者などマロリーの知り合いにいるわけはないのだが。

聖ユダ教会は小さいけれども、質素ではない。金銀線細工で飾られた尖塔は天国をめざしているが、遠く及ばず、さして高くもない壁は支えなどほぼ不要、建物の脇を固める飛び梁（はり）は、建築学的に見てちょっとやりすぎだ。それら飛び梁は、膝を立てた石の脚のように見え、まるでその教会がつま先で立ちあがり、なんとか大聖堂になろうとしているかのような印象を与えた。

ブレナー神父の教区は、野心的な聖職者が目を向けるような地域ではない。だから彼には、この若い刑事が、デュポン神父は貧民街に人材を求めたのだ、と感じたわけが理解できた。あの神父は、地味な司祭、俗世間に近いやつを選び、使いに出した——彼女の言葉を借りれば、警官の物色に。

キャシー・マロリーは、信徒席の最前列に彼と並んですわり、祭壇の向こうのステンドグラスの窓をじっと見ている。このスペースには豪華すぎる特大の驚異。ある夜など、室内装飾を生業とするひとりの教区民が、シェリーを飲みながら、クロゼットひとつを照らすシャンデリアと同列のこういった装飾のための用語——ご大層な——をうっかり口にしたものだ。ブレナー神父は顔を上げ、丸天井と、飛ぶほどのスペースのないその場所に描かれた天使たちの派手な飛翔を眺めた。キャシーがそこにいると、ときどき彼は、自分にはどうしようもない事柄についてさえ謝罪せねばならない気がする。

彼女がきょうここに来た理由は、タトゥーだ。しかし彼女は詳しい説明をしようとせず、ただ、追悼者のひとりをつかまえるために、目の行き届く小さな会場が必要なのだとだけ言った。

その人物は、行方不明の少年につながりそうなのだという。

まあ、よかろう。

神父と刑事は、尼僧の追悼ミサをデュポン神父が最初に選んだ聖パトリック大聖堂ではなくここで執り行うということで、問題を解決した。デュポン神父の行動と人柄は、刑事の非難の的だった。

「彼はまず最初に市長をたよった」彼女は言った。「何か葬りたいものがあったのよ」

「いや。彼は何も隠したがってはいなかったよ」ブレナー神父は言った。「まったく逆だな。彼はシスター・マイケルを見つけたがっていた。しかし市長と警察はあまりあてにならないと感じたんだよ。それで、わたしのところへ来たわけだ。わたしは彼を子供のころから知っていたからね」侍者のひとりではなかったけれども。若き日のデュポンに、神学校への紹介状を書いてほしいとたのまれたときは、本当に驚いたものだ。誰の目から見ても、彼は聖職者の候補ではなかった。「デュポン神父は、わたしならいい人を見つけられると信じていた……きみのような人をね。ちなみに、わたしのみごとな選択を、彼は絶賛していたよ。えーと、なんと言っていたかな。ああ、そうそう。彼女は上司のひとりをボコボコにした、だ。ゴダード局長のことだろうね？ デュポン神父はきみを少々畏れているんじゃないかな」

「市長は尼僧の失踪の件を届が出される前から知っていた。神父さんはそう言いましたよね。でも市長はその話をデュポンから聞いたわけじゃない。あなたはそこのところを省略した。わたしをペテンにかけたわけね」

反対に、彼はこれが彼女のペテンであることを知っていた。単刀直入に質問して物事を明確にするのではなく、彼女はいつもまず相手を撃ち、その後に、手負いの者たちの否認の悲鳴のなかで嘘か本当かを判定するのだ。そして、これが常に非常に効果的であることは、彼自身、認めざるをえない。

「ペテンではない」彼は言った。「デュポン神父は、市長の態度には何かあるとわたしに言った。具体的に言葉にはせず、ポーク市長はシスター・マイケルの失踪の件はすでに知っていると伝えたらしい。そしてその件は自分が……なんとかすると」

「つまり、あの神父には人の心が読めるというわけね。そういう技をそなえている人間といえば、ギャンブラー、詐欺師、女衒、小児性愛者――正解に近づいたら、ストップをかけてくださいよ」

ああ、やっと自分たちはこの訪問の本当の理由に至ったようだ。

「教えて、神父さん」彼女が言った。いや、命じたのだ。「使い走りをしていないとき、デュポンはどこにいるんです？　たとえば、枢機卿のためのゴミ出しなんかをしていないときは？」

盲目とは、時間を食うものだ。

最初この新しい部屋は略図にすぎなかった。そこにあるのは、背もたれのまっすぐなこの椅子だけ。それと、テーブルのなめらかな天板。それと、あの男だ。

つぎに来たのは、電子レンジのブーンという唸り、チーンという音。皿がカチャカチャ鳴り、戸棚の扉がバタンと閉まる。椅子の脚が床の上をすべる。ピザ。いいにおいだ。ジョーナの指が、目の前の皿に載ったそのひと切れを見つける。あの男が食べている。歯の嚙み合う音。犬の口呼吸がテーブルの下を歩く。その肺から喘鳴がのぼってくる。こいつは病気なのか、それとも年寄りなんだろうか？

ポン。シュワー。ビールのにおい。

〝タバコ男〟の声は、食べ物を頰張っているせいでもごもごしていた。「目が見えないことに関して、最悪なのはどんなことだ？」

これに対しては、ジョーナには利いたふうな返答の備蓄があった。でも彼はそれを全部のみこんだ。「脛と膝」そう言って、一方の脚を胸に引き寄せ、ジーンズをまくりあげて脛骨を見せた。「これがぼくのいちばんすごい傷だよ」彼は盛りあがった長い傷跡を一本の指でなでた。「長さ四インチ、三十六針……九歳のとき、友達のうちでやっちゃったんだ。足台につまずいて、ガラスのコーヒーテーブルを壊すとこまでいっちゃったわけ。最初にそのうちに行ったあと、どこに何があるかすっかり把握したつもりだったんだけどね。ルシンダのお母さんはしょっちゅう家具の置き場所を変えるんだよ」

「みごとな傷だな、坊主」

「ぼく自身は気に入ってる」

「で、おまえが傷を縫ったあと——その人は——あれこれ動かすのをやめたのか？」

「ううん、いまもやってる」ジョーナは言った。「人って変わらないもんなんだよ」

男がまた咀嚼（そしゃく）している。ジョーナの椅子のうしろのどこかで、時計がチクタクと時を刻んでいる。数分経過。彼は体を揺らした――ほんの少しだけ。心を鎮める行動。幼年時代の名残りの癖だ。そして待ちつづける。気を張りつめて。無言のこの空虚のなかで、〝タバコ男〟は何をしているんだろう？

少年は、開け放たれた窓のそよ風のほう、裏庭から来る花の香りのほうを向いた。「大きな庭だよね？　あの薔薇（ばら）園にはずいぶんお金がかかるんじゃない？」

男から返ってきたのは、脇に押しやられる皿の音だけだった。ライターがカチッと鳴る。煙。あとは何もなし。とても静かだ。静かすぎる。

「ぼくの叔母さんは薔薇を育ててた。でも種から始めてたよ」十月の収穫期、ジョーナは叔母さんの共犯者だった。「ぼくは袋を持つ係だった」ふたりは町の公園に行き、刈りこまれていない薔薇の木をさがした。熟れた種の玉を持つ見過ごされた茎はすべて、この宝さがしの収穫だった。そのあと、夕食後の時間帯に、祖母のキッチンのテーブルで、これらの玉は切り開かれ、そこから種が取り出されるのだ。「ぼくの仕事は、ひと晩、水に浸けておけるように、ふわふわの毛を洗い落とすことだった。水に浮いてるやつは捨てて、沈んだやつは取っておくんだよ」つぎの夜、取っておいた種は、もう一度、古い歯ブラシできれいに洗う。「果肉をすっかり落とさないと、カビが生えちゃうからね」それらの種は、過酸化水素のにおいのする湿った紙タオルにくるんだあと、袋に入れて、お祖母ちゃんの冷蔵庫で長いあいだ保管する。「何カ月も何カ月も。それから土を盛った卵のカートンにその種を植えるんだ」

ジョーナは沈黙した。低くヒューヒューいう肺の音。テーブルの下であの犬が眠っているのだ。〝タバコ男〟はいまも椅子にすわっている。でも、話を聴いてはいなかったのでは？　この男にとっては、薔薇の茂みがどうやって生まれるのかなんてどうでもいいことなんじゃないか？　なんだって自分はこんな——

テーブルの向こうで唸り声がし、話をつづけろと促した。

「それで……芽が出るまでには、一カ月半かそこらかかる」その高さが数インチになると、連中のつぎの家は小さな鉢だ。非常階段の段々や窓敷居の外側をそれらは埋め尽くしていた。「苗には直射日光が必要なんだよ」長い時間を経て、苗たちはもっと大きい鉢を獲得する。薔薇の蕾(つぼみ)の第一号が生まれるまでには、さらに時間がかかる。「叔母さんは、薔薇は子供みたいだって言っていた。もとの木とそっくり同じコピーじゃないし」それに、薔薇をこうして作るというのは、丹精こめて世話をし、長いこと辛抱強く待つことなのだ。「ずいぶん手間がかかるんだよ」

〝タバコ男〟が言った。「ああ、そうだな」まるで、薔薇がどのように生まれるか、前から知っていたかのように。

男の庭は、薔薇の木を買って造ったものじゃないのだ。

そうよ。アンジー叔母さんが言った。彼はこのテーブルでわたしを見ていた。わたしはあなたがいますわっているその椅子にすわっていたの。

ロワー・イーストサイドのその小さな壁の穴は、酒類販売免許を持つ深夜営業の地元のレストランだった。これは、神父たちの〝警官のバー〟に当たるものなのだ。たくさんあるテーブルとバースツールは、聖職者用のカラーを着けた男たちに占められていた。デュポン神父は俗世の人、市議会の議員とともにすわっている。泡立つビールのジョッキを手に夜のこの時間に注目を浴びる政治家は、この議員が最初ではないだろう。神父はワイングラスを傾けている。それに、こちらのほうが身なりのいい政治屋だ。

マロリー刑事とその相棒はテーブルのすぐそばに立ち、バッジを掲げた。アドラー議員の目玉が飛び出した。彼が何を考えたかは容易にわかる。昔、警察は小児性愛者の司祭らをこんなふうに公の場で逮捕していた。そしていま、アドラーは記者たちが近くに潜んでいるのでは、と恐れ、自らのキャリアに終止符を打つ仕組まれた撮影会を待ち受けている。

距離を置くなら早ければ早いほどいい。市会議員はテーブルに硬貨を放り出し、デュポンに別れの挨拶をし、そこに退場の嘘を添えた。「また電話しますよ」絶縁の宣言。なんであれ、彼らの進めていた話は打ち切りだ。

相手のすすめも待たず、マロリーは空いた席にすわった。そして、挨拶代わりに言った。

「修道院はいい隠れ家ですよね。あの尼さんは誰を恐れていたんです？」

「恐れる？」神父は首を振った。「アンジーは誰も――」

「ア、アンジー？」ライカーが相棒の隣の椅子に腰を下ろした。「シスター・マイケルじゃなく？すると、あなたはあの女を彼女が街で働いてた当時から知ってたわけだ」

マロリーは十代のころのアンジェラ・クウィルの顔写真を掲げた。「彼女が売春で逮捕されたのは、このときが最初だったんでしょうか？」デュポンの目が横へ動くのをマロリーは見守った。この男は頭のなかでコイン投げをしているのだろうか？　表が出たら真実、裏が出たら嘘と？

「いえ」神父は言った。「一回目にアンジーを逮捕した警官は、彼女の家庭の事情を知っていました。学校をずる休みした彼女をさがしたことがあったのでね。だから、客引き中の彼女をつかまえると、警察署ではなく、わたしのところに連れてきたんです。彼女はまだ子供、たった十三歳でしたよ」

「その警官は彼女をあなたのところへ連れていったんですか？」ライカーが驚きを装って言った。「あなたは若い子が好きなんですね、神父さん？」

本来ならデュポンはここで怒りを表さねばならない。しかし彼はこの非難を受け流した。「わたしは心理学の学位を持っていましてね。当時は、地元のクリニックにインターンとして勤務し、家出人のカウンセリングを行っていたんです。門をくぐった子供の売春婦は、彼女が初めてではありませんでしたよ。アンジーはわたしに、自分が学校に行っているあいだ、甥をデイケアで預けておくためにお金が必要なんだと言いました。母親には赤ちゃんを任せられなかったわけです。デイケアのために体を売る。そんな話は聞いたことがありませんでした……しかしその母親に会ってみてわかりましたよ。誰もミセス・クウィルのようなモンスターに幼児を任せはしないでしょうね」

「問題はですね」ライカーが螺旋綴じの手帳をぱらぱらとめくった。「あなたがすっ飛ばした部分なんです」彼はお気に入りのページをさがしあてた。「うん、これこれ。あなたは社会福祉局を介してそのクリニックに勤めていた。ということは、アンジーのセラピストであると同時に彼女のケアワーカーでもあったわけです。あなたからの電話一本で、あの子供たちは里子としての養育を受けられたはずですよね」

「わたしも以前、そういう過ちを犯したことがあります。里子となる子供たちには、ミセス・クウィルとの暮らしより悲惨な運命が待ち受けているんです。だからわたしは、アンジーが街に舞いもどったりしないよう放課後の仕事を見つけてやりました。そのうえで、彼女の甥をあるデイケア・センターに入れたんです。その施設は、地元の教会の地下にありました。彼女はそこで尼僧たちに憧れを抱いたんでしょうね」

「しかしアンジーは街で稼ぎつづけた。売春をつづけたわけです」ライカーが言った。「仕事がふたつ。忙しい子供だな」

マロリーは神父の顔に表れたショックの色が気に入った。この刑事らは自分たちのする質問のうち、いくつの答えを知っているのだろう? 彼はそう考えているにちがいない。そしてまた、ここで嘘をつくのはまずい手なのだろうか、と。

結論が出たらしく、神父は言った。「そう、アンジーにとっては家族が第一でした。彼女には、兄をコンピューター・サイエンスの学校にやるというささやかな計画があったんです」テーブルの上の顔写真を彼は見つめた。「彼女がその後も体を売っていたことをわたしは知りませんでした。それを知ったのは、この逮捕時の保釈金を払ったときです」

「でも、彼女が売春したのはこのときが最後じゃなかった」マロリーは検視の写真をテーブルに置いた。尼僧のむきだしの腿を写したものを。「そのタトゥーをご確認ください。逮捕時、記録を取られたときは、彼女にタトゥーはなかったんです。あなたはすでにそれを見ていますよね？　警察署で写真を見たときに。それにたぶん、その前にも？　赤い薔薇はお好きですか、神父さん？　その花には特別な愛着があるとか？」

「うんうん」〝タバコ男〟は薔薇の話に嫌気が差したようだった。「夢はどうなんだ？　夢のなかじゃ何かしら見なきゃならんだろう。そうでなきゃ夢にならない」

「盲人も夢のなかでものを見ることはあるよ。でもそれは、視力を失う前に、目が見えてた時期がある場合なんだ。ぼくはちがうからね」ジョーナは言った。「ぼくは生まれつきこうだし、夜と昼の区別もつかない。この目ではね。人によっちゃちがいがわかる。ぼくはわからない」

「だがな、眠っているとき――」

「ぼくは夢で声やその他の音を聞くんだ」それに場所の感覚もある。夢のなかで、飛んでいる飛行機や、どこかよそに行く列車に乗っていることも。彼の夢は頭のなかの地図によって作動する。杖はいらない。「夢のなかでにおいも感じる。あちこち触ったりもするしね。感触が――」

「いや、夢のなかじゃ感触はわからんだろ。ありゃあ映画を見てるようなもんだからな」

「そう思うのは、目が覚めたとき映像しか覚えてないからだよ」アンジー叔母さんもかつてはこの映画説を信じていた。眠りのなかで、何かに触った記憶——または、何かに触られた記憶がまったくなかったから。でもそれもジョーナが、お祖母ちゃんにつねられる夢やもっとひどいことをされる夢の話をするまでのことだった。その話をしたあと、叔母さんは自身の夢にも痛みがあることに気づいた。そのためジョーナは、自分の悪夢の話を叔母さんにしたことを悔やんだものだ。

「ときどき」ジョーナは言った。「睡眠中に……人は痛みを感じる。いろんなものが襲ってくるからね」

「馬鹿馬鹿しい。夢で痛みなんぞ感じるか」

ひょっとすると今夜、感じるかも。

神父は尼僧のタトゥーの写真を見ようとしなかった。

マロリーは彼の顔の前にそれを掲げた。「美しいと思いません、神父さん？　うちの検視局長はそう思っています。では、彼の仮説は？　彼女は恋をしていたというものです。その検視局長は何千何百とタトゥーを見てきました。憎しみと愛は彼の解剖台の上で見られる二大テーマです。わたしたちは彼女の男をさがしています。薔薇に愛着を抱く異常者を。あなたはあの少年を見つけてほしいと本気で思っているんでしょう？」

デュポン神父は視線を落とし、自分のワイングラスに向かって言った。「彼女に何人の——

相手がいたか、わたしにはわかりません。アンジーは兄が学校を出て、きちんと就職するまで、娼婦をつづけました。それから、アパートメントの部屋を借りたんです。家庭と仕事。それが児童保護サービスの条件でした。それなしでは、ミセス・クウィルからあの少年を引き離すことはできなかったんです。ハリーが監護権を獲得すると……今度はアンジーが自分の人生を生きる番でした。それで彼女は尼僧になったわけです」

これも嘘だ。マロリーにはわかっていた。ハロルド・クウィルが最初に得た仕事でアパートメントと子供を維持できたはずはない。アンジーは尼僧となる前、さらに二年間、パンの稼ぎ手だったのだ。「彼女の修道院のウェブサイトをチェックしましたよ。アンジーは条件を満たしていな――」

「そう、あそこでは大卒者が好まれる。そしてアンジーは高校すら出ていなかった。しかし、あの修道院の小修道院長は面接に満足したんです。それにわたしも、非常に有力なところから紹介状を――」

「整理させてください」ライカーが言った。「あなたは政治力を利用して、娼婦を尼僧にしたってわけですか?」

「あなたはわたしを過大評価していますよ、刑事さん」神父はワインを飲み干し、片手を上げてウェイターにもう一杯と合図した。「修道女たちが教会の政治に左右されることはほぼありません。アンジーは子供を護るために街で体を売っていた。小修道院長はこれをあの少女の宗教的衝動と相反するものとはみなさなかったんです」

これはしばらくライカーを黙らせた。

マロリーのほうは、どこかの老いぼれ小修道院長の叡智と慈悲心にそこまでの感銘は受けなかった。成りあがった尼僧になど。そして彼女はこの神父をやり手と見た。「あなたは銀行業を営むデュポン一族の人じゃない。上流の出でもないし。あなたの家は中流ですらなかった。あなたはそのことをわざわざ教会のボスたちに話しはしませんよね？……彼らがあなたをどんどん出世させてるときに？」

「うん、確かにあなたの仕事にはいくつか役得があるな」ライカーが判読不明の暗号の手帳に視線を落とした。「綺麗な娼婦たちだけじゃない。あなたは教会から金をせしめていい教育を受けてきた。コロンビア大学で博士号まで取ってますね。あなたが司祭職に就いたのは、だからなんですか？ 労せずして得するためですかね？」

デュポン神父は怒りはしなかったものの、なかなか答えなかった。選択肢を検討しているのだろうか？ マロリーの経験では、真実はすんなり出てくる。嘘はそれより時間のかかるものだ。

「無料で教育を受け――そのあと教会を放り出す。ええ、それがわたしの当初の計画でした」

告白を聞いて、ニューヨーク市警の刑事が意表を突かれることはめったにない。しかしライカーは驚いていた。マロリーはただ怪しいと思っただけだ。これではあまりに簡単すぎる。

「ですがアンジーがすべてを変えたんです」神父は言った。「彼女がわたしを変えたんですよ」言葉で、〝へええ、そう〟と言う代わりに、マロリーは腕組みをしてみせた。これは、今夜にかぎっては、愛嬌と与太話は通用しないと相手に知らしめるためだ。神父は少し姿勢を正し、彼女の言いたいことは――頭に一発撃ちこまれたのと同様に、はっきりと――わかったと伝えた。ウェイターが神父のかたわらに現れ、空のグラスをワインが入ったものと取り換えた。新たな麻酔薬。デュポンはそれを口にした――ゆっくりと。またしても時間稼ぎか。

「あなたたちの調査ではわからないこともある――わたしは一度も逮捕されてないわけですから。若いころ、わたしはあまりいい人間じゃなかったんです」高等教育により調整された音色はすっかり消え失せていた。「あなたたちの知っている最低のくずを思い浮かべてください。それが過去のわたしですよ。ヤクを売る、財布をひったくる、なんでもありです。決まりを破ることが、わたしにとっては趣味みたいなもんでした……神学校に入ったとき、わたしは清らかな侍者なんかじゃなかったんです」

「あなたは彼女と寝た」マロリーは言った。まるで彼自身がその言葉を口にしたかのように。実際そうではないか。

「彼女が子供のうちは、それはしてない」デュポンは言った。「当時は指一本触れてません。わたしはあの少女を愛していたのか？　ええ。アンジーとわたしは……わたしたちは歪なペアでした。彼女は自分が寝る男は決して愛さなかった。本人のルールにより、それをやるのは金のためと決まっていたんです……だからわたしは彼女に金を払った……彼女を愛していたから」

「いや、ただ自然にそうなったんです……心理学の世界では、これを転移と呼びます……でもあれはそんなもんじゃない、それだけじゃなかった。言い寄ったのは、わたしのほうですよ……彼女が十七のときでした」

ついに、マロリーも驚いた。神父はどういうつもりでこんな告白をしているのだろう？

八年前、大きな薄型テレビが、イギー・コンロイの居間の壁の長い鏡に取って代わった。プラズマ・スクリーンのそのつやのない素材は、ほぼ何も反射せず、ただ照明が点いているときに鈍い光の点を映し出すばかりだ。

今夜、イギーはバスルームのシンクの鏡の前に立った。家じゅうの鏡が破壊された狂気の夜、粛清を免れた唯一の鏡。八年前、彼はこの鏡は壊さず、薬の戸棚の扉を塗料で覆うことで、そこに映る自分の姿を塗りつぶした。鏡は化け物を引き寄せる。死んだ母に成り代わり、一度、そのなかを横切ったようなやつを。シンクの上の棚には、お袋の古いプラスチックのコンパクトがある。その丸い鏡はとても小さいので、彼が髭を剃るときそこに映るのは彼自身の皮膚だけ――背後のもの、おっかないものは一切、映らない。

イギーはバスルームを出て寝室に入り、窓を上げて、裏庭からのそよ風を入れた。この前こんなに疲れたのはいつのことだろう？　彼は眠気防止の小さな赤い錠剤を持っている。しかし、眠るための薬はどんなやつであれ使う気はなかった。侵入者の立てる音に対し、脳が鈍感になるような薬、反射神経を鈍らせるようなものは、すべてご法度だ。ああ、だがあの数々のミス、彼の眠りを妨げてきた未処理事項は、もう全部、過去のものとなった。記者どもは、あの爺さんの溺死を自殺と報じている。警察は何もつかんでいない。

彼は窓を閉めて鍵をかけた。ベッドのドアに近い側に身を横たえたとき、室内には彼とともに薔薇の香りが残っていた。アンジーはいつも窓の側で眠った。当時、あの少女はこの家の鍵を持っていた。金が必要になったらいつでも彼のところに来られるように。そして、彼女は数日後には行ってしまう。あるいは、数時間後に。充分に稼いだら、それがその時なのだ。

娼婦との彼の通常の取り決めとはちがう。

ときおり彼女は、ニューヨーク・シティからの最終バスに乗ってきて、夜遅くに現れた。長い時を経て、少女はイギーの本能を鈍らせ、ベッドの彼女の側のマットレスが沈んでも彼が銃に手をやることはなくなった。たぶん彼の過ちはすべてあの最初のミスに端を発しているのだろう。彼女に鍵を渡したこと、娼婦にある種の信頼を抱いたことに。

閉店時間後のレストランで、お客たちはまだぐずぐずしている。店長が通りに面した窓のシェードを下ろしはじめ、それとともに、まだお客のいるテーブルから灰皿が持ち去られて、喫煙タイムの終わりを告げる。フロアのあちこちで、マッチやライターから小さな炎がパッと閃いた。神父は、この不埒な行為を強く支持して、まず葉巻に火を点けてから、ウェイターにクレジットカードを渡した。「わたしの友人たちに一杯ずつたのむよ」

ライカーがタバコのパックを取り出して、一本に火を点けた。喫煙のチャンスはいつでも歓迎、飲むチャンスはもっと歓迎だ。

ナプキンの下に盗聴器を残したまま、マロリーは席を立ち、近くのテーブルにすわる男のほうへと向かった。その男の三つ揃いのスーツは、神父のみごとな仕立ての服よりも数段上等だった。それに、チャールズ・バトラーには他にも目立った特徴がある。まぶたの垂れた、飛び出たカエルの目と、その白目のなかを漂う小さな青い虹彩（こうさい）。そのせいで、彼は常に驚いているように見える。そうそう、それに、あの大きな鉤鼻（かぎばな）。あれに並ぶものはない。あれなら鳩の止まり木にもなるだろう。

彼女がやって来るのを見て、彼は頭の足りない男の大きな笑みを浮かべた。彼の巨大な脳みそと長々と連なる大学院の学位にそぐわない笑いだ。この不幸な笑顔もまた、発生上の事故のひとつ。チャールズの顔はもともとそのようにできている。それゆえ彼はマロリーと会うたびに、心ならずも馬鹿を演じてしまうのだった。六フィート四インチのその立派な体を展開させて、彼は立ちあがった。そしてこの究極の紳士は、彼女のために椅子を引いた。

彼もまた心理学者だが、デュポンより腕は上だ。チャールズは週に一度、嘘つきのゲーム、ポーカーをやっている。そして、嘘を見抜くその能力による彼の勝利を阻むものは、遺伝的要因、かの有名な赤面症だけなのだ。マロリーの知人のなかに、ポーカーテル（手の内を暴露する癖や表情やしぐさ。単に「テル」とも言う）を読むことにかけてチャールズの右に出る者はない。誰がいい手を持っているか、誰がブラフをかけているか、彼にはわかる。

耳にかぶさる茶色の巻き毛をかきあげて、チャールズはイヤホンをはずした。彼はそれで神父とマロリーの会話を盗聴していたのだ。今夜、チャールズは警察の顧問としてここに招ばれている。これはマロリーが、頭の医者の尻尾をつかむには頭の医者が必要だろうと考えたからだ。

チャールズ・バトラーは、マロリーの相棒が容疑者とともに飲み、喫煙を楽しんでいるテーブルに目をやった。同業者である心理学者、デュポン神父はずっと昔に、目立った業績を残すこともなく、その仕事から離れている。

「彼が発表した論文をひとつ読んだよ。テーマは青少年の家出だったけど、そこに児童の売春に関する記述はなかった。その論文の焦点は――」マロリーが興味を失いはじめている。それがわかったので、彼はこの盗み聞きの成果――彼女が本当に関心を抱いている唯一のことに移った。「彼がアンジー・クウィルを愛していたことは確かだよ。ぼくの見るかぎり、その部分には非常に真実味があった。ごまかしているとき、彼は聖職者のカラーの切れ目を手で覆うんだよ」嘘を網に掛けるためのマロリーによる序盤の質問のあいだに、このしぐさが見られたのは二度だけだ。しかしそれはとてもわかりやすいテルだった。

ポーカーをやれば、あの神父は惨敗するだろう。

「自分が最初にレイプしたときの少女の年齢に関して、彼が嘘をついたことはもうわかってる」マロリーは言った。「アンジー・クウィルが十七歳だったなんて都合がよすぎるものね」

「そう思うのは、答える前に彼が長いことためらっていたから？　それは嘘のテルとは言えないよ。彼の場合はちがうんだ。真実を述べているときも、彼は同じようにためらいを見せていた。あれはただ、きみが何を聞きたがっているのか、理解しようとしていただけだ。きみの考えのとおりに自分の罪を残らず彼が認めたとき、ぼくにはそれがわかった……そうすれば真実も信じてもらえる、と彼は思ったんだよ」マロリー対策として、あれはいい戦略ではなかった。彼女は真実と嘘を混ぜ合わせる術も使うのだから。彼女のだましの小道具は、ありきたりのものではない。あの神父も気の毒に。何者を相手にしているのか、彼にはまるでわかっていないのだ。

彼女の見かたに異論を唱えることは常に危険を伴う。それでもチャールズは言った。「デュポン神父は不道徳なことは何もしていないと思うよ。肉体関係は一切なかったんだろう。彼はその部分では嘘をついていたと思う。彼女を好きだったというのは本当にちがいない。でも明らかに、アンジー・クウィルは神しか愛していなかったんだ」

マロリーは顔の表情で〝いただけない〟と伝えた。「よくある、徳の高い神父様の物語？そんなのはありえない。黄金の心を持つ娼婦ってやつとおんなじ。わたしはそっちも信じない」

「ステレオタイプだから？」確かに、神父の片思いというのは空想がすぎるかもしれない。チャールズはこれを、愛に関して賢かったためしのない取り散らかった自身の心に重ね合わせて、こしらえたのだ。「きみの言うとおりだね。デュポンは聖人には程遠い。彼は野心家だ――それは、彼の選んだキャリアのコースに表れている」

「それに、嘘つきだしね」マロリーが言った。「彼は何を企んでいるの？」

「例の子供――あの少年を見つけること。彼はきみの同情を買おうとしているんだ」気の毒な、愚かな男。「そのためなら、きみが聞きたがっていることはなんだって話しただろう。真実にかぎらず、きみが求めていることをね。だから彼は自分自身を、最悪の光を当てて描いてみせたんだ。これは悪い戦略じゃない。もし――」

「彼は大勢の子供を扱ってきた」マロリーが言った。「説得力のある説明をしたかったなら、アンジーのほうが自分を誘ったんだと言ったはずよ。赤んぼの娼婦だってそういう取引はする。彼女は彼の助けがほしかった。そしてそれを手に入れたの。初めて神父に誘いをかけたとき、少女は十三歳だったにちがいない」

「なるほど」チャールズはほほえんだ。「きみはひどい嘘をついたとしてあの男を咎めているわけだ。まあ、それは当然だね。彼は確かに別の人間になりすまそうとしている。でもその嘘は、自分の不利になるものばかりで――彼女を貶めてはいない。実際、彼女はどの時点かで彼に誘いをかけたんだろう。セックスは彼女にとって通貨だった。転移とは無関係。その点で彼は嘘をついている。カウンセリングのあいだ、彼女の誘いは障害となったはず――」

「それは確かかね。修道院に入ったとき、アンジー・クウィルは誰から隠れようとしていたんだと思う?」

「あの神父からではないよ。その話のとき、彼はおかしな素振りは一切、見せていなかった」チャールズには、マロリーがこの見解を気に入っていないことがわかった。どちらにつくか決めるとき、彼女でない側を選ぶのは、常にまちがいだ。少しのあいだ、彼女は引きさがったかに見えた。だから、その突然の怒りは不意打ちだった。マロリーはブレザーのポケットから写真を一枚、取り出して、テーブルにたたきつけた。いま、チャールズの目の前には、警察で撮影された正面と横向きの少女の顔写真がある。痣の浮いた裸の肩は、アンジー・クウィルの街での日常につきものの暴力を物語っていた。たっぷり塗ったマスカラは流れている。この少女は泣いていたのだ――

「わたしは母親から話を聞いている」マロリーが言った。「子供のころ、アンジーには放課後の仕事なんてなかった。デュポンはそのことでも嘘をついたわけ。つまりこの子供は七年近く男たちを相手に稼いでいたの。最初の逮捕ではお咎めなし。そこのところは本当ね。馬鹿な警官が彼女を神父にただ引き渡したのよ。その顔写真の彼女は、そのときとさして年が変わらない。そしてそれが記録上、唯一の逮捕なの。それっきりぶちこまれてないなんてね。そうなる確率はどれくらい？　それでわたしはわかったの。アンジーには固定客がいたのよ。兄の大学の授業料の半分は、教会の奨学金で賄われた。残りの金額をアンジーはキャッシュで払っている。それに、甥の無料のデイケア。子供の娼婦としては、かなりの収穫よね」

「じゃあ、その固定客はデュポン神父以外には考えられないわけ？」そう、マロリーはこの仮説に執着している。チャールズにはそれがわかった。徳の高い聖職者や黄金の心を持つ娼婦とはちがい、子供を犯す神父というやつは、彼女が喜んで信じるステレオタイプなのだ。それに、マロリーに盲点などあるわけはない。教会に対する偏見など。「わかった」チャールズは、降参だよ、と両手を上げてみせた。「デュポン神父は自分が幼い少女を利用していた事実を言わずにすませたわけだね」

ああ、マロリーの満足そうなこと。

「そのとおり」彼女は言った。「でも、もし本当に娼婦のために同情を引きたかったなら、彼はそのことを話に放りこんだはずよ。死んだ尼さんが警察に苦情を申し立てるわけはないし」

すばらしい推理。だがここで、また彼女を怒らせそうな但し書きを。「もし彼が児童への性的虐待を告白したら……きみはどう思うだろうね？……それは、何かもっとひどいことを……彼女の殺人や少年の誘拐につながるような何かを隠すためだと思うんじゃない？　あの神父はきみが思っているよりも利口な嘘つきなのかもしれない」

彼女よりも利口な？

いや、これは絶対に受け入れられない。かすかに突き出た彼女の顎から、チャールズにはそれがわかった。しかしマロリーが口を開くより早く、彼は言った。「デュポンは誰もかばってはいないし、もちろん保身も図っていない。ロジックだよ、マロリー。彼の哀しい物語、真実と嘘を振り返ってみて。これは彼の勝負だよ――彼の口から出る言葉はどれも、ひとつの目的のためにある。彼としては、アンジーが万人の抱く娼婦のイメージそのままのくずだったときのために思わせるわけにはいかない……たとえ、本当にそうであったとしても、だ。きみには彼女の……そして、例の少年の味方になってもらわなきゃならない。だからデュポンは、してもいない悪い行為の告白をした――なぜなら彼はとても良心的な人だから」

マロリーはチャールズをじっと見つめた。たったいま彼の有罪に気づいたと言わんばかりに。神父が犯したことになっている犯罪はすべて、彼の責任らしい。「あなたはデュポンが好きなのね……いったいなぜなのかしら？」

ああ、すばらしい。いまや彼はマロリーを妨害する陰謀の容疑者なのだ。このことに驚いたかって？　いや。こういう飛躍には、ものすごい疑り深さ、被害妄想の天分が求められる。彼女はそのすべてであり、それを超えるものだ。立ちあがって、歩み去るとき、彼女の態度はとても冷たく、その背中は彼を責めていた。

でも何に関してだ？


チャールズ・バトラーはなんの罪もない羽毛の枕を殴りつけた。

もう夜更けだが、彼の目は大きく見開かれている。部屋の向こう端には、本が一冊落ちていた。彼がそれをそこに放り投げたのだ。これは愛書家として異端の行為であり——いらだちの表れでもある。

彼は明かりを消した。

眠れない夜のあいだに、彼はシーツをくしゃくしゃにし、マロリーが並べてみせたすべての証拠を再検討した。バランスを取るため、自分自身の反対意見も考慮に入れたが、それらに基盤となる事実はまったくなく、あるのは推測とポーカーテルばかりだった。そしてその後、マロリーの最後の言葉の妄想的側面を見直していて、彼はハッとベッドから身を起こした。

彼女は知っている、いるんだ！

マロリーは真相にたどり着いた。でも、どうやって？

彼を罠にはめ、別れのひとことを放つ前、どの時点かで彼女は気づいたにちがいない――

いや、待った。

たぶんこれは彼の妄想にすぎないのだろう。


イギー・コンロイの家の上に、月は高く昇っていた。膝の高さほどのお袋の古い小鬼は、前庭の定位置に立っている。それは、ふつうの家の庭にある小人の置き物とはちがう。その目はふたつの暗い穴であり、口は威嚇の唸りの形に固定されている。ポーズは、永遠の持久戦の構え――自分に飛びかかってくる何か、襲いかかってくる何かを待ち受けている。この像を売る園芸品店はたった一軒しかない。特注によるその仕入れ先は、心のねじれたあるアーティスト。その人物は、鬼気迫る醜い庭の置き物にマーケットがあると思っているのだろう。

大ハンマーで武装し、イギーは小さな石の男の背後に近づいた。ガーン！　石像の頭が彼の左に転がり落ちる。ガーン！　胴部がばらばらになり、片腕はこちら、片腕はあちら、と飛び散る。つぎは、ハンマーを下に向け、その柄をゴルフクラブのように持って、思い切りスイング。曲がった脚の一方がふたつに折れ、その半分が芝生の向こうに飛んでいった。何年も前に彼はこうすべきだったのだ。お袋はとうの昔に死んでいて、このおっかない尖った耳のチビ野郎を恋しがることもないのだから。

イギーは露に濡れた芝生に身を横たえた。すると目を閉じるやいなや、胸にずしりと重みを感じた。息ができない。肋骨がひどく痛む。

あのトロールが、もとの姿にもどって、彼の上に乗り、体にまたがって、石の太腿で左右から脇を締めつけていた。だが、それを押しのけようにも、手を持ちあげることはできない。できるのは、ただ見ることだけだ。肋骨が痛い。もういまにも折れそうだ。心臓が激しく鼓動している。どうにか少し空気を吸う。吸えるだけすべて。そしてその息もなくなった。呼吸ができない。パニックの時だ！　それから——

すべてが変わった。

彼はベッドにもどっていた。痛みはもうない。くそっ！　夢の痛みか！　庭の小人像も消えてしまった。ただの悪夢。あの小さな石の化け物はいまも外の前庭にいる。いまも完全な姿で、暗闇に立っているのだ。

イギーはベッドから起きあがり、家の部屋部屋をめぐり歩いて、すべての明かりを点けていった。

第九章

板葺きの赤い屋根の傾斜の先には、透かし細工の花模様の軒がある。窓の鎧戸と玄関のドアにはチューリップの彫刻が施されている。そして、空気には薔薇の香りが濃厚にたちこめていた。イギー・コンロイの花の家は、大きすぎも小さすぎもせず、ちょうどよいサイズだ。『ゴルディロックスと三匹の熊』をそっくりまねて、お袋はよくそう言っていた。彼女の格言の大半は、もっとおっかないおとぎ話に由来するものだった。またその所有地は、イギーの子供時代の悪夢に出てきた化け物たちの小さな像で飾られていた。連中は茂みや木立の陰に潜み、悪い子たちを待ち伏せしているのだ。お袋はそう言った。

彼女が買った庭の小人像がいくつあるのか、確かな数をイギーは知らない。これだけの年月を経てもなお、彼はその一体が葉群に隠れているのを見つけて驚くことがある。彼らはみんな、よく似ている。どれも狂暴そうに口を歪めた邪悪なチビで、地所のあちこちに一体ずつ点々と配置され、これによって、自力で歩き回る醜い石の男がひとりだけいるかのような幻想を生み出している。だから、この淡い黄色の漆喰塗りの家は、グリム兄弟のうちの近所によくなじんだにちがいない。

長い私道は両側に迫る森林地帯をくねくねと通過しており、土の道の奪還をめざす葉群の匍匐前進を阻止する作業は、まさに戦いだった。夏が来るたびに、イギーは鉈で反撃し、そのまま生かしておけばバンの塗装に傷をつけるにちがいない新たな枝葉をたたき切った。この地域の大半の人はこの作業を業者にやらせるが、彼はプライバシーを重んじている。

　あの母にして、この子あり。

　田舎に越してくる前から、お袋は平和と静けさを確保するため、ピットブルをご贔屓にしていた。ある日、外を歩いているとき、彼女は同じ教会に通う隣の地所の老夫婦に出会った。夫婦は道で彼女を呼び止め、犬の名前を訊ねた。「ご冗談でしょ」彼女は夫婦に言ったものだ。「武器に名前をつける人がいますか」以来、近所の人々がこのうちに立ち寄ることはなくなった。何エーカーもの土地に隔てられ、彼らはおそらく、イギーの母はまだここで暮らしているものと思っているだろう。その死から九年、彼女が教会に行くことはなくなっていたのだが。

　その間ずっと、アンジーは唯一の訪問者だった。そしていまは、彼女の甥がいる。肘掛け椅子にすわって、若い草木の血で湿った、放り出された鉈から数フィートのところに。イギーは顔の汗をぬぐい、ビールをちびちび飲みながら、少年の盲目の指が椅子の張り地に浮き出ている模様をさぐるのを見守った。

　それがなんなのかが判明すると、彼は言った。「チューリップだね」

「ああ、うちじゅうその花だらけなんだ」どの部屋にも花瓶があって、プラスチックのチューリップや木製のが飾られている。絹でできたのもいくつかあった。「おれの母親は生きてる花の扱いはいまいちうまくなくてな」それらはいつも途中で枯れてしまった。晩年、痴呆の症状が出はじめると、モイラ・コンロイはこれを生き物すべてに作用する自らの邪悪な力なのだと思うようになった。「だがお袋はチューリップに目がなかった」

そしてアンジーの場合、それは薔薇だった。

泥棒が犬の歓迎を受けたうえで、なおも生き延びた場合、そいつはきっと、ここに住んでいるのは女だと思うだろう。この女性的な構築物は、イギーにとって単なる住みか以上のものだ――女たちとその仲間というこの幻想は。

少年は本物だが、長くは生きられない。

犬のほうもご同様だ。それはひどく老いこんでいて、呼吸も苦しそうだ。この駄犬はもう何年も前に眠らせてやるべきだったのだ。しかしイギーはいつも変化に抵抗する。

キャシー・マロリーはどんなものであれ、変化を嫌う。ライカーは、デスクの電話の新たな位置に彼女が悶えるのを見守った。事務員がついさっき、ファイルをひと山置くために、電話を動かしたのだ。そしていま、マロリーは立ち往生し、じっと電話を見つめている。それとも、これは芝居なのか？　彼女は、相棒が見ていることを知っているんじゃないだろうか？　自分がデスクを異様に整ったもとの状態にもどすのを彼が待っていることを。

まだ待っているのを。

事の大小を問わず、彼女は緊張を高める達人だ。それはライカーをいらつかせ、同時に魅了する。ほぼ毎朝、二日酔いと吐き気に苛まれ、彼は昔からの夢をかなえたくなる。朝食の大量のバーボンでアルコール中毒を発症するというやつを。しかしマロリーが、彼がしらふで出勤する理由となっている。つぎに彼女が何を仕掛けてくるか——それが気になってならないから。また、彼女の子供時代、ライカーが生きながらえたのは、絶えずあのチビに逆上させられたおかげだとも言える。

この朝、彼は向き合ったデスクから手を伸ばして彼女の電話をつかみあげ、天板の縁ときっちり平行に、角の定位置にもどしてやった。

マロリーは笑顔で彼に報いた。〝この根性なし〟と。

これでようやく仕事にかかれる。

ジェイノス刑事が、三人の子供を従え、ぶらぶらとそばを通り過ぎていった。アヒルの子の行列を率いるゴリラだ。

ジェイノス刑事がこの場所を選んだのは、考えたうえでのことだ。重大犯罪課のランチルームには十二段のお菓子の自販機、子供を吸い寄せる磁石がある。だが、この三人は対象外。きょうの彼らはキャンディーという気分じゃないし、午前の授業をパスできたことで浮かれてもいない。これはジョーナ・クウィルがいつも連んでいる一団、充分にいい子たちで、なかに悪ガキはおらず、これによって誘拐された彼らの友達の株も上がった。

室内は暖かいが、少年ふたりと少女ひとりは制服のブレザーを脱いでいないし、ネクタイをゆるめてさえいない。彼らは姿勢正しく椅子にすわっている。お行儀のよい無垢な者たちの図。

まるで、自分たちの悪事がばれたことをすでに知っているかのようだ。

「もうアップタウンの刑事たちにさんざいろいろ話したろうね」刑事は言った。「でも、あとで何か思い出すこともよくあるものなんだよ」彼は三人に対する以前の聴取のメモを見おろした。「さてと……きみたちの友達のジョーナは校舎には入らず、学校をサボった。入口で回れ右して立ち去ったというわけだね？」十二歳の三人組はそろってうなずいた。これは、彼らが前に少なくとも一度は同じ質問に答えている証拠だ。

「問題はここなんだけどね」彼らは嘘をついている。「あの朝、ジョーナが校舎から出ていくのを用務員さんが見ているんだよ。となると、ジョーナは一度、校舎に入ったんじゃないかな？　わたしがそんな印象を抱いてるのは、最後に目撃されたとき、彼が赤いTシャツに、ジーンズとスニーカーという格好だったからかもしれない。彼の制服は、ロッカーに突っこまれていた……それに、誰かが事務員さんの机に手紙を残していたんだよ」ジェイノスはマニラ紙のファイルを開けて、ワープロで打った手紙のコピーを取り出した。「これによると、ジョーナは、姿を消した日、病気で学校を休むことになっていた。ここには、彼の叔父さんの署名がある――でも叔父さんは署名なんかしていない」そして、このみごとな偽造文書は第一日目に、誘拐説に必要な充分な重みを与えたのだった。「われわれはジョーナを疑ってはいない。目の見えない子というのは――署名をまねるのはあまりうまくないものだからね」

ふたりの少年は耐え抜いたが、そばかすだらけの少女のほうは泣きだした。ジェイノスは、涙にくれる小さな女性には弱い男だ。彼は女の子にティッシュを手渡した。非常にレディーらしく、赤毛の少女は顔をぬぐい、それから鼻をかんだ。大きくブーッと音を立て、上品さのかけらもなく。そして刑事はこれにいたく感心した。だが、ルシンダというこの少女は第一容疑者ではない。ジェイノスが目をつけているのは、いちばん小柄な子だ。彼はジェイノスに目を合わせようとしない。そしていま、その少年マイケル、愛称ミッキーが、ぱっくりと割れた。

「やったのはぼくだよ！　しかたなかったんだ。出席を取るときジョーナがいなかったら、学校が叔父さんに連絡するもん。きっと五秒以内にやるね。ミスター・クウィルはセキュリティにめちゃうるさいから」

「なかなかの偽造だとさ。うちの文書課のやつがそう言っていた」これだけでミッキーの不安は和いだが、ジェイノスはさらにつづけた。「誰もきみを責めちゃいない。でもジョーナはなんて言っていたんだ――」

「あの日、ジョーナがどこに行ったかは知らない。ほんとだよ」

「そうか、きみを信じよう」これで他のふたりはもじもじするのをやめた。ジェイノスはまた、この三人の、ジョーナからアンジー・クウィルの話は聞いたことがないという言葉も信じた。ジョーナに叔母がいることを彼の親友たちは知らなかった……この事実はメモに値する。そして刑事はその一行に下線を引いた。ここでちょっと〝見せてお話〟（学校での発表。生徒がめずらしいものを持ってきて、それについて説明する）といこう。ファイバーグラスの白い筒を掲げると、ジェイノスは手首のひとひねりで、瞬時にそれを伸ばして一本の白い杖にした。その数箇所には、指紋採取の粉のぼやけた黒い汚れが残っている。「ジョーナは杖なしでどの程度――」

「杖はたいていナップサックに入れてたよ」いちばん背の高い子、ガースが言った。この子はすでに、彼の未来像である一人前の男のがっちりした体格をそなえている。

ここで小柄な偽造犯が割りこんできた。「ジョーナは学校全体の地図を作っていたからね」ミッキーはこめかみをトントンたたいてみせた。「頭のなかで作るんだよ。ジョーナはロッカーだらけの廊下で自分のロッカーを見つけられる。絶対まちがえないんだ」

「彼、そういうのが得意なの」女の子が言った。ルシンダがジョーナの彼女であることは明々白々だ。「初めて会ったら、目が見えないなんてわからない。これまでに来た臨時の先生たちはみんなだまされてた」

刑事はメモを取った。「ジョーナはそれを始終やってたのかな――目が見えるふりを?」

「ううん」ルシンダは言った。「第一、臨時の先生たちをだますために見えるふりなんてしないし。ただ先生たちが気づくまでしばらくかかるってだけなんです。彼は黒いサングラスをかけないし、杖もめったに使わない。それに、教室の移動にもぜんぜん苦労しないから」

なるほど……自立した子供か。ジェイノスは鉛筆でトントンとテーブルをたたいた。つぎの質問はどう言葉にしたものだろう? 「ジョーナは頭がいい子なのかな?」

「すごく」ルシンダはそう言って、誇らしげにほほえんだ。

「でも、口も達者なんだろうね?」これは、一歩まちがえばその口が命取りになりかねないという意味だ。

ああ、この子たちはその意味を汲み取ったようだ。三人の目を見て、ジェイノスにはわかった。子供たちは、彼の頭のなかの大惨事を見届けたのだ。女の子のほほえみが消えた。そして彼女は小さな未亡人の涙を流した。三人の子供はみな、がっくりと椅子に沈みこんだ。

怒りと恐怖を行き来する高速移動は、ジョーナを参らせ、へたばらせていた。この瞬間の彼には、鋭い歯の脅威がほとんど心地よいほどだった。

彼はキッチンのテーブルに着き、ゼイゼイという声に神経を集中して、犬の動きを追っていた。背後で、戸棚の扉が開かれた。つづいて、ガサガサと箱を振る音が、今朝、シリアルがどれくらい残っているかという疑問に答えた。多くはないが、充分な量だ。彼の正面のボウルにそのシリアルが注ぎこまれる。チリンチリンと陶器を打つ音で、それがチェリオスであることは手をつける前にわかった。これはハリー叔父さんとよくやったゲームだ。叔父さんはときどき、チェリオスをブランフレークに変えた。そっちはもっとザラザラいう。

テーブルの向かい側で、椅子の脚が床をこすって前後に動き、〝タバコ男〟がすわった。彼のシリアルはない。コーヒーだけだ。濃いコーヒー。濃厚な香り。そして――カチッ――煙がひと吹き。「おまえの叔母さんはあの近辺で何をしてたんだ?」

「あそこでぼくと会うことになってたんだよ。ぼくが小さいころ、ぼくたちはあの通りに住んでいた。叔母さんはそろそろぼくとお祖母ちゃんを仲直りさせるころだと思ったんじゃないかな」または、あの悪い鬼はただの老婆にすぎない、もうそんなに大きくもないし、恐ろしくもない、とジョーナに教えたかったのか。「アンジー叔母さんがあの日、何をしたかったのか、ぼくには一生わからないんだろうね」

おまえが叔母さんを殺したからな、くそ野郎！

サミュエル・タッカーは、つい最近ソファに寝ることを許された犬みたいに幸せな気分で、長椅子にだらんと身を沈めた。このアンティークは、グレイシー・マンションの二階のプライベート・オフィスにある他の家具調度と同じく、アンドルー・ポーク市長閣下の高価な私有財産だ。

市長補佐官は携帯電話に向かい、彼の友人、地方検事局の彼のスパイに礼を述べた。別れの挨拶のあと、タックは電話を大きくぐるりと振り回した。万歳！「捜索令状には制限が設けられています。この邸は犯行現場の一部として扱われますが――市長は捜査の対象にはなりません。つまり連中は、邸内のコンピューターを調べることはできますが、Eメールを見て、殺人に関連するものをプリントアウトすることしかできないわけです」

「すばらしい！」ポーク市長はシュレッダーの作業をすでに終えていた。処分された文書はスキャンしてフラッシュ・ドライブに保存してある。そのドライブはごく小さく、キーホルダーに付けて持ち出せるようなやつだ。彼の最初で最後の任期中のきわめてまずいファイルやメールは、すべてコンピューターから消去されている。疲れ果てた政治家はデスクのうしろの椅子にへたりこんだ。「なあ、タック。連中は本当にこれを入手できないんだろうな？」

「市長殿が消去なさったものを、ですか？　入手できますよ――警察が市長殿のパソコンをテクニカル・サポートに持ちこめれば、ですが。しかし連中はパソコンをどこへも持ってはいけません。あなたは安全そのものです」彼は腕時計を確認した。「ひと眠りなさってはいかがです、市長殿。警察が来るまでにまだ何時間かありますから」雇い主のそばを離れず、タックはアンティークの長椅子に足を上げた。それでも彼は、椅子から下りろとどなられたりはしなかった。


ジョーナのシリアルのボウルにミルクが流れこむ。そのさなかに〝ダバコ男〟が言った。

「死体だらけのあの部屋でおまえを目覚めさせる気はなかったんだ。実はこれまで子供の服用量を計算したことがなくてな。あの日のことで何を覚えてるか、教えてくれないか」

「ダウンタウン行きのバスに乗ったことは覚えてるよ……そのあとのことは、あんまり――」

「目の見えない子にしちゃ長旅だよな。家はアップタウンなんだろう？　付き添いはいなかったのか？　たとえば、叔父さんとか？」


ハリー叔父さんとあなたがどこに住んでいるか、この男は知ってるのよ。アンジー叔母さんが言った。きっと新聞で読んだのね……じゃなきゃテレビで見たのかも。わたしが死んだあの日、誰かがあなたといっしょだったと、もし彼が思ってるなら、まずいことになるわね。

「ぼくは人の手を借りなくても歩き回れるんだよ。杖もあるし、GPS機能付きのしゃべれる携帯電話もあるからね」でもいま、その携帯はポケットからなくなっている。ジョーナを導いてくれるのは、死んだ女性の声の記憶だけだ。

「気の毒にな、坊主。あの電話は車の窓から出てったよ。杖のほうは、おれは一度も見てないな。どこかで落っことしたんじゃないか?」

これは罠だろうか? 「覚えてないよ」

「バスに乗ってからあの店に行くまでのことは、なんにもか?」

この男はまず、あと始末をする気なのよ。アンジー叔母さんが言った。

——ぼくを殺す前に? ジョーナの手が震えた。スプーンがボウルのなかに落ちる。ミルクが跳ねて肌に飛び散った。ピットブルの爪がキッチンのタイルの上をカチャカチャと近づいてくる。犬は興奮し、ハアハアあえいでいた。


鑑識班が来るまでには、まだ一時間ある。サミュエル・タッカーは、煉瓦(れんが)の塀の突出部にある裏の門を通り抜けた。公園を突っ切っていくに越したことはない。イーストエンド・アベニューに露営する記者どもは回避するに限る。彼は森の小道をぶらぶらと歩いていき、グレイシー・マンションの一ブロック先の歩道に出た。

市長の汚れた書類は、小さなフラッシュ・ドライブに圧縮され、彼のキーホルダーからぶら下がっている。また、弁護士への指示の手紙は安全に胸ポケットに収められていた。彼の目下の仕事は、アンドルー・ポークの弁護士を訪問すること。これらの品はその弁護士が警察の手の届かないところに保管するだろう。

ああ、なんて幸せな日。彼がエコノミーで旅することはもう二度とない。今後はずっと百万長者クラスだ。

タクシーを止めるべく、彼は手を上げた。すると——まるで魔法のように——その一台が歩道際に出現した。彼のここからの人生は本当に魔法に護られているはずだ。タクシーは彼を乗せ、運び去った。運転手はまだ行き先を訊いていないけれども。車が角を曲がったところで、タックは胸ポケットに手をやり、弁護士事務所の住所が入った封筒を取り出そうとした。

なぜこの車は減速しているんだ？

彼は歩道に立つあの刑事を目にした。彼女はこの前とはまた別のみごとな仕立てのブレザーを着ていた。あの女、名前はなんといったろう？　そう、マロリーだ。車が停止した。彼は間近から彼女を見ることになった。至近距離から——彼女が後部座席の彼の隣に乗りこんできたときに。

前部座席で、タクシー運転手がサングラスをはずし、ルームミラーのなかで笑みを浮かべた。皺の寄った、まぶたの垂れたその目に、タックは見覚えがあった。それに、男がこう言ったとき、その声はマロリーの相棒の声だった。「やあ、どうも。調子はどうだい？」

修辞疑問だ。

突如すべてがゴミ屑と化した。彼は早くも自分の仕事にさよならを言っていた。

イギー・コンロイは、少年のふたつの手が砂糖壺をさがし求めてテーブルをさぐるのを見守った。

子供の震えは収まっていた。いま、その手は安定しており、スプーンに載った三匙分の砂糖をシリアルに振りかけている。砂糖の摂りすぎは虫歯のもと。母の反射的な叱責を思い出し、イギー・コンロイはふと、あれと同じことを言ってやろうかと思った。だがこの子供にはもう先がない。たぶんきょう明日の命なのだ。それは、電話一本にかかっている。「尼さんをやってる彼女が目に浮かぶようだな。理にかなってるよ。アンジーは絶対ゲームに加わらなかった」

少年のスプーンがシリアルのボウルの上の宙で止まった。「なんのゲーム？」

この子供は自分の叔母が娼婦だったことを知らないのか？「人生だよ」彼は言った。「おれたちみんながいるこの外の世界の人生。セイフティー・ネットなし――あの危険なゲームだ」――彼女が、目を閉じ、明かりを消して、男たちとやっていたゲームではなく。「その修道院に、彼女はいつからいたんだ？」

「五年前、叔母さんは最後の誓いを立てた。そのときにキリストと結婚したんだよ」

イギーは身じろぎもせず、すわっていた。タバコの火が消えた。

子供が緊張した。あたりが静かになると、いつもこの子は緊張する。そして、たぶん何かしら音がほしいからなのだろう、ここで少年は訊ねた。「あんたは教会に行くの？」

「いや」イギーは言った。「母親が死んでからは行ってない。九年前からだな。おれは毎週日曜に婆さんをミサに連れてった。彼女は信心深いカソリック教徒だったんだ。おれのほうはそこまでじゃない」

シリアルのなかにスプーンを入れながら、子供は視線を落とした。見える目があるふりをして。この子はそれがうまかった。「告解をしたことある？」

なんだと？　この話はどこに向かってるんだ？　「以前はよくしたが」イギーは言った。「もうずいぶんしてないな」

「ぼくはしたことがないんだ。最後に教会に行ったときは、告解をするにはまだ小さすぎたから」

「小さな子供には告白することなんかないよな」

「どんなふうにやるの？　神父といっしょにあの――」

「告解か？　そうだな、まず神父に自分が企んだことを全部話す。神父は告白者に天使祝詞（てんししゅくし）をひとしきり唱えさせる。すると、あっという間に、告白者はクリーンになるわけだ」

　少年はシリアルのボウルから目を上げた。いまの話について考えているあいだ、その手のスプーンは小さくぐるぐると宙に輪を描いていた。それから、スポーツや天気の話をするような口調で、彼は訊ねた。「尼さんを殺した場合は、何度、天使祝詞を唱えればいいの？」

第十章

ソーホー警察署の一階で、手錠に蝶ネクタイという姿のその囚人は警察に嘘をついたかどで告発を受けた。サミュエル・タッカーはこれに対しても、つぎの罪状、司法妨害に対しても異を唱えなかった。そこでライカーは、面白半分、さらにいくつか付け加えた。どの告発にも根拠となる証拠は一切ないが、そこは問題ではない。この逮捕のことは地方検事局の耳には入らないのだ。

ライカーがミランダ・カードから一連の権利を読んで聞かせたあとも、タッカーはロボトミーの手術直後の症状をすべて見せてはいなかった。その目は虚ろで、口はぽかんと開いている──しかし彼はまだ涎を垂らしてはいない。

「権利を理解した?」いや、この質問はむずかしすぎたようだ。そこでマロリーは言った。「ただうなずいて」するとタッカーはうなずいた。

ライカーが手錠をはずし、市長補佐官にペンを渡した。カードのいちばん下の署名欄を指し示されて、呆然自失のタッカーはそこに署名し──これによって弁護士を立ち会わせる自身の権利を放棄したが──本人はそこまで明確にそのことをわかっていなかったかもしれない。

いい子ね。

警察による公認の強奪が始まり、被疑者のズボンのポケットが、所持品の管理を担当する、退職まであと一年の制服警官、キャントレルによって空にされた。金属のトレイの上でキーホルダーがチャリンと鳴り、巡査はもっと上のポケットへと進んだ。

こう訊ねたとき、タッカーの声はとても小さく、蚊が鳴くようだった。「捜索令状は要らないのか？」

「いいんだ！」キャントレル巡査はこれまで、娼婦やチンピラや強姦魔に同じことを千回も説明してきた。そして、今度はめそめそと文句を垂れるこのド阿呆だ。「まず武器を押収しないと、おまえさんを牢にぶちこめんだろ」彼はキーホルダーを掲げた。そこに付いているフラッシュ・ドライブはいま、刑事たちにもはっきりと見えている。「鍵は武器になりうる。こいつは罪状認否手続きのあと、返してもらうんだな——もしも保釈が認められたら、だが」

「さほど時間はかからないはずよ」これはこの朝最初のマロリーの嘘だった。「あなたは一本だけ電話をかけられる。ポーク市長に電話して、自分がどこにいるのか話したらどう？」

この提案に、タッカーは死ぬほど怯え、言葉を失った。彼にはただ首を振ることしかできなかった。絶対いやだ！

マロリーは、キャントレル巡査がタッカーの胸ポケットから封のされた封筒を抜き取るのを見守った。「ああ……紙で皮膚が切れることを考えないと。それも記録したほうがいいわ」彼女は市長補佐官に顔を向け、「これは標準的な手続きだから」と言い、相手の注意を巡査からそらした。巡査の顔はこう言っている——囚人を紙による切り傷の脅威から護ることは標準的手続きじゃないし、自分は断じてその所持品を記録する気は――

「なあ、キャントレル。記録のことなんぞ気にするなよ」ライカーが言った。「この男が弁護士を付けないなら、これは全部、時間の無駄になるんだからな」刑事は所持品保管用の大判の封筒のひとつを手に取って、キーホルダーと手紙をそこに入れた。相棒に封筒を渡すと、彼は言った。「しっかり持ってろよ、いいな?」タッカーの肩に優しく腕を回すと、ライカーは内緒話ができるよう彼の体をテーブルの反対側へ向けた。「わかってるさ。仕事のことが心配なんだよな? それならたぶん、なんとかしてやれるよ。あんたがここにいたことが市長にばれないようにさ。こうしよう――おれたちは、あんたに関してつかんだことについて、ざっと話を聞く。告発の根拠となるものが何もなけりゃ、罪状認否手続きもなしになる。そのあと――もしお望みとあれば――おまえさんの逮捕に関する書類は燃やしてやってもいい。まずまずのプランだろ?」

タッカーの顔が輝いた。これは実にすばらしいプランだ。

「ぐずぐずしてる時間はないの」マロリーは言った。「ほら」彼女は相棒に封のされた所持品の封筒を渡した。前のと同じ封筒ではなく、それらしいふくらみがあり、彼女自身のキーホルダーがなかでジャラジャラいっているやつを。「何もかも聞き出したら、これを彼に返して」

ゴリラはどこでも自分の好きなところにすわれる。しかし礼儀正しいジェイノス刑事は、サミュエル・タッカーがテーブルを囲む椅子のひとつを選ぶまで、立ったままでいた。両者が席に着き、向き合った格好になると、刑事はほほえんだ。ただしこれで安心するのは、子供だけだ。子供たちは、彼をペットにできる生き物のように思いがちだから。大人は彼が歯を見せると恐怖を覚える。

折りたたまれた新聞と分厚いマニラ紙のファイルが卓上にドスンと置かれた。おやおや、この被疑者は不快がっているのか？「あの邸にはいま、うちの者たちがうじゃうじゃいるんですよ」

「ええ、鑑識班ですよね」されてもいない質問に答え、タッカーは言った。懸命に協力的であろうとして。これも、聴取を終わらせるため――ここからとっとと脱け出すためだ。

この反応がジェイノスの興味を引いた理由はただひとつ。鑑識が急襲を行ったのは、市長補佐官が逮捕されたあとであることだった。「彼らは、殺人に関連する郵便物をさがしているんです」いまのところ、アンドルー・ポークを被害者たちに結びつけるものは何ひとつない。赤の他人の身代金を要求するなんてイカレている。馬鹿なアイデアだ。とはいえ、彼の同胞である人間に完全無欠な者がいるだろうか？　ひとりもいない。それゆえジェイノスは連続殺人犯をめったに批判しないのだ。「わたしたちは、この二週間に少なくとも四通の手紙が配達されたものと見ています」

「市長は市外に行っていたので」タッカーは言った。「どの郵便物も開けてはいません。わたしも何も見て――」

「気をつけて」ジェイノスは言った。「あなたはこの逮捕に関する書類すべてに消えてほしいんでしょう?」

男の頭がこくこくと動いた。

「結構。では、もう一度、最初から。市長が町にいたことはもうわかっている。彼の警護を担当している連中から業務日誌をもらったのでね。そうそう、使用人たちはどこに消えてしまったのかな? 彼らと話さなきゃならないんだが」

「市長は少なくとも二週間、ヨットに乗っていました。使用人たちはまだ有給休暇中です」

ジェイノスはファイルの中身に目を通すふりをした。「いや。有給に関する書類はどこにもないな。それに、これは確かな事実だが、ポークがそれだけの期間ずっと船上にいたわけはないんですよ」ジェイノスは、電話会社のロゴの入った紙を一枚、テーブルに置いた。「ほら、わかるかな? 市庁舎と約二十人の人とのあいだの通話記録があるでしょう? われわれが話を聞いた人たちは、ポークがアップタウンやダウンタウンで会議に出ているということで、電話をつないでもらえなかったと言っている。ということは――」

「会議など一切なかった!……このわたしがすべての電話に対応し、市長の不在をごまかしていたんです。有給休暇のほうは帳簿外になっています」

「だがなあ、刑事たちの日誌があるんですよ。彼らは三交替で市長の警護に当たっている。その警官たち全員が嘘をついたと――」

「ヨットに乗っていたのは、そのうちふたりだけです」タッカーは言った。「他の四人は休みをもらったんです――使用人たちと同じですよ。市長は頻繁にそうしている。港長に電話してみてください。彼が裏付けてくれるはずですよ」

必要ない。ジェイノスはすでに電話してみたのだ。「すると、それだけの期間、市庁舎の市長室にはあなたしかいなかったわけですか？」

「ええ、そうです」

「市長邸で電話に出るのも、あなただけだったわけですね。市庁舎から郵便物を運びこむのも」

「私的な郵便物だけですよ。誰もそれを開けてはいません」

「市長が陸にもどるまでは、ですね。なるほど、それでいろいろと説明がつきそうだな。なぜあの遺体が玄関先に捨てられたのか、わかりましたよ。殺人犯は腹を立てたわけだ……身代金をなかなかもらえず」

「身代金の要求のことなど、わたしはまるで知りません」

今回、タッカーの声にあのわかりやすいパニックの響きはなかった。そう、これは台本を読みあげている声だ。マロリーの身代金説に弾みがつきはじめた。

刑事は新聞を開いて、テーブルの向こうに押しやった。その第一面にはジョーナ・クウィルの写真が載っている。「例の子供はいまも行方不明のままです。あなたは本当に警察に協力したいんでしょうね？　わたしはあなたが身代金要求の手紙を読んだものと見ています。なぜか教えましょうか。市長はあの尼様の誘拐のことを知っていた。わたしたちが知る前から——デユポン神父が彼に会う前から。ポークは二週間分の郵便物を秘書みたいにじゃんじゃん処理して、その情報を得たわけじゃない。となると、残るはあなたなんです」

馬が怯えたときのように、タッカーの白目が大きくなった。可愛らしい。住所が手書きだった場合は
「わたしが市長の個人的な郵便物を開封することは絶対にない。

――」

「封書のなかに特に目を引くものはありませんでしたか？」

「わたしはただ市長のデスクに手紙を積みあげただけです。彼はずっと不在で――」

「しかしあなたは彼をつかまえた……尼様と少年が消えたときに。市長邸からの海陸間無線通信が一件、記録されているんです。そして邸にはあなたしかいなかった。使用人も、警官も不在。いたのはあなただけだ」刑事は椅子の背にもたれ、自分の作品をほれぼれと眺めた。タッカーの顔に広がるこの呆然たる表情を。「犯人と市長のあいだにはなんらかのやりとりがあったはずなんです」仮に身代金めあての誘拐というあのイカレた説を受け入れるならば、だが。

そしてジェイノスもいまではそれを受け入れている。「しかし、ヨットの船長の話で携帯電話やEメールの可能性は消えました。海上ではそのための配線が必要だから。そして、唯一の海陸間無線通信は、あなたが行っている」

タッカーは、緊張の数秒間、この最後の爆弾とともにすわっていた。自分の嘘と、事実という罠のもたらす結果を計算しているのだろうか？

「思い出せないかな」ジェイノスは言った。「船長はわたしに、無線が入ったとき、船は六マイル沖合に泊まっていたと――」

「わたしは船に連絡を入れ、デュポン神父が会いに来ると市長に言いました。わたしが話した

ことは――知っていたことは、それで全部です。市長は確かにご自身宛の個人的な手紙を読みました。帰宅したとき、彼が真っ先にしたことがそれでしたから。わたしのほうは一切――」

「するとポークは大あわてで町にもどって……手紙を読んだわけですね。さて、問題はそこからです。枢機卿の部下がやって来る――そんなとき市長が手紙の処理に当たりますかね？　いや、それはあなたの仕事でしょう。山積みの郵便物となれば、なおさらね。市長は毎週約五十通の手書きの手紙を受け取っている。そのほとんどが頭のおかしいやつからだ――たとえば、今度の犯人みたいな。これは市長の秘書さんから聞いたことですが――友人、家族、そういった人たちは、四桁のセキュリティ・コードを与えられてるそうですね。差出人の住所のところにコードがない場合――その手紙はあなたが読むんでしょう？　あなたはたくさんの封書を開封したんじゃないかな。それに、たぶん小包も……そして何か不審なものを目にしたんじゃないでしょうか」

たとえば、人間の心臓みたいな。

だが、ジェイノスから心臓のことを訊ねるわけにはいかなかった。その情報は自発的に提供されなくてはならない。そうでなければ意味がないのだ。

マジックミラーの反対側では、コフィー警部補が傍聴室の暗闇にすわっていた。その部屋は、あらゆる警察署の羨望の的だ。他の署が窮屈な立見席に甘んじるしかないのに対し、この部屋は雛壇式の三列のクッション入り劇場シートを備えている。これは匿名の市の政治家からの感謝の贈り物だ。少なくとも、伝説ではそうなっている。

　では、本当はどうなのか？　それは誰も知らない。

　一説では、工事業者たちがこの部屋の改造のためにぞろぞろ入ってきたとき、ルイ・マーコヴィッツはあんぐり口を開け、自分の胸を押さえたという。工賃は無料、書類はなし。警官の国ではありえない奇跡だ。キャシー・マロリーは当時十四歳だったろうか。しかし、この異例の徴用に関し、あの小さな魔法使いが咎められることはなかった。電子機器をだましとるだけの子供に対し、それは飛躍しすぎの不当な解釈となったろう。とはいえ、ルイの子供にはユーモアがあるんじゃないか、という話は確かに出た。たぶん彼女は、のぞき部屋はのぞき部屋らしくあるべきだ――売春宿風の赤いベルベットの椅子を詰めこまねば、と思ったのだ。

　警部補は隣室に面した大きなガラスの窓のほうに身を乗り出し、ジェイノスによる市長補佐官の事情聴取の音量を落とした。彼には、この盗み聞きの仲間、隣にすわる心理学者にいくつか質問したいことがあるのだった。

　本当は、人間の心臓をくり抜くのはどういう異常者なのか、そこを訊きたいのだが、マロリーは利益相反を理由に、事件の詳しい情報をチャールズ・バトラーに与えてはならないとしている。彼女はこの男に不利な証拠を何ひとつ示さなかった。そこにあるのは、疑いのみだ。しかしジャック・コフィーにもひとつ、確固たる理由を挙げることができる。マロリーには、あの馬鹿正直な男、チャールズがこの犯罪の殺し屋説を支持しないことがわかっているにちがいない。そして彼女にしてみれば、彼を敵方とみなすにはその一事のみで充分なのだ。

とはいえ、彼女は寛大にも、自身のお気に入りの頭の医者を人間嘘発見器として使うことを許した。そしてこの事情聴取は、単なる時間稼ぎ以上の目的を果たそうとしている。身代金めあての誘拐は、いまやどっしりとテーブルに載っているのだ。警部補は取調室に面した窓のほうを目で示した。「あのピエロについて何か教えてくれませんか。彼は陰謀を企むタイプですかね」

チャールズは首を振った。「ぼくに言えるのは、あの男は何か隠している、ということだけです。彼はジェイノス刑事以上に市長を恐れていますね」

警部補は、アルファドッグと従属的人格に関する頭の医者の講義をただ聞き流し、この男が話をやめるのを礼儀正しく待った。ところがそのとき、チャールズが訊ねた。「あの身代金要求の手紙というのはなんのことなんです？　新聞はこれをスプリー・キリングと呼んでいますが」

ジャック・コフィーは一拍待ってから、この歩く嘘発見器のための嘘を編み出した。「ジェイノスはただゆさぶりをかけてるだけですよ。われわれとしては――こういう異常者が相手となると――ホシと市長とのあいだになんらかのやりとりがある可能性も考えなくてはならないんです」

「そう、やりとりはあった。タッカーの反応からそのことは明らか――」

「なるほど、どうもありがとう」警部補は、チャールズとあらゆる仮説のあいだに立つマロリーの壁がくずれ落ちる前に、話を終わらせるつもりだった。

「でももし犯人から連絡があったなら、なぜ市長は――」

「ここまでにしましょう。もう行かないと」チャールズを傍聴室にひとり残していくことには、なんの心配もなかった。進行中の取り調べから、これ以上、有益な情報が得られるとは思えない。そもそもこれは、市長の使い走りから取りあげた品々にマロリーが目を通せるよう、一時間の時を稼ぐ策にすぎないのだ。とはいえジェイノスも、妄想度が低めの彼女の考えを裏付けることだけはできた。身代金の要求はあったらしい。それに、地方検事局にはスパイがいる。

これもまったくの時間の無駄ではなかったわけだ。

ジャック・コフィーは腕時計に目をやった。ジョーナ・クウィルがいなくなって何日が経つか、それでわかるかのように。

スニーカーのにおいをまた嗅ごうと、ピットブルがドタドタとソファのほうにやって来る。イギーは空を手で打って、犬を追い払った。

少年は高価なランニングシューズを脱いで、左右の靴ひもを結び合わせ、首からぶら下げた。いや、これはあんまり利口じゃない――スニーカーを護るために足を危険にさらすってのは。この子は知る由もないが、あの駄犬はスニーカーの血のにおいを嗅いでいるのだ。Tシャツとジーンズにも、アンジーの血はついている。

「おまえ、彼女と同じ目をしてるな」イギーは言った。「おれはな、目は親父ゆずりなんだ」そして、親父が視線をくれると、人は震えあがったものだ。彼の生業は靴の販売だったのだから、本来それは商売の邪魔になったはずだ。ところがちがった。人々は一足買うつもりで靴店に入ってきて、三足買って帰っていった。生涯にわたり、親父は一足だけ売ってやめることができなかった。そしてお客たちのほうは——彼らはこの恐ろしい靴の販売員を失望させたがらなかった。

「だが、おまえのは確かにあの尼さんの目だ」忘れがたい目。銀色っぽいグレイで、十セント玉のように明るく輝いていた。イギーは少年が何か言うのを待った。なんでもいい、アンジーのことを話すのを。

「なんで洗濯室にトイレがあるの？」

「お袋の考えだよ……老いぼれた脚のため。最期が近づいたころ、お袋は小便に間に合うように階段をのぼりきれないことがあった。そうこうするうち、あの脚じゃどこへも行けない時が来た。死ぬ前の最後の月、お袋はおまるを使ってたんだ」

「あんた、お母さんをどうしたのさ……死んだあと？」

「おい、言葉に気をつけな」くそガキめ。「おれがお袋の遺体を道ばたに捨てたとでも思ってるのか？　これは、おれの母親の話なんだぞ。おれはきちんとお袋を埋葬した。他のみんながやるようにな。お袋はとてもいい墓地にいる。週に一度、おれは薔薇(ばら)の花を持っていくしな」

「お母さんが好きなのは、チューリップじゃなかったっけ？」

「花は花だろ。おれはあるものでよしとするんだ」

「ぼくの叔母さんの死体はどうしたんだよ？」少年は見えない目を、もし彼に壁やドアを透視できるなら、薔薇園が見えるはずの方向へ向けた。「叔母さんはその外なの？」

「いや、そうじゃない」

「でもすぐ近くにいるんじゃない？　ぼくは感じるよ――」

「やめろ！……二度となめたまねをするんじゃないぞ」イギーはソファから立ちあがって、キッチンにもう一本ビールを取りに行った。そうして、冷蔵庫の取っ手に手をかけたとき、食器棚の扉がふわりと開いた。幽霊の仕業じゃない。留め金が摩耗しているのだ。それにこの家は、こぼれた水がキッチンの床の低いほうへと流れるほど、傾いている。寝室の逆向きのドアは、これと反対にいつも自然に閉じてしまう。

むきだしになった棚のなかは、不揃いのグラスやマグカップでいっぱいだった。そのひとつは特別なカップだ。毎朝、イギーがその食器棚を開けると、そこにはそれが――あの少女の愛用のカップがある。ただじっと棚に載り、彼を待っているのだ。そしてそれには重さがある。まるで錨のような。それは常に彼女をそばに留めている。死んでもなお、彼女は未解決の問題なのだ。

背後では音はまったくしなかったが、彼はどこにいようと自身の占める空間に非常によく同調する。だから、少年がうしろから裸足で忍び寄ってきたのがわかり、さっと振り返った。

キッチンにいるのは、彼ひとりだった。

イギーはリビングに通じるアーチ形の出入口に目を向けた。子供はその向こうで、ソファにすわっていた。盲目の少年がそんなに早く動けるものだろうか？　そんなに静かに？

テストするすべはない。だからこの考えはイギーを執拗に悩ませ、やがて彼は感覚のずれというこの問題を、睡眠不足のせい、日中覚醒しているためにのんだ薬のせいということにした。脳がイカレたと思うより、そう思ったほうが気分がいい。鏡のなかの化け物が自分のあとを追い、部屋部屋を歩き回っていると思うよりも。

だがやはりあの最後の一枚、塗料で塗りつぶしたバスルームの鏡も壊したほうがいいのかもしれない。


マロリー刑事はオタク部屋の外の廊下で警部補を待ち伏せしていた。「証拠をつかんだ」彼女は言った。「市長はただの嘘つきじゃない。あいつは泥棒なのよ」

ああ、きみの同類か。

ジャック・コフィーはあくびをこらえようともしなかった。市長は株屋として財を成したのだ。そして、ウォールストリートの連中で、牢に行かなくていいやつはまずいない。

彼の部下はクリーム色の封筒を持っていた。彼女の言う証拠か？　それは高級な封筒だった。彼は受け取ろうと手を差し出したが、彼女は渡すのを渋り、封筒を引っこめた。直感的に彼がまず思ったのは、歩み去り、身を護らねば、ということだ。これは、サミュエル・タッカーのポケット捜索の果実にちがいない。下の階の制服警官たちは、婆さんの一団みたいにおしゃべりだ。なかでも所持品係のキャントレルは最悪であり、この封筒は彼の話していた危険な私物――切り傷を作りかねない紙に合致する。

いや、かまうもんか。

高層階の窓から飛びおりる気分で、コフィーは封のされていない封筒をひったくり、なかの手紙を取り出して一枚目に目を通した。それは、封筒より安い紙に印刷されていた。レターヘッドはウォールストリートの連邦警察、証券取引委員会（SEC）のものだった。いちばん下には、青いインクの署名が並んでいる。森林資源の浪費家である連邦政府の役人どもが紙一枚の文書など作成するだろうか？　これだけでも充分、疑惑の根拠になる。そのSECの合意書には、ある罰金の理由として事件の参照番号しか載っていない。これは何かが隠されているということじゃないのか？　そうとも。非開示の条項の意味することはひとつだけ。それが市長と政府の双方にとってまずい問題だということだ。封筒と同じ紙に印刷された二枚目は、個人的な手紙で、「やあ、アーティー」という挨拶から始まっていた。タイトルはないが――なんと！　これは、ポークから弁護士への指示、フラッシュ・ドライブと連邦政府の文書を保管せよ、という話じゃないか。コフィーは封筒に記された一行を指さした。「きみはこの住所を見なかったのか――開封する前に？」

マロリーは答えるのを控えた。そしてこれは、彼への贈り物なのだ。マロリーはこう踏んでいる――きっとコフィーは、彼女がうっかり蒸気を当てて弁護士宛の他人の手紙を開封したものと信じたがる。彼はその日の損害を数えあげた。ひとつ、ふたつ――うん、人権侵害が三つだ。

彼女を殴り殺すというのもありだが、警察署内ではまずい。できれば、そのうちに。

まるで彼女に支えとなる骨を全部抜かれたかのように、ジャック・コフィーの頭ががくりと反り返った。これ以上ひどい日があるだろうか？「で、もうひとつのやつは？」彼が言っているのは、手紙で言及されているフラッシュ・ドライブのことだ。切り傷を作る紙の話をするとき、キャントレルはそのドライブのことには触れていない。爺さん世代のあの所持品係は、それがなんなのかもわからなかったんじゃないだろうか。

オタク部屋のドアの奥が警部補によく見えるよう、マロリーが脇に寄った。そこには、チャールズ・バトラーがすわっていた。一九〇〇年以後に製造されたからくりすべてに反感を持つアンティークの愛好家でありながら、この男はいま、コンピューターの画面上を高速でスクロールされていく文章を見つめている。例のフラッシュ・ドライブの有毒な果実だろうか？まちがいない。これはこの男に対する罰なのか？絶対そうだ。マロリーはこの違法なのぞき見に署内の誰もかかわらせていない――例外はチャールズだけだ。気の毒なこの男は、マロリーに対してどんなひどい罪を犯したのだろう？彼女は、異常な殺しワンセットの捜査に第一級の〝頭の医者〟を利用できる。なのに彼を、その化け物的記憶力になんでも蓄え、命令次第で吐き出せる歩くファイル・キャビネットとして使っているのだ。

かわいそうなやつ。

警部補は無言のまま、ドアからあとじさり、指を一本曲げて、いっしょに来いと部下に命じた。廊下の先で立ち止まると、彼女が言った。「もうひとつのやつだけどね……」これは、ふたりともその存在すら知らないフラッシュ・ドライブのことだが――「市長の考えじゃ、あれが煙幕なんだと思う。彼はタッカーが封書に強い興味を持つのを防ぎたかったわけ。ポークが気にしてるのは、実はあのSECの文書のことだけだったの。彼としては、自分の署名入りの文書を廃棄するわけにもいかなかったのね」

警部補は最後にもう一度、連邦政府の文書に目をくれ、それからそれを折りたたんで封筒に入れた。「オーケー、ポークは何か違法なことをした。本人もそれをSECに認めたってわけだ」そして通常、株屋は、新生児の顔を剝ぎ取りでもしないかぎり、免許を失うことはない。「だがその犯罪の内容は、明記されていない。SECにきみの子飼いのスパイでもいればいいんだが……それはないか。となると、きみには何もないわけだな」

マロリーはボクサーの姿勢で足を踏みしめ、くすねた封筒をつかみ取った。「これによって容疑者が網にかかる。わかってるでしょ。役人どもは証券詐欺であいつを押さえたのよ。つまりポークは、例の殺し屋の雇い主に経済的な損害を与えたの。それで、そいつは仕返しをしたがってるわけ」

またしても彼女は虚空から仮説を紡ぎ出している。四人の人間が心臓をくり抜かれた。それでもマロリーには金(かね)の線しか見えないのだ。しかしいま、彼女は報復という架空の要素をそこに加えた。彼女が好きなもうひとつのやつを。彼女はその線を追う気だろうか？　追ってどこに行く？　誰のコンピューターに入るんだ？

それになぜこいつは笑っているんだろう？

コフィーは両手を上げ、自分は三匹の賢い猿、〝見ざる〟〝聞かざる〟〝陰で部下が何をしているのか知らざる〟の仲間だから、と伝えた。こんなかたちで白旗を掲げた最初の人物は、重大犯罪課の前指揮官、故ルイ・マーコヴィッツだ。ハッカーの戦利品は法廷では使えない。だがそれは役に立つ場合もある。

それで……この件に関し、彼が何か危惧を抱く必要があるのだろうか？

その必要は常にある。

あの猿たちは重たい。連中は彼の背中にずっしりとのしかかる。そして、彼の脳を食い荒らす。今夜、彼は連中をいっしょにベッドに連れていく。きっとほとんど眠れないだろう。それこそがマロリーのあの笑いの理由なのだ。

鑑識班による自宅侵略というこの特別な折に、市長は適度にストレスを表してみせたが、実はストレスなどみじんも感じていなかった。それに、日曜に芝生で死体四体が発見されたときも、彼の脈拍は一拍たりとも速くなっていない。こんなもの、かつての立会場での日々に比べたらなんでもない。すべての地獄がぱっくり口を開け、熱気と叫びと苦しみが蔓延し、屋根が崩落し、賭け金が跳ねあがるあの現場に比べたら。

鑑識班がプライベート・オフィスのノートパソコンを調べ終えると、ポーク市長はデスクの前の革張りの椅子にすわった。その座面は彼の尻を受け止めるよう完璧な形に作られている。そしていま、心地よいクッションのなかでくつろぎ、彼は前を通っていく警官ひとりひとりにほほえみかけていた。なかのひとりとは、携帯電話のカメラで記念撮影までした。胸ポケットで彼自身の携帯が振動した。取り出してみると、それは弁護士からのメールにすぎなかった。タックは渋滞で遅れていたが、いま、金庫にしまうべきものは全部、確認できたという。アンドルー・ポーク市長閣下の世はすべて事もなし。

携帯がふたたび脈動した。この電話は彼のうすのろ補佐官からにちがいない。タックが弁護士事務所への到着が遅れたことでぺこぺこ謝ることは目に見えて——いや、タックじゃないぞ。

携帯電話の画面の画像を市長は凝視した。幼いジョーナ・クウィルの写真。新聞を持って、雲ひとつない青空を背にカメラに向かっている。添えられた言葉は、ほんの三語と短かった。

生存の証拠。

ふむ、これは従来とちがう。いままでの身代金要求は普通郵便で届いていたし、文章はもっと長く、プリントされた写真が同封してあった。消印の日付はそれぞれ、殺人の証拠が入った小包の日付より前になっていた。電子装置によるこの発送は、緊急性を示唆している。忍耐の限界、幼い少年に迫る死を。それでも市長は、この携帯の番号を知りうる者たちを頭に浮かべるばかりだった。その人数はごく少ない。よって新たなこの要求は、かなりの危険を伴うものとなる。

なおかつ、胸を躍らせるものに。

この誘拐犯は明らかに崩壊しはじめており、急いでゲームを進めようとしている。あるいは——そのほうがなおよいが——グレイシー・マンションが目下、鑑識員でいっぱいであること、その何人かは目と鼻の先にいることを、こいつは知っているのかもしれない。

実に快感——公の場で裸になる気分だ。

テレビの提供する警察の捜査活動のイメージに基づき、アンドルー・ポークは、携帯電話のこの通信は発信元をたどれるものと確信していた。例の子供は、心臓が体内で鼓動している状態で、無事に家に連れもどせるのだ。

それは甘美な時間、じっくり味わうべきひとときだった。

それから——クリック、クリック——写真と文字は消去された。

第十一章

こういうものをベルと呼ぶべきじゃない。ベルとはリンリン鳴るものだ——炎上中の住宅の警報器みたいに金切り声で叫ぶのではなく。

チャールズは、ジョーナ・クウィルの日常の中心地に立っていた。地獄！　彼はスクール・カウンセラーの部屋のドアに背中を貼りつけた。あちこちの教室から子供たちが流れ出てきて、押し合いへし合いし、廊下の良馬場をめざして走り、チャールズのまわりじゅうで叫び立て、会話している。廊下の右でも左でも、ロッカーの金属の戸が開いてはバタンバタンと閉じていく。空気中には脱獄のエネルギーがみなぎっていた。

この一群のなかにいるジョーナを、チャールズは思い浮かべた。みんな、神経を張りつめ、最後のベル、夏休みへの突入の時を待ち受けている。自由を。この日の終わりに、この子たちは全員ここを抜け出し、太陽のもとに飛び出していく。行くべき場所。終わりのない午後。彼らは猛スピードでそれを消費したいのだ。

物思いを破り、背後のドアが開いて、小さな赤毛の女の子がカウンセラーの部屋から出てきた。おお、すごい数のそばかす。それと、涙。

ドクター・ユーニス・パーセルが彼をなかに招き入れた——この騒ぎの圏外に。

この面談は、ジェイノス刑事のたってのたのみで企画されたものだ。あの刑事は、同業者である心理学者が質問すれば、この女性ももっと協力的になるだろうと考えたのだ。というわけで、貨物列車の貨車並みに延々連なる博士号を持つ男、チャールズは、六十代、半白頭、痩身のカウンセラー、ドクター・パーセルと握手を交わした。彼女のワンピースは保守的、姿勢は定規のようにまっすぐで、顔つきは厳めしかった。それも、チャールズがほほえむまでは、だが。惚けた笑顔の、背の高いカエル目の男に直面すると、彼女もまたほほえんだ。これは意志に反してのことであり、ふたりがデスクをはさんですわると、このご婦人は護りの姿勢に入った。

「警察にはちゃんと協力いたしましたよ。質問にはすべてお答えしましたし……それも二度」彼女は分厚いマニラ紙のフォルダーをチャールズに手渡した。「わたしはただ、ジョーナの記録のコピーはお渡しできないと言っただけです。どうぞご自由にごらんください。お持ち帰りいただくわけにはいきませんが」

チャールズはすでに、その内容を一行ずつ直観像記憶に取りこむことで、ファイルをくすねつつあった。数ページ進んだところで、彼は少年が聡明ではあるが、天才的IQをそなえてはいないことを知った。しかし、子供にはたいてい何かしらの才能がある。そして、彼らはみんな、才気あふれる嘘つきだ。とはいえ、ここにはサバイバル能力を評価するだけの材料はない。何より重要なのは、ストレス下でのジョーナの行動なのだが、その手がかりもまったくなかった。たぶん、もっともプライベートなことは、記録されていないのだろう。「ドクター・パーセル、連絡先の家族の欄には、ジョーナの叔父さんが載っているだけですね。過去に彼は何かあなたに話していませんか――」

「例の尼僧のことを？　ジョーナが行方不明になるまで、あの子に叔母さんがいることはわたしも知りませんでした」

ファイルには、少年がこのカウンセラーを何度となく訪れたことが記録されている。なのに、彼は叔母のことを一度も話していないのだろうか？　それとも、この女性が子供のプライバシーを護っているということだろうか？　答えを得ようと、彼は訊ねた。「ジョーナが何か重大な相談をしに来たことはあるんでしょうか？」

正確に侮辱を読みとり、カウンセラーは声に氷を投入した。「ジョーナはルシンダ・ウェルズを真剣に愛しているそうです。ついさっき出ていった女の子ですが。わたしはジョーナに、彼女の心をつかむにはどうすればいいか知恵をつけています。ふたりが喧嘩したときは、ジョーナはつらい思いをしていましたよ」

明らかに少年はドクター・パーセルのお気に入りなのだ。それでも――「この記録によると、彼は何度も罰を与えられ、休日登校させられていますね」

「ええ、うちの新任の校長は冗談がわからない人なんです。一方、ジョーナは学校新聞にユーモア・コラムを書いています。だから、ふたりはそもそも天敵同士なんですよ。で、なぜ面倒が起こるかと言いますとね。ケラー校長は十二歳児の考えるダブル・ミーニングに気づくほど利口じゃないとあの子は思っているんです。二回に一回は、そのとおり。そして二回に一回は

──休日登校ということになるわけです」

「ふたりが天敵同士だというのは──」

「まあ、あの校長を好きな人はいませんよ。彼はトンマな独裁者ですからね。子供たちの大半は、消えてほしいと思っているんじゃないかしら。金属探知機に検知されずに銃を持ちこめるものならね」

ドクター・パーセルは──ある点では──きわめて率直だ。しかしチャールズが引き出したいものに関して言えば、彼女はまるで金庫だった。

チャールズはファイルを閉じて、ドクターのデスクに置いた。「ルシンダ・ウェルズがなぜ泣いていたのか、教えていただけませんか?」相手が首を振ったとき、彼は知った。あの女の子は、明らかな理由──ジョーナの行方がわからないことで泣いていたわけではないのだ。第二の明らかな理由に移り、彼は言った。「もし彼女に秘密があるなら、何かを──警察の役に立つようなことを隠しているなら──」うん、当たりだ。ドクター・パーセルはなんの反応も見せず、立ちあがった。

彼は退出を促されているのだった。


ああ、逃亡者だ。

その赤毛の小さな女の子は、校舎の入口から下の歩道へとつづく階段のまんなかの段にすわっていた。たぶん、迷いに迷ってそこで動けなくなったのだろう。その日の終業ベルが鳴るまで留まるべきか――それとも、全速力で逃げるべきか。

「ミス・ウェルズ？」チャールズはほほえんだが、女の子がその顔を――彼のこの鉄板の技を見ることはなかった。何かの大きな重みによって、彼女の頭は垂れている。チャールズは隣にすわって、名刺を差し出した。その上では、彼はニューヨーク市警（NYPD）顧問となっている。

「これだったら、ドクター・バトラーって書いてなきゃおかしいじゃない」彼女は名前のあとにつづく学位の列を指さした。

「肩書にはあまりこだわらないほうなんだ。チャールズって呼んで」そのあと彼は、自分と同じく、彼女にも愛称がないことを知った。彼がチャックやチャーリーだったことがないのと同様に、彼女はルースでもルーシーでもなく、常にルシンダなのだ。そしてこれにつづいたのは、ふたりが属する種族、アウトサイダーであることのメリット、デメリットに関する情報交換だった。

　彼は記憶に収められたドクター・パーセルのファイルからデータの一部を取り出した。「きみはジョーナご指名の伴歩係なんだってね」

　ルシンダはうなずいた。「でも、彼は教室に連れてってもらう必要はないの。九歳のとき、学校全体の地図を作っちゃったから……それって、階段の段を数えるだけのことじゃないんだよ。彼の地図はあなたのやあたしのとはちがう。三次元なの。あらゆるものに高さと長さと幅があるんだから。彼の日常にある部屋は全部、３Ｄの記憶に収められてるの――彼には見えない三次元に」

チャールズはもとより、盲人が脳の視覚野を感覚による認識と空間の把握に利用することを知っていた。そのありようは実に興味深いが、ルシンダもまた興味深かった。彼女は稀有な存在だ。あのパラドックスを彼女のように理解できる人間はほとんどいない。そしてこのことにより、彼女とジョーナの絆に対する彼の理解は深まった。「それでもきみは、彼のご指名の伴歩係になっている。つまり……それが役に立つこともあると思ってるわけだよね？」それによって、ふたりの子供はより長くいっしょに過ごせるはずだ。手をつないで廊下を歩き、教室ではいつも机を並べてすわり、頭を寄せ合ってひそひそささやきあう――そんな彼らが目に浮かぶようだった。

「あたし、ジョーナといっしょに休日登校するのにそれを利用してるの」

ここでチャールズは、土曜の午前のこの強制登校がときとしてひどく退屈なものとなることを知った。友達がいっしょならまだしも。いや、それでも、ルシンダによれば、その数時間は何年にも思えるらしい。電話とタブレットは校舎の入口で校長によって没収される。十人以上もの子供が些細なルール違反の罰として苦行を行うそういった集まりで、校長は自ら、大喜びで、司会を務めるのだ。そしてひとりの少年は、他のどの生徒より長くこの退屈地獄で刑に服す運命なのだった。

「ケラー先生はジョーナが大っ嫌いなんだと思うよ。でも蜘蛛（くも）の事件のあと、休日登校はだんだん減っていったの」ルシンダは顔を上げ、チャールズの顔を見た。「パーセル先生からタランチュラの話を聞いた？」

「ううん、聞いてない」ドクター・パーセルが触れなかった事柄は、おそらくたくさんあるのだろう。「ぼく自身は、蜘蛛は結構好きだよ」

「ジョーナもそうなの。とにかく、アギーちゃんのことは好き。彼女は理科室に住んでるの。すごく可愛いんだよ。人間でいえば、もう九十代かな。動きは遅い。まったく無害だし。でも校長先生は来たばっかりだからね。そのことを知らなかったの。それで、休日登校のときジョーナが……タランチュラを頭に乗せて入ってったら、縮みあがっちゃってね」ルシンダはつぎの言葉のリズムに合わせ、コンクリートの階段を平手でピシピシとたたいた。「あの人──ぜん──ぜん──動けないの」その至福のひとときを思い出し、女の子は笑顔になっていた。「校長先生はね、あの大きな毛むくじゃらの蜘蛛がジョーナの顔を這いおりていくのを見て、漏らしちゃったんだよ」そして、そのすてきな黒ずんだ染みが先生の股間に広がるさまを、彼女が楽しんだのは明らかだった。「その日は休日登校は早く終わったんだ」

ルシンダのほほえみが消えた。彼女は自分の手に視線を落とした。

ふたたび暗い気持ちになって。

チャールズも思いは同じだった。彼にはいま、機略に富むひとりの少年の姿が見えている。その子供は計画好きであり、策士であり、さらに不幸なことに──

ルシンダが立ちあがった。その目は潤み、きらめいていた。彼女は軽やかに歩道へと下りていき、肩越しに振り返って言った。「ジョーナがおとなしくしていればいいけど」女の子はそのブロックの端の地下鉄の入口へと駆けていき、歩道の下の階段に姿を消した。

彼女にも、大人の敵と戦う子供のゆゆしき問題が見えているのだ。

イギー・コンロイは、イースト・ヴィレッジのある広場でしばらく時間をつぶした。角の部分で立つ巨大な黒いキューブが有名な、車道に区切られたその場所は、観光客や地元のスケートボーダーを惹きつけている。見るかぎり、あたりに警官はひとりもいない。仮にいたところで、連中がきょうイギーに注意を払うことはないだろう。ただし彼は、この雑踏に溶けこめてはいない。

Tシャツとサンダルばかりの夏場のセント・マークス・プレイスを訪れるのに、イギーは流行の逆を行き、身なりを整えてきた。その格好は、ひも付きの靴に、白いリネンのシャツに、ネクタイというもの。もっとも顕著な彼の特徴、目は、黒のサングラスに隠されている。だから、彼を目撃した人の記憶に残るのは、その古風なカンカン帽だけだろう。各建物のインターコムの横に出ている居住者の名を確認しながら、イギーは最初のブロックを歩いていった。彼の装備は、〝防・警官〟と言ってもよい。警察はきょう、身を低くしている者、挙動不審な者をさがすのに忙しいのだ。仮にピエロの衣装を着けていても、連中に彼の姿は見えないだろう。

ここはアンジー・クウィルが育った地区だ。あの少年はそう言っていた。アルファベット・シティの空き家に寝泊まりしているというアンジーの話は嘘だったわけだ。彼女はそこで仲間の娼婦やゴキブリたちと同居していると言っていた。だが実は、彼女の自由時間はすべて、あの子供のために使われていたのだ。ずっとうちのそばにいるため――頭のおかしい祖母から彼の安全を護るために。

イギーは階段を十段のぼって、褐色砂岩の住宅の戸口に立ち、そこに出ている居住者の名前に目を走らせた。それから、いくつかボタンを押すふりをし、無言のインターコムに向かってひとりで口を動かした。肩に掛けた宗教のパンフレットのバッグは、この種の偵察には最高の隠れ蓑（みの）となる。ニューヨーカーが、通りで神を売り歩く赤の他人をうちに入れることはめったにない。だから、どの建物にも入っていかない彼を不審に思う者はいないはずだ。四軒先で、イギーはミセス・クウィルのラベルの付いたブザーを見つけ、彼の捜索は終わった。それでも彼はつぎの建物、そのつぎの建物と移動しつづけた。近ごろはいたるところにカメラがあるから――それに、もしかすると警官が見ているかもしれないから。


ジェイノスは、ただ、耳を傾けるしかなかった。学校でつかめたことに関するチャールズ・バトラーの長広舌を辛抱強く聞くあいだ、彼の目は時計に注がれていた。それはジョーナ・クウィルにとってよい報せではなかった。

おもしろい子供。

死んだも同然。

お気に入りの頭の医者から何か質問が出る前に、この会話は終わらせねばならない。マロリーは事件の情報からチャールズを締め出している。そのことを当の本人に告げる役目を負うのはまっぴらだった。「もう切らないと。ありがとう」

ああ、さらなる問題。ジョーナ・クウィルの彼女が刑事部屋の入口に立っている。無遅刻無欠席の模範生、ルシンダが学校の最終日に授業をサボったわけだ。その表情からすると、彼女は大きな悩みをここに持ってきたらしい。

少女は室内唯一の女性のほうへと向かった。その刑事の属するジェンダー全般のよい噂を信じこんで。そしてジェイノスが、だめだよ、と叫ぶより早く、ルシンダはマロリーのデスクのそばの椅子にすわり、告白をしに来たことを告げた。ジェイノスは急いで部屋を横切っていき、図体のでかい不格好な乳母よろしく少女のうしろにぬっと立った。

十二歳児の濡れた目と罪の証の落ち着きなさを査定したうえで、マロリーは訊ねた。「チョコレートは好き？」

はい、好きです。

ジェイノスは、廊下の先のランチルームまでふたりについていった。それはスナック菓子の自販機のある場所で、神とニューヨーク市警の知るチョコレート・バーがすべて取り揃えられている。マロリーとルシンダはテーブルに着いた。ふたり用の席に。ジェイノスはすぐさま、あんたはお呼びじゃない、というこのほのめかしに気づいた。それでも、ごく控えめに、彼は開いたドアの前を何度も繰り返し往復した。

念のためにいちおう。

時間とともに、卓上にはキャンディーの包み紙が蓄積されていった。そして、幼い訪問者はストレスの徴候など一切見せていない。涙の一滴も。

ジェイノスはしばらくその場を離れ、マロリーの再評価に当たった。

刑事と子供が刑事部屋にふたたび姿を見せたのは、さらに半時間が過ぎてからだった。ルシンダは前より背すじが伸びており、顔には笑みさえ浮かべていた。ふたりは階段室に向かった。そこには、小さなレディーを学校に送り届けるため、制服警官が待っていた。

マロリーは、少女とその護衛が階段を下りていくのを見送った。彼らが充分遠ざかると、彼女は言った。「あの子たちがなぜジョーナの叔母さんのことを知らなかったのか、あなたは不思議がってたわよね。実はジョーナの叔父が、誰にも言うな、と口止めしてたのよ。でも叔父はその理由を話したことはない。ジョーナにわかってたのは、それが秘密だってことだけ……だけど彼は、あの女の子にはなんでも話すの」

「あの叔父がおれたちに隠し事をしてるってことかい？」うん、これによって、アンジーは自分を殺した犯人と知り合いだったという例の仮説は強化される。家族に尼僧がいることを隠す人間などいない――その尼僧が隠れているのでないかぎり。いまやハロルド・クウィルは刑事部屋の居つきの人となっている。ジェイノスをはじめとする刑事らはずっと、あの男と食事をともにし、同情を表し、悲嘆に暮れるあのチビ野郎の手を握らんばかりだった――「失礼。男をひとり撃ちに行かないと」ジェイノスは警部補の執務室に向かって歩きだしていた。クウィルはそこでくつろぎ、ボスのテレビで情報番組を見ている。ジェイノスが怒るのを目にした者はいまだかつていない。彼はそういう人間じゃないのだ。だがきょう、この瞬間ばかりは――マロリーの手が腕にかかった。羽根のように軽く。でもそれは、彼を引き留めるのに充分な重さだった。「いまはだめ」彼女は言った。「わたしに時を選ばせて。ハリー叔父さんはちゃんとやっつける。彼を痛めつけて泣き叫ばせるいい手があるの……あなたもきっと気に入るわよ」ジェイノスはうなずいた。それは、誰もが認める課の復讐の士、マロリーへのお辞儀だった。

「おまえの言うとおりだよ、坊主。女ってのはフェアじゃない」バーベキュー・グリルの上で長さ一フィートのソーセージがジュージューいっている。イギーは全面が均等に焼けるよう、それらをつぎつぎ転がした。「何が気に入らんのか言いもしないときゃ、ほんとに頭に来るよな。だが、女に馬鹿呼ばわりされたら？　そりゃあ、ただ、〝あんた〟って呼ばれてるのとおんなじことだ。別に悪い意味じゃない。おれがむかつくのはそっけない態度のほうさ」異性問題がらみの弔辞を述べ終えると、イギーは少年の人生における別の女の話に移った。「で、叔母さんはどうだった？　彼女もだんまり攻撃でおまえをやきもきさせたりしたのか？」

これについては、答えが出てくるまでに少し時間がかかった。少年はうなだれた。ちょうどイギーの犬のように。うしろめたさの確かな証だ。彼は言った。「ううん、叔母さんはいつだってぼくとちゃんと話してくれたよ……でも、叔母さんが笑ってた記憶はあんまりない。お祖母ちゃんちを出たあとも、叔母さんはそんなに幸せじゃなかったんだ。きっとぼくのせいだね……叔母さんはぼくを連れてかなきゃいけなかったんだから」

沈黙に対し、少年が不安の色を見せないのは、このときが初めてだった。彼はただすわって、考えに耽っていた。その顔から察するに、悲しい考えに。それから、会話のこの停滞を終わらせるサプライズが訪れた。ここまでのテーマ、〝女が何を求めているか〟を終了し、少年は人生のつぎの謎――不慮の死へと移った。

「人を殺すのってどんな感じ?」


コフィー警部補は刑事部屋のまんなかに立ち、頭数を数えた。ひとりだけ足りない。マロリーのやつめ。ほんの数分前、署内で姿を見たんだが。

「ようし、みんな」へとへとのみんな。なかの何人かは両手で頭を支えている。「われわれは異常者と身代金殺人という線から捜査を開始した。いま、われわれの手もとには心臓が四つある。そのすべてにラベルが貼られ、〝死の証拠〟と――でかい太字で――書かれていた」そしてそれら心臓は、川に落ちる前、確かに市長の手を経ている。ポリス・プラザ一番地では、別のチーム、身代金めあての誘拐をすべて担当すべき課が、〝死の証拠〟の前には〝生存の証拠〟と金の要求があったのではないかという考えに異を唱えていた。「重犯捜査課は、われわれが市長邸に捨てられた遺体と例の子供を結びつけたあと、退場した。連中から助けは得られない」

腰抜けどもめ。ダウンタウンのあの刑事らは何があろうと完璧な記録を台なしにはすまい。連中は営利誘拐の被害者をすべて無事に連れもどす――あの店の自慢料理だ。そう、四つの死体は、もしかかわれば、連中のスコアカードの傷となったろう。いやなやつら。

コフィーの部下の何人かは壁や棚にもたれているが、大半の者はデスクに着いていた。疲れた頭を寝かせるにはそのほうがいい――指揮官が口を閉じてくれさえしたら、だが。

「まだ背景調査の段階なんですよ、ボス」サンガーはこの課で唯一、ダイヤモンドを身に着けている刑事だ。彼のイヤリングとピンキーリングは麻薬課で覆面捜査をしていた若き日の名残りだが、ときどき、この刑事はマロリーと衣装比べをしているようにも見える。彼はそのド派手な色どりで、マロリーの高級服を圧倒する。たとえば、紫のネクタイを緑のシャツにぶつけているきょうのように。

それに彼の髪は、マロリーの髪よりも長い。

「被害者同士のつながりはまだひとつも見つかってないしね」サンガーは言った。「彼らを市長に結びつけるものもゼロなんです」

マロリーがこの捜査会議に顔を出さないのは、そのせいにちがいない。彼女は宙に浮いている疑問に答えたくないのだ——赤の他人の身代金を支払う人間がいるだろうか?

懐疑主義者、ゴンザレスが声をあげた。「ホシは市をターゲットにしてるんじゃないですか」この若者は室内随一の筋肉の持ち主だが、課におけるその価値はあらゆる仮説に穴を穿つ能力にある。そのため彼は、マロリーの仮説が机上に載るたびに、ジャック・コフィーの寵児となるのだった。「市に身代金を要求する。それなら、無作為に納税者を殺すって手口にぴたりと合うでしょ」

「なるほど」コフィーは言った。「だがもしそうなら、市長には事を伏せておく理由はなかったはずだ。それに彼はずっと何か隠している。さて、他につかめていることは? タトゥー職人さがしのほうは何か進展があったか?」

「ええ」ゴンザレスが言った。「おれとロナハンで、あの尼さんが例の墨を入れた店を見つけましたよ。おれたちはアンジー・クウィルの昔の顔写真と薔薇のタトゥーを写した検視の写真を見せました」

「彼女にタトゥーを入れたのは、ジョーイなんとかいう男です」ロナハンが言った。これは〝拡声器〟というあだ名のほうが通りがいい、胸のがっちりした男で、彼がふつうにしゃべる声はニューヨーク市の外側の各地区にまで届く。そしていまや、室内の全員が覚醒していた。「ジョーイは店を辞めてもう何年にもなる。でもアンジーはあの薔薇を一日で全部入れたわけじゃない。まあ、月にひとつってとこでしょう。そうやって……薔薇を四十。そいつはそれだけ長いこと彼女を知ってたわけです」

「ようし。記憶に残ってるお客ってわけだな」コフィーは言った。「そして、もしかするとそのタトゥー職人は副業で殺し屋をしているかもしれない。「ジョーイの現在の居所について手がかりはあるのか？」

「いや」ゴンザレスが言った。「そいつは新しい店主が店を買い取るずっと前にいなくなっていたんです。古い従業員名簿にジョーイって名は載っていないしね。おれたちは、彼は帳簿外、現金払いで働いてたものと見ています」ゴンザレスは、警察の似顔絵係が描いたジョーイの顔のスケッチを警部補に手渡した。ジョーイとその他百万人の男たちの似顔絵を。長髪に頬髯の痩せぎすの若いやつなら、みんなこんなものだろう。

スケッチの余白には、他の従業員らが見た覚えのある、この職人の腕に彫られたタトゥーの図柄がすべてリストアップされていた。「オーケー、たぶん今夜、尼さんの追悼ミサで運が開けるんじゃないか。ジョーイも彼女のために顔を出すかもしれないからな」

刑事のひとりは、ひとつだけ空いたデスクの向かいの席で、椅子にだらんとすわっていた。

「ライカー、きみの相棒はどこなんだ？」


課内でのマロリーの呼び名のうち、いちばん愛情のこもったものは、〈機械人間〉マロリーだ。ライカーはオタク部屋で彼女を見つけた。たぶん、テクノロジーとつながり、融合しているところなのだろうが、無線コンピューターの時代、その判断はむずかしい。彼女の目は文章の並ぶ輝く画面に据えられていた。彼は背後から歩み寄ったが、彼女が驚くだろうというような幻想はまったく抱かなかった。これら電子装置のどれかが、告げ口するに決まっている。連中は彼女の血族なのだ。

「ライカー、あなたの昔の密告者を引っ張り出す時よ。あなたが放(はな)してやったあと、チェスター・マーシュは証券取引委員会(SEC)の弁護士の職を得ていた」

ライカーは自分の靴を見おろした。秘密の情報提供者は、呪いを秘めた神聖な名前を持つ。まずい相手の前でその名を唱え、密告者の正体を暴露すれば、その刑事は呪われるのだ。

十四年前、ライカーとしては、チェスター・マーシュからその依頼人である犯罪者の情報を搾り取るよりも、あの男の頭を撃ってやりたかった。しかし、マーシュと地方検事局との協定は不意打ちだった。そういった取引は、ごくふつうの通貨であり、始終行われているのだが、これはライカーの背後で行われたのだ。そのいやなにおいはいつまでも消えなかった。

事件の終結後、マーシュの真っ当な依頼人がひとり死んだ。自殺だ。あの弁護士はある老婦人の金を使いこみ、そのために婦人は高級老人ホームの一室を失うことになったのだ。地方検事補との裏取引により、盗っ人はあっさり復職を果たし、ノーラ・ピーティは無一文で取り残され、引き取ってくれる人もなく、地下鉄のホームから入ってきた列車の前に飛び降りたのだった。

A列車に轢（ひ）かれて死ぬ道を選ぶ前に、彼女は親切なおまわりさんに手紙を送った。何日も何日も彼女の手を握っていた同情的な人――汚いネタを収集し、結局、あの盗っ人弁護士を密告者にしただけのやつに。ライカーに宛てられた婦人のさよならの手紙には、挨拶の言葉も署名もなかった。そこにあったのは、八語のみ。それはか細いふらつく筆跡で書かれていた。

たった一行。

それはライカーを打ちのめした。

ノーラはジェームス・テイラーが大好きだった。彼女は一日じゅう彼の曲をかけていた。そしてたぶん、あるリフレインの最後の一行、火と雨（ファイア＆レイン）の歌の詞をライカーも知っているものと考えたのだ。

「あなたにはまた会えるといつも思っていました」これが彼女の記したすべてだ。

彼女の自殺の列車が通り過ぎていったあと、ライカーには染みがひとつ残った。彼はその自殺を殺人とみなした。そして全責任を負った。三日間、飲んだくれて過ごしたあと、彼は、必ず秘密を守る男、ルイ・マーコヴィッツにすべてを打ち明け、罪の重荷を下ろした。

当時まだ子供で、盗み聞きの癖があったキャシー・マロリーは、秘かに話を聴いていて、あの密告者の名前を持ち逃げした。後に子供は、自分の商品の価値を量るべく、チェスター・マーシュの名前を出した。それは彼女が、ランチルームの自販機でスナック菓子を買うために、ライカーから小銭をゆすり取ろうとしたときのことだ。文字どおり、はした金（ピーナツ）ほしさの脅迫だ。

キャシーは上手に時を選んでいた。彼はその日、振顫（しんせん）せん妄の蜘蛛たちが見える警官のための治療施設を出たばかりだったのだ。ライカーがそれ以上に弱っていたことはない。それでもその短い交渉において、有利なのは彼のほうだった。彼には子供たちの畏れる言葉の蓄えがたっぷりある。たとえば、〝告げ口〟というような。「オーケー」そのとき彼はキャシーに言った。「いますぐやりな。おれについて握ってることをみんなに話してやれ。ノーラ・ピーティがどんな死にかたをしたか、全員に教えてやれよ。なんでみんながまだその話を聞いてないか、わかるか？　それはおれが情報屋を絶対に売らないからだ。たとえそいつがくそったれ弁護士でもな。それが――ルール――なんだ」それから彼は、両手を大きく広げて言った。「よく狙って撃てよ、おチビさん」

キャシーは静かにすばやくランチルームをあとにした。悲惨なその一日がもう終わろうというころ、ライカーは自分のデスクにピーナツの袋が置いてあるのに気づいた。

仲直りの贈り物。

わかったというしるし。

そして彼女は、それっきりチェスター・マーシュの名前を持ち出さなかった。きょうまでは一度も。つまり、遠い昔のあの日、ライカーが教えようとしたことは何ひとつ、彼女の心に残っていないわけだ。あの子供、キャシーは、情報屋の名前を便利なものが詰まった彼女の小さな道具箱にしまっておいただけらしい。足もとから視線を上げ、自分にほほえみかけている相棒を目にしたとき、ライカーの顔にはこの悲しい考えが書いてあった。ところが、彼女の笑みは〝ざまあみろ〟の笑いではなく、彼は一瞬わけがわからなくなった。

「ライカー、あのゴキブリ弁護士以上に憎いやつなんて、あなたにはいないんじゃない？……あのお婆さんの仇を討ってやりたいでしょ？」マロリーはコンピューターに向かうと、画面をスクロールして文書の前のほうへともどり、証券取引委員会（SEC）のロゴを彼に見せた。「SECを辞めるとき、マーシュは解雇手当をもらった。彼はもう弁護士の仕事はできない。それも彼を追っ払う際の約束事のひとつなの。でも連中は彼に政府の年金を与えた」

そんな馬鹿な。「二十年働かなけりゃ、その資格は得られ――」

「そのとおりよ」マロリーは言った。「でも、政府の役人たちがきわどい案件の逆流を恐れた場合、話はちがってくる。連中にはポークという心配の種がある。だから、マーシュに対するこの支払いは口封じとみなしていい。でももし彼がしゃべったら、取引は無効になる。マーシュがSECにいたのは十年だけだから、年金も多くはない。あなたはそれを彼から奪えるのよ――マーシュが例のお婆さんからむしり取ったように、彼からむしり取ってやれるの」マロリーはくるりと椅子を回転させて、ライカーのほうを向いた。「しかもあなたは密告者を裏切ることにはならない。昔の話は無関係なんだから。これは新しいゲームなの。マーシュは単なる重要参考人。取引はなし。庇護もなし」

マロリーは彼に新たな贈り物を差し出しているわけだ。ピーナツひと袋よりも、大きなやつを。


「人を殺すのがどんな感じか?」直火で焼かれたソーセージの一本を、イギーはフォークで突き刺した。それはこんな感じだ。だが少年への答えとして、彼はこう言った。「そのうち慣れちまうんだ。単なる仕事だな」彼は、焼きあがった肉をフォークからバンへと移して、皿に載せた。「ほらよ。食いな、坊主」

少年は殺すという行為について事細かに知りたがった。彼はひとことひとこと食い入るように聞いていた。まるで学校の授業みたいに。

「おれはシンプルを心がける。音は立てない。人には見られない。自分に結びつく手がかりは一切残さない」

初仕事のときつかまったことは言う必要を感じなかった。それは、ある保険会社の調査員が、その初の取引が成立した近所のバー、金の受け渡しが行われた店を見つけ出したためだった。調査員はその店からパンくずをたどって進み、イギーが母親と同居していたアパートメントに到達した。その男、ゲイル・ローリーは、お袋のうちのドアの下に名刺を差し入れた。そしてそれと同じ日、数杯ずつ、ともにビールを飲みながら、イギーはその保険調査員から多くを学んだのだった。

「どんな仕事にもルールってもんはあるんじゃないかね。おれは絶対、知ってるやつの依頼は受けない」仕事を見つけてくるのはゲイルの役目だ。だがいちばん大事なルールは？　〝知り合いは絶対に殺すな〟だ。なのにそのルールは吹っ飛んだ。それに、もうひとつのやつ――〝肉とはしゃべるな〟も。

イギーが人と話すことはめったにない。あの少女が消えてからのこの五年だと、いちばん長い会話は、道を行った先の園芸用品店の老店主とのものだが、彼らはただ薔薇の話をするだけだ。もちろん、あのキザ野郎、ゲイルと友達づきあいすることなど、彼にはまったく考えられない。自らの手は決して汚さない、実業家気取りのやつなんかとは。

ホットドッグとビールにかかったあと、肉をいっぱい頬張ったまま、彼は少年に請け負い殺人とはどういったものなのか、さらに教えてやった。「そうそう、電撃的急襲ってのもあるぞ」あれはこの稼業の要だ。殺しの道具というテーマに関しては、彼はこう言った。「むやみに凝ったものはいけない。だいたいは、安い、出所をたどれないものを買うんだ」イギーはウォルマートの常連客だ。

ふた皿めのホットドッグをひと齧りしたとき、少年は訊ねた。「みんなが同じルールでやってるの？」

「他のやつらのことは知らんよ」イギーは同業者にはひとりも会ったことがない。やれやれ、子供ってやつは。刑事ドラマの見すぎだな。「おれたちが会合を開いて、こっそり握手を交わすなんてこたあない。表に顔をさらすのはご法度。それこそいちばん重要なことだ」

だが彼はなんらかのかたちでアンジーにすべてを明かしてしまったのでは？　彼女は彼が何を生業としているか、知ったのではないか？　あの少女がそれを訊ねたことはない。そこが娼婦のいいところだ。穿鑿は一切なし。それでもある日帰宅して、少女がここに置いていた持ち物がなくなっているのに気づいたとき、イギーは警官どもを警戒し、幾夜も森で野宿した。そうしながら、彼は考えていた。自分の家は安全なのかどうか――また、彼女は何を知ったのか。

なぜあの少女は去ったのだろう？

今夜、彼はミセス・クウィルからその答えを得ることになる。あの日――人生最後の日に、アンジーが通りで取った行動。それについて納得のいく説明を受ける資格が彼にはあるのだ。子供が手を上げた。学校にいるみたいに。殺人のことで、この子にはまだ質問があるらしい。

第十二章

どっしりしたオークのテーブルの椅子を引き出し、刑事は酒場の壁を背にしてすわった。それは、彼が我が家と呼ぶ場所だ。もっとも彼の部屋は上の階にあるのだが。ライカーは自分をアル中とはみなしていない。そんな大層なものじゃないのだ。〝ありきたりの酔いどれ〟というつまらない肩書ならば、彼も潔く受け入れる。そしてこれは、彼のかつての情報提供者、チエスター・マーシュとの共通点でもある。最近、懐具合のよくないマーシュは、もっと酒を買うためなら、赤ん坊を臓器市場に出すことさえ厭うまい。大半の酔いどれはその一歩手前で踏み留まるが、弁護士どもに対するライカーの評価はそれ以下なのだ。

元警官のバーテンは、フロアの片側の端から端まで延びた長いマホガニーの厚板のうしろに立っている。非番の警察官らはここで飲み、一般市民はお呼びじゃないことを痛感させられる。ただし今夜は例外がひとり。かつての政府おかかえの弁護士がライカーのテーブルに着いた。マーシュのシルクのスーツには使用年数が表れている。しかもそれはもうマーシュ自身にも、彼のいちばんきれいな汚いシャツにも合っていない。「何年ぶりかね？　十四年か？」

「まあ、そんなとこだ」ライカーは言った。「証券取引委員会で職を手に入れたんだってな」

「ああ、だがしばらく前に辞めたよ」

この嘘つきめ、クビになったんだろうが……でもまあ、そういうことにしておこう。

ライカーは紙袋をひとつテーブルに置いた。つづいて彼は、その茶色い包装を一インチずつ下ろしていった。シングルモルト・ウィスキーのストリップショー。ワンルームでみじめに暮らす年金受給者には、こういうものは到底買えない。このミーティングに臨むため髭こそ剃ってきたものの、マーシュは何日も風呂に入っていないようなにおいがした。そのうえ、剃刀による小さな傷はどれもみな、震えの証拠となっている。資格を剝奪された弁護士は、あと少しのところで手が届かない酒のボトルをじっと見つめた。その目には真実の愛の輝きがあった。

刑事は蓋のしてある瓶のまわりにもとどおり茶色の袋を引きあげると、両手でそれをつかんで人質にした。もし法廷に呼ばれたら、店のバーテンは、情報屋がこのときしらふであった事実を問題なく裏付けられる。このゴキブリは警官といるあいだ酒を提供されていないし、入店したとき酔ってもいなかった――彼はそう証言するだろう。マーシュの手は震えていたが、千鳥足ではなかった、と。

「アンドルー・ポークの一件には、おれはかかわってないんだ。あの男がなぜ牢に入っていないのかは、まったくわからんよ」年老いたノーラ・ピーティを地下鉄の列車の前に突き飛ばしたも同然の盗っ人が言う。「和解に関する書類をおれは一度も見ていない」

「そうか……提供できるものはゼロってわけだな」一方の腕にボトルの袋をかかえ、ライカーは立ちあがった。

「待ってくれ」マーシュは言った。「オフィス内で噂が流れてたのは確かだよ……ほぼ全部ゴシップだが」

ライカーはふたたび椅子にすわって、テーブルにボトルを置いた。「それで？」

「おれもいくつか書類を処理したかもしれない――まあ、時間つぶしの仕事だな。だがその件は裁判には至らなかった。補強証拠がなくてな。ポークの被害者のなかに、彼を悪く言う者はいなかったんだ」

「だがSECは何かつかんでたんだよな」ライカーは言った。「それはなんなんだ？」

「おいおい」マーシュは、おれが知るわけないだろ、と両手を広げてみせた。「いいか、これはただの推測だぞ。仮にポークが倫理違反を認めたとしよう。ケチな罪だが、少なくともSECは彼の免許を取りあげにかかる。ウォールストリートから追い出そうとするよな。ただ、ポークの立場からすれば――このほうが裁判よりはいい。たとえSEC側が勝てない裁判でもだ。やつなら裁判は面倒だし、注目を浴びすぎると思うだろう。あれは選挙の時期だったしな。だが、年金を賭けてもいい、ポークは取引に応じる気があるふりをして――職を得るまで署名しようとしなかったのさ。そしてその後、我らが新市長は記憶喪失になった。和解？　なんの和解かね？　政界でうまくやれなかった場合、やつには株屋の免許が必要だろう。だが、いまはどうだ？　やつは二期目を狙っている。署名はしなきゃならん。だからたぶん、免許を引き渡したんじゃないか」

マロリーの考えたとおりだ。この男は、その和解合意書の初期の草稿を読んでいたにちがいない。そして、署名の日付がごく最近であることは、SECの文書が市長補佐官の懐に収められ、邸から——鑑識班がドアをたたく一時間前に——持ち出された理由を示している。きわどいタイミングだ。だが、博打打ちはみな危険を好む。それが彼らの生きがいなのだ。

「つまりな」チェスター・マーシュは言った。「ポークの和解合意書には非開示に関する条項が入っていたにちがいない。公式な裁判所のファイルはなし。つぎの選挙をぶち壊すものは一切なしだ」

元弁護士がボトルへと手を伸ばす。

ライカーはボトルを押さえた。「ポークの被害者のリストが必要なんだがな。傷口がぱっくり開いたままの連中に絞りこんだやつ。いちばん市長を憎んでるのは誰なんだ？」

弁護士は手を引っこめた。まるでライカーになぶられたかのように——いや、実際そうなのだが。

「へええ。ポークの顧客のリストがあんたのポケットにないってのか？　おれはだまされんぞ、ライカー。そっちの狙いはわかってる。あんたはあのペテンの詳細が知りたいんだよな。リストのなかの大損したやつら——連中は相変わらず、ポークのしたことをしゃべろうとしないんだろ？　それにSECもあんたにはなんにも教えようとしないしな」

まあ、そんなところだ。もっともライカーに必要なのは、相棒がすでに持っている容疑者リストの裏付けだけなのだが。それと、判事によるにおいチェックをパスしたいなら、ものを言うのは政府機関の証人のみという事情もある。だまされた投資家たちのリストは、警察官以外の誰か——マロリーでない誰かから得たものでなくてはならないのだ。

マーシュは刑事に向かって腕組みをした。「だからあんたは、内部の人間から情報を搾り取らなきゃならないわけだ。おれみたいなやつからな。このおれが解雇契約を破って年金をパーにすると思うか？　おれはそこまであんたを愛しちゃいないよ。あんたはおれをどれだけ阿呆だと――」

「つまりポークが損をさせたのは、自分の顧客だけってことか――それも全員じゃない。一度の証券詐欺で大損した連中がいるわけだ。それが、おれのさがしてる被害者たちなのか？」あぁ、そうとも。この部分に関しては、このくず野郎の首根っこを押さえてやれたようだ。元弁護士の顔に現れた〝ああ、くそ〟という表情から、ライカーにはそのことがわかった。

さらに、おまけ――チェスター・マーシュは声に出してこれを復唱した。テーブルをたたきながら、「くそ！　くそ！　くそ！」と。その声の大きさに、部屋じゅうの人間が振り返った。

「それはイエスってことだよな」ライカーは言った。市長のかつての顧客たちは公の記録に載っている。そしていま、殺人への彼らの関与の可能性もまた、記録された。ライカーはマーシュのほうへボトルを押しやった。「楽しんでくれ」

密告者への報酬。

自分が録音装置を着けていたことを明かして、このゴキブリの夜をこれ以上ぶち壊す必要はない。ライカーはめあてのものを手に入れたのだ。論拠を示せる最有力容疑者リストを。そこには、アンドルー・ポークに対し狂った怨念を抱く理由のある者たちが載っている。また、彼には録音された証言もある。それは、怨念を抱くその連中への令状が必要となったとき、役に立ってくれるだろう。そして、令状の第一号の発行を以て、チェスター・マーシュの政府職員の年金は消えてなくなる。

A列車で逝った老婦人のための報復だ。

「一番星だ」イギー・コンロイはパティオの椅子にゆったりもたれた。「まだ半分も暗くなってないのにな」

「一匹目の蚊」少年は腕をぴしゃりとたたいたが、わずかに遅すぎた。きっと疲れているんだろう。会話をつづけるための質問ももう出てこない。子供の指が椅子の肘掛けをトントンたたく。静寂を好まず、少年はさらに、赤ん坊をあやすように、自分の体を揺らした。

「これも町よりいいと思うとこだな」イギーは言った。すると少年は体を揺らすのをやめた。

「田舎のほうが星がたくさん見える。星ってのは、ふわふわ空に昇っていったへんてこな小さなマッチみたいなもんだ。燃えてるのに、熱かないんだからな。おまえに星が見えないのが残念だよ」彼はタバコに火を点けて、漂う煙をじっと見つめた。しばらくすると、テーブルの向こうで例の揺れがまた始まった。この子供は音なしではいられないのだ。そこでイギーは言った。「無だって何かに見えなきゃおかしい。おまえに訊いても無駄なのはわかってるがな。光と闇の区別がつかないなら、たぶんおまえは白いどろどろのなかを歩き回ってるんだろうよ。だが、これまでに誰かがこの問題を解明してるはずだ」

「解明してるよ」少年は言った。「目の見える人が。ちょっとやってみて。目を閉じると――」

「ああ、わかってる。闇が見えるんだ」

「ちがうよ、前に言ったでしょ。人にはなんにも見えない——目では見えないの。目はただ、脳が頭のなかの絵を作るのに必要なものを取りこむだけ。目を閉じちゃうと、脳はなんの材料も得られない。外がどうなってるかさっぱりわからないんだ。じゃあ、目を閉じたら？　人が闇が見えると思ってるときは、何が起きてるのか？　あれは脳が嘘をついてるんだよ。明かりが消えたとき世界がどう見えるのか、作り話をしてるわけ。それはただのトリックなの。でも、あんたの脳は闇がどう見えるか知っている。ぼくのは知らない。だから、ぼくの脳はそういうふうにはぼくをだませない」

「じゃあ、いったいおまえにはどんなふうに——」

「左目だけ閉じてみて……その目では闇は見えないでしょ？　だって、あんたの脳はその目のために話を作る必要がないんだから。まだ開いているほうの目から本物のデータが流れこんでいるんだもの……無がどう見えるか教えてくれるのは、その閉じたほうの目だよ」

片目を開けたままなので、イギーには何もかも見えた。自分の鼻梁の陰までも。だが、閉じたほうの目に明かりの消された闇はなかった。その目からは何も見えない。閉じた目は存在しないも同然だった。「なるほど」

これで死がどう見えるかもわかった。無だ。だから、アンジーがいまどこにいるのか、少年がこれからどこに行くのか、彼にはわかった。

亡くなった尼僧に捧げられた花は、大聖堂を満たせるほどで、聖ユダ教会のような地域の教会には多すぎた。寺男とその助手の思いつきで、ありあまる花々は花綱にして壁に飾られ、ステンドグラスに対抗する自然の驚異となっていた。

一年のこの時期に、大勢の人がこの礼拝の家に押し寄せることはめずらしい。夏はブレナー神父の商売の休閑期なのだ。

今夜、見るべき奇跡はもうひとつあった。仮に神父が百まで生きても、このような光景は二度と見られまい。この奇跡の行為の第一容疑者は、ライス枢機卿の密偵、デュポン神父だ。彼は最後に着席するため、一列目の席を辞退していた。

ブレナー神父は高くなった祭壇、ステージそっくりの場所に視線を転じた。そこではいま、教会の歴史が作られつつある。ある女性への愛だけのために。

枢機卿その人が与えた前例のない許可により、小修道院長と十人の修道女が長い黒の衣とベールをまとってそこに立っている。聖女らは何マイルも旅してきたのだ。もはや僻地の修道院の壁に護られることもなく、その全員が公の集まりに果敢に姿をさらしていた。何世紀にもわたる伝統をさらに破って、彼女らは聖歌隊となり、シスター・マイケルを眠りにつかせるために歌った。それは古い歌だったが、この世界にとって彼女らの声は新しい。演奏者として完璧ではなく、聖女らは歌いながら泣き、その調べのあちこちに乱れを生み出して、何列にも並ぶいくつもの胸を破った。

刑事らは襟に白いカーネーションをつけ、オルガンの調べに乗ってゆっくり歩き回っていた。信徒席の列のあいだを移動しながら、彼らはある大雑把なスケッチに合致する顔をさがしていた。彼らはまた、身元を明かすしるしを求め、夏のむきだしの肌すべてに目を走らせていた。

夜に向かって開け放たれた背の高い木の扉の外では、教会の階段、歩道、車道を群衆が埋め尽くし、そのいたるところで、ロウソクやライターやマッチが高く掲げられていた。追悼者のこの一群のまんなかで突きあげられた一本の腕は、タトゥーだらけだった。蛇、ハート、短剣——そして、よじれた一本の蔓に咲くいくつもの赤い薔薇。その痩せた腕がいま、制服警官の大きな手によってつかまれた。警官は近くの刑事に大声で呼びかけた。「つかまえました!」

リビングのソファで、イギーは教会の内部を映すテレビのニュースを見ていた。彼は隣にすわった子供にその模様を伝えてやった。「腐るほど花があるぞ。それにすごい人だ。大勢が出向いてるよ、坊主。アンジーは愛されてたんだな」

少年は一方の手を上げて彼を黙らせた。挨拶者、ハロルド・クウィルを紹介する司祭の声がよく聞こえるように。

「おい」イギーは言った。「あれはおまえの叔父さんじゃないか?」まちがいない。その男は顔もこの子供に似ていた。

少年はソファを離れて、壁にかかるテレビ・スクリーンの近くに立ち、教会内のその声だけが聞こえるように両手で耳を囲った。叔父が――助けを乞うために――話しだすと、まるで打たれたかのように、彼は自らを抱き締め、体を折り曲げた。やがてその体がゆっくりと床に沈みこんだ。顔を伏せ、両手で脚を抱きかかえて、いま、彼は膝小僧と肘だけになっている。叔父が話を終えたとき、少年の声はかすれていた。「うちに帰りたい」

そいつは無理だな、坊主。

その瞬間、少年が顔を上げた。空っぽの椅子に注意を引かれて。そして彼はそこにいない誰かにうなずいた。

「やめろ！」このくそガキめ。少年は振り向いてイギーを凝視し、アンジーの大きな灰色の目でにらみつけた。まるで目が見えるかのように――あるいは、見ているのはアンジーなのか。

くそ、なんて――くぐもった小さな鈴の音がした。廊下からか？　いや、ちがう。イギーはテレビに顔をもどした。教会だ。そうとも、教会にはあらゆる種類の鈴がある。それでも彼は、リモコンの消音ボタンを押し、もう一度、音を聴こうと耳を凝らした。聞こえるのは、足もとの床にいる犬の荒い呼吸音だけだった。チリンチリンという音はしない。

教会のなかが聖職者だけになると、修道院の聖歌隊は、各自、持ち物を詰めた小さなバッグを持って身廊に集まり、おやすみの挨拶を交わした。あとは、教区学校で教えるシスターたちの庇護のもとへと赴くばかり。町に来た尼僧らは、今夜、彼女らのお客となるのだ。教区の小さな子供がひとり、この集団に近づいてきた。走っているのがその本来の姿だけれど、いまはとてもお行儀よくしずしずと。彼女は手を差しあげてブレナー神父に折りたたまれた紙を渡し、神父はそれを広げて、ライス枢機卿のレターヘッドを目にした。

女の子にお礼を言うと、神父は彼女を、外の階段で待っている両親のもとへと追いやった。小修道院長のほうを向き、彼は言った。「院長様、枢機卿がいらしています」ブレナー神父は、扉が三つある告解用の小さなボックスを指さした。その中央の小部屋の上で、告解の秘跡への誘いとして、光がひとつ輝いている。「少しお話がしたいそうです……内密に」

小修道院長はうなずいた。デュポン神父にことわって、そのそばを離れるとき、彼女は彼にこう訊ねた。「待っていていただけます？　まだいくつかお訊ねしたいことがあるのです」

黒い衣をたなびかせ、通路の端まで歩いていくと、小修道院長は扉を開け、クロゼットほどの大きさの囲いのなかに入った。クッション入りの膝置きにひざまずくとき、関節炎の脚はなかなか曲がらなかった。彼女の前には、格子窓の金属の織物がある。彼女を猊下から隔てるものはそれだけだ。しかし彼女は〝目の束縛〟を保ち、静脈の浮いた皺だらけの自分の両手を見おろしていた。それは、すり減った木製の棚の上で祈りの形に組み合わされている。彼女は儀式の文句を唱えはじめた。この内密の空間での会話はすべて、そこから始めなくてはならない。

「お許しください、神父様、わたしは罪を――」

「枢機卿は忙しいの」女の声がし、金バッジが格子窓に押しつけられた。「でも告白はしてもらう」

第十三章

　マロリーは金属の格子に顔を近づけ、告解室の薄っぺらな木の扉の外に声が漏れないよう、静かに相手に話しかけた。「あなたは大金持ちの家の子ですよね……それに、ジョージタウン大学で法学の学位を取っている」

「いまのはなんだか非難のように聞こえますね。つまりわたしの経歴が、あなたの抱く修道院(マネステリ)の院長のイメージに合わないということですか？」

　老婦人は逆光に照らされ、シルエットとなっているが、その声は彼女の反抗心を暴露していた。マロリーには、祝福されたこの尼僧の顔に浮かぶ笑いまで聞き取ることができた。

「いいえ」彼女は言った。「イメージどおりよ。三十五年前、あなたは公設弁護人だった。あなたは街のくずどもを大勢、扱ったにちがいない。アンジー・クウィルみたいな娼婦を大勢。嘘はつかないほうがいいですよ。わたしはすでにデュポンから話を聞いているんですから」

　ためらい？　小修道院長はまだ笑っているだろうか？　マロリーはそうは思わなかった。

「シスター・マイケルは大変、苦労していたのですよ」

「その話はもう聞きました」マロリーは言った。「興味があるのは、彼女がひとりの娼婦としてあなたの修道院のドアをたたいたところからです。教育はない――院にしてみれば乱暴な客ですよね。デュポンは、あなたがアンジーを尼僧にしたのは、それが彼女の天職だと思ったからだと言う。でもわたしは、あなたが彼女に避難所を与えたものと見ています」

「どちらも真実だということはありえませんか？」

「余計な手間を取らせないで」警告は一回かぎりだ。

「わたしたちからすれば、シスター・マイケルの人生が始まったのは、彼女が修道院に――」

「ぐずぐずしてる暇はないのよ！」マロリーは格子を殴りつけた。

おや、乱暴すぎた？

小修道院長のシルエットはこわばり、緊張していた。前ほど安心していないのでは？ マロリーは金属の仕切り越しに少量の毒を吹きこんだ。「アンジーの甥はまだほんの子供なんです。わたしはその少年を見つけなくてはならない。異常者が彼の心臓をくり抜く前に――それがまだ鼓動しているうちに、です」

小修道院長は頭を垂れた。闇のなかのその姿は、小さくなったように見えた。まだ膝から下を切り落とされる段階にまでは至っていないが、あと少しできっと――

「あの少女が警官を信用していなかったことは知っています」マロリーは言った。「でもあなたはわたしを信じるべきですよ。少年にはわたししかいないんですから。アンジーは甥を愛していた――そのことはわたしも信じている。さあ、何か嘘じゃないことを教えてください。あなたは彼女を匿ってたんじゃありませんか？ 彼女は怖がっていませんでした？」

「わたしの第一印象では……アンジーは人生に打ちのめされ、ひどく疲れているようでした」

逃げ疲れ、闘い疲れていたのだ。

「つづけて」マロリーは言った。そして小修道院長は話しつづけた――いつまでもいつまでも。

こいつがアンジー・クウィルを殺した犯人なのだろうか？　いや、たぶんちがう。ライカーは容疑者の隣にすわって、〝やあ、元気かい〟の笑みを見せた。

テーブルの向こう側の刑事は、椅子を引き寄せはしなかった。ワシントン刑事はその若者を見おろしていたいらしい。若者は首から上は驚くほど身ぎれいだった。警察が作成したタトゥー職人の似顔絵とちがい、彼には頰髯も長髪もない。取り調べはワシントンが主導していた。もっともこの刑事はまだひとことも発していないが。彼はただ薄笑いを浮かべ、容疑者の破れジーンズとくたびれたTシャツを――それと、両腕をびっしり覆うタトゥーを眺めていた。

ジョーイ・コリアーは、自分が下層階級のゴミくずと評価されたことをすぐさま察知した。そしていま、彼は、確かに自分は夜はパンクをやっているが、平日の勤務時間帯はスーツにネクタイなのだということを、知ってほしがっていた。「タトゥーの店を辞めたあと、ぼくは公認会計士の資格を取るために学校にもどりました。そしてその後、大手の会計会社に就職したんです。企業の顧客をいっぱいかかえた会社ですよ。できればマスコミには――」

「心配するな」ライカーは言った。「きみが通りから連れ去られたとき、記者連中はみんな教会のなかだったよ」彼は会計士の両腕の赤い薔薇（ばら）と蛇と短剣を見つめた。「そいつは会社じゃよく思われんだろうな。きみは夏場もずっと長袖で働かなきゃならないんだろ？　最悪だね」

「ぼくは逮捕されたんですか?」

「まだわからんな」〝悪いおまわり〟ごっこの天才、〝絶対てめえをつかまえてやる〟的な荒っぽい口調の刑事、ワシントンが言った。

そして、今夜は全人類の友であるライカーは訊ねた。「きみはどれくらいの期間、アンジー・クウィルを知っていたんだ?」

「三年。もう少し長かったかも」ジョーイ・コリアーは言った。「彼女、月に一回、タトゥーを入れに来ていたんです。でもずっと前の話ですよ」

「支払い方法は?」ワシントンはいまにもテーブルの上を這ってきて、手を出しそうに見えた。「おまえ、その少女に脚を開かせたのか?」

「いや、アンジーはそんな子じゃなかった。いい子でしたよ」

ライカーは逮捕者の古い顔写真をテーブルに置いた。パープルのメッシュにゴス・ブラックの爪、パンク・スタイルのアンジー・クウィルの写真だ。「彼女は娼婦だった。きみもおれたちもそのことは知っている」

「ぼくは一度も誘われませんでしたよ」

「へえ、そうかい」ワシントンが言った。「で、おまえのほうも言い寄らなかったってのか? 勘弁してくれよ」顔写真の横に、彼は検視局の写真を並べた。そこには、アンジー・クウィルの腿(もも)のタトゥーが写っていた。「彼女はスカートを引っ張りあげて、目の前に立ってたんだろ。すごくいい脚だよな」

「彼女はそんな子じゃなかった」元タトゥー職人は、真正面に立つ怒れる刑事に言った。自分を信じていない相手に。

「オーケー、ジョーイ」笑顔の刑事、ライカーは言った。「きっとそうなんだろう。だが、それだけのタトゥーの代金を、彼女はどうやって払ってたんだ？　きみはそれを言ってないよな」

「現金で。でも初回は、自分では払いませんでした。そのとき彼女は、男といっしょに来たんです。最初の薔薇の分はその男が払ってましたよ」ジョーイは一方の腕の薔薇を指さした。「彼女はぼくのタトゥーを気に入ったんです。それで彼氏が、まず彼女の腿に蔓（つる）を入れてくれと言ったわけです。だから、残りのタトゥーの代金もその男が出してたんだと思います」

ライカーは剝ぎ取り式の黄色いノートをジョーイのほうへ押しやった。「その男の住所と氏名を教えてくれ」

「冗談でしょう？　彼を見たのは一度だけなんですよ。それも十年前のことだし」

「アンジー・クウィルが十五のときか」ワシントンが言った。「まだ未成年だな」そして彼の顔は言っている——**尻尾をつかんだぞ、この変態野郎め。**

「心配いらんよ」ライカーはジョーイの肩に軽く手をかけた。「きみは薔薇代代わりに彼女を抱いたりしてないんだろ？　大丈夫、その男を見つけりゃ、彼がきみの話を裏付けてくれる。それで、きみはここから出られるわけだ」刑事は腕時計をトントンたたいた。「夜は気持ちよく眠らないとな。あした出勤するときは、目の下に隈なんぞないほうがいい」

「そいつの名前は聞いたことがないんです。でも記憶に残るタイプですよ。いかついやつ。それと、取り出した札はでっかい塊になってました——ぼくの拳くらいの札の塊」タトゥー職人はワシントンを親指で指し示した。「その刑事さんの拳くらいの……。二度目からアンジーはひとりで来ました。支払いはいつも現金。彼氏の金と同様、新札でした。たぶんそいつは一回寝るごとに、彼女に薔薇でしるしをつけてたんでしょう」

「だが、彼女はおまえとは一度もやらなかったってのか」ワシントンは疑いでいっぱいのふりをしていた。「それで金を節約できるのに、フェラチオさえも?」

「そういうことはありませんでした。こっちはとにかくその彼氏が怖かったし。何か言われたとかじゃありませんよ。たぶんあの目のせいじゃないかな。残虐行為はお手の物って感じでしたから」

「その調子だ」ライカーは言った。「そいつがタバコを吸うやつだったかどうか、覚えてないかな?」

「ああ、覚えてますよ。チェーン・スモーカー。あれは忘れられないな。そいつ、タバコに火を点けてね、それからぼくを見たんです——冷たい恐ろしい目で。彼はぼくがタバコを消すよう注意するのを待ってたんだと思います。禁煙の標示の真下に立っていたんですからね。でも、こっちは何も言う気はありませんでした。あの男が相手じゃね。文句を言おうもんなら、何本か歯を折られると思ったので」

イギー・コンロイは、セント・マークス・プレイスの東、アルファベット・シティを車で流していった。昔馴染みのその界隈で、彼は駐車スペースをさがしているのだった。白いバンは、彼がかつて母親と住んでいたアパートメントをゆっくりと通り過ぎた。その家は変わっていなかった。階段の二段目には、以前と同じ古いひびが入っている。だが隣はクリーニング屋になっており、これは問題だった。あの古いピザ屋は店を閉め、どこかに行ってしまっていた。イギーはこの損失を個人的に受け止めた。

それは彼が初めてアンジーを見た場所だった。去来する彼の少女。チリンチリンと鳴る赤いビーチサンダルを履いたやつ。女子学生のお下げ髪にブルージーンズの、あの日の彼女は、男にとって危険な罠だった。年齢は？　まだ幼すぎたはず。だが実に綺麗だった。ピザとソーダを買うために列に向かう彼女を、あの店で見ていた男は彼だけじゃなかった。だが彼は、彼女に近づこうとは思わなかった。子供に手を出すのは、馬鹿か変態だけだ。

半年後、夜遅くに、彼はふたたび彼女を見かけた。あのときは、鈴もなければ、ビーチサンダルもお下げ髪もなかった。彼女は赤い口紅をつけ、ベルトほどの幅しかない、品のないスカートをはいていた。その他の点では、前と同じ子供だったが——それも、彼のバンが減速するまで——彼の目が自分に注がれていると彼女が気づくまでのことだ。パチン！　一瞬で、少女は成長した。腰が横に突き出され、ハイヒールの一方が縁石から下りてくる。そして歩道際で、彼女は年季の入ったプロのように金額と条件の交渉をした。

数年の後にもまだ、アンジーがシャワーで濡れた髪のまま、ノーメイクで、そこに誰もいないと思って、バスルームから出てくることはあった。そしてそんなとき、彼はほんの数秒間だが、あの別の少女、鈴を鳴らす子供を目にするのだった。それから彼女は、彼がそばで自分を見ているのに気づく。そして――パチン！

彼女はそんなふうに去来したものだ。

アンジー・クウィルのかつてのカウンセラーは外の通路に立っていた。「すみません。遅くなってしまいました」デュポン神父は言った。「もうお休みになったのかもと思いましたよ。この建物はとても静かですね。まるで――」

「誰もいないみたいですか？　そう、居住者はあまり多くないんです。この階にはひとりもいませんしね」チャールズは脇に寄って、男を室内に招き入れた。

入口の間の端まで行くと、神父は足を止め、アンティークの家具と鏡板の壁で設えられたリビングを眺め渡した。「あの窓はとてもいいですね」アーチを描く背の高いそれらの窓は、この古いアパートメント・ビルがソーホーの工場の時代に属していた当時の建築ディテールだ。その後、建物の内部は同時代のもっと優美な私室を模して改造された。そしていま、デュポンの目は、二脚の肘掛け椅子のあいだの小さなテーブルに用意されたウィスキーとグラスに注がれている。この誘いに応じ、彼は席に着いた。

ふたり分の飲み物を注ぎ終えると、チャールズは言った。「ご都合がついてよかった」

「わたしを覚えていてくださったとは光栄です。あのコンベンションにはとても大勢、心理学者が来ていたのに」

「あなたはカソックを着ていませんでしたしね」チャールズは言った。「あのときの服装は、Tシャツにグレイのスポーツコート、それと、色のさめたジーンズでしたよね？　場所はシカゴ、季節は冬だった。あなたはトップコートを持っていました。確か、キャメルの毛のやつを」

「すばらしい」神父は自分の分のウィスキーをさっさとかたづけた。「あの会場には少なくとも百人は人がいたのに。あのみごとな論文の発表のあと、その半数はあなたに声をかけたはずですよ」

「でもあの夜、ぼくが聞いた告白はひとつだけですから」チャールズはボトルを持ちあげた。

「もう一杯どうです？」


イギーはニューヨーク・シティを屋根伝いに移動するのが好きだ。防犯カメラは通りのみを見張っており、今夜、唯一の明かりは上弦の月だけだった。セント・マークス・プレイスの向かい側に並ぶ高層階の窓を意識し、彼は身をかがめてシルエットを低く保っていた。この屋上のドアのちゃちな鍵など、ピッキングするまでもなかった。彼はノブを強く回して、錠が壊れる音がするまで力をかけた。それから、ドアを通り抜け、最上階の踊り場まで階段を下りていった。その階の一室では音楽が鳴っていた。廊下の向こう側に移動すると、ミセス・クウィルの部屋からはまったくなんの物音もしなかった。あの子供のお祖母ちゃんはたぶんもう寝ているのだろう。そして今夜、彼女はネグリジェにさよならのキスができる。彼の履歴書には、保険金のための事故死という項目もあり、彼が特に好むのはバスタブでの溺死だった。

だがまずその前に——ご婦人とひそひそ話だ。イギーの経験では、目玉から一インチのところにナイフの切っ先があると、人は絶対に叫んだりしない。これは確実だった。

静かに、そうっと、彼は二本の小さな金の棒でドアの錠をこじった。蝶番がきしることもなく、ドアがゆっくり開かれた。キーホルダー付き懐中電灯の細い光をたよりに、イギーは部屋をひとつ通り抜けた。そしてもうひと部屋。そこにはベッドがあり、むきだしのマットレスに古い衣類や段ボール箱が載っていた。最後の部屋のベッドにはシーツがかかり、枕が置いてあったが、ミセス・クウィルはいなかった。彼はクロゼットを調べ、彼女が隠れていそうなあらゆる場所を確認した。不発。ただし十字架やロザリオは、聖パトリック大聖堂のギフトショップに仕込めるほど見つかった。アンジーの母親は今夜どこにいるのだろう？　教会の式は何時間も前に終わったというのに。

バスルームに歯ブラシはなかった。たぶんミセス・クウィルはあの子供のハリー叔父さんのところに行ったのだ。あるいは、保護されたとか？　いや、警察が彼の存在に気づいていないかぎり、それはない。いずれにしろ、お祖母ちゃんが連中に話せることがどれだけある？　皆無。アンジーがあの手の宗教狂いに男の話をするわけはない。

となると、自分は何しにここへ来たのか？　危険を冒すまともな理由があったとしても、それがなんだったのか思い出せない。彼はこれを、目を開けておくためにいつものむ例の薬のせいにした。もしお祖母ちゃんかあの叔父が名前と住所をばらしたなら、警察は何日も前に彼をつかまえに来たはずだ。だとすると、なぜ自分は——

アンジーの母親をさがす理由がひとつ、ポンと頭に浮かんだ。彼には訊きたいことがあるのだ。なぜあの少女は行ってしまったのか？

彼は、きつい香のにおいのするリビングへともどった。懐中電灯の光をどこに向けても、その先には石膏かプラスチックの聖像があり、壁のいたるところにイエス・キリストを収めた額が掛かっていた。なんなんだ、これは？　完全にイカレてる。

ああ、この馬鹿！

そうすれば接触不良が直り、常識がよみがえるかのように、イギーはぴしゃりと額をたたいた。彼が何者なのか、何を生業としているのか、アンジーは知らなかったにちがいない。これ以上望めないくらい大量のその証拠に、いま彼は囲まれている。アンジーは怯えて逃げたわけじゃない。彼から逃げたわけじゃないのだ。彼女は神を慕ってイギーのもとを去っただけだ。


ええ、ぜひもう一杯、なみなみと。デュポン神父はそう言った。チャールズ・バトラーは神父のグラスをふたたび満たし、本当の会話が始まるのを待った。

「先日の夜、レストランで声をおかけすべきでしたね」

ああ、やっとか。「でもぼくはマロリー刑事と話していましたからね」チャールズは言った。

「その場合、かなり気まずいことになったと思いますよ。きっと彼女は、あなたに居心地悪い思いをさせたでしょうから」

「控えめな表現ですね」デュポンは言った。「たまたまですが、あの人には前に一度、会ったことがあるんです……グレイシー・マンションでね。彼女から聞いていませんか？　あの人はあなたのお友達なんでしょう？」

「知り合ってもう何年にもなりますね」なおかつ彼には、彼女の問題を人に話す気はまったくない。聖職者と同じく、彼もまた秘密を守ることを知っている。神父を別の進路に移すために、彼は言った。「ぼくも何度かチャリティー・イベントでグレイシー・マンションに行っていますが、それはずいぶん昔のことです。ポーク市長には会ったことがないんです。彼に対してどんな印象をお持ちですか？」

「あれはペテン師ですよ」

「あなたのお父様みたいな？」

「似た者同士ですね――一点だけは明らかにちがいますが」神父の父親は邸宅に住んだことなどない。この事実は、割り引かねばならないだろう。それに彼は、刑務所の独房で死んでいる。「ペテン師であるがゆえに、アンドルー・ポークは政治家として完璧なんです。わたしもですよ。たぶん遺伝子に組みこまれているんですね。それが表に出るんでしょう。あなたのお友達のあの刑事さんは、先日の夜、わたしが言ったことをひとことも信じていないと思いますよ」どうでもいいことだと言わんばかりに、彼はほほえんだ。

そう、父方の遺伝子の片鱗はまちがいなくそこにあった。神父は感じがいい。知り合って二分で、人は神父を好きになる。そして彼らはこの男に心を開くだろう。マロリーの疑いに関して、デュポンは明らかに裏付け、または、否定を期待している。そしていま、チャールズ自身も不信の念を抱いていた。

彼は神父のグラスをちらりと見やった。ウィスキーはほぼ飲み干されている。この男に初めて会ったときのことを、チャールズは思い起こした。遠い昔のあの夜、神父はちびちびと一杯だけ飲んでいた。ところが今夜、そのペースは上がっている。彼はここ最近の苦しみを癒しているのだろうか？　それとも、アルコール依存症になったのだろうか？

「わたしはもうセラピストではありません」デュポンは言った。「その仕事は辞めたんです。覚えていますか？　あなたがそのように……すすめたんですが」

これにつづく沈黙のあいだに、チャールズは悟った。そのよきアドバイスに従うまでに何年かかったか、この男に言う気はないのだ。

神父の葛藤は、当時のチャールズが見てとったとおり、心理学者としての誓いを守らねばならないことではなかった。それはすでに破られていた。ただし、デュポン神父はその少女に触れてはいないと誓ったけれども。遠い昔のあの夜、神父はマロリーへの告白とはまったくちがう話をした。シカゴのあのリサイタルは、デュポンがこう話したとき、詩とアイロニーにより甘美なものとなった――アンジー・クウィルが男と寝るのは金か見返りのためと決まっていた。だが神父はどんな通貨のためでも彼女と寝ることはできなかった。なぜなら彼はアンジーを愛していたから。

見返りは確実に少女に与えられている。そしてマロリーは的確にそれを通貨とみなしていた。だがチャールズにはどうしても、彼女の目でこの男を見ることができなかった。デュポンが児童を好む変質者でないことは確かだ。しかし、承諾年齢にもっと近い無防備な少女たちに関してはどうなのか？　いまでは彼自身、確信が持てなくなっていた。「ぼくの入れるコーヒーはすばらしくおいしいんですよ。そういうコーヒーに何がよく合うか、ご存知ですよね？」

　ええ、とデュポン神父は答えた。今夜は葉巻をやりたい気分だ、と。

　チャールズは廊下を通り抜け、キッチンへと移動した。そこは、錫（すず）の天井が魅力的で、黄土色の壁が温かな、銅底の鍋やスパイスが並ぶ部屋だった。古風なパーコレーターがコンロの上で特注ブレンドのコーヒーを淹れだすと、彼はドアの前に立つデュポン神父を振り返った。

「どうぞなかへ。おかけください」チャールズのお客の大半は、最終的にはこの部屋に吸い寄せられる。マロリーはかつて彼に、署の取調室よりもキッチンのほうが使えると言っていた。なるほど、と思う。この場所は平和そのもの。クッション入りの椅子と肘を置けるテーブルもある。ここでは誰もが自然と警戒をゆるめるのだ。

　神父は確かに前よりもくつろいでいるようだった。それに、しばらく居座るつもりなのでは？　ちがいない。チャールズは、デュポンのマロリー探訪がまだ終わっていないのを感じた。これは単に、行方不明の少年を案ずる気持ちの表れなのかもしれない。しかし別の可能性もある。

　男ふたりがテーブルをはさんですわり、コーヒーが絶賛されたあと、両者は快い葉巻の煙に包まれた。爆弾を爆発させる絶好の時だ。「何か知っているなら警察に言わないといけませんよ」チャールズは言った。「少年のために」

「それはできません」デュポンはカップを落としそうになり、コーヒーを少しこぼしながらテーブルにそれを置いた。「あまり意味のないことですしね。新聞によると、四件の殺人は無差別だそうですから。記者たちも四人の被害者のつながりを見つけられずにいるんです。被害者同士の接点も、他の人間との接点も。おわかりでしょう？　アンジーは過去にかかわった誰かに殺されたわけじゃない。その考えには無理がありますよ」

チャールズはうなずいた。ただし、賛同して、ではない。いまの発言から判断すると、神父には――他三件の殺しがからんでさえいなければ――アンジー・クウィルを殺しそうな人間に心当たりがあるわけだ。「マロリーのところに行くんです。もう二度と彼女の追及は受けないほうがいい」チャールズはコーヒーをひと口飲んだ。さらにもうひと口。そして、向かいの席からの反応を待つのをやめた。「確かに無理がある。あなたの言うとおりなんでしょう。話を聞けば、マロリーにもそれはわかります。彼女はロジカル以外の何者でもないんです」

「彼女が何者かはわかっています……あなたも、ですよね？」

「彼女の個人的な問題について話し合う気はありませんよ」それに、マロリーをソシオパスのきれいな型に無理やりはめこむ気もチャールズにはなかった。彼は、マロリーを彼女独自の王国のなかに据え、その領土内に非情な政府――血も涙もないやつ――を作りあげていた。そこでの夜はすべてポーカー・ナイトであり、彼女はオッズを計算し、参加者を打ちのめすのだ。

どんな競技であれ、彼女が相手では、この神父は確実に惨敗する。

「あのレストランで、あなたはわたしと知り合いだということを彼女に話したんですか、チャールズ？」

「ほんとに驚きましたよ。彼女があなたと知り合いだったとはね」これは本当のことだ。予告はなかった。前もって名前が挙がることは。「いや、ぼくたちがシカゴで会ったこと――その件には触れていません。それは……不適切でしょう」チャールズは空になったカップを脇へやった。「根っこの部分では、あなたは良心的な人だと、ぼくは信じています。そうでなければ、ぼくにカウンセリングを求めたりは――」

「マロリーには何も話せませんよ。話したくないというわけではないんですが」

「告解の守秘義務ですか」どうやら彼はデュポン神父を過小評価していたようだ。セラピストの誓いは吹っ飛んだが、神父の誓いはまだ無傷で――目下、危うい状態なのだろう。

マロリーは建物の入口の暗がりへと入った。ソーホーのこの通りの丸石は濡れた輝きを帯びている。ただし、まだ雨は降りだしていない。水滴は細かな霧というかたちで空中に留まっていた。

すでに数時間が経った。神父はまだなかなかなのだろうか？　だとしたら、電話が来ないのもうなずける。

デュポン神父が歩道に出てきたちょうどそのとき、雨粒がぽつぽつと落ちてきた。傘のない神父は、空を見あげた。たぶん、本降りになる前にタクシーに乗りこめるかどうか考えているのだろう。彼は急ぎ足で歩み去った。

マロリーはその場に留まって、四階のあの部屋の明かりを見張り――電話が鳴るのを待った。彼女はチャールズに告白の最後のチャンスを与えたのだ。しかし部屋の窓はつぎつぎと暗くなっていった。彼にはこの秘密の会合のことを打ち明ける気はないらしい。神父は通りの端に至っていた。そちらのほうがタクシーはたくさん通る。だがマロリーは今夜の彼の動きにこれ以上興味がなかった。チャールズ・バトラーの明かりの消えた窓に、彼女は視線をもどした。

あなたは何をしたの？

そのとき、雨がどっと降りだした――激しくたたきつける懲罰の雨が。

記者たちは傘を差し、歩道での寝ずの番をつづけていた。

市長は、スーザン・B・ワグナー・ウィング（グレイシー・マンションの西棟）の角の窓に立っている。彼は記者団に手を振った。こうすると連中は必ず沸き立つ。記者どもはとにかく動きに飢えており、市長にとってこれは鳩への餌やりなのだった。

彼はくるりと向きを変え、ショルダーホルスターを着けたワイシャツ姿の男ふたりに話しかけた。「少し休憩を取ってはどうかね？　何分かふたりだけにしてくれ」彼はサミュエル・タッカーを目で示し、補佐官と内密の話があることを伝えた。ボディガードが退出すると、市長は言った。「例の四つの小包のことだがね、タック。きみの前にあれを見た人間は何人いるんだ？」

「ですが市長殿、それについては何も知りたくないと――」

「うん、しかし知る必要が生じたわけだよ」もはや〝関係否認の能力〟にこだわっている場合ではない。

「まず、郵便局員ですね」サミュエル・タッカーは言った。「UPSやフェデックスじゃなかったので……市長殿もごらんにな――」

「きみに渡したのは誰なんだ？」

「郵便物のカートを押して回ってくる若い子です」

「ようし」あのティーンエイジャーはドラッグをやっている。脳細胞の半分はそっちに行っているにちがいない。あの配達人が相手なら、犯人は例の特殊な配達物を、手のなかでまだ鼓動している心臓というかたちで渡すこともできただろう。それでも、あの子の頭には警察の役に立つことなど何ひとつ残らなかったはずだ。

タッカーは曲がってもいない蝶ネクタイを整えている。ナーバスになっているとか？　この馬鹿め、何かしでかしたんだろう？

「もう帰っていいぞ。明日は市庁舎に行って、ロビーの受付で勤務するんだ。また小包が届いたら、連絡してくれ」その見込みはない。配達物は市庁舎のドアを通過する前に警察に奪われるだろう。だが、この無意味な仕事は問題をひとつ解決してくれる。「おやすみ、タック」彼はこの馬鹿を一刻も早く邸内から追い出したかった。

補佐官は退出し、アンドルー・ポークはその日初めてひとりになった。ここ数日急に仕事に燃えだした、あのいまいましいボディガードどもは、もしも彼が許可すれば、同じベッドで寝ようとするだろう。

報道陣のおかげで、彼が実質グレイシー・マンションの囚われ人であることは、町の誰もが知っている。つぎの小包はまちがいなくここに来るはずだ。郵便局の利用はリスクが高すぎる。犯人は自ら姿を現すだろうか？　邸を囲む公園のパトロールの人員は二倍に増やされている。今回、ペイントボールで監視カメラの目をつぶすチャンスはない。配達はどんなかたちになるのだろう？

どうでもいい。どのみちそれは行われるのだから。

期待感は、金では買えない昂(たかぶ)りをもたらしてくれる。どんなドラッグにもこれほどの作用はない。窓に向き直ったとき、市長は高く舞いあがり、満面に笑みをたたえていた。見ると、雨はすでにやんでいた。彼は記者たちの一行を見つめた。

一行もこちらを見ていた——心臓を待つ彼を。

イギー・コンロイはフロントガラスのワイパーを止め、左折して所有地の私道に入った。バンのヘッドライトが、森のなかを行くぬかるんだ道を照らし出す。カーブが多いとはいえ、この道なら彼は眠っていても運転できる。木に衝突する恐れはまったくない。目を閉じたいという誘惑はあまりにも——

彼の右足が急ブレーキを踏んだ。完全停止。

ヘッドライトは、お袋の庭の小人に注がれていた。これまでそこでそいつを見たことはない。その醜い顔は葉群からのぞいている。この前、外で鉈をふるったときは、よほど没頭していたにちがいない。汗で視界が曇るなか、彼は知らぬ間に、母親が死んでからずっとこいつを隠していた一群のシダを切り払っていたわけだ。

感謝するよ、お袋さん、不愉快な小さなサプライズをどうも。

彼は道の出発点のガレージまで車を進めた。そこにもやはりそいつはいた。同じ小さな男だが、こっちのはいつも目につくところに立っている。それは、お袋が最初に買ったやつだ。他のは森のなかに隠れているし、家の裏手の一体は、周囲に育った薔薇の茂みに包みこまれている。

晩年、痴呆が迫るさなかにも、お袋は園芸店から連中を取り寄せるのをやめなかった。ときおり彼は旅から帰り、新しいやつの通った跡を目にしたものだ。お袋が木立や深い下草のなかに隠すべく、それを引きずって芝生を通過した跡を。いったい何体あるのだろう? 母親のトロール好きが、彼にはまるで理解できなかった。〝子捕り鬼〟――彼女は連中をそう呼んだ。お袋はよその子供があまり好きではなかった。彼らの大半は、彼女にとって〝くそガキ〟だった。お袋の小さな男たちはここに何人いるのだろう? 大軍団なのか?

ひどく疲れている今夜は、ひとりしかいないのだと信じることさえできそうだった。芝生にいるこいつだけ。それが森にいたり、私道の先にいたりする。そしてときには、薔薇の茂みのなかに。

第十四章

グッドドッグにできる芸はひとつだけ——〝取ってこい〟の高速ゲームだ。キーボードの連打とダブルクリック一回で、マロリーは自ら作ったこのソフトを裏口のドア、一種のペット用くぐり戸から、証券取引委員会（SEC）のデータバンクに送りこんだ。それは、曲がりくねった電子の廊下と、チップでできた銀色の部屋部屋と、警報器の小枝や大枝で覆われた深い穴から成る、広大な回路だ。このデータの迷宮、十億メガバイトのなかで、グッドドッグ・ウイルスはマロリーの命令に従って働いた。アンドルー・ポークの事件番号の付いたあらゆる骨を持ち帰るのが、その任務だ。

犬は政府機関のネットワーク内を楽しげに駆け回った。お馴染みのファイアウォールを迂回し、既知の仕掛け線を大跳躍で飛び越え、ときにはその下をくぐり抜け、そして突然、ビビッ！　電気ショックで彼は倒れた。ああ、この痛み！　脚の一本を失い、切断面から血を滴らせながら、忠実なグッドドッグはご主人のもとへよたよたと帰ってきた。骨は一本もくわえずに。取ってきたのはデータの切れ端ばかりだ。事件そのものは、封印されたコンピューター・セクターの地下の金庫に投棄されていた。

つまり、役人どもには新たな隠し場所があるわけだ。それに、従来より高度な兵器も。

そう、彼女の犬はこうやって学習していく。

家事の女王は電子のバケツとモップを取ってきて、犬が帰りに通った道を役人どもがたどれないよう、血の足跡をぬぐいとった。

馬鹿な役人ども。連中は、同じ書類を三通作らせることで、現場の職員の足を引っ張っている。ウォールストリート時代の市長の犠牲者に対する聞き取り調査に関しても、それを葬る(ほうむ)ための大掃除を乗り越え、何セットもの報告書が生き延びていた。事件のその他の断片は、アンドルー・ポークの元顧客らの個人的なメール、不正に対する怒りの叫びのなかに生息していた。これらの民間人は、薄っぺらなファイアウォール、十歳児にさえ馬鹿にされそうな防衛策しか持ち合わせていない。非開示の契約書は、ある投資家の自宅のコンピューターという開かれた本のなかにあった。

ガラスの家に住むこういう馬鹿者たちがマロリーは大好きだった。

インターコムのブザーが待っていたお客の到着を告げた。強迫的に時間に正確なマロリーも、この朝は出勤が遅れるはずだ。

チャールズ・バトラーの考えでは、リビングルームという名詞はここでは誤った呼称になる。真っ白な塗装、黒い革、ガラスとスチールから成るマロリーのうちは、変化の途中で永遠に止まっている住居のようだ。むきだしの壁や空っぽの棚はこれから私物で埋まる予定か——または、突如それを奪われたかで、家具類はただ引っ越し業者を待っているだけ、という感じがした。

　張りつめた沈黙のなか、チャールズはコーヒーを口にした。罠の開いた口のなかに自分がすわっていることは、なんとなくわかっていた。ふたりの友情に最近生じたひずみは少しも消えていない。上等の陶器を彼女が取りに行った瞬間、彼にはそれがわかった。もっと大きなセラミックのマグカップは彼女の友達、信頼を得た少数の人のために取ってある。彼はそのなかに入っていない。いまはもう。

　カップが空になると、チャールズは彼女に従って短い廊下を進んでいき、別の一室に入った。温かな家庭の仮面すら付けていない部屋。ここは機械の住みかであり、硬材の床の不快なぬくもりは、軍艦じみた灰色の敷物で覆い隠されていた。スチールの台には電子機器が並び、さらに棚にも積み重ねられている。警察署の狭苦しいオタク部屋とは程遠く、ここならばマロリーの機械仕掛けの奴隷たちはゆったりと体を伸ばし、より遠くへ手を伸ばし、より多くを盗むことができる。

　壁の上のほうのかなりの部分は、マロリーの最愛の玩具、巨大なコンピューター・モニターで輝いており、その画面上にファイル・フォルダーの小さなイラストが多数、表示されていた。マロリーがそのアイコンのひとつに触れると、それは彼女の体温に反応して開かれ、いくつもの漫画の文書が画面上をぱたぱたと飛んでいって、きっちり左右対称に整列した。ラベルから判断すると、この情報のいくつかはかつて政府機関や民間金融機関のコンピューターに住んでいたものらしい。マロリーの盗品のこのあけっぴろげな陳列は、チャールズに対する新たなレベルの信頼を示しているのかもしれない——あるいは、彼の正直さへのさげすみを。確率は半半だ。

マロリーは列の最初の絵に触れた。「ここには市長のかつての証券会社の汚い秘密が入っている。いかがわしい取引が山ほど。でも、ひとつのペテンは特に目を引く。彼はこれをやるために、自分の顧客を痛い目に遭わせているの」彼女は余白の矢印を軽くたたいた。するとページが変わり、ポークの元顧客の長いリストが現れた。「わたしの容疑者たちよ」

経済面での大きな損失は、動機となりうるかもしれない。ただし、四件の猟奇的殺人の中心に金を据えることには、無理があるのではないか。だがマロリーの世界は原因と結果だけで成り立っており、狂った精神の引き起こすでたらめな行動など受け付けない。金という動機には割り切れる数字がある。そしてマロリーは数学を得意としており——狂気の混沌のほうはあまり得意でない。マロリーの国家には常にロジックが存在せねばならず、彼女はそのためにロジックを作り出すことさえある。

「市長のペテンは、一種の仕手株詐欺だった」マロリーは言った。「あいつは株式公開を予定していたある製薬会社を過剰に持ちあげたの。すべては、アルツハイマーのワクチン開発という嘘に基づいていた。ポークの嘘よ。彼はこれをインサイダー情報としてつかませた。だから彼の顧客は、パッとしない株の譲渡を世紀の取引だと信じたわけ」

「あの古い噂なら覚えているよ。もう何年も前のことだよね」チャールズは、あの株の価格がみごとに上昇し、それ以上に華々しく暴落した正確な日付まで思い出せるが、それを言えば自慢になってしまう。彼に思い出せないのは、アンドルー・ポークの関与だった。「あの話はウイルスみたいに広がったんだよ。なぜポークが発生源だと思うの？」

「わたしにはわかってる。SECも知っているしね」マロリーはさきほどのリストに顔を向けた。「このうちの十人が、ウォールストリートでの投資家たちの爆走を引き起こしたの。世間の人はひどい条件で株を買うために行列した」彼女は画面上の別の文書を指さした。「これはバンター・キャピタルの文書。この投資会社は町の大手証券会社すべてを相手に大博打を打った。海外のマーケットまで相手に」

「株の将来を賭けて？」

「ひとつの株のパフォーマンス――ある一日を賭けてよ。彼らは上場初日の暴落に賭けた。そしてそれは暴落した。ポークの流した噂が取引場で消え失せたとき、この大胆な賭けは莫大な報酬をもたらしたの」

「そしてその株は価値を失った」

「紙屑になったのよ」マロリーはもっと簡潔にそう言った。「ポークも金を失った。おかげで、しばらくはSECのレーダーにもひっかからなかったの。彼はバンター・キャピタルで職を得た。そして一年後、五億ドル分の解雇手当をもらって会社を辞めている。あの男の金のパラシュートね」

「それが、賭けの彼の取り分ってこと？」

「というより、むしろゆすりね――手切れ金。SECが調査を開始し、バンター・キャピタルは彼とのつながりを断つ必要に迫られたわけ。ポークはわざとSECの注意を引いたんだと思う。そうすれば、恐怖を煽り――自分のパラシュート・マネーの額を釣りあげられるから」

チャールズにも彼女のロジックを追うことはできる。だが、彼はそうしたくなかった。その道の先にはすごい頭痛が待っている。彼女の話は常軌を逸していてとても信じられない。それでもそうは指摘せず、彼はただこれだけ言った。「ちょっと危険すぎる気がするよ」

「でも、ポークは危険が好きなの。あの犯罪は、顧客たちが投資する前、ポークが彼らに何を言うかにかかっていた。インサイダー取引は、たとえインチキ情報に基づくものでも――懲役刑よ。ポークの元顧客たちはあの男の死を願った。でも彼らは、SECの調査員に協力していない。きっとポークが口止め料を払うと約束したんでしょうね。たぶん、損失の一部の補塡を。そうでなければ、十人全員が非開示契約書に署名するわけはない。この馬鹿ども。連中は政府職員に嘘をついたとき、刑務所行きの危険を冒した。一方、ポークとの契約は彼らを共謀罪へと追いこむ。もう逃げ道はない。彼らは身動きがとれないの」

法的なハエ取り紙の仕組みを理解し、チャールズはうなずいた。

「彼らは絶対に警察には協力しない」マロリーは言った。「でもあなたになら話をするかもしれない。それであなたは有力な異常者を選び出せる。わたしのために、殺人犯を」

ふむ、これは進歩だ。少なくとも彼女は、四件の殺人に狂気の要素を認めている。大損害を被った投資家たちの一覧に、チャールズは目を通した。マロリーの容疑者の一団。そのなかに知り合いの名があることに、彼は気づいた。リストのふたりは、両親の旧友だった。あの老夫婦がこのようなことに加担していたはずはない。「このうちの何人が——」

「わたしが興味を持っているのは、一度の取引で大負けした十人だけよ」彼女は再度、文書を軽くたたいた。ページが変わり、さらに絞りこんだリストが出てきた。そしてチャールズの父母の友人二名はまだそこにいた。「このなかの誰かが殺し屋を雇って四人の人間を殺したの」

なんだって？　委託殺人？　「それじゃ、あのスプリー・キリングは——」

「スプリー・キリングじゃない。新聞で読んだことは忘れて」彼女がこの台詞(せりふ)を言うのはふたりが知り合って以来、これで百回目だ。「新聞じゃわからないことを教えてあげる。ホシは二週間弱にわたるこの一連の殺人のために金を払った……そして、そいつの殺し屋が被害者たちの心臓をくり抜いたの」

　ますますすじが通らない。「連続殺人鬼はじかに殺す快感を放棄したりしないんじゃないかな。そのやりかたじゃ、例の戦利品、心臓からも歓びは得られないだろうしね。他の誰かがくり抜いたなら、犯人はその感触を味わえ——」ああ、しまった。これは彼女がもう知ってることじゃないか。チャールズは、マロリーの組んだ腕、目に表れた警告から、自らの過ちに気づいた。それは無言でこう告げていた——**やめて。お願いだから……やめて。**

　声に出して、彼女は言った。「金持ちというのはね、人を雇って、子供を育て、犬を散歩させ、殺人を犯すの。でもあなたはいいところを突いていた——もしも心臓が戦利品だったなら、だけど」

　それ以外のなんだって言うんだ？

ああ、そうか。ここで彼は理解した。どうやら彼女のこの日のゲームが始まったらしい。人間の臓器に関連する目新しい変わったことを見つける遊び。彼のタイムは二秒だった。「考えられるのは、誘拐と脅迫だけだな……身代金の要求……ひとりの被害者の心臓がつぎのひとりのための支払いを促すってこと？」マロリーがほほえみ、彼はこれが正解であることを知った

――そんなことは絶対にありえないけれども。「でも、ぼくが聞いたところによれば、四人の被害者は無作為に選ばれたんだよね」またしても彼女がほほえみ、まちがいのないことがわかった。チャールズは言った。「つまり……身代金を支払う明快な理由はないわけだ」

マロリーはほほえみつづけている。

首の軸を中心に彼の頭が三回ぐるぐる回る前に、マロリーは視線を転じて画面の最終候補者リストのほうを向き、話題を変えた。「この連中の何人かを名士録と照らし合わせてみたの」

そこには《ニューヨーク四百名家》に載っている古い一族の名が三つあった。また、彼は、チャリティー・イベントでよく目にする人々にも気づいた。「このうちの何人かはもう亡くなっているよ」

「でも、跡取りはいる」マロリーの考えでは、金に対する愛は子孫のDNAに継承されるものなのだ。

彼女は身代金めあての殺人と盗まれた心臓の話にもどる気はあるのだろうか？　いいや、ない。それじゃおもしろくないのだ。彼女のこのゲームには、守るべき微妙なルールがある。その筆頭は、泣き落としは無用だ。だから彼は引きつづき、手もとのテーマで進むしかなかった。

「どうしてきみは、ポークの以前の顧客たちがこのぼくに話をするなんて思うの?」

「それはあなたが大金持ちだからよ、チャールズ」

マロリーは彼を、自分の側ではなく、連中のひとり、富に恵まれた容疑者群の一員として分類しているのだ。このことは、つぎの展開のチャールズへのヒントとなったはずだ。それでも、両手を腰に当て、マロリーがこう言ったとき、彼はぎくりとした。「ところで、あなたとデュポン神父だけど……きのうの夜、あなたたちはなんの話をしたの? 昔話に花を咲かせたとか?」

予約のうえでの奇襲。これは斬新だ。

だが今度はマロリーが驚く番だった。彼女は彼を観察し、その頰がきまり悪さに赤くなるのを待っていた。それは遺伝的欠陥であり、何事についても正直であるよう彼をプログラムしている。さっと頰を染める鮮やかな朱の色は、人をだますことを不可能にする。そのため、彼の顔はどんな考えも隠せないと言われていた。だが、これはまちがいだ。彼にはだます意図なしに秘密を守ることができる。しかし、主義を貫くという赤面症のこの抜け道に、彼女は気づいていないようだ。

マロリーは彼の心を読むのに失敗した。そしてこのことは彼女を怒らせた。

気の毒にね。

いや――単なるひっかけだ。彼女の小さな笑いにより、彼の脳内の警報ベルが作動した。大聖堂にふさわしい揺れ動く巨大ゴングが。

もしかすると、自分はすでに何もかも明かしてしまったのでは？　正解。で、これは彼女が魔法を使ったということなのか？　いや、そうじゃない。マロリーはロジックに強い。だが、彼女には沈黙を読み解く辞書もあるのだ。となると、彼女は彼から何をさぐり出したのだろう？

ああ……何もかもだ。

昨夜、マロリーが教会からデュポン神父を尾行し、自らの疑いの裏を取ったのは明らかだ。チャールズと神父が以前に会ったことがあるのではないか——彼女はそう疑っていた。先夜、レストランで、どちらの男も相手に気づいたそぶりは見せなかったけれど。ふたりが知り合いである事実にチャールズが——あのときも、いまも——触れなかったことは、マロリーにふたつの沈黙を与えた。それだけあれば、その先はある程度、推理できる。でも、どの程度なんだ？

プレッシャー、プレッシャー。まるで、疾走する彼女の妄想を追いかけ追い越すレースのようだ。

そう、彼が初めてデュポン神父に会ったとき、その背景に心理学者の仕事があったことも、マロリーには推理できる。そうでないなら、彼はごく自然に、話の流れのなかで、あの男のことに触れていたはずだ。ところが彼は何も言わず——マロリーは口にされない事柄からすごいご馳走を作りあげたのだ。さらなるダメージ——彼は開業したことがない。だから彼女には、神父との彼の初の面談は、深い苦しみの淵にある男のための一度かぎりのセラピーであったことも推測できる。

「わたしにわからないのはね」マロリーが言った。「デュポンがあなたに助けを求めたとき、彼がまだアンジー・クウィルのカウンセリングをしていたかどうかなの」

少なくともその部分は、彼女にはわかりっこない。それに、彼には教える気もなかった。にもかかわらず、彼女がこの沈黙の探査を終えたとき、チャールズは、新婚初夜のために取ってあるものがほとんどない、店ざらしの処女みたいな気分になっていた。


マロリーは昨夜、遅くまで働いたようだ。

コフィー警部補は捜査本部の中央に立っていた。コルクの壁はいま、すべての面が整然としているが、これは単に強迫的に整えられているというだけではない。彼女は証拠を剪定し、尼僧と少年以外の被害者の書類や写真をひとつ残らずはずすことで、自らの注目点へと重心を移動させていた。アルバート・コステロでさえ壁から消え失せている。メディアのスポットライトのなかでの彼の時間も、すでに使い果たされていた。アルバートと他三名の隠遁者は、証拠品のテーブルに積まれたファイルのなかへと追いやられてしまった。調べたければそこを見ればいいのだが、そうする者はたぶんいないだろう。マロリーはこの人たちをゴミ屑としか見ていない。冷たい話だが、その点に関してはコフィーも反論できなかった。

警部補は、ジョーイ・コリアーの描いたスケッチ――アンジー・クウィルとともにタトゥーの店を訪れた彼氏の似顔絵を壁に留めた。この絵はどの程度、あてになるのだろう?

タトゥー職人と彼らの第一容疑者との一度かぎりの対面から、すでに十年近くが経っている。密生する髪は、たぶん細部を思い出せなかったのだろう、ざっと描かれているだけだ。口のほうも同様。ほとんどないに等しい、かすかな線にすぎない。しかし、その絵があるひとつの特徴を正確にとらえていることはわかった。男の目は、飛びかかる直前の、捕食動物の目だ。緊張せよ――攻撃を待ち、死を待て。

彼氏はタトゥー職人をずっと監視していたのだろう。たぶん一時間ほど。少女アンジーの腿に第一の薔薇が彫りこまれるあいだずっと。一瞬の出来事とは言えない。

この絵の隣には、日曜に撮影された料金所の写真の引き伸ばしがあった。コンピューターによる処理は、画像のより細かな部分まで浮かびあがらせていたが――時間の浪費。写真にはどのみち何も写っていない。運転者の顔は、目深にかぶった青い野球帽のひさしに隠れている。認識できる特徴は皆無だ。しかしスケッチとちがう点も確かにあった。髪の毛はまったく、帽子の縁からはみ出た房ひとつ、見えないのだ。ショートヘアなのか、それとも毛がないのか？どちらとも言えない。写真に写る運転者が完全な毛なし、丸刈りにしているとしたら、それは時代とともに科学捜査に詳しいプロへと進化した殺人者という人物像に合う。そういう人間は、犯行現場に自分のＤＮＡを残したくないはずだ。

警部補は舌の先をぎゅっと嚙んだ。その痛みは、マロリーの思考様式へと彼が転がり落ちるのを防いでくれた。それはいわば真っ暗な穴で、その闇のなかでは、無に基づく証拠がキノコみたいに増殖するのだ。その場にいないときでさえ、彼女は警部補にとりつくことができる。

しかしマロリーとちがって、ジャック・コフィーはこんな薄っぺらなものはあてにしない。タトゥー職人のスケッチを変える気は金輪際なかった。見えもしない頭の毛を剃るなど、とんでもない話だ。

チャールズ・バトラーは、マロリーのあとから、彼女のお気に入りの取調室へと入っていった。本当なら彼はここで躊躇（ちゅうちょ）してしかるべきだった。もっともそのキッチンは、彼の自宅のとはまったく異なり、容疑者の警戒を解かせるぬくもりも居心地よさも一切ないのだが。それはステンレス一色の部屋で、変種のコーヒーメーカーとして通っているコンピューターをはじめ、機械化された道具でいっぱいなのだ。マロリーは機械化反対者（ラダイト）の宿敵だ。とはいえ、彼女の出すコーヒーは、確かにおいしい。ふたりがテーブルに着くと、彼女は茶色のセラミックのマグカップにコーヒーを注いだ。彼はこれを、偽の打ち解けたおしゃべりの前のウォーミング・アップと解釈した。彼女がさりげない会話から始めることはわかっていた。無害な何か、お天気の話より一段上のやつからだ。

「子供の娼婦だったころのアンジー・クウィルを想像してみて」マロリーは言った。「毎晩、五人から十人の男たちに犯される少女を」

ああ、痛烈なウォーミング・アップだ。

マロリーが身を乗り出してきた。「あるいは、男はひとりだったのかもしれない。ひとりの神父、彼女のカウンセラー、ああいう子供を保護すべき人物よ。彼女はたった十三歳だった。

逃げ道はない。手首を切ったもっと幼い娼婦の話を、わたしは聞いたことがある。でもこの子はちがった。アンジー・クウィルは待つことを知っていたの。すっかり成長し、憎しみでいっぱいになっているその少女を想像してみてよ。彼女は尼僧になりたいと神父に言う。アンジーには、神父をさらし者にする力がある。神父はそれを知っていて——彼女はそれを利用する。アンジー自分が修道院に入れるよう、彼に手を打たせるわけ。そうして彼女は街から消える。手の届かないところへ。誰ももう二度と彼女に触れることはできない。それ以上にいいのは——復讐ができること。毎日毎日、デュポンは不安でたまらない。彼女は地元の神父にどんな告白をしているのか？　それに、あの修道院の尼僧たちには？　自分がアンジーにしたこと、自分の正体は何人の人に知れているのか？　あなたの大好きな男、あなたが庇護し、擁護している男は、戦々恐々」

チャールズはうなだれた。彼にはなすすべが——

「でも、これは現実にあったこととはちがう」マロリーが言った。

その言葉に、彼はハッと顔を上げた。

「あなたの親友デュポンはあの少女を犯したことがあるのか？　それはわたしたちには永遠にわからないと思う。あの男はひどい嘘つきだから——でも彼はアンジーのステディな相手じゃなかった」

いったいこれはいつ終わるんだ？

「彼女の修道院の院長と軽く雑談したんだけど」マロリーは言った。「彼女の話は、わたしの仮説を裏付けている。アンジーには何年にもわたり、ひとりの固定客がいたの。つまり……ある日、彼女は家賃の供給源がプロの殺し屋だと気づいたにちがいない。もし気づいたことが相手に知れたら、彼女は死ぬ。娼婦は通常、男を見る目がある。どいつがイカレてるか、あなたよりもよくわかるのよ。どの男がやり逃げしそうか。どの男が切りつけそうか、そして、どの男が自分を殺しそうか。ところが、彼女ときたらどう？　殺人マシンと寝ていたわけよ。相手の正体にようやく気づくと、彼女は震えあがった。冷や汗が出るほどの恐怖。それは隠し通せるものじゃない。彼女は逃げるしかなかったの」

「でも、なぜ彼女は――」

「警察に行かなかったか？　警察にすれば娼婦なんてゴミみたいなものよ。だから彼女はデュポン神父に助けを求めた。修道院というのは彼のアイデアだったの。すべてのピースがぴったりはまる筋書きはこれしかない。わたしは小修道院長の言葉を鵜呑みにしたわけじゃないの」

もちろんそうだろう。信頼できる尼僧？　マロリーの星にそんなものは存在しない。

彼女はマグカップを見おろした。手をつけられないまま、冷えていくコーヒーを。「この真相はもっとずっと早く解明できていたはずよ。神父の嘘に時間を取られてしまったけど」

チャールズは最後の一斉射撃をすでに予想していた。そして彼女は言った。「たぶんジョーナはいまごろもう、うちに帰ってきていたでしょうね……あなたがわたしに正直でありさえすれば」

そして――バーン！　チャールズは本当に心臓を撃ち抜かれた。彼は何ひとつまちがったことはしていない。彼女の側にロジックはない。それでも彼は、そこに静かにすわって待った。自分に下されるのはどんな罰だろうか。報いは必ずある。ただし、あの聖書の文句は明快に、つぎのように言い換えられなくてはならないが——マロリー言いたまう。復讐するは我にあり。

すると、昨夜遅く、彼女はここにも来たわけだ。

ジャック・コフィーは、作りたてのコーヒーの入ったマグカップを、デスクに載った封筒の横に置いた。その宛名は、機械のように精密なマロリーの活字体で書かれていた。〝極秘〟との但し書きもあるが、これは稀有なことだ。通常、事件の情報を伏せておきたければ、彼女はただ無言を貫き、相棒にさえ何も話さない。封筒のなかにあったのは、クウィル家の人々の標準的な経歴調査だけだった。この場合、〝標準的〟というのがキーワードだ。どんな民間人でも、信用調査を依頼すれば同じデータを入手できる。そしてこの無味乾燥な事実のなかに、事件捜査の手がかりとなるものは何ひとつない。

しかし、この資料ならもう誰もが見たではないか。何日にもわたり、これらの文書は捜査本部の壁にみんなに見えるよう張り出されていたのだ。いまさら秘密にしてなんの意味があるというのだ?

コフィーには、説明を乞うことはできない。そんなかたちでマロリーを満足させることは、終わりのないふたりのボクシングの試合において、ダイレクトに一発を食らうのにも等しい。

コフィー警部補は、彼女にまつわる自分だけの秘密のジョークにほほえんだ。これを知ったらマロリーは打ちのめされるだろうが、彼の仕事のハイライトは、天邪鬼(あまのじゃく)かもしれないが、延延とつづくマロリーとのいがみあいなのだ。勝利こそ稀だが、彼が憂鬱な日々を切り抜けられるのはそのおかげだ。この仕事のくそみたいな部分――政治的駆け引きの地獄、パワープレイと上層部による締めつけから逃げ出すために、バッジと拳銃を返上したくなったことは、過去に何度となくあった。するとそこへマロリーがやって来る。そして彼はやる気満々で立ちあがり、競技にもどるのだ。たいていはたたきのめされ、血まみれになって終わるのだが、それでも彼はその歓びを貪欲に味わい、終わったあとはいつも、もっとほしくなっている。

規則に従い、彼はマロリーの封筒をデスクの引き出しにしまった。なんの重要性もない彼女のデータは彼を悩ませつづけたが、彼はそれこそが狙いなのだと考えた。マロリーの思考回路なら、わかっている。あの封筒のなかには、彼が気づいて当然の何かがあるにちがいない。彼女から説明を聞いたあと、馬鹿みたいな気分になるようなアイテムが。

あっと言わせようってわけだな。

自分の推理のまちがいに彼が気づくのは、それから何時間もあとのことだ。

第十五章

「すまんね、お嬢さん。この男は見たことがないよ」ボデガの店主はタトゥー職人による例のスケッチを刑事に返した。「だが待っておくれ。少しだけ」老人はクランクを回して、店先に置かれた花の陳列台の上に日除けを下ろし、そのあいだ、マロリーはレクチャーに耐えた。彼のテーマは薔薇だった。

店主は水と切りたての花が入った銀色のバケツにひょいと手を入れ、セロハンにくるまれたブーケから赤い薔薇を一本、抜き取った。「たとえば、この薔薇。売り物としちゃなってない。香りなし。一日は綺麗だが、すぐ萎れちまう。じゃあ、あの子の薔薇は？　完璧だったよ。ああ、マイ・アンジー」彼は天に向かって投げキスした。

初めて会ったとき、店主はアンジー・クウィルがグレイシー・マンションの死者のひとりであることをまだ知らされていなかった。数日後のいま、彼は深い悲しみに沈んでいる。何度も長いこと泣いたため、その目は赤くなっていた。そして彼はこの瞬間も、いまにも泣きだしそうに見えた。また今回、老人の動きは前よりも緩慢で、顔は驚きと悲しみの表情に固定されていた。マロリーは他の殺人事件でそれと同じものを見たことがある。その表情は会う人ごとにこう訊ねるのだ――彼女が死んだなんて、いったいどういうことなんだ？

今回の事件で初めて、マロリーは、通常、遺族のためのものである決まり文句を口にした。「ご愁傷さまです」

老店主は礼を述べ、さきほどの薔薇を差し出した。贈り物を。「袖の下だよ。アンジーを忘れんでくれ。あの子を殺したやつを必ず見つけてくれよ」

「精一杯やっていますよ。でもアンジーの印象は、話を聞く相手によってころころ変わるんです。まるで彼女が三人いるみたい。それで……あなたは彼女と親しかったわけですね」

「彼女が成長するのを見てきたからね。この界隈で、あの子の噂を何か耳にしても――汚い話を聞いても――無視することだね。あれはすばらしい子だったよ――明るくて、いつも楽しそうでな。ところがその後……たぶん十二か十三のころだったと思うが……そう、気がつくと、あの子はどこへ行くにも赤んぼを連れて歩くようになってたんだ」

「甥っ子ですね」

「アンジーはその年、子供でいることをやめたんだよ。あの目を見れば、それはわかった。あの子はこの爺さんみたいに、過去の人生を見つめていた。子供ってのはいつも、前に何があるのか、さがしてるもんだ。でもアンジーはちがったよ。それを目にするのは死ぬほどつらかった……だが、ジョーナを責めるわけにはいかんな」

それよりもこの男は、アンジーの幼い娼婦としての暮らしを責めているのではないか。あの少女が何者であるか、彼は知っている――彼はいろいろ知っているのだ。「彼女が将来、尼僧になると考えたことはありました？」

「まさかね。尼僧姿のあの子を見たときは、この目が信じられなかったよ。いまだに信じられないんだ。狂信者に育てられた子供ってのは、逆の方向に行くもんだからな。それに、アンジーには他の誰よりも神を憎む理由があるんだ」

つまり、この男からはまだ聞き出せることがあるわけだ。しかし、少女の思い出を汚すようなことを、彼が進んで話すとは思えない。いまこの瞬間、この老人はひどく弱っている。彼女に腹を見せ、どまんなかを撃ち抜けるよう心臓をさらしている。これほど手間の要らない楽な仕事はないだろう。それでも彼を裸にして泣かせることはせず、マロリーはもらった薔薇をちょっと持ちあげ、ありがとうと会釈すると、そのまま道の先へと向かった。

「世間はいまも今度の事件をスプリー・キリングだと思っている」コフィー警部補は言った。もっとおもしろい話——納税者を誘拐し、心臓をくり抜く連続殺人犯というやつは、想像力がきわめて豊かな報道機関もまだ思いついていない。「だが、それも長つづきはしないだろう」

彼はいま、捜査本部の演台のうしろに立ち、課員らに語りかけているところだ。聞き手はみんな、椅子にだらんとすわっている。彼らの半数は、本来なら廊下の先の仮眠室で眠っているべきなのだ。

立っているのはひとりだけで、長身のその心理学者はこちらに背を向けている。彼の注意は、証拠でいっぱいのコルクの壁に注がれていた。マロリーがついに、事件の全情報へのアクセスをチャールズ・バトラーに許可したのだ——ただし、彼女がデスクの引き出しにしまいこみたがった、例の無味乾燥なデータだけは別だが。

ジャック・コフィーは、空っぽの椅子のひとつを見つめた。マロリーは遅れている。「鑑識と検視の報告書から見て」それと、ひとつのイカレた仮説から見て、「われわれが追っているのは、どうやら殺し屋らしい」うん、これでとにかく、後方の刑事がひとり目を覚ました。

他の刑事たちはただ、信じられないという顔で、ボスを見つめるばかりだった。みんな、殺し屋、プロ、などという仮説は信じたくないのだ。もしこれが本当なら、彼らのチャンスは、尿瓶のなかで稲妻を見つける可能性より低くなる。

ロナハンの声が後方から鳴り響いた。この男はずっとそこでうとうとしていたのだ。「つまり、イカレちまった殺し屋ってことですよね？」この考えを、彼は気に入っているようだ。これにはちゃんと理由がある。そうだとすれば、みんな、勇気を得られるのだ。イカレたやつらは、つかまえやすい。

「理にかなった考えだな」コフィーは言った。「だが、そういうわけじゃない」そして彼は、まだ現れないマロリーに代わって、彼女の仮説を紹介した。「連続殺人犯が殺し屋を雇って仕事をさせた可能性があるんだ」この時点では、兵隊たちがリンチ集団と化す気配はなかったが、彼らはただ疲れていてロープを取ってくる気にもなれないだけなのかもしれない。「よって、われわれは殺し屋の依頼人というところから取りかかる」

彼の視線は、ふたつ並んだ空いた椅子に注がれていた。ライカーはお祖母ちゃんのお守りの任務中だ。しかし彼の相棒のほうは、いったいどこにいるのだろう?

ライカーは、自分の育った界隈からそう遠くない、ブルックリンのある通りの歩道に立っていた。この場所を提案したのは、彼自身だ。ここは、ニューヨーク市警(NYPD)の隠れ家(セイフハウス)のリストには載っていない。この家は、それよりもっと安全(セイフ)なのだ。

彼はタバコを吸い、そそり立つ灰色の石塀への書き込みを眺めた。その落書きを見た通行人は、ここに尼僧たちがこもっているとは思ってもみないだろう。この近所に、尼僧の姿を目にしたことがある者はひとりもいない。配達の人々を別にすれば、訪れる者もめったになかった。今回、そこに至る道は、きわめて特別なお客、きわめて頭のおかしいお客のために整備されたけれども。

ハロルド・クウィルの安全に関しては、なんの心配もなかった。彼は二段ベッドの刑事らに囲まれ、警察署の小部屋に寝泊まりしている。身なりはくしゃくしゃになり、髭も伸び放題で、その姿は刑事たちに同化しはじめていた。問題は、変わり者のその母親のほうだった。行き先を問わず、彼女は迎えに行った男たちとの同行を拒否した。

しかしそのイカレた宗教狂いの女は、マロリーを気に入った。なんとまあ。

そして老婦人は、イースト・ヴィレッジの自宅には収まりきらないほど十字架やロザリオやロウソクがある隠れ家という餌に食いついた。マロリーの残りの仕事は、ある高齢の神父の頭に銃を突きつけることだけだった。神父は女子修道院長と話し合い、その結果、ブルックリンの尼僧らの家にベッドをひとつ借りるという契約が結ばれたのだった。

修道院の塀の扉がさっと開いた。ブレナー神父がミセス・クウィルに付き添い、待機している車へと彼女を連れてくる。頭のおかしい女王陛下は後部座席へと導かれ、白髪の神父はライカーとともに前の席に乗りこんだ。神父は神経を痛めつけられ、そわそわしていた。老婦人を入口に置いてきたときと、ふたたび拾ってきたとき以外、この送迎のあいだ神父がいたのは、ずっと助手席だったというのに。

ほんのわずかの接触で、ここまで参ってしまうとは。

車が出るとき、ライカーは修道院を振り返って、考えた。尼僧たちの体調は、この朝、どんな具合なんだろう？


いったいマロリーはどこなんだ？　最有力容疑者である投資家たちのプロファイリングは、彼女がする約束なのだが。

ジャック・コフィーの視線が、部屋の奥へと吸い寄せられた。三つ揃いのスーツを着たあの民間人が進んで仕事を引き受けようと手を挙げている。マロリーのやつ。彼女はこの仕事をお気に入りの頭の医者に押しつけたわけだ。刑事たちがそろって居眠りしていることを思うと、これはまずい選択だった。

「オーケー、チャールズ。犯罪者になるウォールストリート族について、概要を教えてください」

「いいですとも」協力的な心理学者は前のほうに歩いてきながら、周囲を取り巻く刑事たちに語りかけた。「お金は人を卑しくします。そして突然、お金を失うと、人はものすごく卑しくなるんです」

警察の顧問としてレクチャーを行う際、チャールズ・バトラーがこのようなパンチの効いた台詞(せりふ)から始めることはふつうない。これは、マロリーの指導があった証拠だ。

聴衆を眠りへと誘(いざな)うことで有名なこの講師に、警部補は演台を明け渡した。そしてチャールズは、一同に向かって言った。「年齢の幅さえも、ぼくには教えられません。みなさんがご存知のとおり、プロファイリングはおおむね似非(えせ)科学なのです」

いまのは、ウケ狙いだ。今朝は、黒魔術は最小限に抑えてもらえるのだと知り、男たちは喜んでいた。個人的には、刑事らはみなこの男に好意を抱いている。そして、プロとしては、彼の同業者を全員、見下しているのだ。しかしチャールズが一枚の紙を掲げ、マロリーのリスト上の容疑者はたったの十名なのだと告げると、刑事たちは元気づき、部屋のあちこちで目が見開かれた。これならなんとかいけそうじゃないか。

「ひとりに絞りこむのに使えそうな指標はいくつかあります」チャールズが言った。「殺人の実行者を雇うという行為は、どの経済的集団でも始終、行われています――夫によって、妻によって、ときには、子供によって。多くの場合、雇う側と雇われる側のつながりは希薄です。どこかのバーテンダーが誰かを知っていて、その人物が別の誰かを知っている、という具合ですね。しかしその一方、実行者がいますぐ金の必要な身内や、安値で仕事を引き受ける前科持ちの知り合いである場合もあります。こういったアマチュアたちはたいていつかまります。彼らを雇う連中も同じです」

まずいぞ。チャールズはマロリーの台本を無視し、刑事らに本人たちの蓄えにある情報を与えている。このままでは、疲れきったこの男たちは昏睡状態に陥るだろう。そこでジャック・コフィーは、チャールズに声をかけた。「でも今回はちがう。そうでしょう?」

「ああ、そうでした」チャールズは言った。「すみません。ぼくはただ一点、はっきりさせたかっただけなんです。今回の容疑者は、自分自身を犯行から隔てるためなら、いくらでもお金を支払うでしょう。これが彼のパターンなんです。被害者が無作為に、広い地域から選ばれていることにも、そのパターンは表れています。どの死者も彼や市長に結びつくことはありません。このつながりをさがすことはやめてもよいわけです」

男たちはうなずいている。この捜査からお決まりの手順を切り捨てることには大賛成というわけだ。

「プロの殺し屋を雇えば、しくじる確率は低くなる。仲立ちは第三者にたよればいい。仲介者と殺し屋は州外に住んでいる可能性もある。それで犯行との隔たりはさらに大きくなります」

ああ、チャールズがやめるべき時をわきまえてさえいてくれたら。この男たちは、なぜプロがつかまらないか、すでに理解しているのだから。

「十人の容疑者は全員、ハイリスクの投機で財産を失っています。この点から、別の形の危険の大きいギャンブルや、賭け元とのつながりを考えてもよいかもしれません。あるいは、マーケットでの数百万の損失という点から、容疑者は高利貸しに多額の借金をしている可能性もあります。彼はおそらく、問題の殺し屋に通じている何者かと過去にビジネスをしたことがあるでしょう。アンドルー・ポークは、容疑者たちが大損するよう仕組んだ当の株屋です。なおかつ、証券取引委員会はこの事実を裏付けることができるんです。もっとも彼らがそうするとは思えませんが」

なんと！　いまの話の出所はどこだ？　あの大雑把なSECの文書じゃない。マロリーがなぜ腹話術によって情報発信しているのか――いまようやくジャック・コフィーにもそのわけがわかった。彼女もまた、悪事から自分自身を隔てておきたいひとりなのだ。

チャールズが容疑者リストを掲げた。「この十人にはまだ、殺し屋への料金を余裕で払えるだけの財産が残っています。別料金の仕事……誘拐、死体の解体、心臓や死体の配達等を考えると、それぞれの殺人にかかる費用は、およそ十万ドルになります」

計算機をたたくマロリーの姿が目に見えるようだ。冷静に経費を見積もっている彼女。人の心臓をくり抜く時間と手間、かける、四――

ワシントン刑事が立ちあがった。「すると、おれたちは銀行からの引き出しとか、株の売却とか、そういうものを見つけりゃいいわけだな……殺し屋への支払いに充てられた金を」彼の皮肉はつまり、こう言っているのだ――それは簡単なんじゃないか？　ああ、そうとも。マロリーはもう容疑者たちの口座に侵入したんだろ？

「そこに時間を使う必要はありませんよ」チャールズは言った。「海外にある資産から自分自身を切り離す方法はいくらでもあります。名前は、外国の銀行のデータ上で単なる数字になるんです」

つまり……短く言えば、イエスということだ。マロリーはすでにそれを調べたのだ。納得して、ワシントンはすわった。

「殺人に金を払った投資家の話はここまで。殺し屋のほうに移りましょう」チャールズはタトゥー職人によるスケッチを掲げた。「有能な殺人マシン……ある程度、ですが。彼は動揺することもあります。狙った相手ではなく尼僧を殺すというミスも犯しています。さらに、広く知れ渡ったミスター・コステロの溺死という問題。それに、子供をさらうとは。これは大失策ですよ。その殺し屋にはものすごいプレッシャーがかかっています。ミスがあまりにも多い。崩壊しつつあるのは確かです」

「じゃあ、もう終わりだな」署の懐疑主義者、ゴンザレスが椅子から立ちあがった。「ヤバい状況になりゃ、プロは地下に潜っちまう。ジョーナの身代金の要求はないだろうよ。今回は、心臓も届かない。その殺し屋はいまごろ百万マイル彼方にいる。子供の遺体は永遠に見つからないさ。あんたもジョーナが死んでることはわかってるんだろ」

藪蛇！　ああ、母さん、わたしのベッドを用意して、明かりを消して。

他の刑事たちにも残りの部分は埋められる。望みは完全に絶たれた。つぎのミスを待って、殺し屋をつかまえることはできない。彼らの全員が絶望感を漂わせていた。そもそも、最初の四十八時間が過ぎたあと、ジョーナに関して希望を捨てずにいた者がこのなかにいるだろうか？
「ぼくにはその子がまだ生きていると信じるに足る理由があります」チャールズが言った。
うん？　いまのはマロリーのカンニングペーパーからの引用じゃない。彼女はもっと分別がある。

処理すべき鍵は三つのうちひとつだけだった。ジョーナがいないとわかったとき、防犯意識の高いその叔父はあわてて家を飛び出したにちがいない。玄関のドアの横のパネルにはライトの点滅も見られなかった。ハロルド・クウィルはアラームをセットする暇（いとま）さえ惜しんだのだ。昼間の光がカーテンを貫いて射しこんでいるため、室内は充分に明るく、奥に向かうとき、マロリーにはリビングの高級家具や毛足の長い絨毯（じゅうたん）が見えた。

彼女は廊下を進んでいき、寝室の開いたドアの前で足を止めた。ジーンズが床に脱ぎ捨てられている。スニーカーの一方はこちら、子供サイズのTシャツはあちら。ベッドは乱れたままだ。最新型のオーディオ機器とスピーカーに、彼女は合格点を与えた。棚には、背表紙に点字が打たれた分厚い本が並んでいる。デスクにはコンピューターが載っていた。なかのファイルはすでに、アッパー・イーストサイド署の刑事たちがひととおりチェックしている。子供のがらくた。手がかりはなし。それでも、このノートパソコンは押収すべきだったのだ。何か新しいものが入ってきたかもしれない。マロリーは電源を入れた。画面が明るくなり、音声認識ソフトが応えた。「こんにちは、ジョーナ」

マロリーが「Eメール」と言うと、刑事と自動音声のあいだで言い争いが勃発した。ソフトは、マロリーを仲間として認知しなかった。そこで彼女はそいつを切った。キーボードを打って設定を変更したあと、昔ながらのやりかたで少年のメールボックスに侵入したが、セールスのメール以外、新しいものは何も見つからなかった。あとは、ルシンダの短いラブレターが一通――「わたしを残して死んじゃったら、殺すからね」アドレス・リストの他のみんなとちがって、この子だけは希望を捨てず、あの少年が――いまにも、この瞬間にも――ログインし、自分のメッセージを読むかもしれない、と思っているのだ。でも、ジョーナはもういない。

　彼は逝ってしまった。


「少年は生きています。どうか最後まで聴いてください」チャールズは哀願モードに陥っていた。「尼僧の殺害には、きわめて個人的な何かがあるんです。そこを利用すれば、犯人はつかまえることができます。あの尼僧が殺し屋につながる手がかりなんです」

　ジャック・コフィーも最後の部分を信じることに異存はなかった。だが少年はまちがいなく死んでいる。この場にいる全員の顔がそう言っていた。

「尼僧は彼女の甥にそっくりです」チャールズが言った。「犯人がジョーナをさらったのは、たぶんそのためでしょう。それ以外、すじの通る解釈はないんですよ」

　気の毒な男。彼はずり落ちかけ、ずるずると進んでいる。聴衆の刑事たちの信用を失ったことにもう気づくべきなのだ。あの痛ましげな目、刑事たちの哀れみに。

「検視報告書を読んでください」引き際を知らないあの男が言う。「犯人は被害者たちを数日間生かしておいたんですよ」

「尼僧はちがったがね」懐疑主義者、ゴンザレスが言った。

「そう、彼女は例外、まちがいですから。でも、全体像を見てください。一連の殺人の大々的な公開。最初から殺し屋は、宣伝に同意していたんです。それも、大宣伝に。そして、いま、町じゅうがジョーナの名前を知っている。みんな、まだ生きている少年に釘付けになっている。世間の人たちは少年に生きて帰ってきてほしいんです。みなさんもそれは同じですよね。あなたたちのなかには、お子さんがいる人もいらっしゃいますし」

確かに。この男たちの多くは父親だ。うん、いまの部分はマロリー以外の何ものでもない。彼女がリモコンでみなの心を操作している。

安っぽいやり口。

狙いは的確。

「緊張は一分ごとに高まっています」チャールズが言った。「メディアは二十四時間態勢で市長を見張っている。テレビの全チャンネルがアンドルー・ポークを取りあげていて、見ている人は数百万人。群衆に姿をさらさないかぎり、彼は一歩も外に出られない。プレッシャーは高まっていく。もう月を越えています。殺し屋の依頼人にとって、これ以上に魅力的なことがありますか？　おわかりでしょう？　彼がジョーナを殺させたいわけはない。まだ金をもらってないいんですから！」

ゴンザレスがまた立ちあがろうとし、その後に思い直した。たぶん彼は、演台の男をやりこめたくないのだ。あるいは、弱気になっているのか？　あの刑事もうちに帰れば子供がふたりいる。

「強欲の力を甘く見てはいけません」チャールズ・バトラーが言った。「人はお金を愛するあまり、大博打を打つものです。そんな幸運があるわけはないと知りながら、大勝利に賭けるんです。そうしてお金を失うと、悲嘆に暮れるわけです。ポークの被害者のひとりが何をしたか見てください。それも全部、お金を取りもどすためなんです。彼がそんな貴重なもの――大金に値するものを、むざむざ手放すと思いますか？」

チャールズの話はもう退屈ではなくなっていた。この結びの言葉は、マロリーが書いたものにちがいない。この世のあらゆる犯罪行為を、彼女は欲に結びつけたがる。しかし強欲が少年を救うというこの考え――もしこれがマロリーの謳い文句だったなら、この男たちは受け入れようとしなかったろう。また、彼女のほうも、自分を信じてくれ、と哀願したりはしなかったろう。

警部補は刑事らの椅子のあいだを歩き回って、タトゥー職人によるスケッチのコピーを配った。そして彼は、部下たちの変化に気づいた。上等のスーツを着た頭の医者に乾杯。チャールズは、着て寝た服のままのこの刑事らのなかに疑いを呼び覚ましたのだ。あきれ顔で天を仰ぐこともなく、彼らは視線を交わしている。ふたり、三人と立ちあがり、一同はぞろぞろと部屋から出ていった。ジョーナをさがすために。その全員が、少年がまだ生きている可能性を信じていた。

だがジャック・コフィーは別だ。

あの訴えは、チャールズ・バトラーの心から生まれたものであり、本物であって――そうではない。この男はマロリー病に冒され、泡粒から仮説を作りあげたのだ。チャールズは真実を語ったのだろうが、それはマロリー的な嘘だった。疲れ果てた刑事らを奮い立たせるのに、生身の子供の脈打つ心臓をぶら下げる以上によいやりかたがあるだろうか？

マロリーはただ、元気な馬たちがほしかっただけだ。

そしてそう、彼女はそれを手に入れた。


自分が育てた売春婦を、聖句を交えて呪い、わめきたてるというミセス・クウィルの宗教活動から逃れ、ライカーは静かな休憩時間を楽しんでいた。これも、民間人の補助職員があの耄碌婆を化粧室に案内する役を買って出てくれたおかげ。きっとそこであの婆さんは世にも奇妙な便器の事故で溺れ死ぬだろう――もしも神が存在するなら、だが。教会に通うタイプの刑事ではないものの、彼はそこに賭けてみたかった。

刑事のこの平和なひとときは、チャールズ・バトラーが警部補の執務室から姿を現したことで台なしになった。ライカーのデスクに向かってくるとき、あの気の毒な男の顔にはいろいろな思いが表出していた。チャールズは長い体を折りたたんでお客用の椅子にぐったりと沈みこんだ。その顔は、コミカルな驚きの表情に固定されていた。まるで目玉をつつかれた巨大なカエルみたいに。犯人はマロリーだ。彼女は何マイルも彼方にいるのだが。

ジャック・コフィーが彼女のしたことをしゃべったにちがいない。

挨拶を交わしたほんの数秒後に、チャールズは予想どおりの質問をしてきた。その口調は〝ちがうと言って〟と懇願していた。「マロリーは、少年はもう死んだものと思ってたんですか？」

ライカーはうなずいた。「彼女も、課の他の刑事たちも全員な。でも、きみが連中の考えを変えてくれた。恩に着るよ」

「彼女はぼくを操ったわけですね？」

「ひでえ話だよなあ？」刑事は浮かびかけたほほえみを抑えた。チャールズは、〝マロリーを愛する男〟としても知られている。そして、彼女の遊び仲間は多くない――機械たちを数に入れないかぎりは。だから、これは――相棒によるこの大殺戮のあと始末は、ライカーの役割となる。「娼婦たちとのマロリーの過去は、きみも知ってるよな」

いまよりもずっと小さく、もっと狂暴だったころ――《ギミー・シェルター》（ローリング・ストーンズの歌。タイトルの意味は「避難所をくれ」）がテーマソングの浮浪児だったころ、キャシー・マロリーは金と食べ物を、必要なときはねぐらまでも娼婦たちから搾り取っていた。悪賢い子供は、ソーシャル・ワーカーに自分を引き渡さない唯一のカモとして、娼婦を選んだのだった。そして彼女は、その女たちを操り、手に入るものはすべて彼女らから手に入れた。

「娼婦のひとりは、あいつの盗品を売りさばくことまでした。キャシーは凄腕の泥棒だったんだよ」故ルイ・マーコヴィッツが、自身の養女の犯罪三昧の幼少期を物語るとき、それはほぼ自慢のようなものだった。そしてチャールズは、あの親父さんの友人、いちばんよい聞き役だった。彼はたくさんの逸話を聞いただろう。だが、それはあらすじのみ。悪臭や流血はあまり出てこない。

「十歳になる前に、キャシーは娼婦を学ぶ学校に通いだしていた。あいつは娼婦のにおいを学んだ。連中の肌やスカートについた男たちの精液や、薬や酒に酔ったときのゲロ……死んで三日経ち、腐って、ガスが溜まったときのにおいを。だから、光を目にし、神と出会い、尼さんになった売春婦のあの美談を信じなくても、あいつを大目に見てくれよな。だが、ここがマロリーのひねくれたところでね……あいつは尼さんには洟もひっかけない。連中を全員、裏庭に引き出して、撃ち殺してみな――あいつは平然としてるだろうよ。ところが、アンジー・クウィルの売春の記録を見たとたん、どうだ？　あいつは即座に彼女の味方になったんだ。この事件のエンジンはジャック・コフィーじゃない、マロリーだよ。あいつがすべてを動かしている。どんな犠牲を払おうと、あいつはアンジーの心臓をくり抜いた変態野郎をつかまえるよ」

ほぼ話を終え、ライカーは両手を広げて肩をすくめた。「確かにあいつは、きみを操った。きみに嘘をついたさ。なんでそれが気になるんだ？　あいつが天使たちの味方なら……あるいは、娼婦たちの味方なら、それでいいだろ？」

マロリーは、ハロルド・クウィルの寝室へと移動した。通気用の窓の光に照らされた薄暗い部屋——それで、あの男が甥を愛していることがわかった。不合理にもあの馬鹿は、反対側にある明るい部屋を盲目の少年に譲ったのだ。太陽は無為にその部屋を照らしている。

もうひとつ対照的なのは、ここが大人の部屋らしくよくかたづいていることだ。何もかもが定位置に収まっている。捜索がすぐに終わる保証。こういう部屋なら、民間人の考えるすごく利口な隠し場所はすべて見つかる。整理箪笥(だんす)の開閉式の鏡に隠された壁の金庫は期待はずれ。貴重品しか入っていなかった。もっと有望な取りはずせる床板は、予想どおり、室内唯一の敷物の下にあった。

床の穴には銃が入っていた。

これは驚きだ。そう思ったのは、アッパー・イーストサイドのチームがアパートメントの捜索に関する報告書で銃のことに触れていなかったから、というだけではない。たぶん連中は、部屋の主(ぬし)の銃をごくあたりまえのもの、子供の誘拐とはなんの関連もないものとみなしたのだろう。だがそこには、銃といっしょに購入と登録の書類もしまってあった。その日付は、アンジー・クウィルが修道院に入った年を示している。

地元の署の連中は、他にも何か報告書から省いてはいないだろうか？

マロリーはクロゼットを開けた。色別に仕分けられた衣類のあいだの一定の間隔、床に並んだ靴の秩序正しい配置から、雑然たる上の棚は、すでに他の刑事たちによって荒らされたあとだとわかった。その棚の収納物すべてが下ろされたとき、マロリーの手にはごくふつうの靴の箱があった。そして箱の蓋を開けた瞬間、彼女にはその重要性がわかった。しかし地元の刑事たちは、これもまた、言及に値しないものとみなしたわけだ。隠された銃について一行も書かなかっただけのことはある。あのアイテムは、部屋の主が単に怯えていただけではなく、恐怖をひた隠しにしていたことを示しているのだが。

マロリーはリビングにもどって、部屋の一面を覆うカーテンのひもを引いた。ガラスの向こうのバルコニーは、少なくとも二十フィートの幅があり、セラミックの大きな鉢や木製の長いプランターに植えられた、成熟した薔薇の木々でいっぱいだった。マロリーは告解室で小修道院長がふと口にしたある言葉を思い出した。死んだ尼僧に関する追加情報――彼女の行くところではどこでも、薔薇が育つのですよ。

刑事は床の上にすわった。そして、この明るい光をたよりに、靴の箱の中身を敷物の上に広げた。古い一枚の写真がすぐさま彼女の注意をとらえた。

そして、そのままとらえつづけた。

時が過ぎていくのにも気づかず、マロリーは光沢紙の白と黒の二次元に没入していた。

第十六章

ハロルド・クウィルは正式に警察の保護下に置かれたのだが、本人にこれを知らせる必要を感じる者はいなかった。

何日も前に、彼は地元のアッパー・イーストサイド署に出没するのをやめていた。そしていまは、一日二十四時間、ソーホー署のお客として過ごしている。下の階のロッカールームでシャワーを浴びさせてもらったため、きょうの彼はこれまでよりもにおいがいい。そのうえ、誰かがどこかから、サイズの合う清潔なスウェットの上下も引っ張り出していた。とはいえ、髭はまだ処理されていない。剃刀（かみそり）の扱いは、いまはまだむずかしすぎる。この哀れな金持ちは、警察署の自販機のスナック菓子を買う小銭もなく、デリカテッセンの袋から食料を得ていた。警察署のコーヒーで神経を昂（たかぶ）らせ、その目は常時、大きく見開かれている。

ノックもせずに、クウィルは警部補の私室に入った。彼を誘い寄せたのは、テレビ画面の輝きだ。デスクの向こうの男を無視し、椅子をひとつ画面の前に引き寄せると、彼はつぎつぎとチャンネルを替えていった。どうやらゾンビでさえリモコンの操作はできるらしい。

彼にテレビを見せてもいいことはないのだが、ジャック・コフィーは決して彼を追い払わなかった。

クウィルは、いわゆるネットワーク・ニュースを流しているチャンネルを見つけた。コーヒーを飲みながら嘘八百を並べるきょうのゲストは、児童誘拐に関するエキスパートとしてもてはやされる小説家だ。これでは、昨日このコーナーで警察の代弁者として登場したFBIドンパチ映画のスターよりずっとましとは言えない。

警部補はふたりめの訪問者に顔を向けた。ようやくマロリーが姿を見せることにしたわけだ。彼女は靴の箱を手に開いたドアの前に立ち、クウィルの後頭部をにらみつけている。その望みは明らかに、この男が虫みたいに踏みつぶされ、ぬぐいとられることだった。

何かが変わったのだ。

あの箱の中身はなんなのだろう？ 自分の無関心が彼女の楽しみをぶち壊すことに期待し、警部補は何も訊かなかった。ひとことも言わず、遅刻についてなんの言い訳もせずに、彼女はくるりと向きを変え、刑事部屋の自分のデスクへと向かうと、そこでジェイノスに靴の箱を引き渡した。

クウィルがテレビ画面から視線を転じて訊ねた。「いまのは本当ですか？ 時間が経てば経つほど、ジョーナを取りもどせる見込みは薄くなるというのは？」

そう、画面上のあの馬鹿もその部分に関しては正しい。しかしジャック・コフィーは言った。「そいつはインチキ野郎ですからね」そして、これも本当のことだ。「ときには何年も経ってから、さらわれた子供が帰ってくることもあるんです」ごくごく稀に、そういうこともある。だが今回、ハッピーエンドはありえない。

ハロルド・クウィルが突然、刑事部屋に面した窓に注意を向けた。ハッと見開かれたその目の行方を追うと、そこにはスーツケースを引いてマロリーのデスクへと向かうデュポン神父の姿があった。

「あの神父とはお知り合いなんですよね？」

「いや、会ったことがありませんね」クウィルはテレビに視線をもどし、警部補の顔に浮かんだ驚きの色を見逃した。

たぶんゾンビはまことしやかな嘘などつけないものなのだろう。

デュポン神父はスーツケースを床に据えた。「ノース・ダコタの小さな町に転任になりましたよ。向こうは、バッファローの数がカソリック教徒の数を大幅に上回っているそうです……楽しみでしかたありませんよ」

「じゃあ、しくじったわけですね」マロリーは言った。

「そういうことです」それでも、訪問者用の椅子にすわるとき、彼はほほえんでいた。「ライス枢機卿は、あの尼僧たちに修道院を離れる許可を与えたかどうか、よく覚えていないようなんです。それに枢機卿には、命令系統を迂回して、彼女らの司教を侮辱した記憶もないわけです。そのせいで、両者のあいだの空気は少々悪くなったんですがね。尼僧たちが町に来るためのバスをチャーターした覚えも、枢機卿にはまったくないんですが、彼はその支払いを承認してくれました……枢機卿のもとでのわたしの最後の仕事ということで」

「あなたを見誤っていましたよ」マロリーは言った。「あなたにはペテン師の素質はなかったわけです」

「わたしの父親がてんでだめでしたからね。父もやっぱりつかまったんです。わたしが子供のころ、刑務所に入っているんですよ……でも、あなたはそのことをご存知だったんでしょうね」

そう、知っていた。「あの小修道院長でさえ、あなたの企みには気づいてましたよ。でも、あの人は告げ口はしていないと思います」マロリーは確かに彼を落とす穴を掘った。だが彼はひと押しもしないのにそこに転げ落ちたのだ。あの親にしてこの子あり。彼女は能力不足に期待をかけた。この計略がこういうかたちで終わることは最初からわかっていた。

「ところで、刑事さん、小修道院長はいくらかでも助けになりましたか？」

「ええ。おかげで、犯人がアンジーの娼婦時代の男であることがはっきりしました。でも、あなたはそのことをご存知だったんでしょう？」

告解室でのあの時間、小修道院長は名前や住所といった有益なものは何も提供できなかった。アンジー・クウィルはその種の情報は一切明かさなかったのだ。また、危険きわまりないその男が何を生業としていたか、も。だがこの神父には、彼女はすべてを話したはずだ。それでもなお、デュポンは手がかりのひとつも明かそうとしない。

このろくでなし。

「まだ残っているアンジーの家族……彼らの安全は、わたしが護ります」マロリーは言った。約束は約束だ――何も訊かずに小修道院長を引き渡すこと。その交換条件は遺族の保護だった。

それは、一神父にとって興味深い倫理的ジレンマをもたらす取引だったにちがいない。マロリーがなぜ修道院の安全な壁の外にあの老女を引き出したかったか、デュポンは知っていたはずだ。小修道院長は、デュポン自身には言えないことを言うかもしれない。そしてマロリーは、もしそうしたければ、あのか弱い尼僧をひと晩じゅうでも拷問できただろう。一方、神父のほうは誓いを破らずにすむ。そのやりかたは、誠実と言えるだろうか？ 否。それはふたりともわかっている。そして、あの小修道院長――彼女もまたわかっているのだ。

「少年はまだ生きていると思いますか？」沈黙の数秒の後、デュポン神父は理解に至り、沈みこんだ。希望を期待するなら――彼女からそれを得たいなら――自分は永遠に待つしかない。彼は立ちあがって、スーツケースに手をかけた。

話は終わったのだ。

そして彼は出発した。バッファローのなかで罪を償うために。

ジェイノスは、ハロルド・クウィルのクロゼットに隠されていた靴の箱を持って、取調室に入った。彼は箱の蓋を開けて、中身を男に見せ、そのうえでこう訊ねた。「他にもこういうのをどこかに隠していませんか？」

ハロルド・クウィルは驚いて首を振った。「いいえ。残っているのはそれだけです。子供のころは、全部、マットレスの下に隠していました。そうしないと、母に破壊されてしまうんで。それはぼくのものです」彼は盗まれた靴の箱を取ろうとしたが、ジェイノスはそれをテーブルの向こう側へ置いた。

この中身はいまもクウィルにとって大切なものなのだろうか？　それともこの男には、家族のスナップ写真のこの秘密の蓄えが警察に何を告げるか、わかっているのだろうか？「あなたは一家の写真係だったわけですね？」

クウィルはうなずいて、別の写真のチェックにもどった。母親のアパートメントから回収されたアルバム。鋏（はさみ）やナイフで突き刺され、ずたずたになった顔の写真。彼はそのページをつぎつぎとめくった。「イカレた婆（ばばあ）め。一部だけでも写真を救えたのは、ラッキーだったな」彼はある写真の背景にいる人物を指さした。「この男はいつもアンジーを追っかけまわしていたものです。アンジーは彼を〝わたしの子犬〟と呼んでいましたよ」容疑者であるタトゥー職人のスケッチに、クウィルは目をやった。「でも彼に、その男に似たところはまったくありませんでした」

ジェイノスは、こんな手法でアンジーの固定客を特定できるかどうか、怪しいものだと思った。課員たちは、マロリーがあの神父を痛めつけ、知っていることを全部吐かせることをあてにしていたのだが、明らかに彼女は不調らしい。そこで、次善の策、ハリー叔父の拷問へと移行。ジェイノスはずっとこれを楽しみにしていたのだ。「マロリーによると、お宅の壁にはたくさんの写真が飾ってあるそうですね。そのほとんどがあなたと甥御さんの写真だとか。妹さんの写真は全部、クロゼットに隠してあったんでしょう？」

クウィルは聞こえないふりをして、アルバムのページをめくりつづけた。

ジェイノスはテーブルの上に靴の箱の中身を空けて、ばらばらの写真を時系列に並べた。ミセス・クウィルのナイフによる細工を免れ、どの顔もみな無傷のままだ。歩道での一枚では、少女が赤ん坊を抱っこしてカメラに向かっていた。甥の年齢から、ジェイノスには、それが十三歳当時のアンジーであることがわかった。彼女はひどく疲れているようだった。このときにはすでに、街で体を売っていたのだろうか？ 実に美しい子。背景に写る大人の男たちの目は、彼女に注がれている。小さな甥は、ほぼすべての写真に写っていた。クリスマス・ツリーのそばで、散髪のときに、または、三輪車に乗って、一枚進むにつれ、少年は数インチずつ背が伸びていき、やがて少女には抱っこできないほど重たくなった。写真からセント・マークス・プレイスの背景が消えたとき、彼は五歳だったはずだ。さらに二年が撮影され、その後、家族の写真からは叔母が消えて、そこからはジョーナがひとりカメラに向かっていた。

「修道院の写真は一枚もないんですね」ジェイノスの顔は好奇心を表していた。だが実は、こう訊ねたとき、彼はすでに答えを知っていたのだ。「携帯電話かパソコンにいくつか入っているのかな？」この男の電子のフォトギャラリーは、マロリーがすでにチェックしているが、成果は得られていない。「あの尼様たちのウェブサイトを見ましたよ。修道院には訪問日があるんですね。あなたも叔母さんに会えるよう、甥御さんを連れてってあげたんでしょう？」

カメラ・マニア、ハリー叔父は、抜けた乳歯を一本残らず画像に記録している。ジョーナの歯医者への通院までも。なのにいま、この男はあっけにとられて、ジェイノスを見あげていた。修道院の写真がないことなど説明のしようがないと言わんばかりに。「休暇のとき、ちょっと行っただけなんで」

「ああ、そうだろうよ。

「おかしなことがあるんですよ」刑事は言った。「ジョーナの友達と話したんですがね。みんな、ジョーナの叔母さんが尼様だったことを知らなかったんです。ジョーナに叔母さんがいたこともです。あなたが甥御さんに、誰にも言うなと言ったんですよね?」

クウィルは身悶えした。

ジェイノスはテーブルの上に身を乗り出した。「それは何年ものあいだ、あなたの恐ろしい小さな秘密だった。そうでしょう? あなたは最初からずっとあの殺し屋のことを知っていたんだ。なのに、わたしらに何も言わないとはね。それがどれほど馬鹿なことなのか、わかりませんか?」

デュポン神父は空港のバーにすわって、ワインを飲んでいた。ノース・ダコタ行の便の搭乗開始のアナウンスを待つあいだ、彼は自虐のひとつの道具として、想像上の毛衣(修道僧が苦行のために地肌に直接着る毛織の硬いシャツ)を編んだ。

彼はあの少女を何年も知っていた。そして同時に、まったく知らなかったのだ。

アンジー・クウィルとは何者だったのだろう?

彼女が年相応に振る舞ったのは一度だけで――それは、あの最初のカウンセリングに彼女を連れてきた警官に見せるための芝居だった。警官が立ち去り、その背後でドアが閉まるなり、彼女の子供らしさは消え失せた。初めて彼女とふたりきりになったあのとき、神父の記憶に何より深く刻まれたのは、彼女の豊かな唇のことだ。濡れた唇。期待の舌なめずり。この男は自分に何を提供できるだろう？　あの日、彼女は訳知り顔にほほえんだ。男がお返しに何をほしがるか了解している娼婦らしく。

　つぎに会ったとき、アンジーは、売春がデイケアの金を稼ぐためであった生き証文として、ジョーナを連れてきた。彼女の言葉はひとことひとこと優しく静かで、膝に乗せた幼児を汚しかねない艶っぽい口調や表情は一切現れなかった。神父にはいまでも、母性愛に満ちたマドンナの顔を装った彼女が見える。

　家族でカウンセリングを受ける日、アンジーの母親は顔を出したためしがなかった。しかし兄のほうは一度、やって来た。少し遅れて、不機嫌そうに。いかにもティーンエイジャーっぽく。年はアンジーより上だが、ハリーは言葉遣いや椅子にすわる姿勢に関し、アンジーの注意に従っていた。彼女はハリーの作法の練兵係軍曹だった。奨学金のことで神父に礼を言うのも、その指示のひとつだった。

　家庭訪問に行った神父を迎え入れたとき――彼があの恐るべきミセス・クウィルと面談したときもまた、彼女は別の誰か、見知らぬ人間となっていた。その日のアンジーは精神病院の番人となり、打ちかかる手や飛んでくる物を巧みにかわしつつ、狂信者の癇癪が神父の質問事項に対する正常な反応になるよう誘導したものだ。あの午後の彼のミッションは、家庭環境の適性を査定することだった。

デュポン神父はびくりと身をすくめ、グラスを干して、バーテンにもう一杯たのんだ。

アンジーのサバイバルは、さまざまな偽りのピースへと自らを分裂させることにかかっていた。彼がともに法廷に立ち、売春による再度の逮捕を無効にするよう懇請したときもそうだ。あのとき彼女は十五歳。きれいに洗われたうら若い悔悛者の役を演じ、判事を魅了する名演技を見せたものだ。

ばらばらになった憐れな子供。絶えず変化する人格のメリーゴーラウンドに乗り、どこにも行けずにいた。彼女には本当の自分と呼べる人格がひとつでもあったのだろうか？

修道院の面接用に彼女がこしらえたペルソナも、本物ではなかったはずだ。あの日、彼女の顔は偽りの神への愛に輝いていた。数年にわたる小修道院長からの報告はなんの情報も与えず、ただ若い侍祭を賞賛するばかりだった。だから彼にはわかる。アンジーはあの顔をずっと維持したまま、最後の日に至ったのだ――

死んだとき、彼女はひどく疲れていたにちがいない。

マロリーは取調室に入って、ジェイノスの横の椅子にすわった。ハロルド・クウィルに目を据え、好奇心を装って、彼女は訊ねた。「もしデュポン神父が殺し屋のことを知っているという話が漏れたら、あの人は死ぬ。そうですよね？　だからあなたは、コフィー警部補に嘘をついた。あの神父に会ったことがないと彼に言ったのは、そのせいでしょう？　あなたはデュポンを護っていたんですね？」

この言葉は、クウィルにもっともらしい逃げ道を与えている。しかし彼はただそこにすわって首を振り、神父や殺し屋のことなど何も知らず当惑している馬鹿を演じるばかりだった。

でも、それももう終わる。いますぐに。

「修道院にいるあいだ、あなたの妹は一度、家族の訪問を受けている。一度だけ……五年間で、です」マロリーはテーブルにドンと拳(こぶし)をたたきつけた。相手が飛びあがるのを見るだけのために。そして彼は飛びあがった。「誰も彼もが嘘をつく！　あなたは甥を死なせたいわけ？」

「まさか！　ちがいます！　アンジーが尼になると言ったとき、ぼ、ぼくは――」

「彼女を信じなかった」ジェイノス刑事が言った。「なぜなら、彼女が怯えていたから？　大あわてで荷物をまとめていたから、ですか？」

「ええ……どう考えればよかったんです？　妹が出ていったあと、そのまま何カ月かが過ぎた。手紙は来ない、電話もない。ぼくは、妹がまだあの神父と仲がいいのを知っていた。だからデュポン神父に助けを求めたんです。ぼくは彼に、妹の居所を教えなかったら、教会を丸ごと破壊してやると言いました。彼は何ひとつ言わなかったけれど、電話を一本かけてくれました。それから、ぼくとジョーナを車に乗せて、州北部のあの修道院に連れていってくれたんですよ」

「その機会にアンジーは、これ以上べらべらしゃべるな、とあなたに言ったわけだ」ジェイノスが言った。

「ええ、でも、ジョーナの前で、じゃない。アンジーは全部、手紙に書いたんです。ぼくはそれをその場で読み、帰る前に彼女に返さなきゃならなかった。彼女はそれほど怖がっていたんですよ。だから……訪問もそれが最後。これは彼女の考えですから。その後、ぼくたちは――ぼくとジョーナは引っ越しました。金が入ったときに。もっといいアパートメント、セキュリティが確かなところへ」彼の声がうわずった。「ニューヨークを離れるべきでしたよ。たぶん国外に行くべきだったんでしょう。すべてぼくの――」

「それは気にしないで」報酬として、怒りを完全にオフにし、マロリーは言った。

「アンジーに関して、他に何か話せることは――」

「息子はあの女が売春婦だったことを話したかしら？」

ハロルド・クウィルはドアを振り返った。ライカーに付き添われ、彼の母親が部屋に入ってきた。「黙ってろ！　彼女はあんたのテーブルに食い物を運んでたんだぞ！」

「そしてそのお金は、あおむけになって、脚を宙に突き出して、稼いでたわけだ」因業婆のけたたましい笑いがやっと静まり、忍び笑いと咳に変わった。「ああ、主よ」ミセス・クウィルは言った。ついに息を切らし、彼女は毒のこもるほほえみを息子に賜った。「わたしの娘……あの尼僧」

またしても笑いが爆発した。その大騒ぎはいつまでもいつまでもつづいた。

ジャック・コフィーはチャールズ・バトラーを振り返った。ふたりは傍聴室に並んですわっていた。「マロリーは、ミセス・クウィルは頭がおかしいと言っていますが」

「何を根拠に？　母性本能の欠如ですか？　知ってました？　研究者たちは、ママ遺伝子の特定に成功したと信じているんですよ。それは、脳の視索前野のエストロゲン受容体アルファ波によって働きだすんです。よい育児者の遺伝マーカーですね――マウスにおける」

「なるほど、ミセス・クウィルにママ遺伝子はない、と」警部補はぐるぐると手を回して、言葉にはせず、早くすませてほしいと伝えた。「それで?」

「しかもあの人はマウスでもありませんし。ここまで見たかぎりでは、まあ、彼女は……単にひどい母親ってところでしょうか」

「こんにちは、お嬢さん」ミセス・クウィルは、自身の息子も含めたこの一団のなかでいちばんのお気に入りとしてマロリーを選び出し、この若い刑事の隣にすわった。「どんなご用かしらね」

「何枚か写真を見ていただきたいんです」マロリーは、歩道の写るたくさんの古い写真をきれいに配置した。きれいすぎるほど、きれいに。それらは全部、寸分の狂いもなくまっすぐに、上下も左右も等間隔で並んでいた。相棒がカードを配るのと同じくらいスピーディーに、彼女はこれをやる。

ライカーは知っている。定規を当てれば、一列目の写真とテーブルの縁との間隔はきっかり一インチになっているはずだ。マロリーは意識さえせず、こういうことをしているのではないだろうか? だが彼はときどき思う。これは隠し芸であり、その披露には――いまそうであるように――目的があるのかもしれない。ジェイノス刑事が拍手喝采したいのをこらえているのが、彼にはわかった。しかしあの男は、気味悪がってもいる。それは、イカレたご婦人の息子も同じだった。

マロリーは、これらの古い写真、セント・マークス・プレイスでの年月に目を通すよう、ミセス・クウィルを促した。「背景にいる人物について、知っていることがあれば教えてください。少年や男たちのことだけで結構です」

ミセス・クウィルの指が蜘蛛(くも)のように歩き、その手が写真の上を移動していく。やがて夫人は一枚の写真をつかみ取った。「この男の子――彼は娘をほしがっていた。目を見ればわかるよ」つづいて、別のスナップ写真に糾弾の指を突きつける。「それにほら、あの男。変態だよ。何を考えているか、あんたならわかるだろう？　アンジーにもわかってた。あの淫売。あの売女」夫人の息子が組んだ腕の上に頭を伏せた。すると夫人は彼に言った。「かわいそうにねえ。この優しい警察の方にお言いよ。アンジーがどうやって上等の教育を買ってくれたか、自分は知らなかったんだって。あの子が相手かまわず脚を広げて――」

「やめろ！」ハロルド・クウィルが猛然と立ちあがったので、その椅子はひっくり返り、テーブルは揺れた。「わかったよ、母さん。あんたがジョーナに何をしたか、この人たちに話してやろうじゃないか」彼はライカーに顔を向けた。「母は古いタイプのおむつが好みでした。安全ピンが好きだったんですよ。それに、悲鳴も。アンジーとぼくは――ぼくたちもずっと赤ちゃんを見てるわけにはいかなかったし」

ライカーはうなずいた。「だから、あなたたち子供が学校に行っているあいだ、ジョーナのおむつを換える人が必要だったわけだね」そしてアンジーは、その支払いのために街に立った。それが始まりだったのだろうか？

「あなたはタバコを吸うんですね、ミセス・クウィル？」マロリーが使い古されたファイルを開いた。その市の書類には、写真が一枚、載っていた。ライカーとジェイノスは、五×一〇インチの少年の写真を見つめた。子供の背中には、十字架の形に跡がついていた。炎症を起こした赤い腫れはどれもみな、火の点いたタバコの先端のサイズだ。「これはあなたがしたことですか？」その口調は、まるでこの邪悪な婆さんの刺繍の腕前について訊ねているかのようだった。

ハロルド・クウィルが母親に代わって答えた。「そうですよ。その写真はソーシャル・ワーカーが撮ったものです……それでぼくは甥の監護権を得られたわけです」

彼の母親がマロリーのほうに身を寄せて、低い声で、こっそりと言った。「アンジーに小さなジョーナをやろうって者はいなかった……あの娘は売春婦だったからね」にやにやしながら、夫人は写真に顔を近づけて、もっとじっくりそれを——五歳児の肌に施した自身の細工を観賞した。「ああ、ガビーの子。もうひとりの罰当たりな淫売の息子」一本の指が、写真のなかのタバコの火傷の十字架をなぞる。こう言ったとき、夫人の声は殺意を覚えるほど理性的だった。「こうするしかなかったんだよ」

ライカーはそれまで、自分が足で女の歯を折ってやりたくなることがあろうとは、思ってもみなかった。彼はその怪物にほほえみかけ、彼女の手を自分の手で優しく覆った。「もう一度、写真を見てもらえますか、奥さん。他に知っている顔はありませんかね？」

マロリーが虐待された子供の写真をマジックミラーに押しつけた。そのガラスの反対側で、チャールズ・バトラーは目をそらすことができずにいた。警部補が言った。「その日、アンジーは母親のことを通報しています。あの写真は、彼女が修道院に入る数年前に撮られたものです」

「ミセス・クウィルはなぜ刑務所に送られなかったんでしょう？」

「警察はジョーナに関する訴えを見ていないんですよ。その件を調べたのは、児童保護局です。たぶん彼らは、あの祖母はイカレすぎてて裁判は受けられないと考えたんでしょうね」

ドアが開き、マロリーが入ってきて、チャールズの隣にすわった。彼は言った。「アンジー・クウィルはおそらく甥の命を救ったんだろうね」

「やめて」彼女の声は、言葉を慎重に選ぶよう警告していた。

今度は何がまずかったのだろう？

「アンジーは聖人でも英雄でもない」マロリーは言った。「彼女は自分の命を救うために逃げたの。わたしはそのことを責めたりしない。でも彼女を祭りあげるのはやめて。わたしの前ではね」それは命令だった。「アンジーは一家の食券だった。ミセス・クウィルとハリーは、金の出所をずっと知っていたのよ。あのイカレた母親は、それに関して息子よりオープンだっただけ」

マロリーは取調室の窓を見つめた。そこでは、ぴりぴりした沈黙のなか、母親と息子がすわっている。「ふたりは彼女を街角に立たせたポン引きみたいなものよ。アンジーの兄がなぜあの修道院に行ったと思う？　彼女が心配だったから？　まさかね。彼はまだ財を成してはいなかった。一介の勤め人だったの。たぶん彼の妹は町を出るその日まで、家賃を払っていたんでしょう。彼が心配したのは、そのこと──食券を失うことだったのよ」

「でも、甥に対する彼の気持ちは本物だよ」チャールズは言った。「あんなにたくさんジョーナの写真を撮って──あれは子煩悩な親のすることだからね」

「確かに」マロリーは言った。「アンジーなんて知ったことかってわけ。これはひとりごとよ」そしていま、彼女は隣の部屋に面したガラス窓に向かって話していた。「あの男は、妹が殺し屋から隠れてたのを知っていた。だからずっと警察署を離れなかったのよ。大事な甥っ子に関する最新情報がほしいからじゃない……彼は怖かったの。だけど自分の母親は、丸見えのまま、セント・マークス・プレイスに放っておいた。なんていい男。なんて立派な──」

「ぼくはただ、人が何かする動機がお金とはかぎらないと──」

「あなたのお友達のデュポン神父はちがうものね。彼はただアンジーに接近したかっただけ。本来なら、彼はあの鬼婆から子供たちを引き離すべきだったのよ」マロリーは窓のほうに身を乗り出して、クウィル母子をにらみつけた。「このふたりとあの神父。できることなら、三人とも牢にぶちこんでやるんだけど」

「デュポン神父はきみに話したはずだよ──」

「そうよね。彼は憐れな子供たちを里親制度の恐怖から救ってやりたかったの」

「もっともな理由だと――」

「アンジーには生きてる親がふたりいたのよ！……ミセス・クウィルの一回目の事情聴取を始めて五分後に、わたしはそのことを知った。そしてその後、彼女の前夫の足跡を調べたの」

「あの経歴調査だな」ジャック・コフィーが言った。「あれは標準的なものだ。子供が失踪した場合、われわれは必ず家族に注目する。家族の全員に。ところがアップタウンの刑事たちは、母親がいることさえ知らなかった。ハリーが自分は孤児だと言ったんだ。彼は連中があの婆さんに自分の住所を教えることを恐れたわけだよ」

マロリーは、チャールズの傷ついた顔を正確に読んでいた。「あなたはアンジーの父親が適切な親だったのかどうか考えているのよね……それはわたしにも永遠にわからない。デュポンはその人と連絡を取ろうともしなかったの。子供たちはまだ幼かったのに――正気の親がまだ生きていて、扶養料を送っていたのに。実はね……父親はカナダに住んでいたのよ」

だとしたら、デュポンは少女に近づく手立てを失っていたかもしれない。自分の執着の対象に接近できなくなっていたかも。

たったひとつの小さな情報がこんな大きな意味を――

チャールズはのろのろと首を振った。自分はなんと情けない馬鹿者だったことか。マロリーがなぜその事実を自分に明かせなかったのか、彼にはよく理解できた。デュポンと彼の過去のかかわりを察知したら、それはできない。レストランでのあの夜、彼は神父の擁護者の役を演じた。無意識のうちに、十三歳の子供にのめりこんだ過去のある男の側についたのだ。その男の執着により、少女にありえた子供時代の残りが跡形もなく破壊されたというのに。

そしてマロリーは、アンジー・クウィルが生涯に得た唯一の戦士(パラディン)だった。

すべてを呑みこむために与えられた時間は、ほんのわずかだった。この直後、ロナハン刑事が入ってきて、こう告げたのだ。「投資家たちが到着しました」

「ようし」ジャック・コフィーがチャールズの背中をぴしゃりとたたいた。「またイカレたのが来ましたよ。準備はいいですか?」

チャールズはマロリーに悲しげな目を向けた。しかし見えたのは、彼女の背中だけだった。

ドアが閉まっていく。

どのみち彼に何が言えただろう?


空港のバーから助けを求める叫びが届いたとき、マロリーはデスクにいなかった。彼女は固定電話に残されていたメッセージを再生し、あの神父の呂律(ろれつ)の怪しい声、その悲しげな問いかけの録音を聴いた。「アンジー・クウィルとは何者だったんです? あなたは知っているんでしょう?」

そう、知っている。そしていま、彼女はデュポン自身から、シスター・マイケルという仮面などまったく信じていなかったという告白を得たわけだ。いまや有名なあの尼僧の肖像は、相変わらずあらゆる新聞の第一面を飾っている。その偽装のアンジーは確かに安らかな顔をしていた。だがそれは、死者たちにも言えることだ。
刑事は引き出しから封筒をひとつ取り出し、バッファローの地に転送されるよう、ニューヨーク大司教区気付として宛名を書いた。それから、ハロルド・クウィルが母親のナイフや鋏から救った写真の一枚を、その封筒にすべりこませた。つぎに彼女は、神父の質問に答える短い手紙をしたためた。

封筒に収められたスナップ写真の被写体は、ひとりの子供だ。年はまだ十二歳、撮影者に向かって笑っている女の子。それは、人生が生きる価値を失う前の年のあの少女の姿だった。なぜその写真を盗んだのかは、マロリー自身にもわからない。彼女は記念品を取っておくタイプではないのだ。しかしいま、そこに報復という使い道が生まれた。弾丸を一発使うよりいいくらいだ。これは良心のある者にのみ効く。罪悪感を教えこまれ、そのなかで溺れ――それに酔っている者にのみ。そして彼女は、この写真で彼を殺すつもりだった。これは、デュポンが見たことのないアンジー・クウィル、将来に期待すべきことがあると信じている女の子の写真だ。マロリーの几帳面（きちょうめん）な筆跡による添え状には、こう書かれていた――**苦行を楽しんで。絵葉書を待っています。**

封筒の糊（のり）を舐めたあと、彼女は笑った。通りかかったジェイノス刑事は、それを奇妙に思ったようだ。それも当然。彼は、マロリーにはユーモアがないと信じる一派の一員なのだから。

第十七章

丸石舗装のその道は、レッドカーペット・イベントの華やぎときらめきを帯び、記者やカメラマン、長いリムジンやタウンカーでいっぱいになっていた。ソーホー署の前に高級車が到着し、なかの客を吐き出すたびに、撮影班はスターに恋する追っかけ女子と化し、殺人事件の容疑者やその弁護士に襲いかかろうとする彼らを制服警官たちが制止している。

いったん警察署内に入ると、弁護士らは依頼人から引き離され、一階のウェイティング・エリアへと連れていかれた。そこで彼らは、競って声を張りあげ、携帯電話で話しながら時を過ごした。その全員が、硬い木のベンチを敬遠し、立ったままでいた。ベンチには、体をポリポリ掻く手錠姿の犯罪者がふたりすわっていて、アップタウンの法律家たちをトコジラミとケジラミの脅威にさらしているのだ。窓やドアからは、外に立つ警官にコメントを求める記者たちの叫び声が侵入してくる。通りでは、放送局のバンがさらに到着して、車の流れを滞らせており、頭に来たドライバーたちがクラクションをブーブー鳴らしまくっていた。そして町のこの不協和音は、番人の手を逃れ、来る大惨事を描く聖書の句を叫びながら、裸でロビーを駆け回る頭のネジのはずれたやつのバックコーラスとなっている。

この動物園のごくふつうの一日だ。

上の階では、アンドルー・ポークのいまはない証券会社のかつての顧客が、ロビーより豪勢なランチルームに集まっていた。そこには、自販機が一台、ハーフサイズの冷蔵庫が一台、電子レンジが一台ある。投資家とその配偶者らのために追加の椅子も運びこまれてはいたが、なかには、二、三人ずつ小さな陰謀団を結成し、立ったままでいる人々もいた。そのうちの数人は、窓の前に立って互いを知らないふうを装い、汚れたガラスに向かってひそひそしゃべっている。それ以外の人々はあちこちで小さなテーブルを囲んでおり、チャールズ・バトラーもテーブルをひとつ確保していた。とまどいの表情や、両手を広げ〝なぜ？〟と問いかけるしぐさから、チャールズにはフロアの向こうの会話を追うことができた。また、彼らがアンドルー・ポークという共通の分母に気づいた瞬間も、彼には特定できた。会話はたちまち途絶え、顔はどれも苦々しくなった。

このなかにはチャールズの直接の知り合いもいて、彼はその人たちのことをいろいろと知っている。また、知り合いでない人々については、その性向を記したマロリーのメモがある。それらの情報を総合すると、この人々の大部分はとても善人とは言えない。だから彼は、ライト夫妻、ジョナサンとアマンダがそこにいることが気になってしかたなかった。ふたりはもう引退して何年にもなる。あの夫婦がこんな悪い集団と同じ場所にたどり着くとは、いったいどうしたことだろう？

やがて、この家族の古い友人夫妻が、フロアの向こうからチャールズと話しにやって来た。

ふたりは、元ブローカー、アンドルー・ポークに対して何か新たな調査が行われているのだろうかと彼に訊ねた。チャールズは立ちあがり、アマンダのために椅子を引きながら言った。「すみません……その話はあまりしたくないんですが」仮に赤くならずに嘘がつけるとしても、彼にはこのふたりをだます気はなかった。

「当然ですな」ジョナサン・ライトは妻の隣にすわった。「あんな損失を誰が認めたいと言うんです？　ところで、チャールズ、ご両親はお元気ですか」

ジョナサンの妻が老人の腕にそっと手を置いた。「チャールズのご両親はずっと昔に亡くなられたのよ、あなた」なおかつ、彼女の夫はその両方の葬儀に参列している。しばらくすると、ジョナサンは自らの株の損失のことも忘れてしまった。彼はなぜ自分たちはここにいるのかと訊ねた——それに、ここはいったいどこなんだ？　いまいる場所が警察署だと聞き、彼は仰天した。

こういった認知症の症状は、ジョナサンがアンドルー・ポークと知り合う前にすでに出ていたにちがいない。かつてこの男は超保守的な投資家だった。また、裕福な投資家でもあったのだが、いま、彼の妻はチャールズに、自分たちが昔のアパートメントを引き払わざるをえなかったことを告げている。そのうち一杯やりに行くと約束しながら、チャールズは彼らの新しい住所を書き留めた。それはまだまだよい場所だった。「でもわたしたち、いまでは賃貸人なのよ」アマンダは言った。

チャールズはすでに、彼らの財産、何代もかけて作られたものが、たった一日の取引でごっそり減ったことを知っていた。耄碌したジョナサンは、ポークのようなペテン師にとって格好の餌食だったにちがいない。だがチャールズのいちばんの気がかりは、いまも頭脳明晰なアマンダのことだった。自分たちが何をされたか、彼女ははっきり自覚しており――この日がどんなかたちで終わるのか、恐れている。その顔には偽りの笑みが浮かんでいた。チャールズは、彼女が泣きだすんじゃないかと思った。

名士録の貴族がまたひとり、同じテーブルにすわった。空気が変わり、肌が粟立った。ゼルダ・オクスリーの真っ黒な目が、ジョナサン・ライトに注がれる。ジョナサンにはいまもまだ、身をすくめるだけの感受性があった。一方、上品で礼儀正しい彼の妻は、夫を連れ去る際、十字を切ることは控えた。

いま、彼らはふたりきりだ。チャールズと〝東六十九番ストリートのヴァンパイア〟とは。両者が十歳のとき遊び場で生まれたこの伝説に恥じないよう、ゼルダはベストを尽くしている。長い年月が過ぎ、四十になった現在も、彼女は吸血鬼と同様に皺ひとつない。その口紅と夏のドレスは、ゼルダの好きな色、流れたばかりの血の色だ。それに、彼女の目はいまも心を奪う――見る者が首に食いつく牙を恐れ、目をそらすことができないという意味において。この恐ろしさは昔と同じだ。

会話が始まってまもなく、彼女はチャールズの父母の葬儀の思い出に触れた。「ほんとにいかたたちだった」ゼルダ・オクスリーはその反対。彼女の財産の半分は、不当な訴訟によって生み出されている。その訴えに法的根拠があることはまずないが、彼女は必ず勝利する。延延とつづく法廷闘争に耐えるスタミナと、人のはらわたをねじあげる技能とが、彼女にはあるのだ。噂によると、彼女の犠牲者のうちストレスで死んだ者はひとりではないという。

チャールズの共感を得るための見えすいた作戦だが、ゼルダはポーク市長がじわじわ死んでいくさまをよく夢想すると打ち明けた。しかし彼女には、ここにいる他の人々ほど市長を恨む理由はないのだ。マロリーによると、この女は最後の百万、二百万という段階にも至っていない。それに、その足を痛めつけるブランドものの靴は、絶対に昨シーズンのやつじゃない。ゼルダを誹謗する者たちは、彼女の手作りのスティレットヒールは、二股のひづめが隠れるようにデザインされているのだと言う。だがチャールズは、吸血鬼という喩えに固執していた。こっちのほうがよくなじむ。

その反面、ゼルダは、だまされた投資家たちのこの一群にはなじまない――口止め料というマロリーの説を信じるなら、どうしても。そして彼は、その説を信じている。数セントであれ数ドルであれ、ゼルダが損失分の返還で折り合う姿など、彼には想像できなかった。訴えるという手があるかぎり、それはない。訴訟という選択肢は他の人々には――沈黙による共謀の罠に自ら陥った人々にはなかった。しかし補強証拠の欠如も、ヴァンパイアを止められはしなかったろう。この憶測をぶつけてみたら、いつもの赤面でブラフがばれるだろうか？　いや、大丈夫だ、とチャールズは思った。あたりを見回し、ゼルダに顔をもどしたとき、彼には確信があった。「他のみんなは、あなたとポークの法廷外の和解のことを知っているのかな？　彼らははした金しかもらっていない。でもあなたは――」

ゼルダがいきなり立ちあがったとき、彼は答えを知った。ゼルダは、彼女独自の沈黙の契約書に署名したのだ。悦に入るこの機会を放棄させるものは、無申告の大金の没収だけだろう。ゼルダはそれ以上ひとことも言わずにテーブルを去った。もう疑いの余地はない。彼女は株取引の損失をすべて取り返したわけだ。したがって、罪なき人々の殺害を快く是認するソシオパスの基準には合うものの、チャールズは彼女を容疑者からはずした。

グループの残りの人々については、可能性の低い者をひとりずつ除外していくのではなく、ひとまとめに処理し、不安を見せている連中をばっさり切り捨てた。これらの人々は連邦法を破り、そうすることで恐ろしいリスクを冒したわけだが、その全員が犯罪行為のリスクに無頓着なわけではないのだ。

チャールズはペンを取り出し、新聞の余白にメモを取った。新聞をたたんだ直後に、ライカーが部屋に入ってきた。チャールズのテーブルで、刑事はちょっと足を止め、第一面の見出しの上にメモされた一連の名をちらりと見てから、歩み去った。

十分後、最有力候補者たちが呼ばれた。チャールズと他三名は廊下に連れ出され、取調室へと案内された。そこで彼らは、パチパチいう蛍光灯のもと、壁の大きな鏡に向かってすわるよう指示された。テーブルの反対側にはマロリーがひとりですわった。四冊あるマニラ紙のファイルのひとつを開くとき、その視線は下に注がれていた。

・

殺人および死体損壊の委託者としてきわめて有力な人物。そうみなされた者のひとりは、スーザン・チェイスだった。この黒髪女性はヘアサロンのランクを落としている——マロリーのメモはそう述べていた。それにミズ・チェイスは最近、自分でネイルをしているという。だがそれ以外の点では、彼女はチャリティー・イベントや投資引受業者が集うその他の重要な情報交換の場で、体裁を保っている。彼女はチャールズに会釈した。なぜなら、彼らの関係はそういうものだから。ハーヴァード・クラブの食堂で互いのテーブルを通り過ぎるときも、ふたりはこの方式でしか交流しない。チャールズは彼女の本性を直感的に見抜いており、それ以上のかかわりは避けていた。この投資引受業者には、歩くとき少し足を引きずる癖がある。そして彼女に対してチャールズが感じるものは、蛇に対する恐怖症によく似ていた。

彼女の隣にすわる男は、チャールズと同年だが、見た目は彼より十歳上だ。万事に過剰であることの副作用。マーティン・グロスの金の源泉は、そのとびきり上等のルックスと裕福な女たちから金を巻きあげる腕にある。もっとも、彼の少年ぽい魅力は、あごのラインのたるみとともに下降しはじめていた。それでも、グロスが鏡を――隣室の者にとっての窓を――観賞したとき、ナルシシズムは断じてどんな欠点も本人に見せなかった。男は流行遅れのネクタイを整えた。

チャールズとマロリーの共通点のひとつは、服装のセンスのずれを見る目なのだ。

経済的逆風に対する奇妙なねじれた心理により、いまだ億万長者のステータスを手放さないこの連中は、いくつかの小さな分野において消費を縮小したものの、その範囲はリムジン・サービスには及んでいない。このなかにバスで来た者はひとりもいないのだ。そしてマロリーは、スーザン・チェイスと同様、グロスの信用等級もいまだにトリプルAであることを突き止めていた。

第三の容疑者は規格外。ブロックス工業の資産の継承者であるこの男は、エール大学を出て二年目で、いまだ職に就いていない。彼はつけで生活しており、未払いの借金を返すだけの資金もない。殺し屋を雇う金は言うに及ばず。それでも彼は、節約など一切せず、惜しげもなく消費しまくっている。その白いリネンの高級スーツは、今シーズンの流行の型だった。また、マロリーによれば、彼のブロンドのハイライトは、日焼けを買ったのと同じサロンで入れたものなのだ。

熱烈な平和主義者でありながら、チャールズはこの若者をひっぱたいてやりたくなった。とはいえ、ふたりは前にも会ったことがある。これはいまに始まったことじゃない。単なる衝動。そのうち収まる。

ドウェイン・ブロックスの頭はやや過剰に高くもたげられており、そのため、彼はその鷲鼻(わしばな)の上から、文字どおり、そこにいる全員を見おろさざるをえなかった。そしてついにその目が、死んだ両親の知人、チャールズに留まった。ブロックスは、どうもとうなずき、長いことじっと彼を見つめていた。それは、もはや相手を認識していない目だった。

気味が悪い？　うん、確かに。それをはるかに超えている。

虫にいい服を着せ、その髪をセットしたら――ほら、こいつの出来上がりだ。

三人はそろって退屈そうだった。なおかつ、これはてらいではない。その態度は、彼らの病、常に刺激で時間を満たしたいという欲求に整合している。落ち着きなく動く手が服や髪をいじくり、沈黙の時がだらだらとつづいた。彼らの自己陶酔は一時停止状態となり、全員がマロリーのほうをちらちらと盗み見ていた。

手もとの書類だけに興味を見せ、刑事は彼らを無視している。彼女には容疑者たちは見えないのだ。そして、なかのふたりが不平を漏らしたとき、彼女にはその声も聞こえなかった。同胞に対する完全な無関心において、彼女は彼らを凌いでいた。つぎに来たのは、彼らの無言の品定め、そして、高価な服と仕立てに対する承認。このソシオパスの一団はさぞ混乱しているだろう。マロリーは明らかに彼らの同類であり――なおかつ、そうではないのだから。


尋問の対象とならなかった連中、ランチルームから逃れ出た者たちは、つぎつぎとリムジンに乗りこんだ。ゼルダ・オクスリーだけが手を振って運転手を退けた。ソーホー警察署の入口から何歩か離れた歩道で、彼女はぐずぐず時を過ごし、選ばれた四人が現れるのを待った。最初にドアから出てきたのは、チャールズ・バトラーだった。ああ、こっちに気づいた。あれでお辞儀のつもりなのか、彼はほんの一インチ頭を下げ、それから歩道際へと向かった。たぶん、あの最小限の挨拶だけで自分から逃れようというのだろう。

「そうあわてないでよ、チャールズ！」

命令に応え、チャールズは足を止めた。実に紳士的。子供のころからあの男は、虐められているさなかさえ、常に礼儀正しかった。彼はくるりと振り返った。その顔には悲しげなあきらめの表情が浮かんでいた。

「あなたは解放されたわけね――しかもこんなに早く」微笑とは少しちがうかたちで、大きく歯をむきだしてみせ、彼女は訊ねた。「あなたは警察のスパイなんでしょ？　それとも、ユダのヤギってやつ？」すでに嘘を見破られたかのように、チャールズは赤面していた。「そう、たぶん……スパイのほうね」彼女は言った。「ポートフォリオを賭けてもいい。あなたはアンドルー・ポークの仲介の投資なんてしてないでしょ。あの会社のお客はハイリスク・プレイヤーに限られてた。アンドルーが汚いまねをすりゃいいと思っている類だもの。あなたはぜんぜんちがうよね、チャールズ」彼は歩み去り、彼女はその背後から呼びかけた。「ひどいじゃない！　わたしをリストに入れないなんて！」

彼の姿が道の向こうのデリカテッセンに消えたあとも、ゼルダは警察署の入口付近に留まった。会いたかったのは、チャールズ・バトラーじゃないのだ。もうひとりのやつを彼女は待った。

傍聴室で、ライカーがジャック・コフィーの隣にすわり、スピーカーの音量を上げた。ガラスの向こうの取調室では、無視されるのにうんざりしたスーザン・チェイスが、なぜチャールズ・バトラーは解放されたのか、問いただしたところだった。

「疑いが晴れたんです」書類から顔も上げずに、マロリーは言った。「彼は五年分の所得申告書を会計士にファックスさせました。外国金融口座(FBAR)はゼロ。彼が海外に資産を隠していたとは思えません」

ジャック・コフィーはかたわらの刑事を振り返った。「何バーだって？」

「Fバー」ライカーは言った。「海外の口座を届け出なかったら、ひでえ目に遭う（you are fucked）のFだ。マロリーが言うには、連中がポークにもらった口止め料を証券取引委員会（SEC）から隠したかったなら――実際そうだったわけだが――その金は少なくとも五分は無申告の口座にあったはずなんだと」

「なぜあいつらは笑っているんだ？」

「警察は馬鹿だと思ってるからさ。それはつまり、連中の口座が租税条約を結んでない国にあったってことだ。いまごろ、その金はどこかよそに行ってるよ。たぶん連中の名前と切り離されたダミー会社三社に」

隣室では、マロリーが言っている。「金から自分を隔てる手段の多いことと言ったら、驚くばかりですよね。なかには、ほとんど合法なものさえある。海外のヘッジファンド、信託。でもとりあえず、あなたたちが海外の口座を持っていたとして……そのことで嘘をついたとしましょう。政府職員に対する嘘は――どんな内容であれ――懲役刑に値します。だから、わたしたちがSECを呼ぶ前に――」まるでそれがありうることであるかのように、彼女は言った。「どなたか無申告の資産のことを話してくれませんか？……その気はない？……弁護士たちはまだ下の階にいますが。呼びたい人は？」

三つの手が上がった。

傍聴室で、ライカーが言った。「つまり、全員やばいってことだな」

「ちょっと待った」ジャック・コフィーは言った。「話がわからなくなってきたぞ。SECはあの投資家たちの聴取をしなかったのか？」

「したとも。全員に。何年も前にな」

「きっちり締めつけてりゃ、なかの誰かが脱落して、ポークの名前を出してたはずだがな」

「そう、SECはそこまできっちりやらなかったってことだな。ポークは巧妙な詐欺を仕組んだわけだ。このうえなく利口なやつを」ライカーは、ボスが馬をやるのを知っていた。そこで彼は、競馬の喩えで行くことにした。「例の昔の株取引が、ダービーの駄馬だったとしよう。ポークはあの馬に薬を投与し、すごく速く走らせた。そいつはいまや本命だ。だがポークとバンター・キャピタルの彼の仲間たちは、大穴を狙ってそいつの負けに賭けた。ポークの馬が走りだす。ここで彼がSECにインチキのことを通報。かくしてGメンが現れ……ゴールを切る前にあの駄馬を撃ち殺したわけだ」

「SECがあの和解でやつを見逃したのはだからなのか？　自分たちの面子（メンツ）にかかわることだから？」

「そうとも。連中なしじゃ、ポークはやりおおせなかった……死んだ馬でしか、やつは勝てなかったんだ」

弁護士たちがぞろぞろと取調室に入ってきて、各自の依頼人とペアを組み、ジャック・コフィーのためのピープショーは終わった。

廊下に出た彼は、捜査本部に向かった。そこではつい今朝まで、資料のすべてがコルクの壁にまっすぐ留められ、整然と並んでいた。ところがいま、課員たちによって集められたメモや写真や文書が、斜めに傾き、重なり合って、壁一面に広がっている。マロリーの壁に。ああ、恐ろしい。警部補は、曲がった紙から曲がった紙へと移動し、掲示の手法の誤りをひとつひとつ正していく彼女を見つめた。

それから静かに、こっそりと、彼女の背後に忍び寄った。「それで、あの投資家たちだが──さっきの取り調べで何がわかった?」

彼女は驚かなかった。鋲と紙の進むペースはまったく落ちない。「インサイダー取引でポークが刑務所に行くときは、あの連中も全員つかまる。要は連座ということね。ポークはSECに嘘をついた。でも、その点は連中も同じ──」

「そこはわかった。で、それと殺人や誘拐とは……どうつながるんだ?」

「殺し屋の依頼人は、ポーク自身の戦術を使っているわけ。つかまるとなったら、ホシは司法取引で市長も道連れにする。そのことはたぶん、身代金要求の手紙にはっきり書いてあったのよ」

コフィーはうなずいた。まるで納得したかのように──金という動機が、一連の〝もしも〟を土台としている点を突き、彼女をやっつける気がないかのように。「つまり……もしも犯人があの投資家たちのひとりで、もしもそいつが例の殺人の委託者としてつかまったら──」

「アンドルー──ポークは──破滅──する!」最後の鋲がコルクの壁に突き刺さった。「それでわたしはわかったの。殺し屋の依頼人はあの投資家たちの誰かよ……なぜなら、そいつがつかまることをポークが望んでいないから」

なかなかの推理——市長の嘘と非協力にほぼ完璧に整合する。ただし、ほぼだ。警部補はドウェイン・ブロックスの写真をたたいた。「だとすると、なぜ彼がリストに載っているんだ？ ポークがこの男のことを気にするはずはない。ライカーから聞いたが、非開示契約書に署名したのはブロックスの親たちのほうなんだろう？ そして、その親たちはふたりとも死んでいる。つまり、彼らの子供はポークに対し、なんの力もないわけだ——パパとママが告白文でも書いていれば、話は別だが。その見込みはどれくらいかね？」

ライカーが壁の前の彼らに加わった。たぶん、レフェリーが必要だと感じたのだろう。ヒントは彼の相棒と警部補の身の構えだろうか。マロリーが言った。「そのロジックが成り立つのは、どの投資家がこれを仕掛けているのか、市長が知っている場合のみよ。警部補は身代金要求の手紙に署名がしてあったと思う？ その見込みはどれくらい？」

やるね。屈辱的一敗。だがコフィーには反撃の準備ができていた。「仮に全員が海外の口座を持っているとしても——それがなんの役に立つ？ なんにもならんな。身代金が支払われたかどうか、誰に支払われたか、われわれにわかるわけは——」

「身代金がそういうかたちで支払われるわけはない」マロリーはほんの心持ち眉を上げた。

そして警部補は知った。はっきりと。彼女はこう訊いているのだ、と——あんたはもう保身の望みを捨てたのか？ 部下が他人のコンピューターに侵入している事実から目をそむけなくてよいのか？　今回は、歯に一発食らうことに同意せざるをえないだろう。そこで彼はこう言った。「オーケー、話してくれ」

ライカーは賢くもこのやりとりから離れていった。

マロリーは、証拠品のテーブルからガラス瓶を取り、なかの鋲を右手に空けた。たくさんの鋲、尖った先端のごちゃごちゃの集合体を。「ＳＥＣはいまもポークをつかまえたがっている。何かで。脱税でも、なんでもいい。彼らにとってそれは報復なの。ポークのネットへの打ちこみを連中はすべて監視している。彼が手に入れる一ドル一ドルを」

「だが海外の口座は追跡できない――」

「国内、海外――この惑星全体で、銀行の秘密厳守は蝕まれている。ポークは何年も前に怪しい口座を一掃した……おそらく弁護士にもそう伝えたんじゃない？」彼女は鋭い鋲の塊を右手の上で弾ませた。たぶん、自分がそれを事実として知っている確率をボスが追求するのを待っているのだ。

追求してたまるか。知りたくもない――

マロリーは尖った鋲の塊を載せた手をぎゅっと握り締めた。うわっ。これはめちゃくちゃ痛いだろう。彼女の顔からは何も読みとれない。それに、彼女にやめろと言うこともできない。ぞっとしていることを明かす気など、コフィーにはなかった。だが彼女にはわかっている。そして悦に入っている。そのうえ、彼の注意はいま、まちがいなく彼女に集中している。同じことを二度言わずにすむ保証。彼女はそれが大嫌いなのだ。

「ポークは証券詐欺で利益を得た。その金はすべてきれいに洗濯され、合法的に投資されたの」彼女は言った。とても穏やかに。握りこんだ鋲に少なくとも四十回は刺されているはずなのに。「これで市長は一生、金に困らないし、SECは彼に手を出せない。だから彼は新しい海外口座を開くこともできた。手続きは二十分程度ですむ。でも――」

「もし大きな金を動かせば、SECがそのことをつかむだろうな」そして連中は、アクセス番号をすべて入手し、電子のパン屑の道をたどるだろう。「SECは大喜びで警察に情報提供するんじゃないか」

「そのとおり。そして、自分が金魚鉢のなかで暮らしているのが、ポークにはわかってる」

コフィーは彼女の拳にすばやくちらりと目をくれた。まだ血は出ていない。しかし彼は、鋲が彼女の皮膚を貫くことを半ば期待していた。「となると、われわれのホシが市長からの支払いを受け取る手はないわけだな」

「ああ、わたしならそうは言わないけど」そして彼女はそれ以上、何も言わなかった。この思わせぶりなコメントを最後に、マロリーは壁に向かい、紙とコルクに鋲を打つ作業にもどった――宙吊り状態の警部補を大喜びで放置して。

このペテン師め！　あの鋲の塊は結局、拳のなかにはなかった。それは、血まみれになることもなく、反対の手のなかにあったのだ。

刑事らがさらに入ってきたため、警部補はマロリーの首を絞めるチャンスを逸した。彼らはマロリーによる壁の改訂を見に来たのだ。また、何か新しいネタはないかと。そこには、殺し屋に関する資料が加えられ、異様なまでに整然とした一本の太い帯を作っていた。ふたつのアイテム、タトゥー職人が描いたスケッチとニュージャージー州の大きな地図がその中央を占めている。だが、エレン・キャサリーのカージャック事件は、殺し屋がその州に住んでいる証拠とは言いがたい。

コフィーは壁のこの部分に歩み寄り、ライカーと他二名の刑事に加わった。

ロナハンはマロリーの書いたプロフィールを読んでいた。「ホシはタバコを吸うだと？」

「うん」ライカーが言った。「やつはアルバート・コステロの部屋で吸い殻を始末したんだ」

そして反論が出そうになると、彼は言った。「ホシは灰皿をひとつ磨いていた。十個あるうちのひとつだけを。コステロはなんであれ、洗うってことはしなかった――一切な」

「なるほどね」ゴンザレスが言った。「だが、そいつがピットブルを飼い、ジャガーに乗ってると思う理由はなんなんだ？」

ライカーが肩を落とした。その姿は、ライカーの相棒が彼に対して隠し事をしていることを全員に告げていた。

「小修道院長の話からわかったのよ」マロリーが言った。

ジャック・コフィーには、その供述書が自分のデスクを通過した記憶がなかった。この手落ちには何か理由があるのでは？　尼僧のボスに同族の秘密をしゃべらせるためにはどれほど醜悪な圧力が必要だったのか――その点をマロリーに訊ねるべきだろうか？　いや、たぶんやめたほうがいい。

「小修道院長が、敷地内に迷いこんだピットブルの話をしたの。とっても可愛い犬。攻撃性ゼロ。逃げ出したのは、アンジー・クウィルただひとりだった。彼女はそれから何日も外に出ようとしなかったそうよ。ずっと窓辺にいて。森を見張ってたというの。その後、尼僧たちはピットブルの飼い主から連絡を受けた。近所の土地に住む一家から。犬はまだ地所内にいた。でも、アンジーはもう外に出ても大丈夫だと思ったの……彼女は殺し屋をよく知っていたのよ。そして犬を見たとたん、彼に見つかったと思ったわけ」

ゴンザレスがうなずいて、この話が妙にもっともらしいことを認めた。「ジャガーのほうは？」

「尼僧たちは自分たちの食べる作物を育てている。小さな菜園なんかじゃない。ちゃんとした畑をやってるの。トラクターの運転を買って出たとき、アンジーはみんなに、古いジャガーで手動式変速レバーの使いかたを覚えたと言ったそうよ。さらにおもしろいことに、ミセス・クウィルとその息子はアンジーが車を運転できるかどうかも、彼女がどこでそういう車に触れたのかも、まったく知らなかった。娼婦の固定客と考えると、これはすじが通る。彼女はその男自体のことも一切しゃべらなかったでしょうね」

「勘弁してくれ」ゴンザレスが首を振った。「ニュージャージーには百万台もジャガーがあるんじゃないか」それに、そんな薄っぺらな根拠では、自分は絶対、動かな――

「ライ麦パンのパストラミ・サンドでしたよね？」

チャールズ・バトラーが入ってきた。彼は、道の向こうのデリカテッセンの大きな茶色い紙袋を持っており、差し出されたサンドウィッチにゴンザレスの注意はそれた。デリカテッセンの袋が回されるなか、チャールズは外で投資家と出くわしたことを刑事たちに伝えた。もっともそれは、最有力候補者のひとりではない。「ゼルダ・オクスリーはポークの詐欺を認めたようなものでしたよ。実を言えば、これは彼女の言葉から推断したことなんですが――」

「それで結構」コフィーは言った。「彼女を脅すのに使えますから」

「それはどうかな」チャールズは言った。「ゼルダの怖いもの知らずは、想像を超えてますからね。あれがどれほど恐ろしい女か、あなたにはわかりっこありません」

「確かに」これはメモする価値があると言わんばかりに、マロリーが言った。「で、あなたと話したあと、彼女は立ち去った？　それとも、そのままそこにいた？　もしかして誰かを待っていたんじゃない？」


「あなたに会うのは、お葬式以来ね」ゼルダ・オクスリーは言った。だがこちらを向いたドウェインは、まるで彼女が視線の先の障害物であるかのように、彼女の背後、もしくは、まわりを見ていた。気持ち悪いやつ――でも、彼は昔から興味深いくそガキだった。

ブロックス青年は、自宅の居間、十七ある部屋のひとつの中央に立っていた。ゼルダはこのアパートメントを細部に至るまで知っている。隅から隅まで、調度や備品もひとつ残らず。部屋からの眺めは、類を見ない。彼女は床から天井まである大きな窓に歩み寄り、セントラル・パークのパノラマを観賞した。足もとの敷物には、いまはもうないグランドピアノの足のサイズの凹みがあった。漆喰の壁の一面には、そこだけ色が薄い大きな四角形が複数見られ、それぞれの中央に絵画用フックが残っている。つまりドウェインは両親の美術コレクションも売り払ったわけだ。アンドルー・ポークからの返還金は、もうすっかり使い果たしたのだろうか？それとも単に、国外のヘッジファンドをどう現金化したものか、わからずにいるだけだろうか？

そういうことなら、自分が手を貸してやれる。

ゼルダは孤児の若者に優しくほほえみかけた。「あなた、家のローンの支払いが遅れているでしょう。すごい金額のローン……わたしはずっと見ているの。ねえ、知っていた？　あなたのお父さんとわたしは、このアパートメントを競りで争ったのよ。お父さんが例のお金を失ったとき、わたしはお父さんがこのうちを売りに出してくれたらなあ、と思っていたの」

「じゃあ、あんたは不動産の話をするためにここに来たのか？」

「いいえ、ちがう。わたしは口にしてはならないことを、話しに来たの」

第十八章

お仕着せ姿のドアマンの前を通り過ぎたとき、ゼルダ・オクスリーはめずらしく上機嫌だった。ドウェイン・ブロックスのアパートメントを出た彼女は、にこにこと笑いながら歩道に立ち――

ああ、あそこか。彼女の運転手リーマンは、開いたドアを手で押さえ、リムジンの後部の前で待っていた。警告の言葉はひとこともなかった。そして彼はその報いを受けることだろう。招かれざる乗客を目にする前に、ゼルダはすでに車内に片足を入れていた。若い女がひとり、手にした書類に読みふけっている。この車の持ち主に気づいた様子すら見せずに！　見知らぬその女の持つものはすべて金を示唆していた。ブランドもののブルージーンズ、濃紺のやつまでもが、明らかにドライクリーニングされている。それに彼女の髪――そのカットはすばらしかった。ゼルダは忘れずにスタイリストの名前を聞き出すことにした。

だがその前に、「いったいあんたは誰なの？」

若いブロンドが顔を上げた。なんて冷たい目――電気的なグリーン、機械のグリーンだ。侵入者は、大きなガラスパネルの仕切りの下のインターコムに手を伸ばした。

すてきなマニキュア。

「このブロックをぐるっと回って」ブロンドが運転手に言った。そしてその声にはなんの抑揚もないというのに、リーマンは彼女のご機嫌とりにものすごく熱心で、命令されるなり車を出した。ゼルダに注意をもどすと、女は言った。「わたしがあなたに与える時間は、それだけよ。ブロックを一周するあいだだけ」そしてここで、何者かという問いに答え、女はブレザーをめくって、ショルダーホルスターに収められたすごく大きな銃を見せた。これは一種の名刺だ。

「なるほど、あなたは警官なのね。で、なんて呼べばいいの？」

「マロリー。ただマロリーと呼んで」女は紙を一枚、寄越した。「ゼルダ――」

「ミス・オクスリー」彼女はそう言って、その若い女にダメ出しを――ああ、くそっ！　これはアンドルー・ポークの非開示契約書じゃないの。署名も宛名もないけれど、それでも――

「ドウェイン・ブロックスはそれと同じ書類を一枚、持っているはずよ」マロリーが言った。「両親の遺産のひとつ。だからそれは、彼を拘束してはいない。ということは、ドウェインは返還金の契約の脆い環となる。あなたはその点が心配だった。そうでしょう……ゼルダ？」

そのとおり。でも、もうちがう。

するとここで、マロリーが言った――「でもブロックスはもう問題じゃない。あのアパートメントから出てきたとき、あなたはほくそえんでいた。生前、ブロックスの両親は、ポークと証券取引委員会とのトラブルについて何ひとつ息子に話していなかったのよね？　書きつけも何もないんでしょう？」

そう、何もない。それに、仮にドウェインが非開示契約書を読んだとしても、それは、ブローカーと依頼人との一年間の会話の非開示を――アンドルー・ポークを吊るしうるひとつの会話をきっちり護りつつ――約束するものでしかない。だから、このおまわりは、ドウェインと別れたあとの満足の笑いなどという取るに足りないものを根拠にブラフをかけているわけだ。これによってどんなダメージがあると――

ゼルダの沈思黙考はいきなりさえぎられた。

声にされていない質問に答え、若い読心術師が言った。「わたしはポークの昔の株取引の事務手続きを調べた。あの何件もの怪しげな税金逃れ、彼があなたに合法だと言ったやつだけどね……あれは合法じゃない。〝慣例による税逃れ〟と呼ばれているものなの。国税庁は慣例上それを無視している。SECに嘘をついたように、わたしに嘘をついた場合、そのやりかたで自分が助かると思う?」

これもブラフなの? あまりうまいやつじゃない。神があんなに大勢、税務弁護士を作ったのには、それなりの理由があるわけだし。

「あなたは例の株取引による損失を申告した――損失分を全額、返還されたにもかかわらず。でも、脱税のことはどうでもいい」マロリーは言った。「わたしが気に入ってるのは共謀罪のほうよ」

たちまちへこまされ、体内の空気を残らず吸いとられて、ゼルダはブローカーとの重要な会話の詳細を要求されるのを待った。その要求がないとわかると、彼女は本気で自分の悪行を数えあげだした。このおまわりが他に知っていそうなこととはなんだろう? それに、警察がなぜ税金がらみの問題になど関心を持つんだろう？　あの昔のペテンがもっと大きな何か、醜悪な何かにつながっているとか？　ためらいがちに、ゼルダは一歩、自分を中心に回っている世界の外へ足を踏み出した。すると――ドーン！――殺人と誘拐に衝突。そして、事故の被害者がみなそうであるように、彼女は胸の奥の冷たい凝と暑い夏の日の突然の寒気を感じた。

リムジンがブロックの一周を終え、刑事がインターコムのボタンを押して言った。「リーマン、車を止めて」ゼルダにはこう言った。「運転手から聞いたけど、あなたはアンドルー・ポークと会う約束をしてるんだってね。いい、いい、キャンセルなさい。いますぐに！……きょうの件で内部情報を市長に与えることは許さない。ブロックスのことも、それ以外のこともよ。わたしを怒らせないで。情報を漏らせば、わたしにはそれがわかる。少年がひとり死ぬから……わたしは必ずあなたを追いつめる……何か質問はある？」

ないない。ひとつもありません。

例の少年は今夜、死なねばならない。その点は明言された。

「ええ、ご注文どおりにできますよ」ゲイル・ローリーは符牒を使い、ビジネスライクに携帯電話にそう答えた。小さなプリンセスは彼のデスクにすわって、小さなプラスチックのカップに見えないお茶を注いでいる。「はい？」

支障？　計画の変更？　たわけたことを――

ボーナスだと！　「いくらです？」約束されたその金額は、コスタリカの逃亡の地に引っこむのに必要な資金の総額に彼を近づけてくれる。ビーチハウスよ。おまえの呼び声が聞こえるぞ。「いいですとも。可能です」ゲイルは娘にウィンクして、小さなティーカップを下に置き、別の子供の心臓の新たな遺棄場所を書き留めた。「了解です」

そして――カチリ――会話は終わった。

ゲイルは無限の忍耐力で、パティー姫がお茶会ごっこに飽きるのを待った。やがてプリンセスは、お気に入りのお人形の髪をつかんで引きずって、オフィスから出ていった。あの依頼人専用の使い捨て携帯をいちばん上の引き出しにしまうと、彼はパートナー専用のやつを手に取った。

イギー・コンロイは最初の呼び出し音で出て、いつもの挨拶をした。「おう！」

「子供は今夜やれ」ゲイルは沈黙の時を十秒までカウントした。「問題ないよな？」あの少年はペットと化したのだろうか――あるいは、もう死んでしまったとか？

「ああ、心配いらんよ」イギーは言った。「ちょっと待ってくれ。いまタバコをさがしてるんだ」

電話の向こうから、ライターがカチリという心安らぐ音が聞こえてきた。心配して損をした。イギーは子供好きに生まれ変わったわけじゃない。ジョーナ・クウィルはいまも、単なる肉のひとつにすぎない。

しかし依頼人の計画の変更内容を聞くと、イギーはどなった。「で、それを承知したってのか！……おまえ、気は確かか？」

テレビの女性ニュース・キャスターが言った。「つぎは、ソーホー警察管区で行われたリムジンのパレードのニュースです」

「ちょっと待った。こいつは録画しなきゃならない」だがここで、〝タバコ男〟は画像だけほしくなったらしく、音声を切った。リモコンがコーヒーテーブルにガチャンと放り出されたあと、男はさきほどからの気がかりな雑談を再開した。テーマはジョーナがこれまでやったことがないことだ。

バケット・リスト？（死ぬまでにやりたいことのリスト。映画 The Bucket List、邦題「最高の人生の見つけ方」で、この言葉が使われている）ハリー叔父さんはそういうタイトルの映画のDVDを持っていた。ふたりの登場人物がリストアップした最後の願いを実行していく物語だ。一方の人物は、映画のなかで全能者の役も演じていた。ジョーナの神のイメージ――〝役者〟――にとても忠実に。

「さあ、言ってみな、坊主。ずっとやりたいと思ってたことが何かしらあるはずだろ。たとえば――」

「アンジー叔母さんは、ペダルに足が届くようになったら車を運転させてくれるって言ってたよ。でもそのときぼくは、まだ六歳か七歳だったんだ」

「彼女、車を持ってたのか？　どんなやつだ？」

「ふたり乗りの車。車高の低いやつ。叔母さんのじゃないよ。ときどき借りてきたんだ。ぼくたちはよくヘンリー・ハドソン・パークウェイまでドライブした。叔母さんは川の明かりが好きだったし、ぼくはあのスピードが好きだった。あの風がいいの。ルーフを下ろして。音楽をガンガン鳴らしてさ」

イギーは少年の腕をつかんで、ソファから立ちあがらせると、彼を引っ立て、勝手口からガレージへと出ていった。イギーの白いバンとスポーツカーと作業場が余裕で収まる広々としたスペース。奥の偽装の壁の向こうでは、拳銃やライフルの改造に使う道具が台の上に並べられ、ナイフその他の殺人キットが壁にずらりと掛かっている。戸棚は、眠りや記憶喪失の薬がそろった彼のドラッグストアだ。他のどの武器よりも彼が好きな、ダーツガン用の麻酔薬もそこにある。

しかし外のガレージの部分、オープンなこの場所には、彼の車、彼の初恋の相手の古いエンジンをいじるための道具しかない。イギーは、修復した一九六〇年製ラグトップ・ジャガーからキャンバス・シートをさっとめくりとった。彼はこの車でアンジーに運転を教えたのだ。イギーを置き去りにしたとき、彼女は彼の人生からバスで出ていった。

少年が覚えているのがこの車だとしたら、アンジーはこれを、イギーの留守中、ドライブ目的で持ち出していたということだ。だが彼女は家の鍵しか持っていなかった。最高級の鍵がかかったこのガレージにどうやって侵入したのだろう？　他にもどこかに入りこんだり、何か見たりはしていないだろうか？　あの秘密の部屋は？　殺人キットはどうだ？　そして、あのいまいましい娼婦を彼の車に結びつけられる人間は、いったい何人いるのだろうか？

イギーは少年の両手を取って、疾走する猫を象ったクラシックなフードの飾りの上に乗せた。

「おまえが乗ってたっていうその車だがな——そいつにはこういうのが付いてなかったか?」

答えを待たず、彼はドアを開けて少年を誘導し、前部座席の運転席側に乗りこませた。少年の指先が興味津々でダッシュボードをさぐる。イギーがイグニション・キーを回すと、偏執的メンテナンスの成果である快音とともにエンジンがかかった。「その車はこんな音がしなかったか?　これはどうだ?」イギーは少年の体の向こうに手をやってラジオをつけ、カスタマイズしたiPodドックのボタンを押した。

そう、これだよ!　い、い、い!

アンジーのプレイリストのトップにある曲が始まると、子供の顔が輝いた。音楽が大きく鳴り響き、四方の壁にこだまする。ドラムスとキーボードに合わせ、ベース・ギターのビートに乗って、少年の両手はハンドルをたたいていた。

廃墟となったその滑走路は、乗用車の長さの十倍の幅があり、左右から砥草の広がる緑の原にはさまれていた。ここでは空はとても大きい。いま、それは全面、夕焼けのピンクと金色に染まっている。そして数マイルにわたり、この音楽の絶叫、ドラムスの爆音、ガンガン鳴り響くヘビーメタルを耳にする者はひとりもいない。イギーには古いロード・ソングのリズムでタイヤが回転しているのが聞こえた。

ロックンロール、万歳。

運転席の少年は、シフトレバーとペダルの配置をすでに覚えていた。利口な小僧。イギーがこう言ったとき、エンジンはアイドリングしていた。「オーケー、準備完了」そしてふたりはスタートした。「ぶっ飛ばせ！　突っ走れ！」

マットすれすれまでペダルが踏みこまれ、直線コースはジグザグ模様にチューニングされた。たぶんこの子は、カーブの体感が好きなだけなのだろう。だが最後のカーブで、彼らは草地に接近した。そしてここで、ぐるりと旋回。つぎのループがいまより少しでもタイトになれば、車は横転する。

「ハンドルをもどせ、ジョーナ！」ジョ、、、ーナだと。〝肉〟を名前で呼んだことがこれまでにあっただろうか？　〝肉〟に話しかけたことが？　あるいは、車をぶっ飛ばすために〝肉〟を連れ出したことが？

「何かにぶつかりそうだった？」少年はハンドルを調整し、彼らはどうにかアスファルトの上に留まることができた。ドラムスとシンバルの大音響に負けまいと、少年は声を張りあげた。「どこに何があるか教えて！　ちゃんと避けるから！」

イギーには直感的に声の変化、その乱れがわかる。この子は怯えているのか？　ああ、そうとも。死ぬほど怯えてるんだ。「前方に飛行機の格納庫があるぞ！　ゆっくり十、数えたら、もうそこだ！　その前にハンドルを――」

少年はエンジンをふかし、スピードメーターの限界まで加速した。方向は少しも変えなかった。そして、彼が十までのカウントを二度終え、衝突が起こらないと悟ったところで、車は減速した。少年は放心していた。

がっかりしたか。

イギーは手を伸ばしてキーを回し、エンジンを切った。車がゆっくりと停止する。それから彼は音楽を止めた。「いいや、坊主、おまえがミスったわけじゃない……ほんとに壁がありゃあ、まっすぐそこに突っこんでたさ」それも時速百八十マイルで。そしていま、彼らはただそこにすわっている。男と少年とが、名もない場所のまんなかの静けさのなかに。双方ともわかっていることを言葉にする必要はない。ジョーナはイギーを殺そうとしたのだ——自らの若い命を犠牲にして。

〝命には命を〟の復讐。少年はそれにすべてを賭けた。

イギーの頭が反り返った。太陽はすでに沈んでいたが、この夏の日の終わりに、光はまだ保たれている。彼は頭上の空を旋回するクロウタドリを見つめた。風は暖か、彼の声は穏やかだった。「大健闘だよ、坊主……上出来だ」

庭の大部分を占める三十本の薔薇(ばら)はスプリンクラーがケアしている。だがイギーは、パティオを縁取る薔薇に関しては、ホースによる水やりを好んだ。「きょうに至るまで、おれの敵と言やあ、雑草とアリマキだけだった」少年の椅子の近くに生い立つ木々に、彼はノズルの噴水を向けた。「日があるうちに花に水をやるのはまちがいだ。水滴は小さな虫眼鏡みたいに働く。太陽光をあっためて、花弁に焼け焦げを作っちまうからな。日が沈んでから水をかけりゃ、虫ども落とせるし、花を焼かずにすむわけさ」

少年の目が動いた——まるで、毀れていないかのように、すべての薔薇が見えるかのように。

「これは大きな庭なんだよね？」

「まあな」イギーはノズルをひねって水流を止め、それからホースを下に置いた。「どうでもいいだろ」彼には、少年が怯えていることがわかった。死ぬ時が来るまで、ただ沈黙を埋めているだけであることが。「おまえにとって薔薇ってのはなんなんだ？」

「やわらかな花びら。ぎざぎざの葉っぱ。細い茎。棘は鋭くて……あんたには何が見えるの？」

イギーはパティオの端まで缶ビールを持っていった。「おれには赤い色が見える。棘で指をつつくだろ。その色が赤だ。そいつは飛びかかってくる。人の目をパッととらえるんだ。血の色……新鮮な血の色。そいつは生きてる。脈打ってる色だな」

椅子のなかで子供が身じろぎした。唇をぎゅっと引き結び、顔をあちこちに向けている。言うことをさがしてるのか？　言葉が途切れた隙に殺されると思ってるのか？

「ま、前に言ってたよね」ジョーナは言った。「ここの薔薇には物語があるって」

「おれはもうその話はしないんだ」

少年はがっくり肩を落とした。

代わりのオファーとして、イギーは言った。「一から薔薇を育てるのはむずかしい。どれだけ大変か、おれはよく知っている。どれだけ時間と手間がかかるか」ジョーナが元気づくのがわかった。顔が上がり、そこに小さな希望の色が見える。「この近くに一軒、園芸用品店があるんだがね。そこの店主の爺さんは、薔薇のことならなんでも知ってるんだ。だからおれは爺さんにその話をしてやった。ところが爺さんは、薄ら笑いを浮かべたもんだ……おれが嘘をついてると思ったわけだよ」

だがこの少年は信じるかもしれない。

イギーは缶のプルタブを起こすと、長くぐうっとビールを飲んだ。「五年前、こいつは家の横手の花の咲く一帯にすぎなかった。ある日、おれは外に出て、その薔薇を全部、殺してやったんだ」彼女の薔薇を。「根本から引っこ抜いて、踏みつぶしてやったのさ。裏口のそばの箱には、種の袋がひとつあった。おれは袋をずたずたに引き裂いた。店で売ってるようなやつじゃない――この庭の花から取ったやつだ。おれは袋をずたずたに引き裂いた。種は風に運ばれてったよ。ところが、つぎの夏、記録的な猛暑のなかで、庭一面に薔薇が生えてきやがった。何十本もだ。それは干魃の年でもあった。おれは水なんぞ一滴もやらなかった。暑さと雑草と害虫のなかにそいつらを放置したんだ……なのに薔薇は枯れなかった……で、おれはまた少し種を取ったわけだよ」

第十九章

〝タバコ男〟があくびをした。くたびれたのか。洗濯室のドアが閉まり、その後、差し錠がスライドするお馴染みの音がした――スライドする音だけが。錠はスロットまで送りこまれてはいない。カチッという金属音はしなかった。

それですべてが変わるわね。アンジー叔母さんが言った。

差し錠を動かせるかどうか試してみる気はなかった。犬がドアの外で目覚めているうちは、それはできない。あの男が階段をのぼっていく。ひどく重い足取りだ。つづいて、頭上の床を移動する足音。どこかでドアが開いて閉じた。あいつは出かけたのだろうか？

じきにピットブルは眠りこむだろう。あの老犬は居眠りが好きだから。

少年は、カビ臭さの源である、片隅のバケツのそばにしゃがみこんだ。彼の指がなかのモップの撚りひもをさぐり、ヘッド部が柄にはめこまれている箇所をさがす。やがて彼は継ぎ目の出っ張りを見つけた。簡単そうだ。一方の手をモップの柄の上のほうへと走らせる。指ではじくと、ピーンと音がし、この棒のなかが空洞であることがわかった。ひとひねりして、接続部をゆるめると、くるくると柄をはずし、指先で持って重さを量った。

ファイバーグラスの杖ほど軽くはない。

立ちあがったジョーナは、先端で床を掻きつつ、モップの柄を左右に動かし、壁からマットレスへと進ませた。腱と筋肉に伝わる金属の振動は、石の硬さとゴムのやわらかさのちがいを教えてくれた。

これなら杖の代わりになる。

犬が眠ってしまったら――

だめだ、だめだ！　〝タバコ男〟はまだうちにいる、いる、いる！　上の階で怒りが荒れ狂い、バンバンと音を響かせ、金属をつぶし、ガラスを割っている。ピットブルがキャンと叫んで目を覚ました。ひどく動転して。コンクリートの上を爪がカチャカチャ駆け回る。ドアのすぐ向こうを、行ったり来たり。悲しみのさなかで、肺がゼイゼイいっている。つづいて遠吠え。それはまるで、犬の主人の考えを聴いているようだった。

暗い、狂った考えを。

バンバンという音はいつまでもつづいた。犬が哀れっぽい声をあげる。いまや彼は泣いていた。ほとんど人間のように。

記者どもはいまも、イーストエンド・アベニューで野営している。そこでサミュエル・タッカーは、川ぞいの遊歩道を歩いていった。ボスの携帯に振り当てた着メロに応えたときは、前方にカール・シュルツ・パークが見えていた。市長が電話を寄越したのは、いくつか彼に訊きたいことがあるからだった。

タックは歩きながら話した。「はい、市長殿。他のとまったく同じです」やや上の空なのは、遊歩道を行く歩行者ひとりひとりを潜在的脅威と見ているためだった。葉群で身を隠せるよう、彼はグレイシー・マンションまで公園を通っていくことにした。

木々の縁取る小道で、彼の横に制服警官が現れた。「こんばんは、ミスター・タッカー。少少お待ちください」警官は携帯無線機に向かい、市長補佐官の来訪を告げた。するとブローガン刑事の低い声が言った。「通してくれ」

笑みをたたえ、タックは小道を走っていった。

制服警官がうしろから叫んだ。「裏の門をご利用ください！」

彼にこれを言う必要はないのだが。その門が、暗くなってから市長の娼婦らが使う入口なのだ。タックは広場の噴水に近づいていた。視野の隅に動くものが見えたのは、道の半ばまで進んだときだった。金髪に電灯の光を浴び、女がひとり木立のなかを移動している。あの女はいったいどこへ——

タックはよろめいた。そして止まった。

マロリー刑事が前方に立ち、彼の行く手をふさいでいる。

最低なサプライズ。間も悪い。

彼女から挨拶はなかった。また、前にも彼に会ったことがある、彼を逮捕し、手錠をかけたことがある、という様子もない。女は彼のほうを見ている。厳密には、彼を見ているとは言えないかもしれないが。どうやらタックにはなんの重要性もないようだ。彼女にしてみれば、まったく。ということは――ありがとう、神様――彼女の目的は、彼を再逮捕することじゃない。それでも彼女は彼の行く手に立っている。なんのために？　彼が何を持っているのか、この刑事にわかるわけはない。心を読む能力でもないかぎり。

彼女がほほえんだ。だが、彼に、ではない。これは、なるほどね、という顔だ。で、その意味は？

ああ、くそ！　彼はものすごくうしろめたげな顔をしているにちがいない。きっとそういうことだ。でも、それがなぜ――

ここで一時停止。想像力が恐怖に駆られて飛翔する。この刑事にはX線の目があって、彼の服のなかまで見通すことができるのでは？　あるいは、もっと理性的に考えるなら、シャツの内側から何かが突き出ているのかも。彼はちらりと隠し場所を見おろした。しかし、シャツの前面に特におかしな点は――

道が空いた。

刑事は消えていた。

それは死のようだった。

車の窓はたたき割られ、金属部はでこぼこ。クラシック・ジャガーの美は破壊されていた。汗が流れ、まぶたが下りてくる。疲れ果てたイギーがプレッシャー・ロックに触れると、ガレージ奥の偽装の壁のパネルが開いた。少年の心臓をくり抜く前に、隠し部屋の準備をしておかねばならない。彼は灰色のセメントの床にのろのろと膝をつき、ビニールシートを広げた。それは、床への血の飛び散りを充分、防げる大きさだった。

うわっ！

壁の向こうのガレージで、ラジオがロックバンドの爆音を轟かせ、破壊されたジャガーが息を吹き返した。イギーは立ちあがり、ぴんと背を伸ばして凍りついた。心臓が一秒百万回のスピードで鼓動している。

歌がやんだ。

安堵のため息。音楽が鳴ったのは、回路の摩耗と混線のせいということになった。イギーは振り返って、壁にずらりと並ぶ武器のコレクションに目を向けた。まずは、深い切れこみを入れるための、刃がぎざぎざのナイフを下ろす。つづいて、少年の肋骨を折るためのハンマーを。

うるさい！　鳴りやめ！

ドラムビート。ピアノの連打。ラジオがふたたび息づいている。憤り、逆上して、イギーはガレージへと走った。ハンマーの鉤爪で車に襲いかかり、つぶれたダッシュボードからラジオをえぐり取る。線を残らず引き抜き、あたりが静まり返ると、彼はジャガーに背を向けた。

落ち着け。深呼吸だ。

すると――ダーン！――ドラムが轟いた。ギターが甲高く電子のコードで絶叫する。

ハンマーを振りあげ、彼は窓ガラスの破片の散らばったフロントシートに向かった。その目が、ドックに収まった四角形の小さな白いプラスチックを凝視する。ドックはラジオのスピーカーに接続されていた。

ああ、くそ。この馬鹿め。

カーラジオじゃないのだ。ドックの接続のどこかがゆるんでいるにちがいない。音楽の鳴ったりやんだりは、それで説明がつく。最後の線が引きちぎられたとき、古いｉＰｏｄはそれ自体のバッテリーで作動したわけだ。彼はｉＰｏｄを打ち砕き、ばらばらのプラスチック片にした。破壊するだけでは飽き足らず、ガンガンと殴りつづけ、そいつを止めてやった！

そうして車からあとじさった。ハンマーが手から落ちる。彼の目が閉じた。これまで自制心を失ったことなどない。要は疲れているということだ。ああ、そうとも。ポケットにはこういうときのための薬の小瓶が入っている。

それとも、仕事の前にひと眠りしておこうか？　そう、いま本当に必要なのは、睡眠だ。

彼は勝手口からうちに入り、ドアに鍵をかけた。それから、家のその他の出入口の施錠をすべて確認した。目覚まし時計をセットしたあと、暗闇に横たわったが、眠りは訪れなかった。

これは、ここ二日間のんでいたあの薬のせいだ。薬物では痛い目に遭っているのに、いったいどうしてこんなことになったのか。

彼の目が開いた。

室内に何かがいる。古い家は音を立てるものだが、何か音がしたのか？　いや、ただの皮膚感覚。鳥肌が立ち、ぞくりと寒気がしただけだ。ベッドサイドの明かりを点けると、誰もいないことがわかった。ベッドから脚を下ろすとき、それは鉛のように重かった。裸足の足がぴたぴたと床を打つ。イギーは照明をすべて点け、施錠を再度確認しながら、家のなかをどかどか移動していった。ロックは窓にまで付いている。内側に、鍵の必要なやつが。これは最近、施した予防措置——このうちを少年を入れておく肉の保管庫にするための策だ。

すべての照明が輝くなか、最後の窓の施錠を再確認しようとして、彼は手を止めた。誰にともなく彼は言った。「こりゃイカレてるぜ」

こんなことをするのは、頭のおかしいやつか、怯えているやつだけだ。そして彼は絶対にどちらでもない。神経の興奮と生存本能の誤作動——薬のせいだ。こうしてふたたび、奇妙な現象のすべてが都合よく解釈され、彼はベッドへと引き返していった。

年配の護衛係、ブローガン刑事が、市長とその補佐官のあいだに立った。

アンドルー・ポークは、刑事がサミュエル・タッカーのボディーチェックを行うのを見守った。まずは、ポケット、つづいて、両手でタックのズボンの脚をなでおろす。これはお笑い草。この馬鹿な小僧が武器を所持しているわけはない。補佐官は、問題なしとされ、市長のお供をして大階段をのぼることを許された。

上の階に着き、ふたりの背後でプライベート・オフィスのドアが閉まると、タックはシャツのボタンをはずした。すると、胸にテープで留められた四角い茶色の封筒が現れた。そこは、ボディーチェックでさぐられなかった唯一の箇所だ。つまり、この小僧にも脳みそはあるらしい。意外ではあるが。

未開封のその封筒をタックは手渡した。「誰かがうちのドアの下に置いたんです」

これは本当かもしれない。タックの肌とシャツの湿気から立ちのぼる恐怖のかすかなにおいには、何か罪のない理由があるのだろう。たぶんこの馬鹿は、市長邸に飛んでくるときにこれだけの汗をかいたのだ——餌をくれる手を一刻も早く舐めようとして。

封を切ると、なかには手紙が入っていた。「待っている」筆跡を見比べるサンプルはない。これまでに届いた手紙や小包の包装紙はすべて暖炉で燃やされている。このブロック体の文字は、同じ手によるものかもしれず——他の誰かが書いたものかもしれない。補佐官の愚かさに対する判断を見直すべきだろうか？　この手紙は、市長邸内にもどるためのタックの策なのでは？　あるいは、警察が仕込んだ可能性もあるのではないか？

まあ、どうだっていい。市長は無頓着にマッチを擦って、手紙に火を点けた。

ブローガンとそのパートナーがノックもせずに入ってきた。この大胆な行動を誘発したものはなんなのだ？　煙のにおいか？　もしそうなら、連中はドアのすぐ外に立っていたことになる。耳をドア板に押しつけて？

不運な刑事たちは、暖炉のなかで灰に変わっていく封筒を見つめた。

アンドルー・ポークはふたりにウィンクした。「昔、娼婦にもらったラブレターだよ」連中はこの言葉を信じるだろうか？　いいや、そこまで馬鹿じゃないだろう。このふたりが上司の前で、他にも何か見逃したかもしれないと認める可能性は？　絶対にない。

ジョーナの頭上の階はしんと静まり返っていた。洗濯室のドア越しに聞こえてくるのは、ヒューヒューという低いリズミカルな呼吸音だけだ。ピットブルは眠ってくれた。ようやく。犬とご主人はぴたりと共調している。〝タバコ男〟も眠りに就いたにちがいない。

ゆっくりと、とても静かに、ジョーナはドアのノブを回した。

動かない。

差し錠がスロットにはまっていないのは確かだ。でも、ドア枠にはかかっているにちがいない。どのくらい？　ジョーナは前より強くドアを押した。すると、錠が動いて、木材をギシギシとこすった。ジョーナは静止した。音がよく聞こえるよう息を止めたが、犬の呼吸音は変わらなかった。彼は息を吐き出した。そしてもう一度ドアを押そうと手を伸ばした。ところがドアは自然に開いた。

スニーカーは結び合わせたひもで首からぶら下がっている。モップの柄は右手にある。音のしない裸足で、彼は敷居を越え、十時の方向を向き、冷たいコンクリートの床を静かに踏みしめて十六歩進んだ。手を伸ばして手すりに触れるより前に、自分が階段のすぐ下にいることはわかっていた。それをのぼった先はキッチンのドアだ。階段の四段目はみしみしと音を立てる。九段目も同じだ。その二段はまたぎ越さなきゃならない。さもないと、犬が襲いかかってきて、恐ろしい血の祝祭のなか、彼の皮膚をずたずたにするだろう。

挑戦するのよ。アンジー叔母さんが言った。命にはその価値がある。命こそすべてなの。わたしももう少し長生きしたかった。

第二十章

彼の行きつけのバーは、流行らないのが哀しく、すいているのがありがたい店で、指を一本曲げれば必ず店員の注意を引くことができる。彼はその点を大いに気に入っていた。

ドウェイン・ブロックスはブランデーを飲みながら、フランツ・カフカの小説の最後の一段落を読んだ。大好きなロシアの古典を離れ、めずらしくもドイツの作品。いつものカクテル・ウェイトレスが回ってきたら、この作家をサディズムのコメディアンと評して感心させてやるつもりだった。彼女はお世辞を言い、笑顔を見せるだろう。彼の誘発する嫌悪感などみじんも表に出さずに。そうしてたっぷりとチップを稼ぐわけだ。そして彼にとっては、これがデートなのだった。彼の知人の超魅力的な女たちと同様に、この女も彼と出かけることは絶対になく――彼のうちに来ることも絶対にない。だが当然だ。それはコールガールの仕事であって、彼女の仕事じゃないのだから。

ドウェインは本を閉じ、通りに面した窓に顔を向けた。歩道際で、古馴染みのド阿呆(あほう)がタクシーを降りようとしている。ふたりが少年だったころから、ドウェインはあいつが大嫌いだった。ああ、それはもう。この面談のために、あの馬鹿は彼らの母校、フェイトン校のスクールカラーのネクタイをしていた。かつてのクラスメイトは、ひどくびくつき、顔をぴくつかせ、きょろきょろあたりを見回しながら、店のドアに近づいてきた。自分をつけまわすやつがこの世にいるとでも思っているのか。店内に入るなり、彼はドウェインの席に向かってきた。男子学生の友愛の精神で、手を差し伸べて。いかにも物欲しげに。こいつはいつも仲間として認めてもらいたがっている。

今世じゃそれはない。

「こんにちは、タック」

そして、さよなら、か？

差し伸べられた手が脇に落ち、サミュエル・タッカーは一歩あとじさった。それからその動きが完全に止まった。

軽い興味をそそられ、ドウェインはタックが瞬きするのを待った。

ややっ！　窓のすぐ外に、マロリー刑事が立っている。店内をのぞきこみ――タックを見ているじゃないか。銃で彼を狙っているわけではなく、別に感じが悪くもないのだが、どうやら彼女には馬鹿を石に変えるメドゥーサ的な力があるらしい。

やるね。

タックが生き返った。かろうじて、だが。ああ、あの顔の青いこと。彼はくるりと向きを変え、出口へとすっ飛んでいった。それよりゆったりしたペースで、ドウェインもあとにつづいた。店を出ると、彼は歩道にたたずんだ。タックが走って逃げていく。ゆっくり通過するタクシーに大声で叫びかけ、犬がよくやるようにその車のあとを追いかけていく。

あの美人刑事がドウェインの隣にやって来た。タックのカーチェイスに目を注いだまま、彼女は訊ねた。「あれはあなたの友達?」

「ぼくに友達はいないよ」

マロリー刑事は歩道を下り、シルバーの小さなコンバーティブルの向こうに回って、運転席に乗りこんだ。フォルクスワーゲン? この車種は、彼女の服装に合わない。それに彼女の人格にも。そう、まるでそぐわない。おもしろいじゃないか。


ジョーナは歩数を数えながら地下室の階段をのぼっていった。裸足の足がきしむ段ふたつを越えた。彼は立ち止まって、下で眠っている犬のヒューヒューという呼吸音に耳をすませた。軽いモップの柄がピットブルと戦う武器になるとはまったく思っていなかった。

つぎの一歩が最後の一歩だ。

ノブをつかもうと手を伸ばす。でもキッチンのドアは大きく開け放たれていた。

これも"タバコ男"のうっかりミスなんだろうか? それとも、あいつはいつもドアを開けておくんだろうか? 犬が吠えるのが聞こえるように? ジョーナはキッチンに入った。テーブルまでは五歩。彼はそれを迂回して、左を向き、リビングルームに向き合った。道は足が覚えている。なかに入って十歩進んだあと、肘掛け椅子を回り、奥の壁まで直進。壁面を指先でなでていくと、出口が見つかった。

一方の手が丸いドアノブを包みこむ。ノブはあっさり回ったが、ドアは開かなかった。つまり、デッドボルトをはずさなきゃならないわけだ――うちとおんなじ。指が軽やかにドア枠をのぼっていき、金属の丸い小さな部品を見つける。これをひねってボルトを引っこめ、もう一度ノブを回してみた。だめだ。ハリー叔父さんは三つ鍵を付けている。そこでジョーナは別のボルトをさがした。するともっと上のほうに、金属の塊が突き出た分厚い板があった。ひねるものはなし。スライドさせるチェーンもなし。点字を読むために敏感になった指先が、金属のぎざぎざの溝をなぞった。

鍵を挿す穴？　うん、まちがいない。このドアは内側から開けるのに鍵が要るってわけだ。

この脱出ルートには見切りをつけ、窓をさがして指が壁を移動していく。手がカーテンをかすめ、ガラスを、そのフレームを見つける。そして今度は、桟の近くの金属のハンドルふたつを。力をこめて引っ張っても、窓は上がらなかった。てっぺんの留め金をはずすため、両の手がツーッとガラスを上がっていく。そして彼はまた鍵を挿す穴のある金具を見つけた。ここからは出られない。ガラスを割れば、あの男が目を覚ますだろう――それに犬のほうも。

でも、いまこの瞬間にも電話が鳴って、その両方を目覚めさせ、彼の望みはすべて絶たれるかもしれない。

ジョーナはモップの柄をドアに立てかけた。いまから行くところで、それを杖にするだけの度胸はない。硬いものにうっかりぶつけて音を立てたら大変だ。つま先で床をさぐりながら、彼は部屋をぐるりと回った。硬い床をカチャカチャと移動する犬の爪――その音の記憶から、ジョーナにはわかった。廊下はテレビの反対側、カーペットの縁の先だ。両手を差し出して前進すると、出入口が見つかった。今度は、腕を大きく広げ、両側の壁を指先でなでていく。ドアが見つかり、彼はそれを開けた。ただの戸棚。さらに何歩か廊下を進むと、軽いいびきが聞こえてきた。寝室？　ドアが開いてるの？　パニックが胸のなかで羽ばたき、心臓と血管のなかで氷となった。恐怖で思考が止まった。

それから理性が始動した。

仮に〝タバコ男〟が目を覚ましても、明かりの消えた夜のこの時間なら、その目は何ひとつあいつに教えないだろう。

自宅では、ジョーナはいつも財布と鍵をベッド脇のナイトスタンドに置いている。〝タバコ男〟もそういうものは近くに置いておくだろう。裸足の足が小さな段差を見つけた。つま先がその木材をなで、敷居であることを確認する。硬材の床にそっと身を沈め、少年は四つん這いになった。一方の手を差し出し、ベッドがありそうなほうへ指を伸ばして、ぎこちない四足歩行で進んでいくと、家具の太い脚が見つかった。

頭上で、マットレスのスプリングがきしむ音がした。いびきがやんだ。男がベッドの上で――すぐそこで――寝返りを打っている。目を覚ますの？　ジョーナは息を止めた。

いびきがふたたび始まった。少年は息を吸いこみ、さらに先へと這い進んで、靴の片割れを見つけた。それと、布切れ。敷物。そのやわらかな生地の上をそろそろと這っていき、彼は手を伸ばした。するど、さっきのやつより細い、家具の脚に指が触れた。ナイトスタンド？　彼は立ちあがった。羽根のように軽く、指先がその表面をさぐり、電球の熱を感じ取った。

明かりが点いてるんだ！　もしあいつが目を覚ましたら——

逃げ出したい。窓を破って外に飛び出し、命がけで走りたい。そんな衝動をジョーナは必死で押さえつけた。ヒステリーが喉をせりあがってくる——

そのとき、指先がナイトスタンドの上の鍵の形をとらえた。


タクシーが彼を降ろした場所はグレイシー・マンションではなかった。予想どおりだ。市長補佐官は自宅にもどっていた。隠れて傷を舐められる避難所に。所在地は、リッチな地域のはずれのうらぶれた脇道。暗くなってからその道を通る者はない。サミュエル・タッカーの小さな部屋は、地上から窓ひとつ分上がったところだ。光の住むもっと上の階に居を構える余裕など彼にはないのだった。

今夜、その地区はゴミ出しの夜で、歩道際にはゴミ袋がずらずらと並んでいた。袋が蠢いているのは、害獣どもがその内臓を食い荒らし、ビニールの皮膚の下を這いずり回っているせいだ。キャシー・マロリーはネズミが大嫌いだった。この古い怨念は、子供時代から持ち越されたものだ。つま先の味を好むネズミたちのせいで、靴なしでは寝られなかった小さな女の子。特に図太いやつらはこの強敵を恐れないほど愚かで、カッとなった彼女は、連中を割れた瓶で切り裂いたり、煉瓦で殴ったりしたものだ。

車の窓は閉まっていたが、彼女には連中の声が聞こえた。機械的なチューチューという音、甲高い異質な声が。

彼女はダッシュボードのコンピューターを見つめ、携帯電話の使用を示す最初のブリップ、もしくは、固定電話による市長との通話の探知を待った。タッカーのノートパソコンに入れたバグは、いまだメッセージの送信を一度も知らせてきていない。マロリーは、彼の部屋の窓に目を向けた。真っ暗。テレビ画面の光さえない。

あの男はあそこで何をしているのだろう――暗闇のなかで？

建物のドアが開き、タッカーが出てきた。歩道際に立った彼は、星でも数えるかのように頭上を振り仰ぎ――それから、路面のひびに向かって頭を垂れた。いま彼は、歩道をうろうろしている。だが、アパートメントの建物から遠く離れることはない。やがて彼は手を上げて、近づいてきたタクシーに合図した。それから気が変わったと見え、その手はポケットに突っこまれた。

彼は建物のなかに引き返した。

隠れるために？

市長に報告もせず？

もちろん、そうだろう。今夜、任務を放棄し、逃走したことを、彼が自ら認めるわけはない。そもそも、自分に対する警察の関心――刑事に尾行されて、い、る、という事実を、どう説明しろと言うのか？　彼女の姿を見ただけで、彼は震えあがった。その怯えようは、あのインチキ逮捕のとき以上だった。なおかつ彼は、署での事情聴取のこと――あのひっかけの質問と自分のついた下手な嘘のことは、絶対にポークに知られたくないはずだ。サミュエル・タッカーの監視はもうこれ以上必要ない。市長の使い走りがペテンにかかった投資家の別の誰かに接触することはないのだから。恐怖心は手錠や足枷よりも有効だろう。

どうやらポーク市長は、彼女と同じ容疑者群を対象に調査を進めているらしい。そしてその最有力候補者リストは、ゼルダ・オクスリーが提供したわけではない。市長がドウェイン・ブロックスの調査に補佐官を使っているなら、それが意味することはただひとつ――ゼルダはもはやプレイヤーではないのだ。

そろそろ家に帰る時間だ。

イグニション・キーに手を伸ばしたとき、マロリーはポケットの携帯電話が振動するのを感じた。そしていま、そのイヤホンが小学生の少女の小さな声と彼女とをつなげた。

「電話していいって言ったよね」

「いつでもね、ルシンダ。何か思い出した？」

「眠るのが怖いの。すごくいやな夢を見ちゃったから……ジョーナは生きてる。刑事さんはそう信じてるんだよね？」

「ええ、信じてる」マロリーはイグニション・キーを回した。

「嘘はつかない？」

「絶対つかない」究極の嘘つきは言った。エンジンが空転する。ゴミ袋が震え、嚙み破られた穴からネズミたちがもぞもぞと出入りしている。そして彼女は、ルシンダが長々と語る悪夢の話に耳を傾け――そうするうちに、聞こえてくるのは呼吸のリズムだけとなった。少女は電話を枕に置いて眠りこんでしまったのだ。

車が通りに入っていくとき、マロリーもいくつか自分自身の疑問をかかえていた。死の証拠はいつグレイシー・マンションに届くのだろう？　死んだ少年の心臓は今夜、配達の途上なのだろうか？


ドアを出たところで、ジョーナは草の上にすわって、スニーカーのひもを結んだ。家の正面のこの芝生の一帯は、知られざるコオロギたちの国だった。そして今度はフクロウ。彼は自分の位置を知るために待った。すると、聞こえた。車のかすかなエンジン音が、めったに往来のない道路を移動していく。あの道につながる私道はどこだろう？　さっきあの男にガレージに連れ出されたとき、自分たちは勝手口を通り抜けた。でもそれはどこに――

地下室への下り口のちょうど反対だ。

これで位置がわかった。

運転の練習に行くとき、舗装路に着くまでは、タイヤの下のでこぼこの路面からパチパチという小石の音が聞こえていた。あの土の私道は、ここから右へ九十度のところだ。彼はモップの柄を拾いあげると、腰を上げて、草の上のスニーカーというやわらかなクッションの上に立った。にわか作りの杖が芝生の上を行き来する。右、左。右、左。それはやわらかな障害物をとらえた。振動はなし。少したわむ。茂みなの？　うん、そうだ。彼は葉っぱに手を触れながら、その茂みをぐるりと回った。ゴツン！　モップの柄が何かに当たった。硬質の振動。木材よりも硬い。それが石であることは、触れる前からわかっていた。歩道に連なる建物の外壁みたいな材質。郵便ポストの脚や街灯の支柱とはちがう音。壁だろうか？

いや。空いているほうの手を伸ばすと、髭の生えた顔があった。腕。脚。石でできた小さな男だ。

ジョーナはそれを迂回して進んだ。すると、草の生えた地帯が終わった。私道。脱出口だ。

モップの柄を左右に動かし、小石を跳ね飛ばしながら、彼はできるだけ速く歩いた。**右、左。右、左。**舗装路に着く前に、長い私道が二度カーブすることはわかっていた。前方からは、車の音はもう聞こえない。でも、あの道路が見つかれば、いずれ別のドライバーがやって来るはずだ。

うちに帰ろう。


目覚まし時計はまだ鳴っていない。それでもイギー・コンロイは目を覚ました——ぞっとして。目を閉じたまま、彼は眠っているふりをした。スタンドの明るい光はまぶたの赤い染みとなっていた。

ベッドのなかに誰かが、あるいは、何かがいる。

マットレスの向こう側、アンジーの側に、動きが感じられたのだ。これは夢じゃない。しかし彼はナイトスタンドの銃を取ろうとはしなかった。恐怖で体は麻痺（まひ）しており、手を持ちあげることができない。それに彼には、目を開ける気などなかった。

これは、あの犬なのかもしれない。あいつが蹴られる危険を冒し、地下室からのぼってきて、愛を求めているだけなのかも。イギーはふたたび動きを感じた。自分の隣で体がごろりと転がるのを。さらに近づいてきた。彼はそいつが自分に触れるのを待った。頭のなかで悲鳴をあげながら、目はぎゅっと閉じていた。なぜなら、それは犬かもしれないから。**ああ、神様、そうでありますように。**

室内は暖かい。男は震えた。目覚まし時計がけたたましく鳴りだした。イギーは死体のように硬直していた。

犬が吠えた。

その声はもうくぐもっていない。犬は家の外で吠えている。あいつが近づいてくる。すごい速さでやって来る。男の足が背後の地面をドンドンとたたいている。

モップの柄が手から落ちた。き出して走った。石や根っこに足がひっかからないよう、祈りながら走り、地図のない世界へと突っこんでいった。場所の感覚はすべて消えたが、それでも足を激しく動かし、前へ前へと飛びつづけた。一方の手が葉群に触れ、それと同時に、大枝や小枝の長い指が彼を引っ掻いた。犬が迫っている。さらに近づいた。吠える声の合間に、荒い息遣いが聞こえる。

すぐうしろから。

来るぞ。

歯だ！

犬の顎がジョーナの脚をぎゅっと締めつけた。歯が皮膚に食いこみ、骨へと沈んでいく。少年は倒れた。頭が石みたいに硬い何かにぶつかった。顔を伝う血が温かい。銅に似たにおいがする。それが口に流れこみ、今度は血の味がした。指が石像のざらざらの足に触れ、そこでまた彼自身の濡れた血を見つけた。小さな足。石の小男がもうひとり茂みに隠れ、彼をつかまえようと待ち構えていたのだ。

犬がジョーナの背中に飛びかかった。

熱い息が首にかかる。

最後に聞こえたのは、あの男のどなり声だ。「離れろ！」

全世界が静まり返った。ひとつ、またひとつと、あらゆる感覚が消えていく。もう痛みもない。恐れもない。彼は風船みたいに重さを失い、地球そのものを手放し、そして――

イギー・コンロイは、引き裂かれた血だらけの少年を腕に抱き、私道を歩いていった。あの犬は、また蹴られないよう距離を取り、のろのろとついてくる。

とそのとき、そいつが吠えた。

イギーはピットブルに向き直った。「今度はなんだ、この駄犬め」この馬鹿犬にはもううんざりだ。こいつは何年も前に死ぬべきだったのだ。

犬の鼻面が上を向いた。そいつは月に向かって吠えた。

「うるさい！」

犬は黙りこんだ。頭を垂れ、反省を表して。そして今度は、地べたにすわり、申し訳ございません、とイギーを見つめた。

「いったい何に――」

鈴の音？

イギーは視線を空に向けた。チリンチリンと音がするほうへ。

音がやんだ。

ついに、幻聴が始まったわけだ。あの大量の薬。キャンディーみたいに飲み下したあのアッパー。

いや！　そういうことじゃない。さっきの鈴の音は犬にも聞こえたのだ。

他の夜ならば、彼は音の発生源をさがしただろう。物事はすべて説明されねばならない。だから彼はそれを見つけるために全世界をひっくり返しただろう。

しっかりとジョーナを抱き締め、彼は地面に膝をついた。その目は相変わらず空に据えられていた。そこにあるのは、星と傾いた月ばかりだ。天使は飛んでいない。彼のために鈴を鳴らす幽霊もいない。それでも彼は空に語りかけた。天国の宛先という子供時代の古い考えに基づき、アンジーがいるかもしれないところ――いまもなお彼から隠れ、潜んでいるかもしれないところに。「こんなはずじゃなかったんだよ」息がつかえた。彼はのろのろと立ちあがった。

少年の体は前より重たくなっていた。

第二十一章

ふたりの刑事は五番アベニューに車を駐めて、車内の暗闇にすわっていた。金の国でのこの尾行の任務のために、彼らが押収車両のなかから選んだのは、ある麻薬の売人のレクサス――周囲の高級車に溶けこめる車だった。もっとも、平均的ニューヨーカーなら、後部座席のコーヒーカップやテイクアウトの容器の堆積から、これが張り込みの車であることに気づいたかもしれない。「どうもわからんよ」ゴンザレスが言った。「人を雇って殺しをやらせるシリアルキラーとはね」

ロナハンは肩をすくめた。「まったく金持ちってやつは」

相棒はうなずいた。実際、それで充分に説明がつくのだ。ゴンザレスはドアマンのいる建物のほうを指さした。「やつが来たぞ。見ろよ、あの格好」容疑者は髪をとんがった房にしてつんつん突っ立てていた。また服装も、高級スーツから、ぼろジーンズとサイケデリックな色彩のレトロなTシャツに変わっている。「どこかの老いぼれヒッピーから服を強奪したんじゃないか」

「ひでえTシャツだよな」ロナハンは車のエンジンをかけた。「で、どう思う？　今夜、やつはスラム街に遊びに行くのか、それとも、やつにとっちゃあれが変装なのかね？」

「ちがうだろ」ゴンザレスは言った。「やつはダウンタウンのクラブに行く気なんだよ」この仮説は、あの服装と待機しているリムジンに整合する。リムジンで到着するお客は必ず、最高にホットな町のナイトスポットで入口の番人の承認を得られるのだ。

彼らの容疑者のために、運転手が車の後部ドアを開けた。一分後、一行はゆっくりと移動していた。黒塗りのリンカーンのあとを追って、刑事たちは川の方角に進み、公園道路に入り、その後、ドックに近い薄汚い商業地区に至った。そしてそこで、リムジンの乗客は運転手におやすみと言った。ドウェイン・ブロックスは歩道に立ってあたりを見回したが、尾行の刑事たちにはまったく注意を払わなかった。刑事たちの張り込み用の車は、町のこのしけた地帯では一層よい隠れ蓑となった。レクサスの車内に刑事がいると誰が思うだろう？

容疑者は徒歩で半ブロック進み、ちょっと待っていると、彼は借り物のおんぼろ車を運転してガレージの大きな出口から現われた。ゴンザレスなら、そんなポンコツに乗っている姿は絶対、人には見せられない。たとえ廃車場での張り込みのさなかであってもだ。刑事は首を振った。「まったく金持ちってやつは」

相棒はうなずいた。

依頼人は今回、トイレを希望してきた。なんて馬鹿なやつだ。だがイギーは反論を引っこめた。今夜は彼自身の計画にも変更がある。

混雑したこのトラック用サービスエリアなら、化粧室はプライバシーと匿名性が保証されているだろう。トイレのドアからは大勢の人間が出入りしていた。悪くない――その受け渡し場所を地元のヤクの売人も使っているなら、話は別だが。その場合、事はややこしくなる。彼はツイていた。トイレのタンクの重たいセラミックの蓋を持ちあげてみると、そこは未開の領域だった。内部の壁面のぬるぬるは何年も放置されているようだ。タンクの水に赤いプラスチック容器を浮かべたあと、彼はもとどおり蓋をかぶせた。化粧室のドアを開けると、ジュークボックスによる前と同じカントリー・ソングの再演が聞こえてきた。失恋したどこかのトラック運転手が不実な浮気女について語るその歌詞に惚れこんでいるらしい。

食堂はふつうの二倍の広さで、その広大なスペースは、フォーマイカのテーブルとプラスチック製の椅子、コーヒーの香り、チリドッグのにおい、男たちの体臭に満たされていた。大きく広がるガラス窓からは、お客たちの車が見渡せる。そこにはありとあらゆる乗り物があった。乗用車やバイクは前面の狭いスロットに駐車されており、大型車両は道路に近い奥の区画に並んでいる。

カウンターのスツールに向かいながら、イギーは人混みに目を走らせ、新たな入店者をチェックした。例のニュース映像に登場したやつは見当たらない。警官に付き添われ、ソーホー警察署に入っていった身なりのよい民間人たち――重大犯罪課の重要参考人とされる金持ちのくそ野郎ども。あのなかのどいつもそこにはいなかった。つまり、依頼人はまだ着いていないということだ。ゲイル・ローリーがその馬鹿に、早く行くのはご法度だと教えこんだにちがいない。きっと、下手をすれば殺し屋に出くわし、そいつを怒らせる可能性がある、もちろん殺される可能性もあるから、と言い聞かせたのだろう。だが今夜はイギーのほうがルールを破るのだ。それも、もっとも重要なルールを。依頼人とは常に一マイル以上の距離を取ること、そして、絶対に顔は見せないこと。これは、向こうがつかまって警察と取引することへの備えなのだが。

この仕事のために、イギーは眼鏡をかけていた。また、着ているシャツには、引っ越し会社のロゴが入っている。これで彼は——実は、いつものバンは、食堂の裏手の深い草叢のなかで、遺棄された二台の廃車と時を過ごしているのだが——駐車場の大型車両のどれかを運転する長距離トラック・ドライバーで通り、透明人間同然でいられるはずだ。カウンター席にすわるとき、彼は、用を足す者を残らずチェックできるよう、化粧室をまっすぐ見通せる場所を選んだ。そこからはまた、乗用車のサイズに区切られた入口に近い駐車スペースも見渡せた。

イギーはバーガーとフライドポテトを注文した。ウェイトレスはあちこちの席から上がる不平の声には耳を貸さず、食べ物が満載されたトレイを持ってせかせか歩き回っている。すごい数のお客。大変な混雑だ。これならばたのんだ料理がすぐ来てしまう恐れはない。タイミングがすべてだ。

四十分が経過し、彼は空いた皿を脇に押しやった。レンタカーのナンバーを付けたポンコツが一台、入口近くのスペースに入ってきた。ドライバーはジーンズに派手な色のTシャツという格好で登場した。夜なのにサングラス？　あれが依頼人かもしれない。年のころは、例のニュース映像のいちばん若いやつに一致する。ただ、髪はつんつん突っ立っているし、無精髭も生えている。ぼろジーンズ。安物のスニーカー。警察署に連れこまれたあの連中とちがって、洗練されたところはみじんもない。だがこの新たなお客が真っ先に立ち寄ったのは、まさに化粧室だった。

イギーは駐車場に視線をもどした。ちょうどそこへもう一台、車が入ってきた。レクサス。とてもいい車だ。しかしドライバーと同乗者は降りてこない。ふたりの男はただそこにすわって、ガラス窓の長い広がりを見つめていた。

うん、有望じゃないか。

化粧室から出てきたとき、例のつんつんヘアのお客は茶色の紙袋を手に持っていた。

ああ、トンマめ。

入店時、あの袋はたたんでポケットに入れてあったにちがいない。だがいま、そこにはまちがいなくトイレタンクから回収した赤い容器が入っている。茶色の紙には濡れた染みがいくつも広がっていた。

外の車の男ふたりも、これに気づいたようだ。紙袋を持った馬鹿が食堂を出ると同時に、彼らは車から降りてきた。かくして男の身元の裏付けが得られた――警官による裏付けが。ド阿呆の依頼人はレンタカーのフードの上にかがまされ、手錠をかけられた。

イギーは手を上げて、忙しげなウェイトレスに勘定の合図をした。ここまでは万事順調だ。

赤いプラスチック容器は指紋を採るために粉を振られ、その後、開けられた。弁護士の到着よりずっと前にサスペンスは終わっていた。

そして弁護士は笑った。

ドウェイン・ブロックスはそこまで楽しげではなかった。その突き出た唇から判断すると、この逮捕と拘留は、彼にとって不都合な出来事であり――さらに悪いことに、周囲の刑事たちは不快感を与えるようだった。彼はマロリーに集中する妨げとなる質問すべてに腹を立てた。彼女のほうはいまだ容疑者に目を向けてさえいない。にもかかわらず、彼の視線は彼女に釘付けなのだった。

ロナハンがゴンザレスのあとを追って取調室を出ていった。それ相応の理由があって、このコンビは落ちこんでいる。もっとも彼らの張り込みもまったくの時間の無駄ではなかった。彼らは正しい容疑者を選び出したのだ。おかげでチームは、最有力候補者リストの他の投資家たちの監視を打ち切ることができる。

ライカーは、ブロックスの安い服とそれ以上に安いスニーカーをまじまじと見つめた。前回、会ったとき、この若造の着衣の総額は、彼の家賃一年分に相当した。しかしいまこの瞬間は、もしまぶたを閉じれば、こいつの頭のまわりをぐるぐると飛び回る羽虫たちが見えるのではないか。ライカーは容疑者を〝小バエ小僧〟と命名した。しかし本人にはこう呼びかけた。「ドウェイン……その衣装はどこで手に入れたんだ？　フリーマーケットか？　殺し屋もそこで物色したのかな？」

ライカーが同じ部屋にいることにいま気づいたかのように、ブロックスは顔を上げた。それから彼は、さらに興味なげに、食堂のトイレタンクから持ってきた赤い容器の中身を見やった。くそいまいましいハムサンドを。

〝インチキこびと〟と名付けられた弁護士もまた、赤い容器に視線を注いだ。彼は身をやつした依頼人にほほえみかけた。それから――高級スーツどもは常に同レベルの服と話したがるものだから――ライカーのことは無視して、テーブルの向かい側の刑事のほうに話しかけた。

「マロリー刑事、ライ麦パンのハムサンドで密輸の告発ができるのでないかぎり、依頼人とわたしはもう帰らせていただきますよ」

「まだよ」彼女は言った。「あなたの依頼人は几帳面(きちょうめん)なタイプじゃない。彼はトイレタンクの蓋の指紋をすっかり拭き取ってはいなかった。彼が何か他のものを……〝死の証拠〟を引き取るつもりでいたことはわかっている」

弁護士は手を振って、生とか死とかいう細かいことはどうでもいいのだと伝えた。「あなたがたには、わたしの依頼人から照合用の指紋を採取する根拠がないわけですから――」

「それはちがう。わたしにはこれがある」マロリーはテーブルに令状を置いた。「わたしがある連邦政府の役人に、これに署名した判事の前で証言をさせたの」

これはまあ真実と言える。チェスター・マーシュはすでに連邦政府の仕事を失っているし、その話の内容はすべてテープに録音されていたのだが。耄碌(もうろく)の境にある判事の前であの密告屋への尋問を再生させるために、ライカーは出来立てほやほやの地方検事補をさがした。誘拐とアンドルー・ポークの元顧客らとのつながりは弱い。だが判事は今期、選挙に出る予定であり、全国の誘拐された子供、特に盲目の子供の味方として見られたがっていた。彼は最有力候補者リストの各容疑者に一通ずつ、計三通の令状に署名したが、そこで認められている権限はあまりにも広範なので、なにやら気恥ずかしくなるほどだった。

「わたしにはあなたの依頼人の指紋を採ることができるの」マロリーが言った。「財政証明書も入手できる――その他ほしいものはなんでも」赤い爪が令状の文章をなぞっていく。「それに、ほらここ。もしほしければ、そのチビイタチの血液を採ってもいいって書いてある」

〝チビイタチ〟という部分には少しも腹を立てず、弁護士は彼女にほほえみかけて言った。

「しかし逮捕の根拠はない――もしあれば、われわれは罪状と認否手続きについて話し合っているはずです。いまのところ、あなたにはほぼ何もない――」彼の視線が赤い容器のハムサンドのほうへともどっていく。「いや、皆無と言っていいな……わたしたちはこれで失礼します」

「その前に」マロリーが言った。「少し血をもらう」

疲れ果てたドウェイン・ブロックスは、あくびをしながら自宅に入った。科研の技術者に血液サンプルを抜き取られるまでの待ち時間は、とにかく長くて退屈だった。弁護士は口腔内からのDNA採取で充分だと主張し、これを阻止しようとしたが、令状には明確に〝血液〟と書いてあり、マロリー刑事を納得させられるものは血液だけだった。しかし総合的に見ると？

すごく楽しかった！

寝室に入ったとき、明かりのスイッチは利かなかった。ああ、めんどくさい――でも、切れた電球は明日まで放っておけばいい。ドアの隙間の細い光をたよりに、ドウェインはベッドを見つけた。もうへとへとで服を脱ぐ気にもなれず、そのままマットレスの上にばったり倒れ――

「そろそろ時間だ」暗闇のなかで荒っぽい声が言った。「警察がおまえを解放するのをずっと待っていたんだ」

ドウェインはまぶたを開け、太陽のようにまぶしい、すぐ間近の光の玉に目を眩まされた。まぶたを閉じたが、光は消えず、膜組織を貫いて燃えつづけた。「誰だ?」

「誰だと思う?……警察はハムサンドを気に入ってたか?」

嘘だ。こんなことはありえない。契約を結んだじゃないか! ドウェインは一方の手で目をかばい、もう一度、まぶたを開けた。光の向こうには何も見えない。男の姿もまったく。太陽の残像以外は何ひとつ。「ここに来るなんて許されないぞ! ぼくの名前だって知ってちゃいけないんだからな!」

「知らずにいたろうさ……おまえがヘマをしなけりゃな。おまえ、ありとあらゆるニュース番組に出ていたぞ、坊や。警察が最初におまえとおまえのリッチな仲間たちを呼び出したとき、おれはテレビを見てたんだ。なんで今夜、連中にまたつかまったか、わかるよな? このド阿呆め」

「あんた、イカレてるのか?」いや、それどころか、この侵入者はかなり優れた論理的思考力を示している。これは例のハムサンドが証明するとおり。もしあの代用品がなかったら――

「わかったよ。あのトイレタンクだろ？　あれはまずかった。警察はいまこの瞬間にも外に車を駐めてるかもしれない」

「ああ、駐めてる。連中が屋根を見てなくてよかったよ。で、おまえは連中になんと言ったんだ？」

「出ていけ！」ああ、いまのは、殺し屋に使うのに適した言いかたじゃなかったかもしれない。こいつは使用人の階級とは言えない。前より丁重に、ドウェインは言った。「もう帰ったほうがいい……いますぐに」

「じゃあこれは要らんのか？」

光の横の暗闇からビニール袋が飛んできた。それはベッドの上に落ちた。ドウェインはすでに、くり抜かれた人の心臓を見分けられるようになっていた。今回のは、これまでのやつよりも小さかった。

子供の心臓だ。

第二十二章

ドウェイン・ブロックスは、手足を縛られ、キッチンの椅子にすわっていた。イギーはその目に黒いシルクのネクタイで目隠しをした。

「これって必要かね？　たぶんぼくの網膜はもう焼けちまってるよ。さっきのあの——」

「いまに回復するさ」イギーは腰を下ろし、依頼人のノートパソコンのファイルに目を通していった。「子供の心臓の分の差額を払うころには、ちゃんと見えるようになっている」口座から口座へ資金を移す手続きは、猿にでもできるくらい簡単だ。ゲイル・ローリーは彼にネット・バンキングのやりかたを教えていた。だが、イギーはいまも手でつかめる現金にこだわっている。パートナーは、海外の銀行のいくつかはいまなお警察からフリーなのだと言うが、イギーはその言葉を信じていない。

「さて、ドウェイン、おまえとおれ、ふたりでしばらく話をしよう……おまえは何を企んでるんだ？」

「知る必要はないだろ。こっちはそのために余分に金を払ってるんだ。くだらない質問をするなよ」

ボーナスか？　ゲイルはいつも以上に上がりをちょろまかしているわけだ。

遺言検認のファイルを見終えると、イギーは椅子の背もたれに体をあずけ、タバコに火を点けた。「このアパートメントは家族の家だったわけか。同情するよ、坊や。おまえの両親は大したもんは遺さなかったわけだからな」このうちは何重にも抵当に入っている。バルーン返済の一件は、支払われないまま期限を過ぎていた。「あの海外の口座――あそこにあるのが、おまえの持ってる全額なのか？　くそ」彼はご親切にもブロックスが提供したパスワードで、そのファイルを開けたのだ。このマヌケ。もし名前でアクセスできるなら、外国の口座の複雑な番号になんの意味がある？　それに、チェーホフってのはいったい誰なんだ？　その残額は、彼の不安をかきたてた。「たった十万？　小銭みたいなもんじゃないか。労働者の考える金ってやつだな。なのにおまえは、この町を丸ごと所有してるみたいに散財しつづけてるわけだ」クレジットカードの明細によると、この馬鹿なくそガキはどこへ行くにもリムジンを使っている。それにおそらく、こいつは賭け屋（ブックメーカー）につけ払いをしている。新聞のスポーツ欄の予想点差には印が付いていた。「すごい浪費家。つまり、おまえは一攫千金を狙ってるわけだな。あるいは、どん底まで行ったら死ぬ気なのか。どっちなんだ？」もっとも危険な依頼人は、失うものが何もないやつだ。

「ぼくには自殺願望はない。これで答えになってるかな？」

こいつがまったく怯えていないことが、イギーには気がかりだった。これは、殺し屋の訪問を受けた者のノーマルな態度とは言えない。「生命保険の支払いってことはない。ターゲットは無作為に選ばれてる。ということは……市長に何か文句があるのか？」

「そうとも言える」これはからかいの口調だ。「だけどあんたは、金をもらって満足するしかないね」虫唾が走るこのチビは、赤の他人にびんたをせがんでいるような笑いをそなえていた。「心臓は毎回どうしてるんだ?」イギーはわかったような気がした。

ローリーの幸せな結婚生活の維持には、別室で眠ることが必要条件だった。メアリーはぐっすり眠るほうであり、盛大にいびきをかくたちなのだ。

ゲイルは眠りが浅く、ナイトスタンドの上のベビーモニターにちょくちょく起こされる。それは娘の寝室につながるライフラインだった。その音声装置は、娘がいまも呼吸していることを保証してくれる。彼は喘息の発作の恐怖に始終、直面してきた。ほとんどの場合、それは吸引器で収まったが、何度かは病院へ飛んでいかねばならなかったこともある。それにパパの秘蔵っ子は、それ以外の夜の恐怖の継承者でもある。彼はパティーのヒーロー、あらゆる悪夢から彼女を救う人だった。ゲイルは、パパの役目に強迫的にこだわっており、増幅された蚊の鳴き声でも聞こえようものなら、すぐさまベッドを飛び出して、娘に触れる暇も与えず、侵略者をたたきつぶすのだった。

誰だ?

ゲイルはシーツをさっとめくり、警戒態勢でまっすぐに身を起こした。ふたたびそれが聞こえた。男の声、ささやきが。「ゲイル、話があるんだ」彼はベッドサイドのランプを点けた。室内には誰もいない。声はベビーモニターから聞こえてきたのだ。数秒後、彼はパティーの寝室の前にいた。手に銃を持って。ドアのノブを――

どういうことだ？

ウサちゃんの常夜灯の小さな電球に照らされ、イギー・コンロイがすわっていた。眠れるプリンセスのベッドを覆うピンクの天蓋のすぐ横に。「電話の音で家じゅうを起こしちゃ悪いと思ってね」

ご親切に。

怒りを嚙み殺し、ゲイルはリボルバーを下ろして、手振りで〝黙れ！〟と命じた。イギーは無言で彼についてきた。ふたりは寝室を出て、廊下を進み、オフィスに入った。見ると、警報装置の電気回路の遮断を防ぐため、フレンチドアの左右の扉から長いワイヤーが一本伸びていた。イギーは家宅侵入の天才だ。彼はまた、副木に埋めこまれたモーション探知機にも打ち勝っていた。

ゲイルはデスクのほうに行って銃をそこに置き、ノートパソコンのカバーに手を乗せた。それは温かかった。つまりイギーは今夜、しばらくここで過ごしたわけだ。パスワードとサムドライブがないかぎり、時間の無駄なのに。

危険なお客がすわった。反省の色はみじんもない。いつも冷静沈着なこの男は怒っていた。それを表すものは、その顔と拳の固さだけだが。ベビーモニターを使った芸は何かに対する報復にちがいない。

「どうしたんだ？」ゲイルの落ち着いた口調は、自宅に侵入されるのはよくあることだと言っているようだった。イギーはコロンをつけているんだろうか？　今度こそ、ゲイルは恐怖に駆られた。タバコのにおいだけでも充分にまずいのだが、香水の類はすべてプリンセスの敵、喘息の引き金となりうる。そして、この男はそれを知っている。

いや、ちょっと待て。落ち着けよ。においはかすかだ。イギーのコロンじゃない。彼はその手のものは使わない。だがそれはトラブルのにおいがする。お馴染みのブランド。高価なやつだ。この男は今夜、誰といっしょだったんだろう？

イギーが手を伸ばして、携帯電話をひとつ、デスクの上に落とした。そのプラスチックの黒い背はなくなっていた。バッテリーもだ。「依頼人の使い捨て携帯だよ」

「たのむ。彼はまだ生きてると言ってくれ」

「ああ、生きてる。だが、ちょっとやつと雑談したんだ。知ってるぞ。おまえの──」イギーはその言葉を吐き出した。「ボーナスの件。おまえがあの馬鹿の勝手を許したのはだからなんだな。あのトイレでの引き渡しをオーケーしたのは？　よりによってあんな──そう、心臓は直接届けてやったよ」

「プランの変更か。利口な手だな」ゲイルは言った。おまえ、どこまでイカレてるんだ？　依頼人に直接会っただと？

「やつがおまえの口座に料金を振りこむのをおれはこの目で確認した」イギーが言う。「いますぐおれの取り分を支払え。そのうえで、何もかもシャットダウンするんだ。あの口座もだぞ。おれは痕跡を残したくない。あのチビ野郎とはもうこれっきりだ」

「いいとも。簡単なことさ」この男の声が怒りで大きくなっては困る。プリンセスが起きてしまうかもしれない。ゲイルはデスクに着いて、引き出しを開け、サムドライブをさがした。ノートパソコンのスロットにそれを入れると、すぐさまクック諸島の口座のページに入ることができた。依頼人の支払いは本当に、少し前の入金としてその画面上に表示されていた。「金は週末までに用意しよう。海外の口座を開設させてくれ。そうすりゃ三秒であんたに――」

「現ナマだ。いま寄越しな」イギーは壁の金庫を隠している絵画のほうに顔を向けた。「全額あそこにある。さっき数えたんだ。だが一セントも取っちゃいない。そういうまねは……無作法だからな」

ゲイルは金庫を開けて、非常用の隠し金をじっと見つめた。必要が生じたらただちに使えるよう、常に手もとに置いてある逃走資金を。不承不承、彼は帯の付いた札束をいくつか取り出し、イギーの両手のなかに置いた。「つまり……あんたはサービスエリアから依頼人をつけてったわけだな？」

「いいや。警官どもがやつに手錠をかけて連れ去ったあと、時間がたっぷり、それこそ何時間も、あることがわかってな……まあ、落ち着け。連中はやつを釈放したよ」

内心ではアヒルよろしくバタバタしながら、表向きは平静に、ゲイルはデスクの前の椅子にすわった。「どうやって依頼人の住まいを――」

「テレビで顔写真を見たからな。あれは警察が最初にやつを引っ張ったときだった。やつとやつのリッチな仲間たちを、だな。ネットの続報で、おれは連中全員の名前を知った。住所も入手したが、そっちは上流社会のブログからだ」

かねてからゲイルは、自らの仕事の細部に対するイギーの異常なこだわりを知っていた。だが、まさかこの男が社交界の名士たちの動向を追っているとは思ってもみなかった。「立派な住所だよな、イギー。前に言っただろう。そいつが金持ちなのは確かだ」

「五番アベニューで部屋数十七。おれは受戻権喪失の通知を見た。あの海外の口座。あそこにあるのがやつの全財産だ。そして借金はその六倍。だがやつは金を使いまくっている。まるで宝くじに当たったみたいにな。ありゃあどうしようもない。異常。イカレてるよ。なのにおまえは、今夜、やつがプランを変えるのを許した。こんな面倒におれを引きずりこむとはどういうことだ？　あいつは何を企んでいる？」

ゲイルは何も知らない。前払いのボーナスは、一切質問をしないこと——気は確かか？　などと問わないことを条件に支払われたのだ。

「やつはこれでがっぽり儲ける気なんだ。身代金めあての誘拐にちがいない」

「イギー、まさか本気じゃないだろ。ターゲットのリストを作ったのは、あんたじゃないか。赤の他人のために身代金を払うやつなんぞいるわけがない」

「ブロックスはイカレてるんだ……理屈に合わなくて当然だろうよ」

「わかった。ロープを切ろう」ゲイルは言った。「こっちの使い捨て携帯も捨てるよ。あの男の電話を受けるのに使ってるやつも」

「やつがその電話番号を書き留めてないとどうして言える？　どこか、警察に見つかるようなところにそのメモが置いてあるかもしれんぞ」

「だとしても問題ないさ」

「もし番号をつかんだら、警察はおまえがその携帯でかけた電話を一件残らず突き止められる。かけた場所もだ。基地局と衛星と――」

「イギー、インターネットばっかり見て過ごすのはもうやめにしな。携帯電話の追跡にからむくだらん噂のほとんどは都市伝説なんだ」

使い捨て携帯だけを使え。こっちの番号は控えるな――そういった指示に従う人間がいるなどと、ゲイルは思ったこともない。イギーが盗んだ依頼人の携帯を掲げ、彼は言った。「こいつはこのおれがブロックスに送ってやったんだ。仮に警察に見つかってても、連中の役には立たなかったさ」彼はデスクのいちばん上の引き出しの鍵を開け、自分の電話のひとつを取り出した。「これはおれが彼に連絡するのに使ってたやつだ。わかるか？　彼のとそっくり。恐竜だよ。GPS機能はなし。じゃあ、基地局アンテナ三角測量法は？　こんな田舎じゃ不可能だな。基地局はひとつしかない――全方向性アンテナがひとつ。依頼人がおれの電話番号を警察に教えたとしたら？　そいつは使い捨てだ。連中の手に入るのは、ブロックスへの通話の記録だけ。おれの名前はつかめない。それにここじゃ、携帯の位置は基地局ひとつの信号で半径六マイル内に絞りこめるだけだしな」へぼテクノロジー、万歳。

空は明るくなりだしていた。もうすぐ日が昇る。「うちに帰りな。何も心配ない。おれは自分の仕事を心得てる」

イギー・コンロイはぎりぎりのタイミングで立ち去った。廊下の奥でその日初めてトイレを流す音がし、ゲイルは家族が起き出したことを知った。

妻の悲鳴が響いた。

メアリーが部屋の入口に現れた。彼らの子供を斜めにぎゅっと抱きかかえて。空いているほうの手には喘息用の吸引器が握られていた。空っぽ？　それとも、効かないのか？　彼の小さなプリンセスが呼吸しようとあえいでいる。その唇が青くなりだしている。まぶたが閉じていく。頭が垂れ下がる。死にかけてるのか？

「救急車を呼んで！」妻が叫んだ。「ぼーっと突っ立ってないでよ！」

彼は携帯電話を床に落とし、妻の腕から子供をもぎとった。いま、彼は玄関へと走っている。まだ通勤ラッシュの時間じゃない。いいタイムで病院まで行けるだろう。

車の助手席に娘を乗せていると、妻がスリッパのまま家から飛び出してきた。「待って！九一一にかけたから！　救急車がこっちに向かってる！」

なんて利口なんだ。救急隊員が処置すれば、パティーの呼吸は三分で回復するにちがいない。こういう非常時には、妻の脳みそのほうがゲイルのよりずっとよく働く。子供の危機に対する恐怖はいつも彼の頭の働きを鈍らせるのだ。彼はぐったりした小さな体を見おろした。**死ぬな、死ぬな、死ぬな！**

夜明けから一時間後、小さなパティーの容態は良好で、家族三人は家路につこうとしていた。

ゲイルは妻と並んで歩いており、眠れるプリンセスはゲイルの腕に抱かれて病院の廊下を運ばれていった。

これはイギーの仕業だ——あの男がパティーの寝室まで持ちこんだコロンの香り、それと、やつの服のタバコのにおい。あの最低な——

出口の赤い表示が見えたとき、ゲイルの頭に別の考えが浮かんだ。彼は不安を押し隠して、妻に訊ねた。「メアリー、救急車を呼んだとき、どの電話を使った?」

「いちばん近くにあったやつ。それがどうか——」

「メアリー。使ったのはぼくのデスクの固定電話なのかな?」

「ううん。あれじゃない」彼女はゲイルの前に出て、ガラスのドアを通過しながら、ショルダーバッグのフラップを開けた。

ゲイルは絶叫したかった。

だが叫べばパティーが起きてしまう。

彼は妻のあとを追って駐車場を横切っていき、車の前で彼女に追いついた。そして娘をしっかりと、固すぎるほど固く抱き締め、妻が満杯のバッグの中身をかきまわすのを見守った。彼女は車のフードにスケジュール帳を載せた。それから、彼女自身のピンクのスマートフォン、パティーの紙パック入りジュース、彼らの子供がもっと小さいころに使った古いクッション入りの玩具、その他ありとあらゆるガラクタを。

「あなたが床に落とした携帯電話を咄嗟に拾ったのよ」メアリーが言った。「すごく古いやつよね。どうしてあんなのを取っておくのか——ほら、これ」捜索を終え、彼女はゲイルの使い捨て携帯を掲げた。ドウェイン・ブロックスとの連絡だけに使われていた電話——ついさっき九一一のオペレーターへの連絡に使われた電話を。

第二十三章

依頼人との連絡に使っていたあの携帯を、ゲイル・ローリーはじっと見つめた。それは内臓を抜かれ、息絶えて、デスクマットの上に載っていた。でももう手遅れだ。その履歴にはすでに九一一への通話の記録が含まれている。名前も——住所も。ドウェイン・ブロックスは五番アベニューの十七部屋ある住居のどこかに、この番号を控えたメモを放置しているんだろうか?

この問題を妻に背負わせられたらいいのに。メアリーは、生きるか死ぬかの危機に対処する天才だ。パティー姫がこの日助かったのは、彼ではなく、母親の機知のおかげなのだ。だから彼は、メアリーならどうするだろうと自問した。

彼女ならまず、デスクに鍵をかけてしまってある他の使い捨て携帯を処分するだろう。彼は、所有する時代遅れの携帯電話がすべて入っている引き出しを開けた。依頼人たちとの連絡用のと、殺し屋用のが一台あるはずの場所を。引き出しは空っぽだった。

つまり、イギーがもう一度来て、さらにかたづけをしていったわけだ。あの男は、救急隊員たちが必死でパティーを蘇生させている場面を見ていたんだろうか? あの救助作戦は、家を空にするためにやつがお膳立てしたことなんだろうか? ああ、ちがいない。あれはイギーの仕組んだことだ。パティーの部屋でタバコとコロンのにおいをさせたのも計画のうちだったのだ。

待てよ。これはいい徴候でもある。あの男にはゲイルの家族全員を殺すこともできたのだ。ところが彼は、携帯の痕跡を消し去るだけに留めた——メアリーがバッグで持ち去った一台だけは残っているが。すでにイギーは自分の電話を捨て去り、姿の見えない、手の届かない存在となっている。どんな追跡手段も、常に現金払い持ち帰りで、紙の痕跡を一切残さない男の居所を突き止めることはできない。コンロイ母子が町から引っ越したあと、その名前は捨て去られ、新たな身分が作られていたにちがいない。ゲイルはそれを知っていた。なぜならイギーは妄想症の権化だから。

ゲイルは空っぽの引き出しを見つめた。つながりは絶たれた。おつぎはどうする？　フレンチドアのガラスの向こうでは、メアリーとプリンセスが奥のプールの縁にすわって、水のなかに脚を垂らしている。家の正面側で固定電話が鳴った。ゲイルはそれを無視した。

二度目のベル。

メアリーならどうするだろう？

三度目のベル。

ゲイルはのろのろと立ちあがった。あの番号に誰がかけてこようとさして気にはならない。重い足がリビングへの道をたどり、そこで彼は、受話器を取って力なく言った。「もしもし」

するとイギーの声がした。「おまえの使い捨て携帯は始末した。だが残らずってわけじゃない。それぞれの履歴の番号にかけてみたんだ、ゲイル。おまえはブロックスとの連絡用のをまだ持ってる。すぐ処分しろ！　そのあとは？　おれとおまえはもう終わりだ」

「待ってくれ！　いいだろ？　一分だけ……あんたはこのままじゃ危ないと思ってるんだよな、イギー。依頼人のうちにまた行く気なら……彼がおれの使い捨ての番号をメモしていなかったかどうか、とにかくそれを確かめてくれ。あんたの気持ちはわかる。本当だ。ペンを持ってるか——」

「その番号ならもう知ってるよ、ゲイル」

当然だ。あの番号は、イギーがドウェイン・ブロックスから盗んだ電話の送信履歴に載っている唯一の番号だろうから。そして警察はその番号から、メアリーがこのうちの住所を伝えている九一一の録音へとたどり着くことができる。

「あの番号からこのうちを突き止められるわけはない」信じてもらえるだろうか？　電話回線を通して、イギーには、彼が汗をかいているのが聞こえるのでは？　「だがあんたの気持ちはわかるよ。こっちはそれでかまわんさ。もう一度、あそこに行きたきゃ行けばいい——」

「すると……おまえはヘマをしたわけだ」

電話の切れるカチリという音は恐ろしかった。だが、ゲイルの頭にまず浮かんだのは、イギーは家の近くで待ち伏せしてはいないという心安らぐ考えだった。

ゲイルはこれを信じた。なぜなら自分がまだ生きているから。

郵便配達人、マーコ・パトロンは、カートに載せた、かさばった青い袋のジッパーを閉じると、そのカートを歩道に残したまま、配達先のアパートメントに入った。この建物はいつも厄介なのだ。彼は長い金属プレートの鍵穴に鍵を挿入した。そうして蝶番で留まったそのプレートをくるりと下ろすと、居住者の郵便受けのスロットがずらりとそこに現れた。郵便受けのひとつには、前回届けたカタログやダイレクト・メールがぎゅうぎゅうに詰まっていた。あの婆さんは、彼が言ってやらないかぎり郵便受けの中身を取り出したためしがない。**くそ婆め！**ふと見ると、そこに当のご本人がいた。彼の鍵では開かない、なかのドアからほんの数歩のところで、エレベーターを待っている。彼はガラスをバシンとたたいた。「おい！」

婆への説教を終え、すべての手紙を郵便受けのなかに落としてしまうと、マーコは建物の外に出た。**ああ、ちくしょう。**カートは、歩道の下のくぼんだ箇所に転落していた。おれは郵便袋のジッパーを閉じなかったんじゃないか？　やっぱり。手紙の束は、ゴミ缶がいくつも置かれたセメントの床に散らばっていた。彼はどたばたと階段を下りていき、ひっくり返ったカートを起こした。

隣のブロックでこんな事故が起きていたら、面倒なことになっていたにちがいない。グレイシー・マンションのまわりにはまだ、記者どもがうろうろしているのだから。

マーコは手紙の束についた汚れをぬぐった。これで新品同然。だが、郵便袋に束をもどしたとき、ボール箱の角が目に入った。小包などそこにあってはならないのに。彼は手紙や雑誌をかき分けて、それを掘り出した。この箱は小さいが、標準的な郵便受けのスロットを通るサイズではない。これは小包用の配達トラックに回されるべきものだ。ブロック体で書かれた宛名は、アンドルー・ポーク市長。二十年この地区を受け持ってきた自分が、市長邸宛の小包のことを忘れるとは思えない。それに、これは絶対確かだが、彼自身はこの小包を袋に入れていない。

あのくそ主任め。郵便局を出る前、彼はあいつが袋をかきまわし、警官どもが目を通した郵便物を——本人の言葉によれば——ダブルチェックするのを見ている。配達係の荷に何か一点加えたという話はまったく聞いていない。土壇場で配達係の袋にくそを詰めこむ権利などあのボスにはないはずだ。しかもそれは、マーコが外に出るまで気づかないよう、奥深く押しこんであった。

さらに腹立たしいこと——箱には郵便切手も料金別納郵便シールも貼られていなかった。主任や大物政治家どもは、自分らは郵便条例を無視できると思っているんだろう。いますぐ局にもどって、大騒ぎしてやろうか。あるいは、さぞ痛快だろうけれど、あのくそ主任をどなりつける満足は見送って、差出人の住所のない、料金未払いの小包用の用紙に記入する代わりに、ただこのいまいましい小包を配達するという手もある。それが一番じゃないか？　料金未納の小包のおかげで、彼は市長に会えるかもしれない——たぶんテレビに映るかも。

アンドルー・ポークは通路を歩いていき、ワグナー・ウィングに入った。空間はそこで大きく広がり、大舞踏室となる。そそり立つ青い壁、白い縁取り、ブロンズの壺にクリスタルの燭台。そのなかを通り抜けて、向こうの角まで進むと、彼は奥まった小さな応接室に入った。黄色い壁に囲われた、イーストエンド・アベニューを望む部屋。もっとも、私道のどちら側に目をやっても、木の間に見えるのは歩道と車道の切れ端だけだ。その郵便物が届いたとき、彼は自分を見ている記者どもを見ていた。配達人は、制服の警備員らによる審査を通過し、公園内へと案内された――小さな四角い箱をひとつ携えて。

まさにあのサイズ。しかも、きょうは自分の誕生日と来てる！　完璧じゃないか。

そしていま、その箱がそこにある。全世界に見えるよう、十数台のカメラの前に姿をさらして。ああ、耐えがたいほどのこの快感。

配達人を待ちきれず、市長は通路へと飛んでいき、短い階段を駆けおりた。門には別の警備員がいる。放っておけば、箱はそいつに没収されてしまうだろう。通りから丸見えの場所で小さな荷物を受け取るために、彼はドアの外に駆け出ていった。私道の先端で足を止めると、一方の腕を公僕の肩に回し、笑みを浮かべて、記者たちに手を振った。

小さなボール箱を、彼は見おろした。宛名は、お馴染みのブロック体の文字で書かれていた。切手なし？　ブラボー！　こいつは、彼個人への郵便物を郵便局で開封する審査係どもを迂回してきたわけだ。

配達人は未納料金の見積もり額を受け取り――これによって、夜のニュースでの五秒間の名声を保証された。最後にもう一度、カメラに手を振ると、市長は私道を引き返していき、ワグナー・ウィングに入った。心のなかで、彼は歌っていた。ハッピーバースデー・トゥー・ミー

――

この脱走に護衛が気づく前に、邸内への通路までもどれるだろうか？

――ハッピーバースデー・トゥー・ミー――

舞踏室の半ばに至ったとき、彼は心配したブローガン刑事がやって来るのに出くわした。心配して当然だ。ニューヨーク市長の護衛を受け持つこの男は、市長閣下が二階のプライベート・エリアにいないことにずっと気づかなかったのだから。

で、このボディガードの相棒はどこにいるんだ？　昼寝中か？

ブローガンは小さな四角い小包を見おろした。新たな心配の種を。

――ハッピーバースデー・トゥー・ミー――

アンドルー・ポークは箱の宛名の書かれた側を胸に押しつけた。「大丈夫だよ。配達人によると、郵便物は全部、局でチェックしているそうだから。いや、そのことはきみももう知っているんだったな」笑みをたたえ、心（ハート）に歌を、手に心臓（ハート）を持ち、市長はその場をあとにした。

マロリーのデスクの電話の発信者表示が、彼女のお気に入りの記者の名を明かした。ウッディ・メリル。彼はグレイシー・マンションの門に張りついている一団のなかにいる。メディアへの情報提供は、〝警官の国（コップランド）〟の通貨だ。内部情報を与えるという彼女の約束と引き替えに、ウッディは邸への出入りについて常時報告を入れることに同意していた。また、彼女の最大の関心事、変わった出来事についてもだ。

マロリーは市長のボディガードたちよりもこの男を信頼している。

護衛の人員は、邸内で軟禁状態にある二名のみに減らされていた。彼らはそこで、市の聴聞会を待っている。罪状は、不正な賜暇、および、市長の海での休暇（多数回）の隠蔽を目的とした報告書捏造。市警長官はこれで、ブローガン刑事とその相棒、コートニーが警護の任務にシャカリキになるものと踏んだのかもしれない。だがマロリーは、あのふたりを失うものがほとんどない警官とみなしている。すでに放棄した仕事をただ惰性でこなしているだけだと。

記者からの電話のベルを鳴るに任せ、マロリーはノートパソコンのキーボードを打ちつづけた。四度目のベルで、ようやく受話器を取り、声にいらだちがこもるよう心がけつつ、こう訊ねた。「どんなネタなの、ウッディ？」これは要らぬ質問だ。彼女は常時、記者のカメラから送られてくる動画を見ている。

「ご注目。PR写真をひとつ送ってやったよ。郵便配達人といっしょにカメラに向かってるやつ。市長はそいつにキスせんばかりだった。あれは――」

「へええ、そう！」マロリーは受話器をたたきつけ、ウッディには、これが時間を無駄にされたことに対する彼女のコメントなのだと思わせておいた。

実はそれどころじゃない。

彼女は動画を止めて、アンドルー・ポークの右腕のなかの小さな四角い小包――胸に抱かれた大切な何か――を拡大した。市長のボディガードはどこにも見当たらない。あの刑事たちは、シリアルキラーが〝死の証拠〟に何を用いているか、教えられていない。だが、邸に入ってくるものすべてを報告するよう命じられてはいる。しかしいまのところ、この小包の受け取りについては、彼らのどちらも連絡を寄越していない。

それは、人間の心臓、例の少年の〝死の証拠〟を収めるのにぴったりのサイズだった。ちょうどデスクに着こうとしていたライカーに、彼女は言った。「誰かにドウェイン・ブロックスを迎えに行かせて。筆跡のサンプルを採るために連行すると言うのよ」

相棒に口を開く暇も与えず、車のキーを手に、マロリーは動きだした。刑事部屋を進んでいきながら、彼女は携帯電話を取り出して、別の刑事に連絡した。アッパー・イーストサイドの郵便局で任務に当たっているルビン・ワシントン。彼は、市長宛の郵便物を開封し、そのすべてに目を通す仕事を任されているのだ。電話を通して、彼はグレイシー・マンションへの配達を許されたひと山には、手紙しかなかったと請け合った。すごく退屈な内容のやつ、それと、バースデー・カードが多数。「箱なんてなかったな……え？……嘘だろ！」彼がそう叫んだのは、マロリーが禁輸品の心臓を運んだラバがいることを伝えたためだ。だから彼は、市長の地区の郵便配達人をさがし出し、そいつを脅し、その指を折り――たぶん何度か撃たねばならない、と。

「あらゆる手を使って」マロリーは言った。

アンドルー・ポークが席をはずしたのは、ほんの少し前だ。あれから一分も経っていないのでは？　そうとも。なのにこの若い刑事は、ずっとそこにいたかのような空気を漂わせていた。

まるで朝から一日、彼のデスクの椅子にすわって、彼のウォールストリート・ジャーナルをのんびり読んでいたかのような。

挨拶もなく、彼を見ようともせずに、マロリー刑事は訊ねた。「わたしに話したいことはありませんか？　何か警察が知っておくべきことが？」

「何もないね」アンドルー・ポークは言った。

「そうですか」この刑事はいま、彼を噓つきと呼んだのだ。たとえ抑揚でそう伝えたにすぎなくとも。彼女は新聞をデスクに置いて、小さな装置を自分の携帯電話につないだ。「市長、あなたの発言は録音されています」日付と時刻とその場の顔ぶれを吹きこみ、最後にとっておきのやつ、権利の告知を終えると、彼女は言った。「もう一度、お訊きします。あなたは最近、殺人犯からなんらかの連絡を受けていませんか？」

これはブラフだろうか？「いや、何も」彼はほほえみ、反論してみろと挑んだ。

彼女は新聞のページを一枚、ぱらりと繰って、ごくさりげなく言った。「わたしは心臓を引き取りに来たんです」

彼はこの女のやりかたが気に入った。デスクと向き合った椅子、市長とともにいる姿を人に見せたい連中の席にすわると、彼は脚を組み、腕組みをして訊ねた。「心臓というと？」

刑事は新聞を――いまや彼女のものとなったやつを読みつづけ、目下の状況から彼はこのゲームのよいネーミングを思いついた。〝根競べ〟。

先に動いたのは彼女だった。

身を乗り出し、携帯電話を差し出して、マロリー刑事は、郵便配達人とともにカメラに向かう彼の写真を見せ、それから条件を提示した。「わたしをなめないで。さっさと取ってくるのよ」

「そう、確かに小包は届いたな……まだ開けていないが」彼はオフィス内を見回した。それがどこかすぐ目につく場所にあることを期待しているかのように。「どこに置いたかな？」彼は申し訳なさそうに彼女にほほえみかけた。「小さな包みだったからね。この邸はとても広いし、部屋数も多いしなあ」

彼女はゆったりと椅子にすわって、壁の一面の書棚を見つめた。「取ってきて」

この刑事には観察力がある。彼女は書棚のまんなかの列を見ていた。その興味の対象が、急いでもどされ、上下逆さになっている五冊の本であることは明らかだ。この隠し場所は鑑識班による捜索の際も見つかっている。それも連中が部屋に入って数分後に。だがあのとき、そこは空っぽだった。

潔く負けを認め、彼は、貼り合わせた本の塊のように見える小さな金庫を取り出した。無数のうしろ暗い書類を――または、人間の心臓を収めるのにぴったりのサイズのやつを。中身を取り出すなり、乳白色の手がさっとよぎり、彼はびくっとした。赤い爪。長いやつ。そして小さなボール箱は彼女のものとなった。

「開封してありますね」彼女は言った。

「郵便局で開封されたんだろうね。わたし宛の郵便物は全部、向こうで開けているんだ。わたしはまだなかを見ていない。箱はそのまま――」

「郵便配達員は、あなたに渡したとき、小包にはテープで封がしてあったと言っています。彼の宣誓供述書もあります」

「ふむ、それなら……ボディガードのどっちかじゃないかね？　たぶんわたしが受け取ったあとで――」いや、もういいだろう。やり手はやり手を知る。彼はかすかにうなずいて賞賛を表した。

彼女はボール箱の蓋の部分を開き、少しの驚きも見せずに、血の色の心臓を見おろした。ビニールの包装には、〝死の証拠〟と記されていた。「〝生存の証拠〟のほうは？　身代金要求の手紙はどこなんです？」

「いったいなんの話なのか、さっぱり――痛い痛い！」右の腕が背後にねじあげられ、彼女が彼の上体をデスクへと押しつけた。


手錠姿の市長を引っ立て、階段を下りていったマロリーは、護衛係の若いほう、コートニーの姿を目にした。彼はホワイエの反対側、玄関のドアの前に立っていた。この刑事は彼女の視線を避けた。

マロリーは彼を無視し、捕虜を連れてワグナー・ウィングに通じる廊下のほうに向かった。彼女はそちら側からイーストエンド・アベニューに出るつもりだった。年かさの男、ブローガン刑事がこの狭い通路に立ちふさがった。その顔は厳めしく、組んだ腕は持ち場から動く気はないと彼女に通告していた。ポークはこのボディガードにほほえみかけ、うなずいてみせた――〝いいワン公だ〟。しかしブローガンは、手錠をかけられ、目の前に立つニューヨーク市長に気づいていないようだった。

ブローガンの目はマロリーひとりに注がれていた。

決闘だ。

でもどうして？　電話一本で応援部隊が来ることは、彼にもわかっているはずだ。ブローガンに勝ち目はない。マロリーは小さなボール箱を掲げてみせた。一語一語均等に力をこめて、彼女は言った。「これは小さな男の子の血まみれの臓器よ……そこをどいて」

男は少しも怒りを表さず、ただ、あんたの指図は受けないという使い古された刑事の構えを見せていた。彼はすでにバッジと恩給にさよならを言っている。彼女に撃たれても気にしないかもしれない。あまりにも多くの規則が破られ、あまりにも多くのものが見過ごされてきた。それに加えて、今度はこれだ。死んだ子供の体の一部が彼の任務中にドアから入ってきた。そして――彼は――それを――見過ごしたのだ。

「ジョーナ・クウィルの〝死の証拠〟」彼女は箱の蓋を開いて、彼に中身を見せた。「これは彼の心臓よ」

ブローガンは気分が悪そうだった。

それでも一歩も引かなかった。

「条件を言おう」その目がふたたび彼女に注がれ、警官が警官に語りかける。「外の報道陣の前での引き回しはなし。手錠もだ、マロリー。これは静かにやるんだ。彼はおれと相棒とで連行する。あんたじゃなく、おれたちが、だ。市長が行くところには、おれたちもついていく。それが職責。それがこっちの仕事なんだよ。むかつくけどな――」彼の視線が小さな箱へともどっていく。

腕組みが解かれ、両腕が脇に落ちた。この男のキャリアはきょうか明日に終わる。それは確かなことだ。だがこれは――彼の最後の意地はまだ保たれていた。

それに、彼の威厳も。

政治家や役人や警官との対決のあと、ルイ・マーコヴィッツは常に敗者に広い心を見せていた。マロリーとしては、この刑事を実態どおり、インチキなくず野郎として扱いたかった。それでも彼女は市長の手錠をはずし――脇に寄った。

イギー・コンロイは屋上の縁に立ち、双眼鏡で道の向こうの歩道を見ていた。ドウェイン・ブロックスが、昨夜、食堂で彼を逮捕したのと同じふたりの刑事に伴われ、アパートメントを出ようとしている。手錠はなしか？　刑事たちとのひとときを楽しみ、あの若造はにやついていた。ということは、警察には彼を告発するだけの証拠がない――きょうはない、ということになる。

覆面のクラウン・ビクトリアが出ていくと、同じ車種の車が複数、道に入ってきて、二重駐車で駐まりはじめた。スーツ姿の男が六人。これも刑事。捜索班だ！　連中は携帯電話の関連に気づくだろうか？　ゲイルがあの使い捨ての番号のことを急に気にしだしたなら、それは警察がブロックスの通話先に行き着く可能性があるということだ。

ゲイルのやつ！

処理すべきことは他にどれだけあるんだろう？

覆面の警察車両はその目的地に着いていた。ドウェイン・ブロックスはロック解除のカチリという音を二度、耳にした。それとともに、「降りろ！」という明瞭なお誘いも。しかし彼は、ゴンザレス刑事がやむなく運転手の役を務め、乗客のために後部ドアを開けに来るまで、そのまま座席で待っていた。

少しも急がず、ドウェインは悠然と車を降りて、ソーホー警察署の前の歩道に立った。記者たちは、木製の木挽き台の列のうしろに集められていた。連中は警察に招かれたわけではないのだ。彼は笑みをたたえ、カメラのレンズひとつひとつに手を振った。

ロナハン刑事が彼に警察署の入口を指し示した。石の段をのぼりきったところで、ドウェインは待った。するとついに制服警官がひとり、執事の役を担い、ドアを開けに来た。

ここに至っても、まだ彼はライカー刑事の目に入っていなかった。刑事が立っているのは、ほんの数インチ先なのに。やつはいま、煉瓦(れんが)の壁にもたれ、長々とタバコをひと吸いしているところだ。すべての記者とカメラが、この刑事のほうを向いた。つぎつぎ浴びせられる質問に答え、ライカーは言った。「いいや、ミスター・ブロックスは罪を問われちゃいない。単なる重要参考人だよ」この最後のフレーズは、テレビの警官たちの符牒。その意味はこうなる——犯人はこいつだ！　こいつがやったんだ！　つかまえたぞ！

快感。

これ以上のプレッシャーは誰も望めない。ああ、これこそ最高の日じゃないか。ドウェインは声をあげて笑った。背後でドアが閉まった。

刑事たちはファイル・キャビネットの捜索を終えた。そこに収められていたのは、ふたつの人生、死んだ両親の名残りの堆積物のみ。山積みのダイレクト・メールや未払いの請求書までもが故ブロックス夫妻宛だった。手がかりとなるメモ——たとえば、殺し屋の電話暗号が書かれた紙きれなどは、一切見つからなかった。

例の容疑者は紙というものをほとんど使わないようだ。若干の成果が得られたのは、きょうの顔ぶれのなかではいちばんコンピューターに詳しいサンガー刑事だった。彼はノートパソコンのファイルに目を通していた。「あいつ、ド阿呆だぜ。パスワードすら必要ない。ドウェインのやつ、ログアウトしてなかった」

サンガーは、アドレスブックが出てきそうなアイコンをクリックした。その連絡先リストにはひとつ、彼の知っている名前があった。それは、彼のガールフレンドが好きな古い女向け映画のタイトルになっているのだ。「なんとも言えんな」サンガーは言った。「その殺し屋は、アンナ・カレーニナかもしれない。あるいは、この男たちのどれかか」そこに並ぶファーストネームを彼は指さした。ドミートリイ、アリョーシャ、イヴァン、パーヴェル。どれも、うしろにイニシャルのKが付いている。麻薬課時代に身に着いた偏見から、彼は常にロシア系ギャングっぽい線に惹かれる。

映画より本が好きなジェイノスが、画面に顔を寄せて、連絡先リストのこの部分に目を走らせた。「なんて利口ぶったやつなんだ。しかも、まちがってるしな。パーヴェルの姓のイニシャルは、KじゃなくてSだよ。彼はあの親父の庶子なんだ」

「だよなあ」サンガーは適当にキーボードを打ちながら、他の誰かが割りこんで「どういう意味だ?」と言うのを待った。

「しかし署内には記者はひとりもいないからな」ジャック・コフィーは言った。「マロリーが上に連れてくる前に、彼に手錠をかけてくれ」階下で勃発した市長の護衛相手の言い合いにそうけりをつけ、警部補は内勤の巡査部長との通話を切った。

きょうは外観が重要だ。彼はふたりの男がすれちがい、顔を合わせるよう手を打っていた。ドウェイン・ブロックスは、刑事部屋のデスクのひとつにすわらされている。階段室のドアに向き合うかたちに移動したやつに。彼はブロック体の筆跡サンプルで用紙を埋めている最中だ。子供の心臓の入った箱との照合には、一行だけで事足りるかもしれない。ただ、筆跡鑑定においては、活字体は何もないよりましという程度なのだが。いずれにしろ、これは時間つぶしの作業にすぎず――

階段室のドアが開いた。そしてそこには、マロリーがいた。その手は、手錠をかけられたニューヨーク市長の腕をつかんでいる。この歴史的尋問のために、目下、マンハッタン地方検事にひけをとらない弁護士が署に向かっているところだ。

ブロックスが顔を上げ、手錠姿のポークを見たとき、警部補は、彼が恐れと不安を表すものと思った。ふたりが笑みを交わしたのは、予想外だった。どちらの男も相手を——拘留下のその姿を見てひどく喜んでいる。

彼らにとってこれは楽しいことなのだろうか？

警部補は隣にいる長身の心理学者に顔を向けた。「これはどういうことです？」

チャールズ・バトラーは不安そうだった。「当然、予想すべきでしたよ……本当にすみません」

取調室内の唯一の人物、アンドルー・ポーク市長は、胸の内でつぶやいたささやかなジョークにひとりほほえんでいた。

隣の傍聴室には、いましがた着いたばかりのアンブローズ地方検事がいる。彼は政敵打倒のこの絶好の機会に、お供を連れずに来ていた。ひとりでほくそえむのが一番だ。

そんなわけで、ライカーが傍聴室に入ったとき、笑顔はミラーガラスの両サイドにあった。

彼は言った。「もうちょいお待ちを。じきに市長の弁護士が着きますから」そのあともし必要なら、刑事はまたいくつか嘘をつき、さらなる遅れの言い訳をすることになる。マロリーはまだ、チャールズ・バトラーとともに警部補の執務室にこもったままなのだ。

「手短に言って」

この心理学者は、慎重に考慮された言葉数の多い回答に走りがちだ。ジャック・コフィーはその長い沈黙を破って言った。「それよりもう少し手短にたのみますよ」

「あの市長をよく見たのはきょうが初めてなんですが」チャールズは言った。「それでもやはり……わかっているべきでしたよ。ポークとブロックス、彼らはどちらも危険を好むソシオパスです。決闘好きなソシオパス。これは究極のチキンゲームと呼べるかもしれません。双方とも引きさがる気はない。もうお金の問題じゃないんです――仮に以前そうだったとしてもね。これは力比べ――勝負事なんですよ。最初からずっとその方向に向かっていたんだな。気づくべきでしたね……彼らが誰なのか、何者なのかを思えば。この件には悪い結末しかありえなかったんです……そして結局、少年は死んでしまった」

チャールズはニューヨーク・シティでいちばん不幸な男かもしれない。彼は、ジョーナの殺人に関し、すべての罪と責任を引き受けている。そして警部補にはわかった。この男が自らを痛めつけていることに、マロリーはなんの痛痒も感じていない。

彼女はとても静かだった。チクタクいわない爆弾。これ以上怒ることが彼女にはできるのだろうか？

携帯電話が鳴った。画面のテキストに目を走らせると、マロリーは部屋をあとにした。そして、そう、彼女はさっきよりもっともっと怒ることができるし、事実、怒っていた。

ドクター・エドワード・スロープは、実験衣のポケットに携帯電話を落とした。キャシー・マロリーがこっちに向かっている。少なくとも本人はそう言っていた。

確かにとっとと来たほうがいい。

考えられない説明のつかないミスがあったのだ。誰かがその責任を取ることになるわけだが、彼は心に決めていた。検視局の人間は誰ひとり非難の対象となってはならない。まあ、ひとりはなるかもしれない。そう、ひとりは確実に。当然予想のつくことだが、マロリーは真っ先に彼を責めるだろう。そのための友達じゃないか？

第二十四章

　ゲイル・ローリーは、どなり散らし、手をばたつかせ、頭を壁に打ちつけたくなるのをなんとかこらえた。

　家族でサプライズ休暇に出かけるのだと妻に信じさせたのは、たぶん失敗だったのだろう。留守中、夏の嵐から家を――二度ともどらない家を護るために、メアリーはあらゆる窓の鎧戸(よろいど)を閉め、貴重な時間を無駄にしている。そのうえ彼女は、ゲイルにも仕事のリストを与えた。正気の沙汰ではないが、彼はそれらをすべてかたづけた。きょうはスピードが勝負だというのに。

　メアリーとプリンセスはいま、バッグに荷物を詰めている――まだ支度が終わらないのだ！　こんなことなら、妻と子供をただ車に放りこむべきだった。この最低な日のささやかな救いは、メアリーとパティーには鎧戸の閉じた窓の外が見えないということだ。片手にリモコン、片手に銃を持ち、ゲイルは私道にぴたりと身を伏せて、ガレージの扉を開けた。そうしながら彼は、なかの二台の車のうしろに人の足が隠れてはいないか目を凝らしていた。

「うちの連中がそういうミスをするわけはない！」検視局長はそう言いながら、古い解剖室に若い刑事を通した。用途が改められ、内密の話のために使われている部屋。用務員も死体保管所の職員も、このドアの鍵は持っていない。ひとつだけある古めかしい電球の光は、これもまた古めかしい解剖台に注がれている。この台は、法医学の幼児期の産物なのだ。ハーフサイズの冷蔵庫だけが今世紀の品であり、それはドクター・スロープが自らここに運びこんだものだ。そしていま、彼はそのドアを開け、小さな金属のトレイ、五枚のうちのひとつを引き出した。「証拠の連続性については疑いの余地がない。そこにきみの署名があるだろう?」くるりと振り返り、怒れるキャシー・マロリーと向き合ったとき、ドクターは手袋に包まれたその手に子供の心臓を持っていた。しかし――「これはジョーナ・クウィルの心臓ではない」

そして彼女の最強の証拠が消えた。

彼はその臓器をそっと解剖台に置いた。「男性のバイオマーカーは見られるが、この心臓はもっと幼い男児、六、七歳の子供から摘出されたものだ。そしてもうひとつ、きみが興味を持ちそうなちがいがある」ドクターは、あの小さな冷蔵庫、彼の急ごしらえの心臓用モルグを目で示した。「他の四つの心臓は真空密封パックにきちんと保存されていた。組織を酸化させる空気はなし。なおかつ、赤い色を保つために一酸化炭素が添加されていたんだ」

「新鮮な獲物の肉みたいな赤」キャシー・マロリーは言った。「殺し屋の依頼人はそれを期待してるのよ」

「食料品屋のお客もな。ガス置換包装――それは食肉包装業者の技なんだ。きみのホシは、細かな点に常軌を逸した心配りを見せている」彼は子供の心臓の載ったトレイを見おろした。

「しかしこの心臓は少々赤すぎる。これが包装されたのは死後数時間以内ではなく――数日後だ。だからホシは、赤い食品着色料にこれを浸けたわけだよ。においを嗅いでごらん」

遺体の一部を嗅ぐのをいやがったことのないキャシー・マロリーは、解剖台の上にかがみこんで、心臓のにおいを吸いこんだ。「酸っぱいにおい」彼女は言った。「腐敗した肉か」

「包装される前から腐敗していたわけだ。それに、胸を切り開くときにつく小さな傷がここにはない――」

「でも傷はある」マロリーは言った。彼がその大きな断面を見落とす可能性があるかのように。それは、遺体から心臓を切り取るのに必要な切れこみとはまるでちがっていた。それ以外の傷はどれも短く小さかった。

「きみの肉屋は今回急いでいたのかもしれんな。あるいは――あの異常な細かさから見て――この子供が人工弁を入れていた事実を隠そうとしていたのかだ」彼はキャシーの目に挑戦の色を認めた。〝証明して！〟という表情を。そして彼女がよく知っているように、彼にはそこにないものがなんなのか特定することはできない。彼が刑事のまねごとをすると、彼女はいつもいらだつ。そして彼は、彼女をいらだたせるチャンスをめったに逃さない。ここで狙いすました一撃。「仮に人工弁がなかったとしても――たぶんあるべきではあったろうね。その男の子は少なくともひとつは必要としていた。別の弁にはそれにふさわしい欠陥が見られるんだ」

食らえ！

「心臓障害？　じゃあこの少年は自然死だったわけね」

今度はドクターがいらだつ番だった。彼女はいつも根拠なしに飛躍する。「心臓障害だけでは、その判断は下せな――」

「わたしには下せる」キャシーが言った。「殺し屋はジョーナを押さえているのよ。彼の心臓を取るほうがずっと簡単でしょ」

実に鋭い指摘だ。もしも十二歳のジョーナを殺して遺体を解体することができなかったなら、その殺し屋が心臓ひとつのためにもっと幼い子供を殺害する確率はどれほどだろう？「では……仮に自然死だとしよう」

「いいわね」キャシーはたった一語にたっぷり皮肉を詰めこむことができる。だがここで、彼女はさらに強調してきた。「仮にそうだとしましょう」

「そうすると、その殺し屋は外に出かけて死体を物色したことになる。防腐処置はされていなかったが、病院のモルグは除外できるな。病院では遺体を冷蔵――」

「どのみち病院は除外したわよ。ホシにとって危険が大きすぎるもの。監視カメラが山ほどあるし、二十四時間、スタッフがいるわけだから」声の調子だけで、彼女は言いたいことを伝えてきた。刑事みたいに推理をするのはやめたほうがいい、と。彼女が彼に求めているのは事実だけなのだ。

そりゃ生憎だな。

「葬儀社かね」彼は言った。「少年は正統派ユダヤ教徒かもしれんな。その場合、防腐処置は施されない――」

「それに、遺体の一部が盗まれることもない。埋葬の時まで、親族か家族の友人が遺体に付き添うはずだから」

キャシーはこの務めを、さほど正統派ではないユダヤ教徒の養父のために行った。その寝ずの番は、ルイ・マーコヴィッツの死には必要のないものであり、誰も彼女にそれを求めはしなかった。しかしあの夜、ラビがモルグに行き、キャシーを家に帰そうとしたとき、彼女が持ち出したのはその古い習慣のことだった。

けれども、彼女の最強の誹謗(ひぼう)者、エドワード・スロープはそう簡単にはだまされない。彼はずっと、あの儀式の遵法を嘘つきの作り話と見ていた。強情なキャシーは、あの夜、死者を手放す心の準備ができておらず、また、手放す意志もなく、翌朝になってようやく不承不承、遺体を柩(ひつぎ)に収めさせた。だから、キャシーはルイ・マーコヴィッツをあの親父さん自身が思っていた以上に愛していたのだ、というのがドクターの持論なのだった。

目覚めるなり、ジョーナはアンジー叔母さんの昔の指示に従って目を開けた。無意味な行為。ヘルメットみたいに頭を覆う包帯が見えるのは、彼の指先だけだ。包帯は腫れた脚にも巻かれていた。どちらの傷も脈打っているけれど、痛みはぜんぜんない。ただ彼はふらふらしていた。また薬を盛られたんだろうか?

空気は湿っぽかった。彼は地下の洗濯室にもどされたのだ。消毒薬のにおいが、カビだらけのモップの悪臭を圧倒している。

上の階では、あの男の足が打ちおろされるハンマーと化していた。その音がやむのは、ドアがバタンというとき、それより軽い、戸棚を乱暴に閉めるビシッという音が響くときだけだ。いろんな物が落下し、頭上の床の上で壊れている。そして今度は、叫び声。長々とつづく腹の底からの〝ああ！〟。それは〝タバコ男〟の絶望を表している。

犬は動揺していた。ワンとひと声。あえぎ。喘鳴。ドアの向こうで、爪がコンクリートの上を横切り、男の足音を迎えに行く。あいつがドカドカと階段を下りてくる。

ぼくを殴り殺しに来るの？　それほど怒ってるってこと？

ドアの差し錠が引っこむ。タバコのにおいが入ってきた。

ジョーナは言った。「やる前に……なんで叔母さんを殺したのか教えて」

足音が近づいてくる。男が腰を下ろし、ゴム製のマットレスの片側が沈んだ。彼の声に怒りはなかった。「本当に聞きたいのか？」

「うん……お願い」

「なんで彼女が死んだのかは、おれにもわからない……あの日、おれはある爺さんを殺しに行ったんだ」ライターがカチリと鳴る。ため息。吐き出された煙のにおい。「おれはある空き店舗のなかで、その爺さんを待っていた。ダーツで撃ったとき、そいつとの距離は五フィートくらいだったかね。爺さんの膝がガクンと折れ、ちょうどそこにいたおれがやつをつかまえ、なかに引っ張りこんだわけだ。おれはもう半分店内にいた……そのとき、おまえが歩いてきたんだ……アンジーそっくりの顔で。爺さんを床に放り出し、おれは外に身を乗り出した。うしろから彼女が来たとき、おれはおまえを見てたんだよ。彼女はおれに飛びかかった。おれに襲いかかったんだ。おれたちは店内に転がりこんだ。彼女はおれの背中にしがみつき、おれの目を指でつぶそうとしていた。叫びながら！　おれは彼女を振り飛ばし、手の甲で殴って、壁にたたきつけた。そのとき初めて顔が見えたんだ。アンジー……なんてこった……アンジーじゃないか……彼女はずるずる床にくずれ落ちた。そこへおまえが駆けこんできたんだ。だが彼女はもう死んでた。壁にはさほど強くぶつかってないんだが。あの程度ならふつう気を失いも――」

犬が苦痛の声をあげ、男はどなった。「うるさい！」声を落として、彼はつづけた。「見ると、おまえがそこに立ってた。目をまん丸くして。ひどく怯えて。まっすぐにおれを見てたんだ……あの日、おれには綿密な計画があった。それが三十秒で全部めちゃめちゃになっちまった……なんで彼女が死んだのか、おれにはわからない」

「叔母さんはぼくを助けようとして死んだんだよ。いまだって助けようと――」

「いいや、連中は帰ってきやしないよ、坊主。幽霊どもはな。やつらは、おまえが思ってるようなもんじゃない。どっちかというと、人のこだまみたいなもんなんだ」

「でも、空のあの鈴の音、聞こえたでしょ。知ってるよ。あんたにも聞こえてたじゃない」

「おまえ、気づいてたのか？　てっきり意識がないものと思ってたよ。しばらくは死んだのかと思ってたんだ……オーケー、あのジングルベルな――あれは彼女じゃない。こういう田舎じゃ、音が遠くまで伝わることがあるんだよ」

「空からの音が？」

「彼女はもういないんだ、坊主。二度と帰ってこない」〝タバコ男〟はマットレスから立ちあがった。その足がのろのろと床を渡っていく。男と犬の背後でドアが閉まった。洗濯室の外で、ピットブルがクーンと鳴いて、床にドスンと身を沈めた。その息遣いは荒く、一マイル疾走したあとのようだった。

自らの幽霊ごっこに恋をして、ジョーナはマットレスの上であおむけになった。ジングルベルが彼に幽霊を信じさせたのだ。彼はささやいた。「アンジー叔母さん？」

少年は叔母さんからの合図を待った。

とても辛抱強く。

マロリー刑事はどこにも見当たらない。電話もすべて留守録に送られてしまう。アンブローズ地方検事は、これ以上は待たず、取り調べは重大犯罪課の指揮官が行うべしと判断した。地位には地位がものを言う。アンドルー・ポークの弁護士たちにもだ。それはひとりではなく、三人もいた。

ジャック・コフィーは、市長がコントロール魔であることを念頭に、取調室に入った。チャールズ・バトラーの助言に従い、彼はこの男を無視した。それが、こいつを怒らせ、ぐらつかせる確実な方法なのだ。警部補は、一列に並んだ弁護士のひとりめ、警察署という場所にいちばん緊張していそうな若いやつに話しかけた。「われわれは、きみの依頼人の携帯電話から消去された情報を取り出した」

弁護士は、ほんの少し不安になって、依頼人に顔を向けた。

コフィーは市長にちらりと目をやった。彼にはポークの笑いの意味がわかった――やるね、だがありえない。そう、確かに、市長のポケットから押収されたその電話には犯罪の証拠となるものは何もなかった。未経験の弁護士にきちんと説明してやる体で、警部補は身を乗り出して言った。「いま言っているのは、もうひとつの携帯電話、ジョーナ・クウィルの〝生存の証拠〟が入っているやつのことでね」これは単なるブラフだが、「それと対になるのが、〝死の証拠〟というわけだ」そして、おぞましく明瞭にその三語を響かせながら、彼は写真を一枚テーブルに置いた。そこには、血みどろの臓器とそのビニール袋に記された文字が写っていた。「その心臓は、殺害された子供、ジョーナ・クウィルからくり抜かれたものだよ。たぶんきみも、彼の話は耳にしているんじゃないかな?」

三人の弁護士は一様に呆然としていた。テーブルの端のいちばん年配のやつまでもが。コフィーは彼らに教えてやった。「市長はそれを金庫に保管していたんだ。病的な記念品ってところかね」

若いほうの弁護士ふたりは、殺人にも死体損壊にも不慣れな新人にちがいない。彼らの顔は青ざめていた。ゲロの噴射の前触れだ。しかしこの席の頭、アーティ・シェイは、どんな残虐行為でも飲みこめることで有名だ。だから彼はあらゆる地域の犯罪者に愛されている。シェイは簡単には参らない。仮に参ることがあるとしてもだ。そして彼は言った。「その携帯のことだが。そこにあった証拠というのを、ぜひ見せて――」

「何も渡さんよ」警部補は言った。「あんたの依頼人が、誘拐および殺人の共犯者として告発され、罪状認否手続きが行われるまではな」

他のふたりの弁護士は市長の分身と化し、彼の代わりにそわそわしはじめた。アンドルー・ポークはただゆったりすわって、この見世物を楽しんでいる。警察には第二の携帯も、自分に不利になるそれ以外の明確な証拠も見つけられない――市長はそう確信しているにちがいない。ジャック・コフィーの頭につぎに浮かんだのは、こいつはただ現実感が希薄なだけなんじゃないか、という考えだった。

いずれにしろ、恐怖の感覚はゼロだ。

「市長を告発したらどうだ、ジャック。さもなきゃ、解放することだな」アーティ・シェイが言った。

すごい度胸。ブラフへの挑戦。ゲームオーバーか？　いや、テーブルにはまだひとつ罪状が残っている。「オーケー、アーティ。まずはオードブル――司法妨害から始めよう。見たけりゃ子供の心臓を届けた人物の供述書をお見せするよ」ジャック・コフィーは体から切り離された心臓の写真を弁護士のほうへ押しやった。「よかったらそれは取っといてくれ。こっちにはもう一部、罪状認否手続きのとき判事に見せる分があるから。いや、写真なんぞ必要ない。心臓の実物を持ってきゃいいんだ。われわれは先にその男にチャンスをやった。サービスとして。だがもう終わりだな」

警部補はいちばん若い弁護士に顔を向けた。「手順を知らなきゃ教えるがね、犯人をふたりつかまえた場合、われわれはその両方に相手を裏切るチャンスをやるんだ。先にしゃべったほう、そいつが勝者となる。内輪のルールだよ」そしてここで、彼は市長に顔を向けた。「入ってきたとき、あんたはドウェイン・ブロックスを見ましたよね。デスクに着いて……供述書を書いているところを。きっとあんたは、なんでやつが自分に笑いかけたのか、不思議に思ったんじゃないかな。取引の順番で行くと、今度はあっちの番です。そうそう、証券取引委員会(SEC)の連中もあいつと話したがってましたよ」市長はなおもにやついている。コフィーはむかつくその顔をぶん殴ってやりたかった。

だが、少なくともアーティ・シェイは動揺しているようだ。ささやかな勝利。また、シェイのアソシエイトたちも、ボスの衝撃の表情に反応し、競うように言い立てている――われわれは依頼人と内密に話さねばならない。

全選手が交代した。テーブルに着いているのは、ドウェイン・ブロックスとその弁護士だ。ライカーはそこに入っていき、こう告げた。「アンナ・カレーニナは娼婦なんだな」

これはちょっと乱暴かもしれない。

ブロックスのパソコンから見つかった電話番号は、警察をエスコートサービスへと導いたが、コールガールは商売女の序列においてワンランク上なのだ。それに、件(くだん)のレディーの職業上の名前、キティ・カットは、ロシアのどの小説にも出てこない。つまり〝小バエ小僧〟は、偽名の偽名を作ったわけだ。女の本名はスー・リン。彼女は最近、香港から来たばかりだった。

「キティと話したよ」それは、強制送還の脅威のもとでの短いおしゃべりだった。「彼女、おまえさんのはちっちゃいって言ってたぞ。それに、細っこいってな。エスコートサービス会社の顧客名簿じゃ、おまえさんは〝短小男〟になってたよ。なるほどな」

ああ、ようやく――いい気な顔以外の表情が出た。ドウェイン・ブロックスは身を乗り出し、怒り、それを表に出している。

弁護士が依頼人の腕に手をかけ、ペニスたたきの挑発に乗らないよう遠回しに警告した。それから彼はライカーに、えらそうなひとにらみを賜(たまわ)った。「刑事さん、そういったコメントはなしにしてもらえんかね」

「オーケー、弁護士さん、〝カラマーゾフの兄弟〟の話に移ろうか」ライカーはほほえんだ。「そう、聞きまちがいじゃない。あんたの依頼人はあの兄弟全員とファーストネームで呼び合う仲なんだ。ノートパソコンに連中の電話番号が入ってたよ。うちの署に、ドストエフスキーを全作読んでる署員がいてくれて、ほんとによかった。カラマーゾフのひとり――ドミートリイだったかな――彼の番号はアメリカ最後のやつかもしれない電話ボックスにつながったよ」

ライカーはブロックスに顔を向けた。「その電話は、おまえさんの賭け屋(ブックメーカー)がよく行くバーの店内にあった。ドミートリイの本名はバーニー・マーズ。保守的なやつだよな。携帯電話のことなんぞ知る気もない。バーニーが言ってたよ。おまえさんはスポーツに関しちゃまるで無知で、女の子みたいな賭けかたをするんだってな。お嬢ちゃん。やつはおまえさんをそう呼んでたよ」

「刑事さん」弁護士が言った。「侮辱的コメントについては、さきほど警告したはずだが」

そんな警告が効くとでも思ってるのか？「取引と行こう、弁護士さん。こっちはあと二人、カラマーゾフをつかんでる。おれたちが三人の番号の追跡を終えるまで待っていないほうがいい。あんたの依頼人が罪を認める前に、こっちが殺し屋を見つけちまうかもしれないぞ」

これは嘘だ。サンガー刑事はすでに残りの登場人物、アリョーシャ、イヴァン、庶子である彼らの弟、パーヴェルのチェックを終えている。携帯電話のうち二台は、麻薬取引の横行する地域で位置を特定され、サンガーはその二台を売人のものと見ていた。そして、第三の番号については、幸運にも通信履歴があった。

ジェイノス刑事とワシントン刑事は目下、三台目の携帯の所有者の家に向かっている。その住所氏名は九一一の録音テープに気前よく残されていた――半狂乱の女が喘息（ぜんそく）の娘のために救急車を寄越すようオペレーターにたのんだときに。

重大犯罪課の刑事ふたりを乗せた車は、隣接するコネチカット州の森の道を走っていった。この無駄に大きな土地の奥に家があることを示すものは、ぽつんぽつんと現れる郵便箱だけだ。やがて彼らはめあての郵便箱を見つけた。しかしそれ以上先に進むことはできなかった。制服警官がひとり、その私道の両サイドの木に立入禁止の黄色いテープを渡していたのだ。ふたりのニューヨーカーは、マークのない警察車両の車内にすわったまま、検視局のチームが死体運搬車に死体袋を載せるさまを見守った。

ジェイノスは、やれやれと両手を振りあげた。なんとなくだが――自分たちは遅すぎたのだという気がする。彼らが殺し屋と踏んだ男、ゲイル・ローリーから話を聞くことはもうできないのだろう。

「最悪だな」ワシントンがそう言って、死体をめぐる州をまたいだ管轄権争いに前向きでないことを示唆した。

車を降りるとき、彼らは私道を見張る警官の注意を完全に引きつけていた。警官はふたりのバッジと身分証を注意深く確認した。彼はそれほど若いのだった。「お通しするわけにはいかないんです」本当に申し訳なさそうに、彼は私道の彼方を目で示した。「刑事たちが鑑識班といっしょにこの先にいるもので」

「かまいませんよ」ジェイノスは言った。地元警察の連中が役に立つ情報をくれる見込みはない。「あなたこそわれわれがたよるべき人物かもしれない。最初に現場に駆けつけたのはあなたなんですよね?」

新米パトロール警官の笑みで、この点は裏付けられた。それに、地元の刑事たちがこの若者をお手伝いレベルの者として扱っていることも、まずまちがいない。「もし時間があったら、われわれがニューヨークで担当している事件の捜査に手を貸してもらえませんか」

またしても当たり。この坊やは、ごくふつうの敬意によく反応した。

サッコ巡査によれば、ゲイル・ローリーは車に轢き殺されたのだという。「自宅の私道で、ですよ」そしてこの警官は、別の内部情報も持っていた。〝担当のくそども〟が話しているとき、その大人たちの目に映らない者の特典だ。「容疑者はもういるんです。ミセス・ローリーはバッグに荷物を詰めていた。幼い娘のバッグにも。つまりね、彼女は旦那を置き去りにするつもりだったわけです。刑事たちは諍いがあったものと見ています。それで彼女がミスター・ローリーを轢いたんですよ。そのあとも、被害者はまだ息があったんじゃないかな……だって彼女はバックでもう一度、彼を轢いて、その胸に片輪を載せたまま、車を駐めてたんですから。わたしが見つけたとき、彼はそういう状態でした。妻の車の下敷きになっていたんです」

ジェイノスの要望により、制服警官は私道の向こう端にいる地元の刑事らに携帯で連絡した。内容は、ニューヨークの刑事ふたりが被害者に関する情報を持ってきたというもの。よその管区を訪ねるときは、手土産を持参するに限る。

サッコ巡査が携帯をしまって、立入禁止のテープの片端をはずした。私道を歩いていく途中、ジェイノスとワシントンは、車のハンドルに指紋採取用の粉を振りかけている鑑識員らの前を通った。彼らの好意が得られるよう、刑事たちはバッジを掲げてみせ、地面の血溜まりには近づかないよう注意した。前方には家が見え、その玄関のすぐ外に、バッジを着けたスーツ姿の男が立っていた。

地元のこの刑事は、州外からよそ者が来たことを迷惑がり、用心深くなっていた。彼は本件を担当している刑事のひとりだと名乗った。「被害者が保険会社の調査員だということなら、もうわかってますが」

「もちろん、そうでしょう」ジェイノスは言った。「それに、ミスター・ローリーのクレジットカードが北行きの航空券三枚の予約に使われたことも、当然ご存知ですよね。われわれは、本当の目的地への飛行機代は現金で支払われたものと見ています。そちらの見解もこれと同じでしょうか？」いや、この地元の刑事にとって、これは初耳だったらしい。「つまり、あなたたちは家族全員が逃亡を企てていたことをご存知だったわけだ……妻と子供だけじゃなく」彼は刑事の背後をのぞきこみ、ホワイエに積まれたスーツケースを眺めた。「あの荷物を調べたとき、あなたはゲイル・ローリーの衣類もそこに入ってるのに気づいたんじゃないかな？」

これもノーか。この馬鹿どもはいままでずっと何をしていたんだろう？

「こっちにはまだ他にも被害者の情報があるんだがね」ワシントンが言った。

コネチカットの男が脇に寄り、ニューヨークの刑事たちはざっとなかを見て回るため、ラテックスの手袋をはめた。少し開いたドアから子供用の家具と幼い女の子の部屋らしいピンクの壁が見える寝室には入らなかった。そこには、年のいった女もいた。彼らには、彼女が泣いているのが聞こえた。

正面の部屋にもどると、ワシントンはオフィスで見つけたダッフルバッグから取ってきた三通のパスポートを引き渡した。「偽造パスポート。家族全員に真新しい名前。これでわかるよな。ローリーはふつうの保険調査員じゃない。われわれは彼を殺し屋と見ている。彼は逮捕の時が迫っているのに気づいたんだろう。だが妻を置いていく気はなかった。つまり、夫婦仲は非常によかったわけだ。われわれは、この殺人の犯人がミセス・ローリーだとは思わんよ」

若いほうのコネチカット男が、両手を腰に当てた。これは、砂場用語で〝へえ、そうかい？〟という意味だ。つづいて男の相棒が言った。「もし彼女じゃないとすると——殺し屋を殺したのは誰なんだろうな？」その薄笑いからは、彼がこれに対する端的な答えを求めていないことがわかった。明らかにこのふたりは、穴も欠陥もひっくるめて、自分たちの仮説を気に入っているのだ。きっと彼らはそれで押し通すのだろう。

二時間後、ジェイノスとワシントンは警部補の執務室にすわって、詳細な報告を行っていた。私道での殺人まで話が進んだところで、ジャック・コフィーは言った。「つまり、殺し屋は死んだってことだな」

「いや」ジェイノスが言った。「われわれの伝言を聞いてないんですか？」

「ああ、要点は聞いたよ」ロナハンがその電話を取り、コネチカットの容疑者が死んだという骨子を伝えたのだ。警部補はまだ詳細には目を通していなかった。「きょうは一日忙しかったんだ」ひでえ一日。激怒した地方検事に絞られているうちに多くの時間が失われた。

「ゲイル・ローリーは仲介役なんでしょう」家をひとめぐりしてわかったことを話し終え、ワシントンはそうつづけた。「現場を出るとき、車を調べていた鑑識員たちと話したんです。連中は指紋を採って、かみさんの指紋と照合していました。ハンドルについてたのは、かみさんの指紋だけです……ミセス・ローリーは自分の車に心底惚れてたんだな」

「すごくいい車だし」ジェイノスが言った。「ハンドルはマホガニー、スポークはゴージャスな革に包まれててね。奥さんはそれが干からびないよう絶えずオイルを塗っていたんです」

「鑑識員たちはミセス・ローリーの大ファンになってましたよ」ワシントンが言った。「あんなきれいな車は見たことがないんだとか。オイルをこすった痕が目についたのも、だからでね。指くらいの太さのがハンドルのスポークに複数、残ってたそうです。綿の繊維がくっついて、目立ってたってことです」

「手袋か」コフィーは言った。「園芸用の手袋かもしれないな。だが、たとえそうでも――」

ジェイノスが彼の代わりに締めくくった。「ハンドルのスポークを握って車を運転するやつがいるだろうか?」あの妻がそこまでして、木製のハンドルについた自身の指紋を保存するわけはない。「それでわかるわけですよ。殺し屋はまだ生きている。そして――」

「ねえ、どういうことです?」ワシントンが言った。彼は刑事部屋に面した窓に顔を向けていた。その視線の先には、階段室に向かってひとりで歩いていくドウェイン・ブロックスの姿があった。「やつを放してやるんですか――いま? ゲイル・ローリーとのつながりが証明されたってのに?」

「関与していたかもしれない男とのつながりがな。それだけじゃブロックスを勾留するには不足だよ。だがライカーは、殺し屋が彼を危険視する可能性をちゃんと指摘してやった」階段室のドアが閉まり、第一容疑者の姿が消えるのを、ジャック・コフィーは見守った。「あの変態は気にしてないようだったが」

「市長のほうは?」

「もういないよ」サンガーがドアから顔をのぞかせ、ジェイノスとワシントンのためにきょうの報告の仕上げをした。「罪状認否手続きは一瞬で終わった。司法妨害で決着。ポークはグレイシー・マンションに軟禁されてる」

他のふたりの刑事は警部補に目を向け、無言で訊ねている。え？　彼はいまなんて？

「それが判事の判断なんだ。われわれには保釈可能な罪状でポークを勾留しておくことはできない」どうやら刑法上、子供の血みどろの心臓を郵便配達員から受け取ることに関してはなんの規定もないらしい。警察にできるのは、心臓をそのまま保持し、マロリーに嘘をつき、彼女の捜査を一時間妨害した件で、彼を叱ることだけなのだ。

そしていま、ジャック・コフィーはこう信じている。ドウェイン・ブロックス襲撃と、おそらく発生する市長暗殺とで、彼の課は責任を負わされるだろう。なぜかと言うと――きょうはここまでずっとそのパターンだから！　しかしこう言ったとき、彼の表情はのどかだった。

「オーケー、つぎの仕事だ。マロリーが一向に電話に出ない。彼女を見つけろ。ここに引きずりもどすんだ……手錠をかけるって手もあるぞ」

彼女は視線を落として、手のなかの蓋の開いた懐中時計をじっと見た。時間が重要となるのは、ある特定のシナリオにおいてのみだ。こう言ったとき、ドクター・スロープの声は沈んでいた。「きみはジョーナ・クウィルが生きてると思っているのか」

「でももう先は短い。ホシは殺人マシンよ。殺し屋の仕事を楽しんでるわけじゃない。そいつはただ平気なだけ。大人でも子供でも――そいつにとっては全部おんなじ……だとすると、ここにはなぜ正しい心臓がないの？」キャシーは身じろぎひとつせず、古風な時計を見おろし、自分から時が逃げていくのを見つめていた。

希望のこもる声で、ドクターは言った。「ジョーナは逃げたのかもしれない。自分の心臓を連れて」

「かもね」

エドワード・スロープは彼女の声と垂れた頭から敗北を読みとった。「何かわたしにできることはないかな……なんでも言ってくれ」

キャシーが顔を上げ、ドクターを見た。彼はそこにあの笑いを認めた。どうやら彼女はすでに、彼にやらせることのリストを用意していたらしい。自ら訊いてしまうとは、自分もおめでたいやつだ。

第二十五章

検視局長、エドワード・スロープは、それを招待ということにした。一時間前、この執務室は、侵入者を食い止める秘書というドラゴンのいる静穏の要塞だった。いまそれは、大勢の職員と飛び交う会話と機器類とであふれ返っている。彼自身の部下たち——裏切者どもは、コンピューターや携帯電話のキーを打ち、心臓のない死体に関する諸々の情報を追っていた。空気そのものまでキャシー・マロリーによって変えられ、まずいコーヒーがぷんぷんにおう警察署の空気と化していた。

ドクターはデスクに着いた。その机はまだ徴発されていない。ただし彼女はすぐそばまで押し寄せており、彼の隣にすわって、キャビネットに置かれたコンピューターで——彼のコンピューターで作業をしている。ドアが開き、また別のコンソールが押されてきた。操縦者は、彼の部下の検視官、兼、家具運搬係だ。若い刑事はその他に、彼の調査員たちも起用しており、彼らが彼女の権限に疑義も唱えず、その命令に即座に従っていることに、彼は心をかき乱された。

キャシーのタイピングの音が途絶え、その椅子がキャビネットからコロコロともどってきた。「行き止まり」例の心臓のDNAをデータバンクで検索した結果、彼女はなんの手がかりも得られなかったのだ。

　よしよし。いまこそ〝だから言ったじゃないか〟の時だ。「言っただろう。移植のリストにその少年が載っているわけはない。少年が必要としていたタイプの手術は――」

「人工弁置換を行う外科医はあまりにも多すぎる」彼女は言った。「それに、あなたは手術が行われた時間枠を教えようとしないし」

　ドクター・スロープは息を吸いこみ、十まで数えた。彼女の声に含まれる何かが、はっきりとこう告げている。彼は職務を怠ったのであり、彼女から見れば無能なのだ。しかし、欠陥のある心臓の血みどろの穴――人工弁があった箇所かもしれない穴を見て、その仮説上の手術がいつ行われたか正確に告げることなどできるわけはない。

　血圧が上がってきたのでは？　まちがいない。この点に関しては、彼も彼女を褒めなくてはならない。だがそれはまだ先の話。たぶん死の床に就いたときだ。それに自分は、ああいう馬鹿げた要望には金輪際、応えな――

「またひとり見つけたぞ！」検視局の調査員ビル・ファーリーがビンゴ・ナイトの老婦人よろしくさっと手を上げた。つづいて彼は身をかがめ、手もとのプリントアウト、隣接三州の登録ずみ墓一覧の名前のひとつを丸で囲んだ。「ここまででいちばん有力だよ。ニュージャージーで死んだ七歳児。正統派ユダヤ教徒――防腐処置は施されず。きのうの朝、埋葬されている」

ファーリーは期待に満ちた顔をキャシー・マロリーに向けた。

　何を期待して？　笑顔を？　ご褒美を？　あいつはおかしくなっているのか？

彼女はただうなずいた。新しい犬にご馳走を放ってやる気はまだないのだ。「で、追跡の結果は？」

「死亡診断書に署名した医者と話したが」ファーリーは言った。「弁置換手術は行われていない。しかしその子には心臓障害があった。両親は心臓専門医に息子を診せる予定だったが、予約の日の直前に子供は死亡したんだ」

エドワード・スロープは思案した。自分は例の洞察により、ここで一点、上げたのだろうか。専門医が診てさえいたら、手術は行われていたはず――

「悪いニュースがあるんだ」ファーリーが言った。「ＤＮＡの照合にその両親は使えない。少年は養子なんだよ」

「それは問題にはならんだろう」ドクター・スロープは言った。「子供の持ち物が――」

「ところがそうはいかなくてね」遅ればせながら、どちらが自分のボスなのか思い出し、ファーリーはキャシーからドクターへと視線を移した。「母親がすっかり参っちまったんです。そこで家族が――」

「死んだ少年の遺品を持ち去った」キャシーが言った。彼女の養父も、妻ヘレンが亡くなったとき、同種の泥棒たちの親切未遂を経験している。「その人たちは、墓地から帰宅する母親に息子の遺していったものを見せたくなかったのね」

「そのとおり」ファーリーが言った。「マットレスさえもね。歯ブラシ、ヘアブラシ、汚れた衣類、ＤＮＡがついてるその他諸々――連中は全部袋に放りこみ、処分したんだ。でもいいニユースもあるよ。地元警察のささやかな協力により、市のゴミ捨て場に一班、送りこむ許可が得られた」

「ゴミ容器漁りでも何時間かはつぶれる。なのにゴミ捨て場を丸ごと調べろって？　いいえ、いまは時間が肝心よ。わたしにはそれがない」キャシーはキャビネットのコンピューターに注意をもどした。「死体を掘り出すほうが早いわ」

「無理だね」ファーリーが彼女の背中に向かって言った。「同意を得られるわけがない。いいか、マロリー、その人たちはとても信心深いんだ。これは葬儀屋から得た情報だがね。彼によると、遺族のひとりは遺体といっしょに来て、そのまま朝まで付き添っていたそうだよ。だから遺体が葬儀社にあるあいだは、殺し屋に心臓を切り取るチャンスはなかったわけだ。だがもしその子供が、あの心臓の主(ぬし)だとしたら――」

「彼が死んだのは夜なの？　埋葬の前の夜？」キャシーの椅子がくるりと回転し、その目が調査員がうなずくのをとらえた。「なるほど。それなら、地元紙に訃報が載るだけの時間はない。仮にそれがあの心臓の主だとすると、ホシはその子が死んだのを新聞で知ったんじゃない。そいつは葬式を、子供用の柩(ひつぎ)を見たのよ。それから引き返して、墓から略奪したというわけ」検視局長を振り返ったとき、彼女はほほえんでいた。「切り取られた心臓。これは不審死よね。発掘に同意は要らないでしょ」

「それは、死んだ少年とあの心臓のＤＮＡが一致すればの話だ……きみにはその証拠がない」

「もし一致するとわかっていれば、子供の遺体は要らないのよ！　そのときは、正しい葬儀、正しい墓地、この地球上の正しいエリアにたどり着いたとわかるんだから！」彼女は再度コンピューターに向かい、ファイルを開いて、気の遠くなりそうな長いリストを彼に見せた。それは、隣接三州全体に散らばる、死亡または失踪した少年たちの一覧だった。「DNAの照合でこの子たち全員を除外している暇はない……問題は時間がないことなの」

それと、憶測しかないことだ。

エドワード・スロープは法的観点と事実とで勢いを盛り返した。「単なる仮説を根拠に、それらしい遺体を発掘することはできな――」

「賭けをしない？……お金はこっちのものよ」

ブロックスの住むアパートメントの前にはもう、二重駐車されたクラウン・ビクトリアはない。刑事たちの捜索は終わったのだ。しかし、イギーが前回来たときから変わった点がひとつある。野球帽のつばをぐいと下ろして、彼はドアマンの前を通り過ぎた。新顔だ。

刑事にちがいない。

危険な賭けになりそうだ。

彼は角を曲がって、配達人や引っ越し業者の使う横手の入口に近づいた。そこには、この建物の用務員――刑事じゃない、前と同じやつ――がいて、粗大ゴミの壊れた家具を歩道際へと運び出していた。イギーは歩調をゆるめ、ストッパーで押さえ開放してあるドアのほうに目をやった。その奥の倉庫のエリアでは、制服警官がひとり、発送前の段ボール箱に尻を乗せ、新聞を読んでいた。

入口二箇所に見張りがいるなら、屋上のドアの内側にも少なくともひとりは配置されているだろう。これは、警察がドウェイン・ブロックスを解放するつもりだということに他ならない。連中にあの男を勾留するに足る証拠がないのだとすれば、それはいいニュースと言える。しかし単に容疑者を監視するだけなら、警察はここまで念の入ったことはしない。ブロックスはニューヨーク市警（NYPD）の花形証人となったのだろうか？　それとも、あの男は警官の思いついた餌にすぎないのだろうか？


その書斎の温かみは、壁を埋め尽くすカラフルな本の背表紙に感じられた。また、デスクに着いている男の存在にも。ラビの体型は痩せ型、頬髯はきれいに整えられている。そしてその目は、目下、やや大きすぎるほど大きく見開かれていた。恐怖が〝ルイ・マーコヴィッツのポーカーの集い〟のこの創設メンバーにそんな作用を及ぼしたのだ。明らかに彼は、彼女の要求は法外だと思っていた。しかしマロリーの考えでは、デイヴィッド・カプランは彼女の養父母のラビであり、いちばん古い友人でもあったのだから——自分は彼の所有者なのだった。

それでもラビは言った。「いや……その人たちは幼い息子を失って嘆き悲しんでいるんだよ。いまは喪に服しているわけだからね。その坊やのお墓が荒らされたかもしれない……たぶんご遺体の心臓が切り抜かれている、などと、ご遺族に言う気はないよ。第一、本当にその子なのかどうかは、わからない——」

「そのとおりよ」マロリーは言った。「一か八かと言ってもいい。わたしはこのひとつのお墓にすべてを賭けてるの」

これは完全な真実とは言えない。彼女がこの手がかりを追うあいだも、検視局の調査員たちは隣接三州の死亡または失踪した少年たちのリストに取り組んでいる。各地の警察に連絡し、混乱のさなかの家族を訪ねてDNAが出そうな私物をもらってくるようにたのみこんでいるのだ。

「ジョーナ・クウィルにはもうあまり時間がないのよ」彼女は言った。「その両親にこっちの子供のことを話して。殺し屋は偽物の心臓をつかませるために相当手間暇かけている。そいつはジョーナを殺していない。いまはまだ。でも状況はいつ変わるかわからない。これは生きた状態で彼を見つける唯一のチャンスなの……もしお墓の場所を特定できればね。殺し屋はずさんになりだしている。何か痕跡を、証拠を残したかもしれない。遺体はきょう掘り起こさなきゃならないのよ。母親に話をして。きっと理解してくれるから」

いや、彼女にはこの必要性をラビに理解させることすらできない。それは明らかだった。その先の展望に彼は心を痛めている。なんて優しい人。だとすると……攻撃の手段としては他に何があるだろう?

「わたしは強制執行の手続きで時間を無駄にしたくないのよ」それに、発掘に法的根拠を与えるのは無理だ。「でももしそれ以外手がないなら……」マロリーは途中で言い淀んでみせた。最後の手段であるこの措置については、話すことさえ気が進まないとでも言いたげに。悲嘆に暮れる父母が州によって蹂躪（じゅうりん）され、墓のそばに打ち捨てられて無力に泣いている——彼女はそのさまをラビが想像するに任せた。「両親に決断してもらえるなら、そのほうがいい。それで他の少年を救えるんだと彼らに話して」

これでラビは彼女のものだ。彼の目が悲しみを帯びた。まるでもう、親たちとともに傷を負った子供の開いた墓のそばに立っているかのようだ。彼はうなずいた。「その人たちと話すよ」

「わたしが車に乗せていくから」優しすぎるこの男が来る試練に備え、心の準備をするのを待って、時間を無駄にしたくはない。それは車のなかでやってもらおう。

悲しげな人々が、日除けの木々と緑の芝生と一世帯用住宅に囲まれたニュージャージーの静かな道を歩いていく。彼らはみな、覆いのかかった皿を持っていた。そこには、死んだ少年の両親と彼らを見舞う者たちに届ける適法の食べ物が入っている。喪失の痛みに伴う習慣により、一粒種の喪に服している期間、フェルプス夫妻には自力でやっていくことは許されない。

ラビ・カプランの指示を忠実に守り、マロリーは外に駐めた私用の車のなかで待っていた。あの悲しみの家のなかで語られる言葉はすべて、優しく親切に口にされねばならない。明らかにラビは、彼女にはその能力がないと思っているのだ。

網戸がさっと開き、玄関ポーチの壁に当たって跳ね返った。女が家から飛び出してきた。その足が一段おきに階段に触れていき、私道に到達する。裸足だ。髪はくしゃくしゃにもつれている。これはミセス・フェルプスにちがいない——母親の生（なま）の苦悶をまとっているから。警官なら誰でもひと目でそれがわかる。

女の口は開かれていた。目のまわりには寝不足の黒っぽい輪ができている。涙をぬぐっても意味はない。夫人の顔は新たな奔流でもうびしょ濡れだ。そうして視力を奪われ、ミセス・フェルプスはつまずいて、片膝をシルバーのコンバーティブルのドアにぶつけた。幌屋根の縁をぎゅっとつかんで身を支えると、夫人は車内の警官を凝視した。無言劇が始まり、その唇がぱくぱく動く。言葉の代わりは、絞り出される嗚咽（おえつ）のみ。顔は苦痛に歪んでいる。ラビが家から出てきて、彼女の背後に歩み寄り、肩にそっと手をかけた。夫人は彼の手を振り払った。その口はなおも開いたり閉じたりしている。彼女は声を出そうと必死であがいていた。拳（こぶし）が固くなる。いらだちが高まっていく。彼女は車のサイドをバシンとたたいた。一度、二度、三度、と。そして夫人はマロリーに言った。いや、金切り声で叫んだのだ。「その男の子を見つけて！　ジョーナを見つけるのよ！　家族のところに帰してあげて！」


デイヴィッド・カプランは助手席に乗りこみ、あの両親の署名の入った同意書を引き渡した。彼は首を振ってキャシーに警告し、自分の力添えに彼女は感謝すべきなのだと伝えた。

ふたりは無言で墓地へと車を走らせた。キャシーが制限速度に甘んじていることに彼は気づいた。彼女の悔恨の唯一の表れだ。

子供を掘り出す醜い機械は、墓の前で彼らを待っていた。先に車を降りたのはキャシーだった。彼女はバックホーの運転士に親指を立ててみせた。そのエンジン音はやかましく、鳥たちもまた、すべての木の枝から一斉に飛び立って、恐ろしい音を響かせた。

ラビはのろのろと近づいていった。遺族にはいくつかの保証を与えた。彼にはいま守るべき約束がある。だから、騒々しく機械的に繰り広げられるこの恐ろしい光景を見守らねばならないのだ。バックホーの長い首の先端、巨大な歯を持つ鉄の籠が下りていき、地面に食いついた。


ドウェイン・ブロックスは、ニューヨーク市警提供の隠れ家に行くという選択肢を退けた。その避難所とはおそらく、どこかの宿の安い部屋で、ルームメイトとして警官と南京虫が付いてくるのだろう。まっぴらごめんだ。彼が選んだのは、快適な自宅アパートメントのほうだった。


ジェイノス刑事が訊ねた。「聞こえましたか?」

ドウェインは答える必要を感じなかった。この馬鹿にはおれが忙しいのがわからないんだろうか? 彼はリモコンを操作しつづけ、テレビのチャンネルをつぎつぎと替えていった。

刑事が壁に掛かったテレビに歩み寄り、古風なやりかたで電源を切った。コンセントからプラグを引っこ抜くと、彼は言った。「よく聴きなさい」声は静かだったが、この大男の忍耐は擦り切れかけていた。彼はふたたび一から始め、建物内に配置された警官たちはドウェインの警護のためにそこにいるのだと説明した。彼らはドウェインを監禁しているのではない、彼を護っているのだ、と。「わかりましたか? どの入口にも見張りがいる。この外の廊下にも一名、警官がすわっています」ジェイノスはバルコニーへのガラス戸を施錠し、ひもを引いてカーテンを閉めた。「どの窓にも近づかないでください。いいですね？」

掘り出された柩は、地元の検視官によって開かれた。ニュージャージー州は、墓の冒瀆には必ず病理学者を立ち合わせるよう求めている。

マロリーはほしいものをすべて手に入れた。死んだ子供の小さな遺体は、切り開かれていた。肋骨は折られ、心臓は盗まれていた。

小さな柩は待機していたバンに積みこまれ、ラビ・カプランがその隣に乗りこんだ。彼はあの母親に、決して息子をひとりにしないと約束したのだ。その遺体が土のなかにもどされるまで、ずっと死んだ少年のそばにいると。だが遺体はまず、ここで行われた犯罪の公式な証拠収集に耐えねばならない。

マロリーは車のキーを掲げてみせた。「あとで迎えに行くから――」

「帰りの足は自分で見つけるよ」ラビは言った。

了解。ぜんぜんオーケー。

彼らはそれぞれこの日のために代償を払った。そしてデイヴィッド・カプランはなおもその支払いをつづけている。彼はミセス・フェルプスの小さな息子の解剖の立会人を務めなくてはならないのだ。

その光景がラビを打ちのめすことをマロリーは知っている。

しかし彼は、彼女を許すだろう――いつかそのうち。

ガレージの偽の壁に隠された作業場で、イギー・コンロイは扉の開いたロッカーの前に立っていた。そこには、有用な衣類がぎっしり詰まっている。それら衣装の大半にワッペンが付いており、そのロゴは下々の者、目に映らない連中の職に相応のものとなっていた。目撃者は、配達人や引っ越し業者、修理屋や工事屋という職種しか思い出せない。彼はハンガーのひとつを取り出して、そこに掛かっていたグレイのつなぎをダッフルバッグに詰めた。それは、バンのサイドに貼りつけたマグネットのマークに整合する。彼はケーブルの修理工として再度、町に行くつもりなのだ。

あとはなんだ？　警官の制服も必要だろう。イギーはラックのハンガーを調べていった。どこにいったんだ？　彼は乱暴につぎつぎ服を引っ張り出しては、ハンガーごと壁に投げつけた。あのぼろ服はいったいどこへやったんだろう？

ああ、待てよ。何カ月も前、彼は一着だけ持っていたのをだめにしたのだ。そうそう。グレイシー・マンションに死体を捨てに行った夜、警官を襲ったのはだからだった。そして、警官から盗んだ制服は、川に放りこんだのだ。

なんだってそんな大事なことを忘れちまったんだ？

地下からかすかに犬の咆哮(ほうこう)が聞こえてきた。危険を知らせる声ではなく、泣き声。それは徐々に静まり、不平のつぶやきで終わった。あの駄犬は腹が減っているのだ。あの馬鹿に餌をやるのを忘れていた。それに少年にも——イギーはいまのいままであの子供のことをすっかり忘れていた。あとはなんだ？　あとはなんだ？

彼は床にへたりこんで、両手で目を覆い、それから、その手を固く握り締めた。すべてが崩壊しだしている。ひどいヘマをしてしまった。自分は愚かしい未処理事項のモグラたたきをするはめに陥っている。拳が床を打ち据えた。何度も何度も、ドンドンと。

これでよし。

もう怒りはない。どんな感情もまったく。

何エーカーもの緑の丘は下降して、白い砂利の小道の通る谷間へとつづいていた。死者たちのある者は小さいながら立派な石の家に住み、ある者は大理石の像に飾られた墓を持っていた。

「州の全土から人が来るんだよ」筋張った半白頭のその男は言った。「この墓地は有名なんだ。ロックスターもふたり埋葬されてる。だがわたしはだめだね。そのふたりの名前を聞いたこともないんだよ」墓地管理員は節くれだった手に持ったスケッチを見おろした。「まあ、これなら誰とでも言えるんじゃないかね」彼は刑事を見あげた。「墓参りの人に、葬式の参列者。どれだけの人がここを通るか、わかるだろう？」

彼は敷地のはずれに立つ小さな建物のドアを開けた。マロリーは彼につづいてなかに入り、話に聞いた監視モニターの列を目にした。

「破壊行為の被害を受けるのは今回が初めてじゃない。だが、柩のなかを漁った例はこれまで一度もなかったよ。わたしらがカメラを設置したのは、何年か前、霊廟のステンドグラスの窓が剝ぎ取られたあとのことだ。ああいうものがどれほど高価か知っているだろう？　警察は犯人をつかまえた――ふたつ先の町のビルの建設業者だったがね。あんたのさがしているやつが、もしその子の亡骸を暗いなかで掘り出したなら、完全にお手あげだよ。忌わしいことは決まって夜、起こる。だがここには赤外線カメラはないんだ」

「それにデジタルの記録も」マロリーは棚に並ぶ別の時代のカセットテープをつぎつぎとチェックした。どれも日付と墓地の区画を記したラベルが付いている。

「まあ、古い機械だからね。安く買えたのはそのせいだよ。エルロイ家の三代を通して、わたしはずっとここで働いている。連中はそろってドケチ野郎なんだ」マロリーの手が昨夜分のテープのラベルをなぞっていくのを、彼は見守った。「大したもんは見れないだろうよ。墓荒らしは写ってないだろう。あの墓の映像すらないんじゃないかね。カメラがカバーする範囲は限られてるんだ。昼間の画像に、会葬者がぽつぽつ写るだけなんだよ」

　マロリーにはすでにわかっていた。殺し屋はそこには写っていないだろう。監視カメラの場所はどれも、あまりにもわかりやすい。

「すまないね、お嬢さん。ボビーがいると思ったんだが。きっとどっかで油を売っているんだろう。その若造はわたしの助手でね。このガラクタを動かしてるのは、そいつなんだよ」

「操作のしかたはわかります」マロリーは、葬儀の前の、朝の早い時間帯に交換された一群のカセットを取り出した。殺し屋がここに来て、墓標を調べ、新しい遺体の日付をさがしていた可能性はある。そしてそいつは、バックホーが子供サイズの墓を掘っているのを目にしたかもしれない。

管理員は容疑者の似顔絵をもう一度、確認していた。目を細め、顎をこすりながら、窓の光に紙をかざし、一心に見つめている。「一致するところはあんまりないが、この目には覚えがあるな。常連がひとりいるんだよ。その男を見かけたら、わたしはそれ以上、その目は見ない。見ると肌がぞくりとするんだ。わかるかな?」老人は棚に歩み寄り、テープを一本、抜き取った。それをマロリーに手渡しながら、彼は言った。「こいつを見てごらん。普段のその客が写ってるよ。彼はいつもこの建物の前を通っていく。駐車場に車を駐めたら、ここを通るしかないからね。いつも大きな薔薇（ばら）の花束を持って通り過ぎてくんだ」

「赤い薔薇?」

「そうだよ」

マロリーは電源のスイッチを入れた。それからそのテープを機械の口に挿入し、中央のモニターの再生ボタンを押した。映っている範囲は狭かった。これらの電子機器に多少の価値があるかもしれないという誤った考えから、この小さな建物だけがカバーされている。するとそのとき、青い野球帽をかぶり、薔薇の花束を持った男の背中が現れた。

「それがその男だよ」管理員が言った。「あのキャップ、あの歩きかた――あれが彼だ。顔は見れないよ。申し訳ないがね。駐車場にもどっていく姿はどのカメラにも写ったことがないんだ」

「あの男のあとをつけたことはないですよね」

「もちろんないさ。相手があの男じゃな」

そして彼女はこの最後のコメントを、男が冷酷な殺し屋であることの裏付けととらえた。

青い野球帽の男は、他二本のテープに写っていたが、そちらもうしろ姿だった。薔薇を持っていない彼をとらえた映像で、男の訪れた先のおおよその場所はわかった。フェルプス少年の墓が方角を示し、その先は、監視カメラの不在が古い区域を通る小路へとマロリーを導いた。それは、もうこれ以上ひとつも墓石が入らないため、閉鎖された区域だった。ここを訪れる者はあまりいない。管理員に伴われ、マロリーは献花のなかに赤い薔薇がある区画を六つ見つけた。うち半分は、花が新鮮すぎるか萎れすぎているかで、男の前回の花束とタイミングが整合せず、除外された。

マロリーはライカーに調査対象者を知らせる電話を入れた。「この三人の州の納税記録を調べて」

「オーケー、行きましょう」マロリーは管理員に言った。「その人たちについてつかめる情報は全部」彼女は氏名と生没の日付を伝えた。老人は彼女と並んで小径を歩きだした。ふたりの行き先は、エルロイ霊園のメイン・ビル、すべての記録が保管されている場所だ。

「あんまり期待しなさんなよ、ねえさん。ボスのコンピューターは中古のポンコツなんだ――監視カメラとおんなじくらい古いんだからな。インターネットも使えない。あのドケチ野郎め」

〝ドケチ〟という評は、その室内装飾にふさわしくない。古物に関するマロリーの生き字引、チャールズ・バトラーでも、この執務室の調度ならよしとしたにちがいない。それらの家具は、最初の墓が掘られた一八〇〇年代なかごろのものだった。刑事と管理員は、同時期の品である、セットになった背もたれの高い革張りの肘掛け椅子にすわった。

マホガニーのデスクの向こうの若い男は、脈々とつづくエルロイ一族の末裔だ。彼はもうひとつのアンティーク、流行遅れのデスクトップ・コンピューターをじっと見つめ、死んで埋められた人々の名前を検索している。そして彼女の最終候補者のうち、ひとりをのぞいて全員が見つかった。「この最後のひとりですが。きっとこれは、書き写すとき、あなたがまちがえ――」

「わたしもその場にいましたがね」マロリーの代わりに腹を立てて、管理員が言った。「この人は正確に名前を書き留めてましたよ。区域と区画の番号も」

「ありえないな」エルロイが言った。「この最後の人は、五十年以上前に閉鎖された区域にいることになってるからね」老人をかたづけると、彼は歯をむきだしてにこっとマロリーに笑いかけた。「しかし別の記録にも当たってみますよ」彼は番号と名前のリストをスクロールしていった。「うん、これだ。区画番号九四七。やはり、この墓地にはモイラ・コンロイという人は埋葬されていませんね。あの区画はモイラ・ケンナという人の埋葬場所です。葬儀の前にうちのほうで立てる仮の墓標に出てたのは、その名前なんです。つまり……こういうことじゃないかな。石碑の販売会社が、その人の正式な墓石に文字を入れたあと、まちがった品を納入したんですよ。ぜんぜんちがうモイラのための石をね。うちとしてもそこまでチェックすることはできませんし。ケンナ家の人たちからも苦情は出てないわけですしね」

墓石に偽名が入った亡骸？

マロリーは手を伸ばし、名前と番号の一覧が見えるよう彼のモニターを横に向けた。ある行の最後の部分を彼女は指さした。「この生没の日付は？　説明して」

エルロイは身を乗り出して、モイラ・ケンナの名前のうしろの輝く数字をじっと見つめた。「一九三一年没……五歳」ここで彼は、マロリーの几帳面な活字体でモイラ・コンロイの死亡日が記された手帳のページを確認した。こちらの女はそれよりはるかに長生きしており、亡くなったのはわずか九年前だった。「ああ。なるほど」まちがった墓標を石屋が配達するのに八十年以上もかかったとはちょっと考えにくい。

「遺族から苦情が出なかったのは、だからなのね」マロリーは言った。「あなたが違法にもう一度その区画を売ったときには、みんな死んでしまっていたんでしょう」マロリー自身、本気でそう信じているのか？　いや、彼女にはもっといい仮説があった。だが脅しは協力を促す。

ミスター・エルロイは泡を食ってしゃべりだした。「そ、そんな！　うちじゃ絶対――」

「証明して！　あの区画の関係書類はまだ残っている？　近親者が記載されたもの、葬儀社が記載されたものは？」

「わが社には百五十年以上の歴史がありますが、書類はすべてそっくりそのまま残っていますよ。その大半は本当に紙なんです」それはまるで、時代錯誤の会社経営がよいことであるかのような言いかただった。「古い区域の関係書類は、まだコンピューターに取りこまれていません。ですからこのケンナ家の子供の記録は、そういう書類が保管してある下の階にあります」

または、ないのか。

地下の倉庫で、マロリーは、たくさんある木製のファイル・キャビネットのひとつの前に立っていた。彼女のかたわらでは、うろたえたミスター・エルロイが引き出しの中身を調べている。それももう三度目だ。区画番号九四七のファイルは見つからないらしい。

「どうしよう」彼は言った。「ちがうところに入れてしまったなら、全書類のスキャンがすむまで見つかりっこありません。それは何年も先のことでしょうし」

マロリーのシナリオによれば、その日は永遠に来ない。だが、見つからない証拠を基に、ひとつの仮説が成り立とうとしていた。

そのファイルは九年前、第二の土葬、モイラ・コンロイの遺体によるあの墓への不法侵入の直後に消えたのだろう。あるいはそれは、もっと前――殺し屋が墓地を物色し、生年月日がまあまあ近い存命の女、もうひとりのモイラのために盗むべき身分をさがしていたときだったのかもしれない。高齢の女には、自分のすべてを捨て去ることはむずかしい――本当のファーストネームを保持できれば、そのほうが楽だろう。

利用できるのは死んだ子供だけだ。子供はあとに書類を残さない。そして、同名の小さな女の子となると、ここより小さな墓地ではまず見つからなかったろう。社会保障番号の申請に必要なのは、埋葬された女の子の出生証明書だけだ。かくして偽の身分で再出発。これは仮説だが、ひとつの事実にぴったり整合する。あの墓には確かにふたつ遺体があるのだ。

死んだ偽者に花を供えたあの男は、新たな死体の本名で新たな墓石を注文した。第二の目的にもかなう感傷的行為。それは、墓の最初の入居者の、目に見える最後の痕跡を消し去ったのだ。

しかし盗まれた身分にも、それが生きていた期間、痕跡を残した期間はあったはずだ。マロリーは相棒に電話を入れ、調査対象のリストに新たにひとつ名前を加えた。「隣接三州の記録で書類の幽霊をさがして。別のモイラ、姓はケンナ」

コマーシャル・タイムのあいだは、イギー・コンロイの可能性はすべて無傷のまま維持される。

彼は待った。思わせぶりな前振りに約束された、不審死とニュージャージーの墓発掘のニュース——スポンサーからのお知らせのあとにやるやつを。リモコンの消音ボタンをトンとたたいて音声を切り、イギーはテレビを見つめた。あれこれと彼に売りこむ短い映像の無音のパレード。宣伝てのは、たった一分のあいだにいくつ詰めこめるものなんだ？

そしてもう一分。

延々とつづく宣伝。

早く。早く。

ニュースキャスターが現れた。イギーは音声をオンにした。映像が、どこかの駐車場でロケ中の現地リポーターに切り替わる。マイクを持ったその若い女と並んで立つ老人に、イギーは見覚えがあった。女は老人を、エルロイ霊園の従業員で、メディアに喜んで話をしてくれる唯一の人物として紹介した。ただし彼は、それほど喜んでいるようには見えなかった。リポーターは、二台の車と駐車場を縁取る灌木(かんぼく)の茂みとで男を囲いこんでいた。

女の最初の質問に答え、不愛想なその管理員は言った。「いいや、警察の車なんぞ朝から一度も見てないね」なぜ小さな柩が掘り出され、バンで運び去られたのか訊かれると、彼はこう答えた。「知るもんかね。別にいまに始まったことじゃなし。仮にあんたが死んじまったとしよう。あんたは永遠の安息所に収まった気でいる。するとフロリダに引っ越すあんたの家族が、いっしょにあんたも連れてこうって決めるわけさ。向こうのほうがあったかい。そうだろ？それに、新しい墓からは、海が見えるかもしれないしな……人間ってのは愚かなもんだよ……だがこれで、墓荒らしがどうこうってな流言は収まるんじゃないかね？　親族は空っぽの柩を引きあげたわけじゃないんだ」そして、交通情報へ。

小さな柩。嘘をつく老人。

あの心臓が警察の手に渡ったのか！

ドウェイン・ブロックスがあっさり引き渡したってことか？　連中がやつを解放したのは、だからなのか？

イギーは家じゅうをめぐり歩いて、壁のひとつひとつにさよならを言った。そろそろ肉の保管庫に火を放つ時だ。

第二十六章

荒れ果てた家、害獣と不法居住者の避難所は、かつて町だったうらぶれたスラム街の縁に立っていた。ネズミたちでさえここでは骨と皮ばかり。栄えている生命体と言えば、舗道の割れ目から伸び立つ雑草だけだ。入口の階段にすわった痩せ衰えた男、ハーヴェイ・マドンは、イギー・コンロイのバンが前を通り過ぎていくと、大きな笑みを浮かべた。イギーはそのブロックの端まで行って車を駐めた。

何年も前、自分の売り物の味見をするようになる以前、ハーヴェイは自身のドラッグストアを所有する薬剤師であり、高級車に乗っていた。現在、この薬物中毒者はちっぽけな男。取るに足りないやつだから、麻薬課の目にも留まらない。仮に彼が寝袋を取りにこの家にもどらなくても、淋しがる者はないだろう。その体に筋肉はまったくないが、身長と年齢はだいたい合っている。骨ばかりのこのジャンキーが歩道へと下りてくると、イギーはバンの後部ドアを開けた。

ハーヴェイはおとなしく車内に乗りこみ、洗ったことのない下着のにおいも彼とともに入ってきた。取引のわずかな上がりは残らず彼の悪癖に注ぎこまれる。石鹸に使える金は一銭も残らない。骨ばった二本の指にはさんで、約束の角砂糖を彼は掲げた。「いつものやつじゃないよ」イギーの殺人キット用に彼が提供するドラッグとはぜんぜんちがう。「こいつは一級品だからね。幻覚剤がぎゅっと詰まってて、世紀のトリップが体験できる。パリへの旅どころじゃない」彼はそのキューブをいちばんの上得意の手のなかに落とした。「後味なしですぐに溶けるように特別に作られてる。そのうえ効き目も速いんだ。きっと気に入るよ」

「水一パイントに混ぜるんだが」

「問題ない。ぎゅっと詰まってるから」ハーヴェイはさらに何か言おうとしていた。だがここで首に刺さる矢の感触に、小さく声を漏らした。ああ……ネズミどもめ。そして彼はバンの床の上に伸びた。

麻酔で眠らせただけだ。

ハーヴェイが死ぬとき、その肺には煙が入っていなくてはならない。

イギーの脱出作戦はシンプルだ。何もかも燃やす。誰も彼も殺す。

ゴンザレス刑事が叫んだ。「出かけるぞ！」

刑事部屋のあちこちで、男たちが引き出しを開け、乱暴に閉めている。ある者は拳銃をベルトに留め、ある者はショルダーホルスターを装着した。

「やあ、マロリー。まだ墓地なのか？」ライカーはデスクの電話の受話器を肩とあごのあいだにはさんで、両手を自由にした。そうして眼鏡を手で隠しながら、同時に銃をさがした。「おまえさんの書類の幽霊、モイラ・ケンナだがね——彼女、いまもぴんしゃんしてるよ。公共料金や資産税もちゃんと払って……いや、運転免許証はない。ただ、ヴィンテージ・ジャガーの所有者として登録されてるんだ……うん、きっと気に入ると思ったよ。だが、よく聴いてくれ。十二年前、彼女は現金で家を買っている……そう、社会保障番号を申請した年だ」

ジェイノスが三つ向こうのデスクから声をかけた。「彼女に言ってくれ。モイラ・ケンナはいまも預金口座を持ってて小切手を切ってるんだ！」

「いまの聞こえたか？　それと、すごくいいネタがあるんだよ、マロリー。おまえさんから聞いたもう一方の女の生年月日だが――あれがニューヨークのモイラ・コンロイの生年月日と一致したんだ。その女はモイラ・ケンナがジャージーの家を買った年に納税の記録から消えている……うん、ローウェル、バーチ・ドライヴ二十二番地。みんな動きだしてるよ。課の全員だ。向こうで落ち合おう」

ライカーが電話を切ったとき、他の刑事たちは階段室のドアからぞろぞろと出ていくところだった。ライカーは大声で彼らに呼びかけた。「サイレンを鳴らしてけ！　一刻を争うぞ！

マロリーは地元警察の応援を回避したがっている」

「利口だね」ゴンザレスが言った。「連中はすべてぶち壊すだけだもんな」

そのとおり。私道に一台でもパトカーが入れば、少年は殺される。警官たちもだ。ジャージー警察の代替作戦は、人質交渉人が現場に着くまで何時間もぐずぐず待つというやつだろう。どちらにしても、子供は死に、殺し屋は裏口から脱出する。

これは、衝撃と畏れと破城槌(はじょうつい)でなすべき仕事だ。

ワシントンがスマートフォンに住所を打ちこみ、小さな画面の地図に向かって目を細めた。
「橋を渡ってすぐ。道なりに行ったところだな。マロリーよりおれたちのほうがずっと近いぞ。あの墓地からだと、この住所まで七十マイルある」

利口な男、ワシントンは明らかに、マロリーがハンドルを握る車に同乗したことがないのだ。そこでライカーは言った。「二十ドル賭けるよ。きっと彼女はその家におれたちより先に着く」

課の男たちはみんな賭け好きだ。これで道中のさらなるスピードが保証される。彼は全員と賭けをして、負けを願うつもりだった。彼女をひとりで乗りこませるよりそのほうがいい。

イギー・コンロイはキッチン・カウンターの前に立っていた。カウンターには、彼が薬物の備蓄から選び出した材料が載っている。乳鉢と乳棒で錠剤をすりつぶすと、彼は鉢から粉を空け、剃刀（かみそり）の刃でふたつに分けた。しかしそれぞれの量は同じではない。彼は肉の重さの見積もり——薬の計量に熟達している。

ここで特別なものを。彼はハーヴェイ・マドンの角砂糖を水のボトルのひとつに落とした。目の見えない少年——目では見えない少年に、美しい絵を見せるために。

盲目がどんなものか、イギーはついにわかった気がした。たぶんそれは、そう呼ぶべきではないのだろう。見えるというのも、いろいろなのだ。

フリーウェイに通じる道を猛スピードで進んでいくとき、マロリーはすでに殺し屋の名をつかんでいた。イグネイシャス・コンロイ。故モイラ・コンロイの一粒種。彼はまた母親の生命保険の受益者でもある。その保険金はまだ回収されていないが。九年前、あの区画に埋められたこの女に対しては、死亡証明書は発行されていない。

ケンナことミセス・コンロイは、死ぬことを許されなかった。書類上は決して。その息子が資産すべてを彼女の名義にしているかぎり。書類上の人格として女を使うとは、非常に独創的だ——だが、なぜあの墓地から幼い男の子の心臓を盗んだのか？　あれは彼がよく知る場所、安心して墓荒らしができる場所だ。だが、なぜリスクを冒したのか？

ただジョーナの心臓をくり抜けばすむのに、そうしなかったのはなぜなのだろう？

イギーは地下への降り口のドアを開けた。彼の足音に大喜びして、犬がキャンキャン鳴いている。階段を下りきって、コンクリートの床を通過し、洗濯室の差し錠を開けるころには、あの駄犬はひとりで吠え立てたすえ、激しく咳きこんでいた。イギーはボトルの一方の中身を犬用の乾いた水のボウルに注いだ。

奥では、ジョーナがマットレスにあぐらをかいていた。石の小鬼（トロール）にやられた傷を覆う頭の包帯に、新たな血は染み出していない。しかし、抗生物質を使ったにもかかわらず、脚の包帯には膿みがにじんでいる。犬の嚙み傷というのは、なかなか治らないものだ。

少年があの殴れた目を閉じてくれたら、とイギーは思った。

シルバーのコンバーティブルが流入ランプを激走し、四車線の車の流れへと突入する。マロリーにはこの車に載せるポータブル・サイレンはない。ああいった警告は無益だ。たとえ叫び立てるサイレンが付いていても、この可愛いフォルクスワーゲンを警察車両だと思うドライバーはほぼいない。そして、彼らの混乱により時間は失われる。音なしで走行する理由として彼女はいつも相棒にそう言っており、本人も半ばそれを信じていた。

マロリーは前を行くピックアップ・トラックの尾部に接近し、ひとりのか弱い老人を瞬時に逆上したドライバーへと変えた。老人は彼女の通り道からいったんどいたが、その後、ワーゲンのフードの下に隠されたポルシェのエンジンに自分のポンコツが勝てるという誤った考えから、彼女を追いかけようとした。

人生には銃を撃つより楽しいこともいくつかある。

つぎに彼女はスポーツカーに迫った。この車が相手なら多少の競争は成り立つ――仮に運転者が車で自殺をしたいという精神状態に陥れば、だが。このドライバーにとって、バックミラーに映るそのワーゲンほど頭に来るものはなかった。なにしろそいつは、彼の本物の車にペースを合わせて走っている。そして、超高価なその塗装にキスするために、また、おそらくは彼のファイバーグラスの殻をひと齧りするために、じりじりと近づいてくるのだ。

警察車両の軍団は、渋滞のなかで立ち往生し、サイレンとクラクションの耳を聾せんばかりの絶叫を生み出し、その騒音を前方の車列に浴びせていた。民間人のドライバーらは苦痛のあまり赤信号に挑み、一部の連中は――この道から出られるなら、神経をなぶるこの騒音から逃れられるなら、なんでもしようと――一方通行の脇道に進入して、対向車の流れに立ち向かった。また、歩道に上がってのろのろと進んでいく車もあり、驚いた歩行者はいっせいに振り返って、ワンワンブーブーやかましい一群の車に目を向けた。そして彼らは中指を突き立て、刑事たちに振ってみせた。これはニューヨーク流のあの敬礼――〝やあ、元気か？　くたばりな〟という挨拶だ。

洗濯室の開いたドアの向こうで、犬がさもうまそうにピチャピチャとボウルを舐めている。「ほら」男が小さなボトルをジョーナの手に押しつけた。「ひっかけはなしだ。その水には薬が入ってる。もうすぐこの家は丸ごとでっかい火の玉になるんだ。ありゃあおすすめできんぞ、坊主……生きたまま焼かれるなんてのは……いやいや」

「解放するって手もあるじゃない」

ライターがカチリと鳴った。「苦しいことはない。特別なものを混ぜといたからな。ちょっとしたおまけを旅のお供に。きっと気に入るよ……おまえ次第だ。喉に無理やり流しこむ気はない。だが、下まで煙が来るのを待つのは、ほんとにやめといたほうがいい」

ジョーナは体を揺らしながら耳を凝らした。鈴の音はしない。サイレンの音も。彼を連れ去りに来る者はない。

「放火はおれの特技なんだ。それは家の奥から始まる。それから廊下を突き進み、正面の部屋に入っていく……おれの目に浮かんでるものをおまえにも見せてやりたいよ。床を支える梁——それはおまえの頭の真上にある。いまはシロアリはいないが、おれがこの家を買う前、やつらはその木材を食い荒らしていた。どの梁も乾ききって、穴だらけで、脆くなってる。床が崩落するまでには……火が落ちてくるまでには、さほどかからんだろう……だが先におまえに到達するのは、煙かもしれない。それはまるで酸を吸いこんでるみたいでな、ひどい咳がおまえを襲う。それから息がつまるんだ。もう呼吸はできない。おまえは頭がおかしくなる。完全なパニックだ。それから息がつまるんだ。それ以上、悲惨なことをおれは知らない。炎か煙かだからな。というわけで……その水を飲むか。または飲まないか。それはおまえ次第だよ、坊主。だがアンジー叔母さんなら、こっちを望むはずだ。恐れも苦痛もないほうをな」

洗濯室の外で、ピットブルの水のボウルのピチャピチャいう音がやんだ。何かがドスンと床に落ちたが、これは寝そべった音ではない。むしろ砂袋が落下したみたいな音だった。「あの犬を殺したの？」

「死んじゃいないよ。いまはまだ。見たいか？」足音が入口を越えていき、数秒後、部屋にもどってきた。

被毛がジョーナのつま先をくすぐり、犬が床に置かれた。ドスンという音はなく、そうっとだ。男がジョーナの手を取り、動物の毛皮の上に乗せた。ジョーナにはピットブルの呼吸の音が聞き取れた。それに、あばらの上下からそれを感じることもできた。つづいて、ヒューヒューというお馴染みの音が聞こえてきた。眠っているとき、この犬がいつも立てる音、老いた肺の子守歌だ。

「そうだ」〝ダバコ男〟が言った。「これを見せてやらないとな」

彼は犬の被毛の上でジョーナの手をすべらせ、活発に動く臀部で止めた。少年の盲目の指が、空を蹴る獣の脚を進んでいく。

「これでこいつが夢を見てるのがわかるわけだよ」男が言った。「夢のなかでこいつは駆け回っている。リスを追いかけてるんだ……いわば犬の天国だな」

蹴りが鎮まった。

脚がぱたりと落ちた。

犬の歌、肺の笛の音――それもまたやんだ。

「おまえはもっと長く持つはずだ」〝ダバコ男〟が言った。「悪い死にかたじゃない。おまえ次第だよ、坊主」


ライカーは後部座席に乗っていた。大音響の脅迫にもかかわらず、フリーウェイの車群はなかなか分かれず、彼らが自由に走れる車線は開かれなかった。

運転席のジェイノスが、六台から成る自動車軍団のサイレン音に負けまいと、声を張りあげて請け合った。「彼女が先に着くわけないさ！　七十マイルのハンデじゃな！」

しかしその距離のほとんどの区間、マロリーはおそらく空いた道――赤信号も町の交通渋滞もない道を走っていくのだ。こちらはすでにマンハッタンから脱出する道で相当の時間をロスしている。

助手席のワシントンがすわったまま振り返り、さらに大きな叫び声でライカーにもうひとつ安心材料を与えた。「おれはマロリーがジャージーに発つところを見たがね！　彼女、私用のフォルクスワーゲンに乗っていったんだよ！　へなちょこの小型車にさ！」

小型車か。確かにな。でも大丈夫――フォルクスワーゲン・ビートルに変装したポルシェだから。

彼女は軽いジョークが好きなのだ。

仮にマロリーがクラウン・ビクトリアでジャージーに行ったなら、他の課員たちにもこのレースに勝つ見込みはあっただろう。だが世を忍ぶ彼女のエンジンは、工場出荷時の設定よりも回転数を大幅に上げてあるのだ。マロリーはハンデをどんどん消化している。

イギーは寝室の窓のひとつに透き通る白いカーテンを広げた。それは、彼の放火キットのなかにあったものだ。難燃性のないその品は、焚きつけよりもよく燃える。太陽光でも発火するんじゃないだろうか。

第二の窓はむきだしのままにしておいた。彼はその窓を少しだけ開けた。火は酸素が大好きなのだ。

二組目のカーテンは丸めてひと塊にした。彼はそれをマットレスの上にカーテンロッドとともに放った。それは、未完の作業、仕事の途中のひと眠りを表しているようだった。

火の点いたタバコが一本落とされた。発火は早かった。肉の保管庫は焼かれたも同然だった。ドアが閉じた——まるで誰かが背後から入ってきたかのように。隙間風のいたずらか？　この家はいろいろと悪ふざけをする。パイプの打撃音、梁のきしみ、壁の内側をネズミがガリガリ砕く音。それでも彼は振り向かずにはいられなかった。どうしても見ずにはいられない。誰もいなかった。ドアの向こう側にもだ。背後で炎がパチパチいっている。彼は廊下を歩いていき——足を止め——完全に静止した。

いったいあれはなんなんだ？

彼は天井の四角い扉、屋根裏部屋の入口を凝視した。足音？　あの上で？　ああ、くそ、警察がもう来てるのか？

いや。馬鹿め！　警察が屋根裏にいるだと？　いい加減にしろ！

だがネズミどもは体重が軽すぎて、あの音の説明にはならない。イギーはズボンのウエストバンドからリボルバーを抜いた。それから、リネンの戸棚から先が鉤状になった棒を取り出し、それを上に向けて、頭上の扉の留め金にひっかけた。天井の四角い穴から差し出された彼の手へと梯子がすべり出てくるより早く、彼の口がぽっかりと開いた。しかし悲鳴は出てこなかった。

彼は屋根裏の扉を閉めた。

それから棒を落とした。

そして走った。

〝タバコ男〟は、プラグ式の四角いラジオの音楽をかけたままにしていった。ジョーナはその上に片手を載せた。ゴールデン・オールディーズの振動でてのひらがびりびりする。彼は自分を抱き締めて、体を揺らしたが、その動きももう心を鎮めてはくれなかった。彼の恐怖には、ドラムのビートと超高速のギターのリフが付いていた。いま、彼は高速で揺れている。

そしてもっと速く。

煙だ！

においはほんのかすかだが、それはこちらに向かっていた。まもなくじわじわ這いこみ、流れこんでくるだろう。差し錠のかかったドアの下から——彼をとらえるために。

ジョーナはラジオの音量つまみを見つけ、音楽のボリュームを上げた。なぜなら信じる気持ちをなくしたから。ジングルベルを待つのはもうやめた。この外の階段で鈴が鳴ることはない。体の揺れが止まった。火か水かを選ぶ時だ。彼はボトルを取って鼻に近づけた。死ににおいはなかったけれど、ためらいがちにちょっと口にしてみると、それが甘いことがわかった。彼はひと口がぶりと飲んだ。そしてもうひと口。どれくらいかかるんだろう？　犬は何分か生きていた。

まぶたが重い。下りてくる。ボトルが手から落ち、チャプチャプいい、転がっていった。自分が〝タバコ男〟の目のなかに入っていくのがジョーナにはわかった。片方だけ閉じたあの目のなかに。そこには何もない——空気も命も。幽霊さえもそこに住むことはできないのだ。

第二十七章

ジョーナは丸くなった。体が縮んでいく。まもなく彼は消滅するだろう——
飛んでるぞ！　ビューーン！　風が猛スピードで通り過ぎていく。すぐ横を何かが飛んでいる。彼の手をかすめて。冷たい。金属みたいな何か。もっとよく見えるよう、彼は指を巻きつけた。するとその形がわかった。フードの飾り！　あの車だ！　とそのとき、それが消えた。彼の手からすり抜け、急降下していったのだ。そして彼自身も落下していた。まわりじゅうで風がびゅうびゅう唸(うな)っている。彼は虚空を落ちていき——前部座席に収まった。裸足の足の下には、なめらかな舗装路をゆっくり走っていく感覚があった。

アンジー叔母さんが運転している。叔母さんの香水の香りが見えた。それに、顔を愛撫する叔母さんの手も。高速で叫ぶ調べ、ピアノのリフとともに、カーラジオが鳴りだす。もう夜遅いにちがいない。叔母さんはいつもジャズは夜の音楽だと言っているし、日没後のテールライトの流れとブギのリズムの組み合わせが好きなのだ。ここでふたりは昼間へと入った。太陽が肌に温かい。彼らの新たなロードソングは、大音響のロックンロールだ。車のスピードが上がった。

「大好きだよ」ジョーナは言った。「叔母さんが大好き——」

アンジー叔母さんが荒っぽく後頭部の髪を引っ張った。そして彼女は彼の口に指を突っこみ、舌の奥まで差し入れて、オエッとなるまで喉を押した。どろどろの臭い流れとなり、ゲロが噴き出してきた。遠くで、小さくせかせかと絹糸みたいな声がした。「全部吐いて」彼女が言う。そして彼は吐き気の波のなかでまたぬるぬるを吐いた。ああ、気持ち悪い。悪臭のする空気を彼は呑みこんだ。彼女の腕にかかえあげられ、ぐったりとした体がマットレスから浮きあがる。彼女は彼を抱いて、階段をのぼっていった。家に充満する、酸性の濃いスモッグ。オーブンのすさまじい熱さ。破裂音と轟音（ごうおん）。それらを通り抜け、屋外の涼しい風のなかへ。悪臭とよい香り、煙と薔薇（ばら）の戦い。

足音のペースが落ちた。

そして止まった。

ゆっくりと彼女の腕からすべり出て、体が落下していく。下へ下へ。広げた両手が草地に触れた。肺にはもう息がない。ひと口分の空気も。それに、呼吸しようと闘うこともできない。もう闘いたくはないし。それは――沈んでいくこの感覚は、抵抗しがたかった。このまますべて投げ出したい。疲れ果て、彼はおとなしくじっと横たわっていた。やわらかな巻き毛が首に触れ、彼女の頬が胸に押しつけられた。それから彼女が胸郭（きょうかく）をドンとたたいた。もう一度。もう一度。前よりも大きく絹糸がピシッと鳴り、命令が下された。「息をなさい！」しびれを切らし、彼女は彼の代わりに呼吸した。ベルベットの唇が彼の口にかぶさっている。

ファースト・キス――そのとき、歯のあいだから胆汁の悪臭が噴出した。

喉が焼けている。

彼は咳きこみ、ゲロを吐いた。草の上を体が引きずられていく。ここの空気は、前よりいいにおいだ。彼女が彼を下ろした。

それから倒れた。

サイレンだ！　音が近い！　数も多いぞ！　車が一台、私道を疾走してくる。タイヤが撥ねあげた砂利や石ころが車の底に当たっている。さらに車がやって来る。もうすぐそこだ！　甲高い唸りが止まった。スイッチ・オフ。そして今度は、たくさんの車のドアが開く音――どれも開いたままだ。いくつもの足が走ってくる。

ジョーナは手を伸ばし、隣に横たわる人に触れた。でも、その人を起こすことはできなかった。彼女は炎のなかから彼を運び出した。倒れる寸前に。そしていまは――

すぐそばで、男の悲痛な声が叫んだ。「マロリー！」


ニュージャージーのその病院は小さく、むしろ診療所のサイズで、壁も薄かった。マロリーが解放されるのを診察室で待つあいだ、重大犯罪課の刑事たちには廊下の彼方で生まれた赤ん坊の泣き声が聞こえていた。

マロリーは担架の上にあぐらをかき、酸素マスクから空気を吸っていた。嘔吐物の悪臭はお祓い箱となったリネンのブレザーもろとも消え失せたが、煙のにおいはいまも彼女の全身に染みついている。彼女が家を捜索しているあいだに、その肺にはどれだけの煙が摂りこまれたのだろう？　ライカーは手を伸ばして、彼女の髪のひと房に触れた。それは炎に炙られ、ブロンドのスチールウールよろしくちりちりになっていた。「**いいね**」

「もうひとつだけ質問するよ」ジェイノスは彼女の代わりに報告書を書く役を買って出ていた。そして彼は、彼女の法外な基準にかなう詳細な報告書を作りたがっているのだった。「ERの医者は、毒物検査できみの話は裏付けられたと言っている。だがきみにはどうしてあの子供に毒が盛られていたことがわかったのかな？」

マロリーは透明なプラスチックのマスクを下ろした。「犬のボウルの水は変色していた――何か混ぜられていたの。地下にはほとんど煙が来ていなかった。なのに犬は死んでいた。それに子供は意識がなかったし」

犬のボウルの変色した水だと？　この部屋にいる大勢の刑事のうち、そういう異状に着目するのはマロリーだけだろう。**それも炎上する家のなかで**だ。ライカーは、報告書がジャック・コフィーのデスクに置かれる前に、その数行を削除することにした。

「なるほど」ジェイノスは手帳を閉じて、マロリーに言った。「きみがしたこと――あれはすごかった」

「だが無茶だ」ライカーは言った。「**あの家は燃えてたんだぞ**！」

不機嫌かつ辛辣に、彼女は言った。「燃えていたのは奥の部屋だから。地下への通り道は安全だったの！」

「だろうねえ。それですじが通る。ふつうなら地下を調べるのは最後のはずだからな」

「音楽が聞こえたのよ」

これは全員の注意を引いた。あのとき聞こえたのは、サイレンと叫び声、炎の轟き、そして、吹っ飛んだ窓のガラスの割れる音だけだった。音楽はありえない。ライカーは、彼女の首から下がっている酸素マスクに触れてみた。「こいつは人をハイにするのかね」

つぎの瞬間、彼は辛辣な言葉を残らず撤回できたらと思った。たとえヒーローの光輪が相棒に似合わなくとも。ジョーナ・クウィルは彼女の欠陥によって命を救われたのだ。健全な恐怖心の欠落。それは、幼少期からマロリーの弱点だった。そしていつかそのために彼女は死ぬだろう。警察学校に彼女が入った当時から、ルイ・マーコヴィッツは我が子が年若くして死ぬことを知っていた。ある夜、バースツールに並んですわっているとき、あの親父さんはライカーに言った。「その時が来ても、あの子を恨まないでくれよ。それはあの子のせいじゃないんだ」

ゴンザレス刑事が部屋の向こうからやって来て、課のみんなに加わった。「消防部長と話したよ。彼はあれを放火とは見ていない。彼の部下たちは奥の寝室で遺体を発見した。成人男性。黒焦げだそうだ。部長は、そいつの寝タバコが出火の原因だろうと――」

「そんなに都合よくいくわけないと思うけど」マロリーが言った。

「おれもそう思う」ゴンザレスが言った。「ガレージには一台だけ車があった。めちゃめちゃにたたきつぶされたジャガーだ。ジャージー警察は、第二の車のオイル痕を発見したが、それでも消防部長の仮説を支持してる。コンロイをさがして時間を無駄にする気は連中にはないんだ。それに、あのベッドで死んでたのが誰にしろ、そいつを惜しむ人間はいないんだろうよ」

マロリーはうなずいた。「もう一方の遺体はいつ引き取れるの?」

「その件はもうすんでるよ」ライカーは言った。「フェルプス家の子は――」

「あの子はもう墓にもどされている」ラビ・カプランが刑事たちの輪のなかに入ってきた。

「それに、盗まれた心臓もあの子といっしょに葬られた」そこに立つラビを見てマロリーが驚きを表すと、彼は肩をすくめた。「この近所にいたものでね」七十マイル先まで及ぶ近所に。

ここでライカーは、ラビが迎えに行った刑事らではなくドクター・スロープの車に同乗してきたことを知った。

「エドワードがシティから心臓を持ってきてくれたので、あの男の子は再度、埋葬される前に、完全な体に――」

「あの心臓は証拠なのよ!」マロリーは拳を掲げてこの言葉を強調した。「スロープは何を考えて――」

彼女の怒りに少しも動じず、ラビは言った。「わたしがエドワードに、もしあの坊やが心臓のないまま再度、埋葬されるなら、ポーカー・ナイトにはさよならを言ってくれと言ったんだよ」デイヴィッド・カプランは勝者の笑みを浮かべていた。ルイ・マーコヴィッツのポーカーの集いの参加者がみなそうであるように、この男はいまも子供のお小遣いに合わせた少額の賭け金で勝負している。そしてその子供、十二歳のキャシー・マロリーは、それをお婆ちゃんたちの夜のゲームと評していた。だからラビは大きな勝利をどこかよそでつかまねばならないのだ。

ライカーはまちがいなく感心していた。ドクター・スロープはそう簡単には脅しに屈しない――

「キャシー」報復をまったく恐れず彼女をファーストネームで呼ぶ数少ない人間のひとり、ラビ・カプランは言った。「わたしはミセス・フェルプスに、彼女の坊やに心臓はもどってくると言ったんだよ。彼女は感謝していた……きみが生きているジョーナを見つけたと話すと、とても喜んでいたしね」

くそっ！　これだけ大勢刑事がいながら、なかの誰ひとりとして、ラビから携帯を取りあげることを思いつかなかったとは。

ゴンザレスがライカーにうなずいて、声にならなかった〝くそっ！〟が大きくはっきりと聞こえたことを知らせた。彼は自分の電話を掲げると、この情報漏洩に栓をすべく、ラビを引っ張って、うしろ向きにドアから出ていった。

ドクター・スロープが入ってくると、全員がそちらに頭をめぐらせた。ドクターは一同に、ジョーナがたったいまヘリコプターに乗せられ、川向こうの病院に向かったことを告げた。「この病院はニューヨークの外傷センターの水準には達していないんだ。脚の傷に適切な治療を施されなければ、彼は命を落とすかも――」ここでドクターはマロリーの目に確かに何かを認めた。それは恐れかもしれない。それとも、ちがうのか。五分五分の賭けだ。そして彼は言った。「少年の傷は敗血症を惹起しうるものだが、経過はきわめて良好だよ」

すると彼女が言った。「あの心臓は証拠だったのよ！」だが、彼女の文句はそれだけではなかった。

病院の外で、検視局長は石のベンチにすわって、ダメージ・コントロールの仕事をほぼ終えた刑事の質問に答えていた。

ライカーのタバコは黒くなり、もう煙も出ていない。彼はそれを手のなかでもみつぶし、この唯一の怒りのしるしをきれいに隠した。その日の第一のミスは、ラビ・カプランをここに招いたことだった。それはラビが橋のこちら側に取り残されることがないようにとのはからいだった——彼はあまりに多くの危険な情報を持っていたから。しかしいま、悲しみの淵のミセス・フェルプスはジョーナが生きていることを知っている。だが、セキュリティを完全にぶち壊したのは、ドクター・スロープだった。

ほんとにありがとよ、この馬鹿野郎!

一時間足らずで、課員たちは封じ込めを確実にした。ジャージーの消防士たちは燃える家から子供がひとり連れ出されたことなどまったく知らない。そしてここ、この病院では、緊急治療室のどのスタッフも、煤(すす)だらけの腫れた顔をした意識のない少年の正体に気づいていなかった。バッジを着けた男たちの一団はそんな彼らに、パーティー・ドラッグと毒物を使い、マッチと凶暴な犬で遊ぶありきたりの子供の話を語って聞かせた。

「それで、先生、ヘリの連中には名前をどう——」

「ジョン・ドウ!(身元不明男性を表す仮名)このわたしがパイロットに、あんたが移送するのはジョーナ・クウィルだと教えると本気で思っているのかね？」

いや、まさか。その考えは葬ろう。検視局長は信頼できる。たとえひとつの心臓を鍵のかかった保管庫にきちんとしまっておくことができなくても、事件の詳細のほうは胸にしまっておけるだろう。とはいえスロープは、警察の保護下からある男の子を勝手に連れ去り――その子を火線上にぶら下げたのだ。

しかしダメージの修復は報復に優先される。だからライカーは、この男に自分が何をしでかしたか教える機会を相棒から奪った。本当は、装塡した銃を持ったマロリーにここにいてほしかったけれども。

ドクター・スロープはまだ彼女をがみがみ非難していた。これはライカーには受け入れがたかった。

刑事は立ちあがった。駐車場の向こう側までいっしょに歩こうという誘い。車列のあいだの通路の果てでは、デイヴィッド・カプランがスロープの黒いセダンの助手席にすわって、帰路に就く時を待っていた。とても優しいあの男にとって、きょうは長く過酷な一日だった。ただ表面上、ラビは穏やかに見えたが。

ドクター・スロープのほうはちがう。彼は歩きながらマロリーを罵倒（ばとう）しつづけていた。「今回の本当の犯罪がなんなのか教えてやろう。デイヴィッドはすでに彼女を許している。彼女がきょう一日、彼にどんな思いをさせたかわかるかね？　それにフェルプス少年の親御さん、あの気の毒な人たちにどんな痛手を与えたか。良心の呵責（かしゃく）はゼロ。共感の心が完全に欠落してる。

あの人たちの悲しみ、苦痛なぞどこ吹く風だ。実に……冷たいね」

「いや、まったくですよ、先生。あなたは完全に正しい。悲嘆に暮れる遺族——マロリーがそんなもんに対処できるわけはない……おれたちはみんな、覚えてますよね。親父さんが死んだときの彼女のあのおどけた顔」

ドクターがちょっとふらついた。

ライカーは紳士的に車のドアを開けた。いくらかおとなしくなり、エドワード・スロープは運転席に乗りこんだ。

少し胸がすっとした。

来るべきダメージのことを考えながら、刑事はぶらぶらと駐車場を引き返していった。あの子供の別名〝ジョン・ドウ〟はいつまで通用するだろう？ 数分？ 数時間？ ひとりの男の子をさがして、殺し屋がニューヨーク・シティの病院を回り、その廊下をうろつきだすまでに、自分たちにはあとどれだけの時間があるのだろうか？

駐車場の反対側に着くまでに、彼の頭にはさらにふたつの疑問が浮かんだ。プロの殺し屋から子供をひとり護るには、何人の警官が必要だろう？ また、大統領たちは素人相手に何人のシークレット・サービスを失ってきたのだろうか？

準備万端整った。バンの後部座席で、イギーはダッフルバッグに詰めておいたオーバーオールを着こみ、ボタンをいちばん上までかけた。このブロックの角を回ったところには、つぎの着替え用にイギーが狙っている制服をまだ身に着けたまま、ニューヨーク市警(NYPD)の警官がひとりいる。

ダッフルバッグを枕に、イギーは横になった。暗くなるまで仮眠を取るつもりだったが、脳をシャットダウンすることはできなかった。自分は何をしてしまったのか？　生まれて初めて、彼は宿なしとなった。そして彼は、家の喪失を深く悲しんでいた。ただ、屋根裏のあの物を恋しいとは思わなかったが。

コネチカットの家のドアが、ゲイル・ローリーの未亡人によって開かれた。ライト・ブラウンの髪に美容サロンのハイライト四色を入れた金(かね)のかかる妻。この女がもし夫を愛していなかったなら、手入れの完璧なその手に一本だけある割れた爪のぎざぎざはやすりで整えてあっただろう。それに彼女は、戸口の刑事たちのひとりに煙のにおいがすることにも気づいていないようだった。

マロリーは、小さな画面がメアリー・ローリーに見えるよう、携帯電話を持ちあげた。ある高校の年鑑の写真。これが、モイラ・コンロイの息子、イグネイシャス・コンロイの現存する唯一の写真だった。「いまの彼は十九歳、年を取っています」

「すみません。見たことがない人です」一同を家に招き入れたあと、彼女は子供を裏庭に遊びに行かせた。未亡人は両手を掲げ、その後だらりと脇に垂らした。このしぐさはこう認めている——ええ、娘はもうパジャマを着てなきゃいけませんよね。でもうちの夫が死んだんです。

ママのルールはきょうのところは運用を見合わせます。

太陽は低い位置でまだ輝いているが、家のなかは暗かった。空気は淀んでいた。刑事たちは夫人につづいてキッチンに入った。窓の鎧戸（よろいど）が閉まっていない、自然光が入っている唯一の部屋へ。ミセス・ローリーがテーブルに着くと、いっしょにすわったライカーが言った。「このたびはご愁傷（しゅうしょう）さまでした、奥さん」

窓からは裏庭が見えた。すぐそばには別の家がある。ミセス・ローリーの娘にちょうどよいサイズに造られた小さな家。高価な玩具もあちこちに散らばっているが、マロリーがいちばん気に入ったのはブランコだ。それは、ロープで木から吊るされた古いゴムタイヤだった。最高のブランコ。そしてパティー・ローリーはそこにいた。タイヤを大きく漕ぎ、つま先を太陽に向け――この瞬間は幸福そのものだ。「娘さんは何も知らないんですね？」

ミセス・ローリーは両手で顔を覆った。「パティーは私道に来た救急車を見ています。わたしはあの子をうちのなかに入れました。救急車が出る前……他の人たちが遺体を取りに来る前に。パパは病院にいるんだとあの子は思っています。ただ病気になっただけだ、と。わたしがそう教えたわけじゃありません。どう話せばいいのか、わたしにはわからないんです」

マロリーは女の隣にすわった。「パティーに写真を一枚、見せたいんですが。彼女はあなたがいないとき、家の周辺でその男を見ていたかもしれません……殺人のことは何も言いませんから」

母親がうなずくと、マロリーは勝手口からよい香りのする新鮮な外気のなかに出た。長い影を落としながら、芝生を歩いていき、揺れるタイヤの描く大きなアーチのそばに立つと、携帯電話を取り出して、コンロイの写真を子供に見せた。「この男の人を知らない？」

女の子はふわっと上がってきて、すぐそばまで来ると、小さな画面をじっと見つめ、それから、ふわっと下がっていった。「髪の毛はもうないよ」後退していきながら、パティーは言った。「全部、剃っちゃったの」前進してきながら、彼女は付け加えた。「夕方に黒くなるんだよ。パパの髯みたいに」揺れのスピードが落ちた。「でもその人は頭全部がそうなるの」タイヤがだらんとぶら下がる。子供は暗い顔になった。「イギーもね、ママには言っちゃいけないことなの」

「わたしには言っていいのよ」マロリーはにっこりした。「言いつけたりしない。約束する」

「イギーは玄関には絶対来ないんだよ。あっちから入ってくるの」パティーは家の裏手のフレンチドアを指さした。「あたし、あの人は好きじゃない。あの目がいやなんだ……でもあたしはそれしか知らないから」

「他にもママに言っちゃいけないことはある？」

パティーは指でタイヤの縁をトントンたたきながら、じっくりと考えた。「うんとね、あたしの部屋にピエロがいるの。頭が取れるんだけど、ママは知らないの。それに、取りかたを知ってるのは、パパだけなの。パパは明かりが消えたあとで、その頭を取るの……あたしが眠ってると思ってるとき。あたし、自分で頭を取ろうとしたんだ――でもできなかった」

「わたしが手伝ってあげようか……他のみんなには黙ってればいいから」

パティーはこのアイデアを気に入った。ほんとにいい考え。彼女のほほえみがものすごく悪そうな笑いへと変わった。

　手をつないで、ふたりは家へと引き返し、ゲイル・ローリーのローテク・オフィスのフレンチドアからなかに入った。デスクには、六年も前のノートパソコンと並んで、ごくふつうの固定電話が載っている。ファックスマシンまでもが太古のものだった。パティーのたっての要望により、ふたりはつま先だってそろそろと廊下を進んでいった。

　そのぬいぐるみのピエロは、ピンクの寝室の隅に自分用の椅子を持っていた。そこでそいつはうつぶせに寝かされている。なぜならこの子がピエロ嫌いだからだ。「パパはそのこと知ってると思うよ。でも、これをくれたのはパパなの。だからパパもあたしも、あたしはこれが好きなんだってふりしてるんだ」

　うまい手だ。マロリーは赤くて丸い鼻を持つその大きな人形を持ちあげた。これは、どう見てもパティーが遊んだり抱き締めたりしそうにない玩具――お腹のなかでかすかにカラコロいう音に気づいたりもしそうにない玩具だ。その仕掛けがどれほど小さなピエロ嫌いの好奇心をそそったか、もしパパが知っていたなら！　パティーはそいつの頭をむしり取りたくてたまらないのだ。

　マロリーはラッフルカラーを留めているボタンをはずした。セラミックの首がむきだしになると、その前面には蝶番（ちょうつがい）が、うしろ側には小さな鍵穴が見つかった。

　母親はこの捜索、ピエロの頭に侵入するというこの行為を受け入れるだろうか？　証拠は見えないところにある。最悪のシナリオは、令状の要求がゲイル・ローリーの殺人を仕切る地元警察との戦争につながることだ。どちらにしろ、時間のロスは出るだろう。彼女は尻ポケットに手を入れて、ピッキングの道具が入ったベルベットのポーチを取り出した。「パティー、これもママに言っちゃいけないことなの。だから……ピエロのなかから何が見つかっても……ね？」

女の子は同意のしるしに親指を立ててみせた。ママは知らなければ知らないほどいいのだ。

小さな鍵が開くと、ピエロの頭が蓋のように前に倒れた。その体のなかには、小さなカセットがいくつも隠されていた。どれも、固定電話の初期のモデルの留守録装置に使われていたものだ。腹の底には、応急処置的改造を施したものらしき古い小型の録音装置があった。そのスロットはカセットがちょうど収まるサイズで、追加の接続ポートには携帯電話用の差込み口が付いていた。これは、通話を秘密裏に違法に録音するためだ。時代遅れのテクノロジーを好む男、ゲイル・ローリーは、できることなら電話のスピーカー機能を使って古いやりかたで会話を録音しただろうが、家のなかを子供が駆け回っていてはそうもいかない。パティーに委託殺人の詳細を——これもママに言ってはいけないことのひとつだが——聞かれる恐れがあるのだから。

ゲイル・ローリーの録音機はマロリーのデスクの上に載っていた。彼女は小さなカセットを再生した。そこには、十二歳の少年の死を求めるドウェイン・ブロックスの声が入っていた。

「これだけじゃな」地方検事補、ジョセフ・ウォルトンが言った。

地方検事補たちは、法と秩序の最大の障害物だ。彼らは最優等とは言えない。学年トップではないのだ。そのうえ、ウォルトンには独善的姿勢というハンデまである。だが、ライカーにとって何より腹立たしいのは、その馬鹿げた極細の口髭だった。

「そう、ぜんぜん足りんよ」検事補は言った。「これはミスター・ブロックスの声のように聞こえるかもしれない。でも、きちんと特定しようじゃないか。カセットをポリス・プラザ一番地に送って、声紋分析をさせるんだ。逮捕令状は、そのあとで取ろう」

マロリーがジャック・コフィーに顔を向けた。コフィーは言った。「これは地方検事補が決めることだよ」

「誤認逮捕による訴訟は回避したほうがいい。そうだろう?」ウォルトンは低能な人間に言い聞かせるような口調で、マロリーにそう言った。

十五人の刑事とそのボスは、彼女がウォルトンを撃つのを待った。だが結局、彼らは失望することになった。

無傷のまま、いい気になって、地方検事補は、チャールズ・バトラーの脇をすり抜け、階段室へと消えた。あの長身の心理学者は、大きな笑みをたたえて、こちらにやって来た。どうやら病院から許可が出て、ジョーナを見舞ってきたらしい。あと二歩のところまで相手が来ると、ライカーは訊ねた。「あの子はどんな具合だい?」

「脚はなくさずにすみそうですよ。あと数時間で集中治療室を出られるでしょう。でも別の病そうだった。

ライカーの見たところ、チャールズは自分の報告に付随する問題を予期しているようだった。大男は椅子を一脚、クリップでもつまみあげるように軽々と持ちあげ、刑事ふたりのくっついたデスクのあいだの国境地帯、スイスに置いた。「ぼくの鑑定は終わりました。あの少年は証人として信頼できます」

「へええ、そう」マロリーが言った。「あの子は相変わらず死んだ尼僧に話しかけてる？」

「うん。それに叔母さんは返事をしてるしね。でもジョーナは、叔母さんが言うであろうことを想像しているにすぎない。本人もそれはわかっているんだよ。彼の精神状態はおかしくない。実際に声が聞こえるわけじゃないんだ」

「そのふりをしてるだけってことか」ライカーは言った。「たのむから、医者や看護師の前じゃやってないって言ってくれ」

「誰の前でもやってませんよ。別にパフォーマンスじゃないんで。それは内輪のやりとりなんです」

「死んだ女とのね」マロリーが言った。「やめさせなきゃ。殺し屋がつかまったら、ジョーナには声でそいつを確認してもらわなきゃならないの。でももし証人が幽霊に話しかけてること――そして、幽霊が返事をしてることが、コンロイの弁護士に知れたら、彼の証言は法廷で採用されない。なんとかして」

「うん、わかった」チャールズは言った。

ライカーは笑みを浮かべた。この頭の医者はたいていのやつより融通が利く。「スイッチを入れるとか？　魔法の棒を振るとか？　その手のことでいいのかな？」

やっぱり融通が利くとは言えないか。

「あんな経験をしたわけだからね」チャールズは言った。「ジョーナはセラピーを受けるべきだよ。ぼくがもう、いい児童精神科医を見つけたし」

「犯人を確認するまで、これ以上、頭の医者は無用よ」マロリーが言った。「とにかく彼を治して」

「ジョーナに治療は必要ないんだ。あれはコーピング機構だからね。時が経てば、要らなくなったコートみたいにその幽霊を脱ぎ捨てるよ。彼は病んでるわけじゃない。悲しんでいるんだ。彼に必要なのはセラピーと時間だよ」

「わたしにはそういう時間はないの」マロリーが言った。「それに、被告側の弁護士がジョーナに彼の精神科医のことを訊いたりしたら困るのよ」

ライカーが翻訳すべく身を乗り出した。「ジョーナと頭の医者が同じ文脈に出てきたら――万事休すってことさ。陪審はその場で証言を聴く気をなくすだろうよ。ジャージーには、あの誘拐の罪を負うべき黒焦げの死体がある。陪審が疑うのは当然だ。それに、あの殺し屋は火災の偽装のプロだからな。放火の所見は絶対出ないよ」

「ああ、そのことならぼくが力になれますよ」チャールズは言った。「犯人はジョーナに、家を焼き尽くすつもりだと言ったそうですから」

「最高」マロリーが熱意なく言った。「死んだ尼僧と会話する子供の言葉を信じる人間がいるなら、だけど」

「注目」ジャック・コフィーが言い、全員の目が彼のほうに向けられた。「封じ込めは成功した。ジャージーの検視官にはコンロイのベッドの死体の身元確認はできない。歯の記録もなし、DNAのサンプルもなし。近親者に通知できないなら、火災に関するマスコミ向けの発表は行われない。あのジャージーの病院にも、事件と肺に煙の入った煤だらけの顔の子供とを関連づける者はいないだろう。ゴンザレスによると、彼らはジョーナが盲目だということさえ知らなかったそうだ」

「でも、ジョーナはもう目を覚ましてる――それも別の病院で」マロリーが言った。「彼が誰なのか、その病院のスタッフに知られることは絶対確かよ」

ライカーも同調して言った。「それに彼らの旦那やかみさんにも。飲み友達や――」

「オーケー」コフィーが言った。「まずい状況ってわけだ。だがいまのところ、マスコミは何もつかんでいないし、ホシは子供が死んだものと思っている。われわれはいくらか時間を稼いだんだ」

のろのろ運転のその白いバンは、市長邸の私道の前を通り過ぎた。通りにはもう記者たちはいない。事件への関心は薄れつつあるわけだ。これまでのところニューヨーク市警は、あの件と焼けたベッドのなかにいた黒焦げの麻薬の売人とを関連づけていない――地下室で死んだ少年ともだ。

自分には時間がある。

イギー・コンロイは運転しつづけた。


グレイシー・マンションの広大なホワイエの家具は、隣接する食堂へと運び出され、照明やカメラを設置するためのスペースを技術者たちに与えていた。演台は各テレビ局のロゴの入ったマイクで飾られている。記者たちは、図書室のドアとの距離を保ちつつ、あたりをうろうろしていた。その奥では、ポーク市長が前掛けで拘束され、その肌にメイク係によるパウダー攻撃を受けているのだった。

サミュエル・タッカーはボスにメモを手渡した。話の要点のまとめ――サプライズ・エンディングつき。最後の項目に至ると、アンドルー・ポークは顔を上げた。指がパチンと鳴り、メイク係が追い払われた。市長は声を低くして訊ねた。「タック、これは本当に確かなのか?」

「地方検事局のわたしの情報源が保証していますから」タッカーは大きな笑みを浮かべ、お褒めの言葉を待った――最低でも笑顔というご褒美はあるはずだ。しかし市長の顔には疑いの色しかなかった。「市長殿、これは確かな情報ですよ」タッカーは、ボスがまるで重さを量るようにその紙をてのひらで上下させ、その価値を問うのを見守った。

充分な価値はない。市長の小さな光る目が告げた。

周囲に誰もいないにもかかわらず、タックは声をひそめた。「わたしの情報源は、重大犯罪課を担当している地方検事補なんです」

「ジョー・ウォルトンだろう？　あのきざな役立たず。わたしは彼の一族を知っているんだ。あの家系に脳みそのあるやつはいない」市長は首を振った。「刑事どもはあいつには何ひとつ教えんだろう――」

「ええ、教えませんでした。でもジョーもまったくの馬鹿じゃありません。彼はわたしに、生存者か証人がいるのかと訊ねました。ソーホー署に入っていくとき、内勤の巡査部長が他の署と電話で話しているのを耳にしたんだそうです。その巡査部長は、アッパー・ウェストサイドに自分の部下を派遣しようとしていたんですよ。警官を一名、病院の一室を警護させるためにです。その異動は、重大犯罪課の指揮官が承認したものです。あとはわたしが推理しました。わたしはその病院に行ったんです。子供がひとり、ヘリコプターで屋上に届けられたのをわたしは知っています。男の子ですよ。年齢も合っています。それに重大犯罪課は目下、ひとつの事件しか扱っていません。ですから――」

「証人の保護か」

それです！　サミュエル・タッカーは喜びのため息をついた。もし尻尾があったなら、彼はそれを振っていただろう。熱心に、微妙な色もひとつ残らずとらえようと、彼はご主人の表情を見守った。驚いたことに、この補強証拠にもボスは喜んでいなかった。

「オーケー、タック」市長はメイク用の前掛けをむしり取った。「その病院の誰かと懇意になったかね？」

誰か買収したかって？　もちろんだ。「はい、市長殿、用務員ですが」

「ようし。用務員はどこにでも入れる。もう一度その病院に行ってくれ。その男に花を渡して、ドアの前に警官がいる部屋に届けるように言うんだ。そいつに言うことはそれだけだ。それから、その花を追え。ドアの前に警官がいなかったら、その男の子はもう死んだということだ」

タックは部屋を出て、ホワイエの記者の密集地帯へと入っていった。彼らは教区民よろしく演台の前に集まりだしていた。みな一様に飢えた顔をしているが、この集団のための聖餅はない。彼らはさらなる血と臓物を、そして、神が許すなら、十一時のニュースの冒頭に入れる子供の死体を求め、祈っているのだ。

第二十八章

用務員の白い作業衣を着たその男は、カーネーションの花束を持っており、これはエレベーターを降りる際のチケットとなるはずだった。ところが、「いや」――警備部のグレイの制服を着たその警備員は言った。「この階じゃ誰も降りられんよ」

「何があったんだ?」用務員は外の廊下へと身を乗り出した。「一時間前、わたしはここにいたんだけどね」

「じゃあそれは北側だったんだろうよ」警備員は相手の胸に片手を当て、自分より小柄なその男をエレベーター内に押しもどした。「このエリアは立入禁止だ。伝染病の患者がいるんだ」

金属の扉がするすると閉まり、いらだった用務員はエレベーターの奥の同乗者を振り返った。

「あんなの嘘っぱちさ。感染力がそこまで強い何かが出たなら、あの警備員もマスクをしてるはずだもんな。それにその場合は、一区画だけ封鎖してすむわきゃない。ワンフロア丸ごと隔離するだろうよ」

「廊下に警官はいたかな? 本物の警官は?」

「ああ、ひとり、子供の病室の前で椅子にすわってたよ。そいつもマスクはしてなかった」

サミュエル・タッカーは携帯でボスにメールを打った。「まだここです。まだ生きています」

金属の扉がするすると開くと、イギー・コンロイは三角形の帽子のひさしを目深に下ろした。このエレベーターのなかには監視カメラがあるものと見ていい。そしてそのレンズはいま、ニューヨーク市警警察官の制服を見おろしているだろう。服の本当の持ち主は、下着姿で朝まで眠りつづけるはずだった。

警官のベルトに留められた無線機の通信に、イギーは耳を傾けた。家庭内暴力のコードと、車の事故のコード。それ以外、この近隣は平和だ。ボタンをひとつ押し、彼は上層階へと向かった。スピーディーに。一度も停まらず。

エレベーターを降りたとき、廊下には木製の椅子が見えたが、警官は見当たらなかった。たぶん小便かタバコだろう。厄日にひとつ、ようやくツキがめぐってきた。

魚眼レンズの前に堂々と立つと、彼はドウェイン・ブロックスの住居のドアをノックして言った。「警察だ！　ドアを開けろ！」

携帯電話でタッカーのメールを読みながら、市長はドアの向こうでぶうぶう言う下層民の声を聞いていた。たぶん彼は、報道陣の紳士淑女を長く待たせすぎたのだろう。

いや、もっと待たせるべきかもしれない。

アンドルー・ポークは腕時計に目をやった。もう少しだけ時間を稼げば、ニュース各局は十一時のニュースで生の映像を流すことになる。そして何ひとつ、編集で切ることはできないのだ。

　そのブランデーグラスは手のなかで斜めになっており、絨毯の上にはこぼれた酒の水溜まりができていた。ドウェイン・ブロックスはまぬけ面でにやついている。べろべろに酔っているのか？　そう、この馬鹿は、冷酷な殺し屋を今夜の仲間に迎えたことがうれしくてならないのだ。イギーは腹が立った。相手は恐怖を――多少の敬意を抱くべきなのだ。

　ブロックスがこちらに背を向けた。新たな侮辱だ。コーヒーテーブルに向かってかがみこむと、彼は凝ったデザインの金ラベルのボトルを持ちあげた。「ナポレオンのブランデーに興味ないかなあ？」

「ないね。ビールはあるか？」

　ブロックスは低いテーブルを凝視した。強い酒のボトルにワインのボトル、本物の銀の輝きを持つアイスバケット、三つの異なる種類の汚れた脚付きのグラス。この集合体のなかでビールを見分けるのが困難なのか、彼は身をかがめ、近くからさらによく観察した。「冷蔵庫を見てくるよ」一直線にではないが、彼は部屋の反対側へと向かった。角を曲がるときは、勢いがつきすぎて、壁に片手をぎゅっと押しつけて身を支え、それから姿を消した。

　六歳の女の子だってここまで酒に弱くない。

　イギーは、散らかったコーヒーテーブルの上のリモコンに気づいた。壁のワイドスクリーンにそれを向け、テレビのチャンネルをニュース中毒の人々のお気に入りの局に合わせた。もうすぐ、外の廊下の持ち場に警護役の警官がもどってくる。だからボリュームは、会話の声をごまかせるよう大きくした。

ドウェイン・ブロックスは千鳥足でもどってきて、危険なお客に冷えたビールのボトルを渡した。そしていま、彼はイギーに背を――またしても――向け、トレイ一杯分の氷と六本パックの残りとで銀のバケットを満たしている。

ビールが五本――こいつはそれだけの時間、生きていられると思っているわけだ。

「この企てが身代金めあての誘拐のわけはない」ボトルの蓋を親指でポンと開け、イギーはぐうっとビールを飲んだ。「そりゃあまるで馬鹿げてるからな。身代金の要求があれば、ニューヨーク市警は必ず――これは確率百パーセントってことだが――人質の救出に成功するんだ。だから、おまえが金を要求しなかったことはわかってる」これは嘘だ。この件に金がからんでいることは、彼にもよくよくわかっている。だがもっと具体的な何かがほしい。だから彼はさぐりを入れているのだ。これはどういうことなのか、理解させてくれ！

「あんたが知るべきことはこれだけだよ」ブロックスは両腕を大きく広げ、尻もちをついてカウチのクッションに深く沈みこんだ。間の抜けた笑い。「ぼくのプランは成功確実だ」

「そんなものは存在しない」素人の計略には絶対に。「市は一セントも出さな――」

「市じゃないよ――市長」

「ありえん。ああいうやつが赤の他人のために身代金を払うわけはない」

「ポークは払うよ。そしてぼくにはどんな損害も及ばない……あんたにもだ」

「いいか、おまえは三度引っ張られたんだぞ……なのに、警察が迫ってるとは思わんのか？」必要なのはただ、こいつを連れ出し、何杯か飲ませることだけだ。刑事どもはきょう明日にもそのことに気づくだろう。

「信じていいよ。ぼくは何もしゃべらない」ドウェイン・ブロックスはすわっているときまでえらそうに闊歩する。彼はえらそうな闊歩でしゃべっていた。それにその馬鹿っぽい薄笑いは、全部の歯を拳でたたき折ってくれとせがんでいるも同然だった。

それでもイギーは彼の隣に腰を下ろして、対等な相手と話すように話した。「なぜ身代金要求が馬鹿のやることなのか教えてやろう。つかまらないで金を受け取る手は絶対にないからだよ。刑事どもは一日二十四時間週七日、市長に貼りついてる。だからやつは金を届けられない。だろ？　それに、連中は市長のコンピューターも監視してるはずだ。ポークが海外の口座を持ってたとしても――」

「そんなもの必要ないね。小切手で事足りる」

「おまえ、どこまで狂ってるんだ？」

「ぼくのプランに穴はないんだ」ブロックスは言った。呂律はまったく回っていない。「それと、ぼくがつかまるって点だけどね、それこそ市長が何よりも避けたいことなんだ」

わかるように話せ、この馬鹿野郎！

アンドルー・ポークの報道官は、ホワイエの記者団向けの時間稼ぎの口実をすでに使い果たしていた。連中が燃える松明を手に突入してくるとでも思うのか、彼女はドアに背を貼りつけた。「よろしいですか、市長殿？」

かわいそうに。〝そろそろ〟というんじゃまだ不足だ。「そろそろオンエアの時間です！」もはやこれは哀願じゃないか。生放送の保証がほしい。彼はホワイエとのあいだのドアを、実は切れている携帯電話を耳に当てた自分の姿が見える程度に、細く開けた。ああ、報道陣の興奮のさざ波が肌に感じられる。気をつけができる耳をそなえているのは、記者どもとハイエナたちだけだ。「行って話してきてくれ、ナンシー。彼らに、わたしはいま警察と話して、事件の最新情報を入手しているところだと言うんだ。待つ価値はあると言うんだぞ」

「死んだ連中のなかにおまえが知ってたやつはひとりもいない」イギーは言った。「おまえにとっちゃ、殺されるのは誰でもよかったわけだ」

「そう、それは問題じゃなかった」ブロックスはブランデーの新しいボトルを開けるのにずっとてこずっていた。「最初の四件の殺人のあいだ、市長は町にいなかった。やつは海に出ていたんだ。そのことは警察ですら知らず――」

「だがおまえは知っていた」

「うん、ぼくはそこを利用したんだ。プレッシャーがすべてだよ。ほら、本当におもしろくなりだしたのは、あんたがあの四つの死体を市長宅の芝生に捨ててからだろ。あれは掲示板に張り出した広告みたいなもんだった。それが、警察を、マスコミを……あのすごい数のカメラをもたらしたわけさ。ポークにかかるすばらしいプレッシャーを」

「おまえ、あの子供の心臓を市長にやったのか？」

「どの心臓も全部だよ」ブロックスはブランデーのボトルのシールをいじくりつづけた。「あの最後のやつね。ぼくはあれを郵便配達夫の袋に放りこんだ。アベニューの警官どもの前をあっさり通過してったよ。じゃあ、市長の護衛係の警官どもは？」ブロックスは鼻を鳴らした。

「あいつらの前ならなんだってあっさり通過するさ」

いや、警察はあの心臓を手に入れたのだ。そうでなければ、心臓の主だった少年の墓が連中に見つかるわけはない。イギーはビールを飲み干して、新たな一本に手を伸ばした。「市長が最初の日に、心臓と身代金要求の手紙を警察に渡したとしたら？　あの死体が芝生に届いたその日に」

「その場合はゲームオーバーになってたさ。でも明らかに、やつはそうはしていない」

ポークはおそらくそうしたのだ。「警察はおまえが一連の殺しを指示したことを知ってるはずだ。なぜおまえは牢に入ってないんだ？　ひとつでいいから、すじの通る話をしてくれ」

「犯人が誰なのか市長はもう知ってる。でもやつは、ぼくにつかまってほしくないんだ」ブロックスはブランデーのボトルをイギーに手渡した。「いいかな？」

イギーはため息をつき、ナイフを取り出した。そして――カチッ――六インチの刃が握りから飛び出した。シールを切り、蓋を開けると、彼はトンマのグラスにトクトクと酒を注ぎ、酔ったポンプに呼び水を差してやった。「つまり、おまえはあの野郎の弱みを握っているわけだ」

「市長の？　そうとも言える……でも、ちがうとも言えるな。ぼくの父は汚い部分を明かさないまま……愛しいママもろとも事故で死んだからね。ぼくは莫大な遺産を期待していた。で、何が手に入ったと思う？　非開示契約書が一通。それと、クック諸島の銀行口座の長ったらしい番号がひとつだよ。マーケットで大損したあと、一家の財産がどれくらい残ったと思う？　五パーセントちょっとだ！」

「うんうん。だからおまえは金がほしかったんだよな」イギーはうなずいた。もうほとんど聴いてはいない。事故という一語、そして、両親の死にブロックスが添えた歓びの小さな音色が頭を離れなかった。「殺し屋を雇うのはこれが初めてじゃないんだな、坊や？」ああ、またあの薄笑い。彼はいいところを突いたのだ。「親たちが事故に遭ったとき、おまえは千マイルも彼方にいたんだろうな」

「ヴェールにスキーに行ってた。あんたはきっとこれも気に入るだろうな……その金はぼくの賭け屋（ブッキー）が出したんだよ」

残りの部分は自分で埋められた。リッチな親を殺すためにプロを雇う――それが、未収の多額の貸し、他の方法ではまず回収できないやつに対するブックメーカーの解決策だったのだろう。そしていま、ブロックスはそのブッキーを委託二重殺人に連座させたわけだ。いともあっさりと。そのうえ、この間抜けはまだしゃべりつづけている。

「それは車の事故だった。場所はバーモント。ぼくの父母は向こうに休暇用のキャビンを持っていたんだ。父は運転中に居眠りしたらしい。警察の報告書では、そう推測されてたよ。車が道から飛び出して木に衝突したとき、父の胸はつぶれた。明らかに即死だね。結果として、他の相続人たちは財産をめぐる競争からはじき飛ばされることになった。実は、親父には前妻とのあいだに四人の子供がいたんだよ。でもママにはぼくしかいなかった。ママが旦那の死んだあとまで生きてたことに疑いの余地はない。遺体は事故車から十フィートのところで見つかった。外に放り出されて。警察はそう言ってたよ。両脚は折れていた。道路に声が届く見込みはない。彼女は三日近く、食べ物も水もなしで生き延びたんだ……どこかで聞いた話だよな？」

「連中を生かしとくってアイデアはそこから得たわけか——」

「うん。プロのやりかた。あんたの専門だ。あんたならそこんとこを評価すると思ったよ。あんたが死体を捨てたあと、連中がひとりずつ順番にさらわれたことは明白でなきゃならなかった。何日か拘束されてたこと——それが身代金のためだったことが明らかでないとね。頭の悪い警官どもにさえ、そのことはわかったはずだ」

イギーはニューヨーク市警をもっと高く評価していた。一方、隣にすわっているこの胸くそ悪いチビ野郎は、あまりにも馬鹿すぎて生かしておくに値しない。

ブロックスはグラスを干した。「納得したかな？」

いや！　しかしこう訊ねたとき、イギーの声は愛想よく、さりげなかった。「で、おまえのパートナーは？　潜入スパイは誰なんだ？」

「ぼくの何？」

「最初の四件の殺しのとき、おまえは市長が町にいないことを知っていた。警察でさえそれを知らなかったのにだ。それに、煉瓦(れんが)の塀のあいだのあの小さな裏門——おまえは市長の娼婦の入口と呼んでたが。おれもゴシップ欄は読むんだよ、坊や。市長は買春に関しちゃ恐ろしく慎重だ。印刷物にもネットにもそのことは一行も載ってない。それに、通りに面した正面の門の例の警官のこともある。おまえは、あの夜、その男は居眠りしてるだろうと言った。そして実際、そいつは眠ってた。監視カメラの映像が消えたのを見ていた者はいない。その必要がどこにある？　市長は町にいなかったんだ——おまえの言ったとおりにな。つまり、内部におまえのパートナーがいるってことだろう」

「ああ、そうか。あの阿呆(あほう)ね……あれはパートナーじゃないよ。あのトンマは人を感心させることだけが生きがいなんだ。一杯飲ませて、頭をなでてやってみな、ずっとべらべらしゃべってるから。たぶん町じゅうに、同じ内部情報を持ってるバーテンがいるだろうね。あいつは市長の側近のことをしゃべりまくるのが大好きなんだ」

「その男の名前を知りたい」イギーは、彼から家とジャガーを奪ったこのゲームについてすべてのことを知りたかった。

「あんたの仕事は終わったんだ。金はもう払った。楽しかったけど、そろそろ寝かせてもらうよ。ビールを飲んじゃってくれ——」

「まず小便をしてくるよ」そしてそのあとで、お楽しみが始まる。彼には説明を聞く権利があるのだ！

地方検事補、ジョセフ・ウォルトンは不機嫌だった。ライカーはこれを癇癪と呼ぶ。この男はどの電話にも折り返しの電話を寄越さなかった。そこで、制服警官たちが彼をベッドから引っ張り出し、署まで連れてきたのだ。そしていま、彼は取調室にすわっている。

「きみたちは面倒なことになるぞ」脅しをこめて、ウォルトンはがなった。

「これを見て」マロリーがテクニカル・サポートのファイルをテーブルの向こうに押しやった。「声紋分析で信頼できる結果が得られた。ドウェイン・ブロックスは五人の人間の殺人を委託したのよ」

「結構。逮捕は朝になってからだな」ウォルトンはわざとらしくあくびをしてみせた。「判事を起こすには少々遅すぎる」彼の目が狡猾そうな色を帯びた。「ミスター・ブロックスをもう一度ここに引きずってこられないとは残念だね。逮捕令状なしじゃそれは無理だ。きみたちのボスが、ハラスメントの告発と接近禁止命令の文書を受け取ったと思うが？　書類にはハムサンドの写真が添付されている。きみたちのあのささやかなヘマは判事の胸に強く訴えかけたんだ……彼がきみたちの声紋分析を信用する見込みはどれくらいだろうな？」検事補はテーブルを軽くたたいた。「というわけで、きょうはここまで。いまのところ許されるのは、ブロックスの部屋の前に見張りを置くことだけだ。きみたちふたりは、あの男の半径百ヤード内に立ち入ることはできない」椅子がうしろに押しやられた。「では……また明日」帰る気満々で、ウォルトンは立ちあがった。

「すわれ！」ライカーが立ちあがると、小さいほうの男はへなへなとくずれ落ちた――ひどい衝撃。「殺し屋はイカレだしている。目下、自分の痕跡をぬぐい去っているところで、きょうもさらに被害者が出てるんだ。だからおれたちは、いますぐブロックスを逮捕する。さもないと彼も死ぬぞ」

「大袈裟だな。ブロックスの部屋の前には見張りが――」

「誰かを殺る気になったら」マロリーが言った。「プロは必ず殺る」

「かまわんさ。それと、もう二度とわたしに隠れてこそこそ動き回るなよ。きみたちがどうやって捜索令状を手に入れたかは知っている。わたしにわからないとでも思ったのかね？」

「このイタチ野郎」ライカーはテーブルに拳をたたきつけた。「おれたちの電話に出なかったのは、だからなのか？ 令状のことで蚊帳の外に置かれたから？」そしていま、なぜ今夜、地方検事局の誰からも返信がなかったのか、彼は理解した。このチビ野郎は復讐のため、他のあらゆるルートに毒を流し――

「これをレッスンと呼ぼうじゃないか」ウォルトンが言った。「このわたしをコケにしてはならない。きみたちふたりにそのことを学んでもらわんとな。言っておくが、地方検事もきみたちの力にはならんよ。あの老いぼれは、ドウェイン・ブロックスが今夜、死のうが生きようが屁とも思わんさ。もしブロックスが死んだら……そうだな、それは全部きみたちの責任になる」

「仕返しってこと？」マロリーがくるりと向きを変え、ミラーガラスに顔を向けた。「いまの最後の部分を再生してくれない？」

するとインターコムから、地方検事補の最後の台詞が本人に返ってきた。「ここでわたしの言葉を録音することは許され――」

「許されるの」マロリーは言った。「あなたを共謀と司法妨害で告発する場合はね。あなたは、サミュエル・タッカーに通じる地方検事局のモグラでしょう」

ライカーが紙を一枚、ぴしゃりとテーブルに置いた。「電話の記録。あんたの。タッカーの。あんたはスパイだった。だがいまじゃただの厄介者だ。となると、殺し屋のリストに載るかもしれないな」

「わたしたちのリストに載ったのは確かかね」マロリーが言った。「わたしたち、タッカーから話を聞いたの」

今度はライカーが嘘をつく番だった。「彼は留置場の独房で休んでるよ」そう言って、ノートパソコンを開く。「おれたちは彼に強く当たりすぎたのかもな」地方検事補に音声なしの動画が見えるよう、コンピューターがくるりと回された。何日も前、ジェイノスが行った市長補佐官の事情聴取。とどめは、サミュエル・タッカーの顔に光る汗だ。この動画は本来、あの補佐官のインチキ逮捕の関連書類やくすねた証券取引委員会の文書とともに、処分されるはずだった。だがマロリーはどんなものも無駄にしたがらない。音声なしだと、数日前のこのやりとりは一層興味深く――また、犯罪の証拠っぽく見える。ジョー・ウォルトンは明らかにそうと信じて、目玉を飛び出させていた。彼の椅子が壁に向かってじりじりと後退していく。

「今夜はもう罪状認否手続きはできない」マロリーが言った。「でも下の留置場に上等の小さな簡易ベッドがあるから……わたしたちがあなたを告発することにした場合、だけどね。あなたは一本だけ電話をかけられる。どこにする？」

誰も驚かなかったが、ウォルトン検事補はその電話を判事を起こし、ドウェイン・ブロックスの逮捕令状を取るために使うことにした。

イギー・コンロイはこれが終わったら、何日も何日も眠るつもりだった。バスタブの水位の上昇を見守りながら、彼はドウェイン・ブロックスのバスルームの床に半分空いたブランデーのボトルを置いた。

服は？　着せておくべきか、脱がすべきか？　裸のほうがいいだろう。頭を殴る必要があるが、その打撲痕はバスタブ内での転倒という所見に合うはずだ。被害者を押さえつけ、溺れさせる素人どもは必ず、真相を暴露する痕跡、死の数時間後に浮かびあがる痣を皮膚に残す。だが、検視官たちは頭皮の傷しか残さない殴打にはめったに疑問を抱かない。

シャツのポケットで携帯電話が鳴った。その持ち主の警官が、安否の確認のこの電話を取ることはない。まもなく彼の捜索のためにパトカーが送り出されるだろう。だがそうなる前に、まず屋上の警官に電話が入る――それに、ブロックスの部屋の前にいるやつにも。あのふたりならどうということはない。まさにいま、彼らはボスの巡査部長に、異状なし、と言っているのではないか。

パトロール警官が階下の警官、冷蔵庫の箱のなかで半裸で眠っているやつをさがしに来るまでに、十分はあると見ていい。そしてさらに数分の猶予が見込める。倉庫の捜索――エレベーターで上がってくる時間。バスタブの溺死のほうは？　三、四分かかるだろう。

そう、彼はタイミングの達人なのだ。

リビングからドウェイン・ブロックスのどなる声がした。「やりやがったな！」イギーはバスルームを飛び出した。ブロックスはテレビの前に立っていた。ぐらぐら揺れ、赤い顔をして。「黙れ！」イギーはワイドスクリーンの画像に目をやった。市長のクローズアップ。彼は記者たちが口々に浴びせる質問に答えている。

「ええ、少年は何日か入院することになるでしょうね」つぎの記者に答えて、ポークは言った。「いや、ジョーナは大変な経験をしたわけですから。現在は鎮静剤を与えられていますよ。明日の朝まで警察で供述を行うことはありません」

嘘だ、嘘だ、嘘だ！　イギーは壁からテレビをむしり取りたかった。

ブロックスが叫んだ。「あの子供はまだ生きてるのか！　よくもだましやがったな！」

トンと一発、さして強くもないパンチで、イギーは相手を床に転がした。へなちょこ野郎め。

「黙れと言っただろうが」

処理すべきことがまたひとつ。ひとつかたづけるたびに、別のやつが――

ブロックスが起きあがりだした。この馬鹿は恐れるべき時をわかっていないのだ。その口がふたたび開くより早く、イギーは腹を踏みつけて相手を黙らせた。**息が苦しいか、ドウェイン？**　そりゃそうだよな。

イギーはブロックスの足首をつかんで、その体を廊下の先へと引きずっていった。「ひと息入れようや。それでよくなるよ」

呼吸しつづけろ。

肺には水が吸いこまれてなきゃならない。


ドアからはノックの音、廊下からは声が聞こえた。「大丈夫ですか？」

「うんうん」数分の余裕を残し、黒っぽい制服に水の染みを溶けこませて、イギーは玄関のドアを開け、少しも歩調をゆるめずに、驚く警官の前をこう言いながら通り過ぎた。「カバーに入ってやったよ。もう二度と持ち場を離れるなよ。いいな？」その警官が自分のことを〝NYPDブルー〟の兄弟だと信じたものと確信し、イギーはそのまま廊下を進んでいった。エレベーターの前で、彼は立ち止まった。横目で見ると、さきほどの警官は何かの紙を広げているところだった。そいつは銃に手をやったが、ホルスターからそれが抜かれるより早く、もう一方の手が肩へと向かった。医療用ダーツが刺さった箇所へと。

警官の脚がくずおれる前に、ダーツガンはイギーのポケットにもどっていた。警官が床に倒れた。麻酔にやられて。例の紙はその横に落ちている。イギーはしゃがんで近くからそれを見た。彼を描いた下手くそなスケッチ。もっと痩せていて、髪が長かったころの顔をざっと表したものだが、目がちがっていると彼は思った。


市長の記者会見はあらゆるチャンネルで繰り返し放映されていた。警部補は執務室のテレビの音声を切った。「冷酷だな」

「殺人と呼ぶべきね」マロリーが言った。「ポークはあの少年の殺害を委託したようなものよ」

「少なくともあいつは病院の名前は言わなかった。それによってジョーナは今夜ひと晩、生き延びるチャンスを与えられたわけだ」ジャック・コフィーは固定電話の受話器を耳に当てたま
ま、ずっと待たされていたのだが、ここでアッパー・イーストサイド署の署長との会話を再開した。彼が大声をあげたのは、マロリーがドアへと向かっているときだった。「くそっ！」そして彼女は、それが自分の別名であるかのように足を止めた。

彼は電話の相手に言った。「グレッグ、お宅らはあの似顔絵を持ってたろう！ なんであれを配布しなかったんだ？」

いらだったアップタウンの署長は、コフィーの電話を病院の警護を指揮する男に転送した。マーレイ巡査部長は最初の呼び出し音で電話に出て、不愛想に言った。「なんだ！」警告のこもる一語。おれは今夜べらぼうに忙しいのだから、電話の主はさっさと用件を述べるのが身のため、というわけだ。

コフィーは名を名乗ってから言った。「あなたはホシの最新の似顔絵を持っていない。だからお宅の部下たちに、知らない顔の警官を警戒するように言ってくれ。そいつはニューヨーク市警の制服を着ているかもしれない――」

「まちがいないね」マーレイは言った。「わたしはそう思った。なぜなら……お宅の部下たちに言ったとおり、市長邸の芝生に遺体を捨てたとき、やつは制服を着ていたわけだから」巡査

部長は一拍待った。たぶん警部補に、もうひとこと言うことがあれば言ってみろと挑んでいるのだろう。「というわけで……こっちもその点は考慮してる。それでいいかね？」電話を切るガチャンという音はこう告げていた。もう一度、かけてきてみろ――二十年、保留にしてやる。

ああ、へらず口とミスコミュニケーション。コンピューター化された鋏で、マロリーは高校の年鑑のイグネイシャス・コンロイの写真から長い髪を取り除いた。その顔にさらに年齢が加えられ、それはまずまずの似顔絵として町じゅうの警官に配られるはずだった。その時間と労力もすべて水の泡。殺し屋は今夜、何十人もの制服警官の前を悠々と通り過ぎたかもしれない。

警部補は腕時計を確認した。ジェイノスとワシントンはもうドウェイン・ブロックスのうちに着いているだろう。彼は椅子をくるりと回して、マロリーと向き合った。「きみとライカーはグレイシー・マンションに行け。病院のほうはわたしが手を打つ」

彼女が行ってしまうと、コフィーは少年の病室の護衛に電話をかけた。自身の署のその若い警官、デヴォン巡査に彼は言った。「少年の無事を確認しろ。いますぐに」

「いま確認したところですよ、警部補。外の通りには地元の制服警官がいますし。確か正面に五人。裏手にはもっと大勢」

外だと？　病院内じゃなく？　今夜、外の通りの目につくところに警官がいる病院は町でひとつだけだろう。「つまり連中は……標識を出してるってことか？」ああ、まさにそういうことだ。制服警官のパブリック・ショー――それは殺し屋を歓迎するために、ひとつだけ灯されている窓の明かりにも等しい。

イギー・コンロイはバンの助手席にパワーアップしたノートパソコンを置いて、街を走っていた。彼が地図をダウンロードした病院は二十以上。それもマンハッタンに限ってのことだ。もしあの子供が別の区に運ばれたなら、この捜索は夜明け以降まで継続され、彼はラッシュアワーの渋滞に巻きこまれるかもしれない。

リストは小さな診療所や目、耳、鼻、喉の専門病院を除いて切り詰めてある。それでも、この夜の仕事量が充分削減されたとは言えない。時間は急速に失われていく。彼に必要なのは、すべての病院の前をゆっくり通過することだけなのだが。どの病院かは見ればわかるだろう。メディアのスパイはあらゆるところにいる。もちろん病院にも。記者どもはどこにネタがあるか必ずつかむものだ。

そして連中がそこにいた。

二重駐車されたニュース番組のバンがパトカーと道を共有している。イギーはゆっくりとそこを通過し、つぎのブロックに車を駐めた。それから少しも急がず、その病院まで引き返した。ぶらぶらと、どこにでもいる仕事に向かう警官のように。入口の五人の男は難なく通過できた。イメディアを撃退したり、職員や来院者の身分証をチェックしたりと、彼らは大忙しだった。イギーの盗んだ制服は、民間人とどなりあい、悪態に悪態で応じる警官たちの渦のなかにうまく溶けこんでくれた。ガラスのドアをうしろ向きに通り抜けていくときも、彼らのなかにイギーに目をくれる者はなかった。またロビーにも、〝立入禁止〟と記された階段室に入る彼の権限を質す者はいなかった。

イギーは二階までのぼった。ナース・ステーションは森閑としていた。警官は見当たらない。少年の病室の目印となる護衛の警官をさがし求め、彼はすべての廊下を歩いた。王道の窒息死というのが彼のプランだった。ジョーナは怯えるだろうが、それも長いことじゃない。いいところ三分だ。呼吸不全は煙の吸入にぴったり合う。しかしその階に警官はいなかった。

外の大勢の制服警官――あれはまるで少年が襲われることを予期しているようだった。だがなぜだろう？　あの家の焼けたベッドで売人の死体を発見したとき、警察はすべての殺人を解決ずみとしたはずだ。不幸な事故の偽装におけるイギーの経験では、連中は安易な幕引きに走るはずなのだ。橋のどちらの警察にとっても、彼はもう死んだことになっている。イギーはドアを押し開けて階段室に入り、三階に向かった。それから不意に足を止め、よろよろと壁にもたれかかった。

警察はあの火事が放火だと知っているのだ。

彼はくずおれ、コンクリートの硬い一段にすわりこんだ。自分はあの少年に、家に火を点けると言ったじゃないか。

未処理事項。いったいいくつあるんだ？　それらが蜘蛛の脚のように蠢いているさまが目に浮かんだ。一本切り落とすと、二本生えてくる。ああ、それにいくつものミス。誰もドウェイン・ブロックスの死を事故とは思わないだろう。体にあれだけの痕があるのだから。それに、廊下の警官もいずれ見つかる。倉庫の段ボール箱に押しこまれている警官も。

これじゃバスタブに沈めた意味がない。喉を掻き切ったも同然だ。そしていま、イギーはきわめて鮮明に、自分がブロックスを殴打したことを思い出した。なぜ？　二秒間の満足のためにか？　この頭はボタンのどれかがはずれているんでは？　記憶に穴があることは確かだ。今夜だけどこかに行ってしまった、自分の脳の重要なパーツをさがしているかのように、彼の目が下に向かう階段に注がれた。

睡眠不足のせいにしよう。バンの車内では少しも眠れなかった。イギーは薬瓶の中身を手に空けた。もう五錠しかない。彼はそれを全部、水なしで飲んだ。高揚感が押し寄せてきた。心臓が毎分百万拍の速さでガンガンと打っている。気がつくと彼は立ちあがっていた。いらだち。怒り。胸がぎゅっと締まり、階段室の壁の漆喰(しっくい)を拳がぶち抜いた。なんとか食い止めなくては！　止めろ！　止めろ！　止めろ！

彼は階段をのぼっていった。

第二十九章

そのバスルームは、ニューヨークの基準で言えば、ものすごく広く、四人のグループを収容してもなお、少しも込み合っていなかった。彼らは全員、ラテックスの手袋をはめていた。当番の検視官は、ドアのそばに立ち、カメラを持った女からのゴーサインを待っている。その現場写真係が一枚、床に置かれたブランデーのボトルの写真を撮った。「前にもこういうのを見たことがある」彼女は言った。「きっと最初は事故を偽装しようとしたのね。それが途中からめちゃくちゃになったわけよ。プロの仕業というのは確かなの？」

「うん」ジェイノス刑事は言った。「そいつはずさんになりだしてるんだ」

「それに怒ってるしな」ワシントンは、バスタブの血に染まった水のなかの、服を全部着たままの遺体を見つめた。故ドウェイン・ブロックスの鼻はたたき折られ、一方へ曲がっていた。また、前歯の何本かはなくなっている。だが、殺し屋のプロ意識のこの一時的ゆるみは大目に見てもいいだろう。ずぶ濡れの被害者は、存命中、終始一貫〝おれをひっぱたいてくれ！〟と叫んでいたのだ。ジェイノスはドアのほうに顔を向けた。「向こうの部屋のテレビのそばに血痕があったよ。コンロイはそこで切れたわけだ」

彼は相棒のあとにつづいて正面の部屋に引き返した。ビールやブランデーの空き瓶が乱立するところに。「ホシはぎりぎりのところで正気を保っているんだろうな」

「それももう長くは持たない」ワシントンが緑のボトルを明かりにかざした。「ビールを飲んでたのはそいつだろうが、この瓶はぬぐわれていない」彼の視線が、女っぽいシガリロ（細巻きの軽い葉巻）の吸いさしが入った灰皿を通り過ぎ、フィルターのないもみ消されたタバコで満杯の灰皿に注がれた。「今回やつは吸い殻の始末もしなかったんだ」

ジェイノスは絨毯（じゅうたん）に点々と散る血痕を見おろした。つづいて彼は、テレビに顔を向けた。そのチャンネルはいまも、二十四時間、市のニュースを放送する局に合わせられている。「つまりコンロイはテレビを見ながら、ぐいぐい飲んでいた――」

「すると、アンドルー・ポークのくそ野郎が画面に現れ、あの子供はまだ生きてると彼に教えてやったわけだ……ジョーナの無事を確かめよう」ワシントンは病院の警護を指揮するアップタウンの巡査部長に電話をかけた。通話時間は短かった。「野郎、途中で切りやがった。重大犯罪課の刑事たちから五分おきに電話が入っているんだと。いい加減にしてくれとさ」

パジャマにローブの裸足の市長が階段に立ち、上の階のプライベートな領域に通じるその道をふさいだ。「わたしは心配していないよ」

マロリーは彼の言葉を信じた。「ホシは殺しまくっているんです」

「死体の数はじゃんじゃん増えてる」ライカーが言った。「でも今回は金めあてじゃない。これでわかりました？　そいつはあと始末をしてるんですよ。自分は襲われないとでも言うんですか？」

「なぜ襲われるんだね？　わたしはこの事件の被害者なんだよ」

ああ、確かにね。「殺し屋は、ビールを三本飲むあいだ、ドウェイン・ブロックスと軽くおしゃべりしたんです」マロリーは言った。「それに、ブロックスは死ぬ前に殴られてる。あなたに関し、彼が何をつかんでいたにせよ――犯人はいま、それを知っているわけです」

「何を知っているのかな？」その口調により、市長の言葉は挑戦となった。

マロリーはほほえんだ。「知っていました？　あなたの補佐官とドウェイン・ブロックスがフェイトン校の同期生だったんですよ。ふたりはいまもいっしょに飲む仲なんです」

驚きを見せたのはライカーのほうだった。地方検事局のスパイをすくいとるために、マロリーは彼にも、サミュエル・タッカーの携帯電話の履歴を見せた――だが、経歴調査や尾行の詳細を全部教えたわけではないのだ。

ポークは一方の肩をすくめて、どうでもいいことだと伝えたが――そのタイミングはやや遅かった。彼にとってこれは悪い報せなのだ。市長は手すりのそばに立つボディガードを見おろした。「ブローガン、サンドウィッチをひとつ作ってくれないか？」さらにその相棒に向かって、彼は言った。「コートニー、彼を手伝ってやってくれ」そして、銃を持ったキッチンメイドの仕事をするために、市長の護衛係であるふたりの刑事は歩み去った。

ライカーはこれが気に入らないようだった。彼はあのふたりのくずを忌み嫌っている。それでも、警官が侮辱されるのは見たくないのだ。マロリーは市長を見あげた。「市長はどの程度、警護係を信頼しているんでしょう？　あのふたりは多くのものを見過ごしたわけですが？」

「身代金要求の手紙から死体のパーツまで」ライカーが言った。「もしも今夜、連中が何か見過ごしたらどうします？　たとえば、なんだろう——ドアから入ってくる殺し屋とか、ですね」

「それはまずない」市長は指をパチンと鳴らし、ふたりを追いやろうとした。

「さっきテレビであなたの求人広告を見ましたよ——例の記者会見」マロリーは言った。「あれは、冷酷な殺人鬼に幼い少年を殺してくれとたのんだようなものですよね。そいつが自分を襲わないと思うのは、だからですか？　あなたがそいつの新規の依頼人だから？」

このさぐりのひと突きは、ふつうなら激しい怒りとバッジ剝奪という脅しを誘発するはずだ。しかしポークはただいい気な顔をしているだけだった。無言のうちにその表情は言っている——証明しな。それができなきゃ、くそくらえ！　どうやら彼は、自らの正体を隠す努力をすることに嫌気が差したらしい。刑事たちとうまくやるのには飽きてしまったわけだ。

マロリーは階段をのぼりだし、ポークに迫っていった。彼を踏みつけて上の階まで行こうとしているかのように。市長は脇にどいた。誰もがそうするように。

「マロリー、もう充分だ」ライカーが言った。今夜の彼は、仲裁者の役を演じている——それと、哲学者の役も。「市長は死ぬときは死ぬ……それでいいじゃないか」ぎくりとしたアンドルー・ポークに向き直って、彼は言った。「ひととおり見回りをしますよ——窓やドアのチェックと、警報装置が機能してるかどうかの確認。それだけやるんで……そこらに置いてある薬物や死体のパーツはかたづけたほうがいいんじゃないかな……市長殿」

ああ、そんな。これはあの子の叔父さんか?

イギーは病室のドアを閉め、廊下から細く射しこむまぶしい光を遮断した。ダーツガンに装填した矢は、足もとに倒れている警官で使い果たしていた。彼は、第二の矢をポケットから取り出し、立ちあがりかけたもうひとりの男に突き刺した。ハロルド・クウィルは叫び声をあげなかった。イギーを別の警官だと思い、混乱しているうちに、叫ぶチャンスを失ったのだ。完全に覚醒したまま、怯え、麻痺(まひ)して、彼はベッド脇の椅子にぐったりとすわりこんだ。

病室をめぐるこの小さな戦争は、五秒で終わった。それもきわめて静かに。少年を目覚めさせることもなく。まだ点いていた明かりは、ベッドのヘッドボードの上の電球だけで、それは常夜灯のようにほの暗く、ジョーナの顔だけを照らしている。叔父のほうは暗闇のなかで頭を垂れてすわっていた。

イギーはこの男をじっと見つめた。自分の人生のこの真新しい面倒を。あの子はハリー叔父さんに何をしゃべっただろう?

知ったことか! 両方ともやってしまえ。まずはジョーナからだ。

室内には花のにおいが充満していた。まるで我が家みたいだ。周囲の闇に花瓶はひとつも見えないが、誰かが病院のギフトショップから薔薇(ばら)を残らず買い取ったにちがいない。彼はベッドに注がれる光の輪のなかに身を乗り出すと、眠っている少年の頭をそっと持ちあげ、枕を盗み取ろうとした。

ジョーナの目がぱっちりと開いた。

イギーはベッドの裾のほうにあとじさった。なぜこの子はこうするんだ？　こいつにとって目がなんになる？

少年が身を起こした。鼻を上に向ける。深く息を吸う。「アンジー叔母さん？」目に残る眠りの滓（かす）を手の関節でこすり落とすと、彼は大きな笑みをたたえて、ベッドの上掛けをはねのけた。「そこにいるんでしょ」

いいや、坊主。死んだ人間は帰ってこない。そう思うのは、このぷんぷんにおう薔薇のせいだ。

あるいは、夢がまだ抜けきっていないからなのか。

イギーは枕をつかんだ。そしてマットレスに膝を沈めた。少年がこちらを向いた——天にも昇る心地で——両手を差し伸べ、触るため、見るために。

「横になりな」イギーは言った。「痛くはないからな」

ジョーナの体がこわばった。そのほほえみが、凍りついたまちがいと化す。それから彼は、骨をすべてなくしたかのようにぐったりし、くずれ落ち、ベッドにぺたんとあおむけになった。下唇が前歯の下で丸まった。彼はぎゅっと唇を噛みしめた。絶対に泣くまいとして。これが少年の最後の仕返しなのだ。涙は見せない。

強情な坊主。上出来だよ。

ジョーナの顔はいま陰に包まれている。

枕が光をさえぎった。

巡査の携帯電話が鳴りだすと、ハロルド・クウィルの目は眼窩のなかで跳ねあがった。看護師がちょっと室内をのぞきこんだ。それから彼女は体を引っこめ、ドアを閉めて、廊下から鋭く射す細い光を遮断した。ふたたび闇に突き落とされ、彼にはもう、床の上のあの物体が見えなかった。シーツの縁から黒い靴の一方だけを突き出している男。麻痺させられたその警官と同じく、ハリーにはしゃべることはおろか、指の一本も動かすことができない。しかし大きく見開かれ、恐怖をたたえた目は、おはじきの玉さながら狂ったようにあちこち飛び回っていた。

第三十章

新米同士を組ませてはならないものだが、マーレイ巡査部長は例外を作った。人員はただのひとりも無駄にできない。そこで彼はこの二名をそれぞれ〇・五人と数え、グレイシー・マンションへの侵入口としてまずありえない場所に配置した。その車はテールライトをイーストエンド・アベニューにさらすかたちで私道に駐めてあり、ふたりの若者には門の彼方のワグナー・ウィングが見える。だがパトカーがあるだけで、殺し屋がこちらに来ないことは保証されたようなものだ。だから今夜ここは、ちびっ子警官にとっていちばん安全な場所なのだった。

巡査部長は助手席側の開いた窓に顔を近づけ、ロウィンスキ巡査の膝に載ったコンピューターを指さした。「ビデオから目を離すなよ」時間つぶしのどうでもいい仕事だが、これによって彼らの集中力は持続されるはずだ。少なくとも居眠りを防ぐことはできるだろう。画面は切手サイズの升目――園内の監視カメラ一台にひとつずつ――に分割されている。カメラにはスポットライトに照らされているものもあれば、遊歩道の照明がたよりのものもあった。

「三台にはほぼなんにも映ってませんよ」助手席の新米は言った。「このなかに暗視カメラはひとつもないんだ。そうでしょう？」

「おまえは天才だな、ロウィンスキ」こういうとき、マーレイは自らを巡査部長の袖章を持つベビーシッターとみなす。「だがホシはおまえほど利口じゃない」まあ、いまのは嘘っぱちだが。「あの四つの死体を捨てる前、そいつは公園のカメラの半分をペイントボールでブロックした。だから……画像が消えたら、それはやつが園内にいるってことなんだ。わかったか？」ここで彼は、運転席の子、モリス巡査をにらみつけた。「おまえはウィングの正面口から目を離すなよ」

「それで、もし何か見たら？　わたしたちは市長の警護担当の電話番号を知らないんですが」

「そうだな、モリス、おまえたちは知らない……だが銃は持っている。警察がこんなにたくさん銃を支給してるのは、そのためなんだ」どうもこのふたりには念を押しておく必要がありそうだ。「状況報告の連絡は入れるな。誰にも連絡するなよ」これはライカーの考えであり、いい案だった。電話や無線で話すパトロール警官の姿は、殺し屋を動揺させ、無差別大量殺人鬼に変貌させかねない。コンロイは目に入る人間を残らず殺し、たぶん市長も殺るだろう。

マーレイは確信を持って車から歩み去った。この子たちが今夜、不審な動きを目にすることはないだろう。自分には、チェックすべき他の警官たち、園内を徒歩でパトロールしている大人たちがいる。この作戦で肝心なのは目玉と銃だ。同じブロックの先のほうで、彼は通り過ぎしな、監視用車両のサイドをノックした。それは、巡査部長の監督下では万事順調という合図だった。

バンのなかでは、いくつものモニターが監視カメラの映像を映し出していた。テクニカル・

サポートから借りてきた民間人、カールスタッドの評価では、このセキュリティはまるで話にならない。彼は見回りの警官たちが各画像に入ってきては出ていくのを見つめた。カメラにカバーされない範囲は、この種の監視を効果的に行うにはあまりにも広すぎる。画像が鮮明なカメラは、邸の屋上のスポットライトに照らされているものだけだ。他のカメラは公園の遊歩道の照明にたよっており、それらの照明はさほど明るくない。彼のモニターのいくつかは機能しているのかどうかさえ、わからないほどだった。「映像のうち三つは使えないな」彼は、耳を貸しそうな誰か、存在しない相手に言った。

その背後では、ふたりの刑事が通りとプロムナードのライブ映像を見つめていた。第三の刑事、マロリーは、カールスタッドの不平をシャットアウトするヘッドセットを装着し、オーディオ・ステーションに着いている。もっとも彼女は、彼を無視するのにイヤホンなど必要としない美人の星の住人なのだが。

用をなさないモニターの暗いガラスに映る彼女を、カールスタッドはこっそり見つめた。とここで、ぞくりと肌が粟立った。まるで自分に注がれる視線を感じたかのように、彼女が頭をめぐらせて彼をじっと見つめたのだ。

何かの動きが彼の注意をモニターに引きもどした。彼は、邸の周辺部を写す明るい映像のなかの人影を追った。だがそれは、部下たちに再度チェックを入れながら巡回を行っているマーレイにすぎなかった。上からのこれらの映像では、巡査部長の袖章は確認できない。だが、あの男の体つきと歩きかたならすでに見慣れていた。

このオタクの民間人の考えでは、これらカメラの設置のしかたはまるでなっていなかった。どのカメラも位置が高すぎる。彼はウィングの地下に通じる裏口を写すモニターを確認した。そこには別の警官がいた。こいつは椅子にすわっている。動きはなし。平和そのもの——

カールスタッドはハッと息を吸いこんだ。

マロリーがすぐうしろにいて、身をかがめている。その顔は、彼の頭までほんの一インチだ。すでに手に汗がにじむパニック・モードに入っていた彼に、彼女は言った。「コンロイはもうなかにいる!」

まさか! ありえない!

「なかのどこだ?」ライカーが訊ねた。「何が聞こえた?」

「何も。これを見て」彼女は椅子にすわる警官の映像を指さした。

するとライカーは言った。「くそっ!」

背後で、バンのスライドドアが開く音がした。刑事たちは去り、ドアが閉まった。カールスタッドはモニターから目を離さなかった。彼女は何を見たんだ? どうしてわかったんだろう? 見張りの警官の顔は帽子のひさしの陰になっている。そいつを見つめつづけるうちに、チクタクと一分が経過した。警官はまったく動かなかった。尻をずらしもしなければ、痺れを防ぐために脚を投げ出すこともない。ウィングの地下の入口の見張りは、写真のように静止していた。

グレイシー・マンションの主寝室は決して広いとは言えず、カウチ一脚と肘掛け椅子がいくつか収まる程度で、本式の暖炉も度肝を抜くほどのものではない。ふたつの窓からは川の景色が望める。壁は鎮静効果のあるグリーン、金の色に塗られており、ひとつだけあるランプの輝きに照らされていた。人によってはこれを心安らぐ環境とみなすかもしれない。四柱式ベッドのなかの小男は枕の下に手をやったが、そこに銃はなかった。

彼の前にそびえ立つ悪漢は警官の制服を着ていたが、この事実は少しも安心感を与えなかった。その見知らぬ男の目は不安をかきたてた。加えて、すぐそばには拳があり――ああ、消えた銃がそこにある。侵入者の大きな握り拳のなかに、それはほぼ埋没していた。「わたしが思うに、きみは警官じゃないんだろうな」

「正解だ」男はベッドの縁に腰を下ろした。小さなデリンジャーはいま、男の開いた手の上に載っている。「こいつは豆鉄砲だな。こんなものは、鳩を追っ払――」

「声をあげる気はない」

「かまわんよ。思い切り叫びな」

「警護の連中を殺したのか――」

「いいや、おれは警官は殺らない。だがあいつらは当分起きてこないだろうよ」偽警官は三角形の帽子を脱いで、ベッドカバーの上に落とした。屋内では帽子を脱ぐよう母親に教わったのか、しばらくここにいるつもりなのか――または、ただそのほうが楽だからなのか――死は間近に迫っている。

「心臓の件と二、三残っているその他の謎について話をしようじゃないか」

「約束する。きみのことを警察にしゃべりはしない――」

「わかってる。おれはドウェイン・ブロックスとちょっと話をした。おれがつかまりゃ、おまえは監獄行きだ――その手で全部の殺しをやったみたいにな」

「聞いたよ。きみはミスター・ブロックスを……排除したそうだね」市長は身を起こし、ベッドの反対側の枕を取った。気持ちよくもたれられるよう、彼はそれを背中のうしろの枕に重ねた。「お礼を言わせてくれ――」

「ブロックスが死んだやつらの心臓をどうしたかは知っている。あの男はあれをおまえに送りつけたんだ」

「どれもみな〝死の証拠〟と記されていたな。そう、実にドラマチックだ」

「いまそれはどこにある？」

「陳腐な言い回しで申し訳ないが、魚たちとともに眠っているよ……イースト・リバーで。最後のひとつは別だがね。では、あの偽の心臓は？　あれは警察が持っていった」

「だが、おまえはまずジョーナの写真を受け取ったろう――新聞を持ってるやつを」

「〝生存の証拠〟だな。そう、あれももう存在しない。心配ご無用。わたしが携帯電話から消去したからね」

「おまえはあの子を死なせたかったわけだ」

「わたしは、自分のポートフォリオのほんの一部でも、犠牲にする価値のある子供には会ったことがないんだよ。きみはもうあの少年への訪問をすませたんだろうね？」

「ああ、情報をありがとよ。テレビであんたの芝居を見せてもらった」

「どういたしまして。だがわたしたちはふたりとも知っている。きみはわたしを殺さない。なにしろニューヨーク・シティの市長だからな。そんなことをすれば、ただでは――」

「ブロックスはどうやって逃げ切る気だったんだ？　やつはこのプランに穴はないと言っていたが」

「そうとも。実にみごとなプランだった。わたしには彼を突き出すことは絶対にできない。それに、きみもだよ。ちなみに、わたしにはきみに自由に使ってもらえるヨットがある。それできみはどこへでも好きなところに行けばいい。その代わり、ひとつやってほしいことがある。わたしの補佐官のタッカーだが――この男も関与しているかもしれないんだ。していないかもしれないがね。確かなところはわからない。彼の住まいは――」

「ブロックスへの支払いのプランはどうなってた？　おまえには海外の口座があるのか？」

「いいや、もうない。外国の銀行はドミノみたいにつぎつぎ倒れていく。淫売ってやつだな。連中は娼婦みたいに脚を広げる。租税条約から租税条約へ。だが、この身代金の支払いに海外での資金移動は必要なかった」

「じゃあ、ブロックスはどうやって金を受け取る気だったんだ？」悪党はマットレスを殴りつけた。その声にはいらだちがこもっていた。

「それは知らないほうがいい」アンドルー・ポークはほほえんだ。「きみは知りたくてたまらないんだな。そのせいでいささかおかしくなっている。ちがうかね？　そう、たぶんなんとかしてやれるだろう。きみのことはなんと呼べばいいかね？」

「ド素人どもめ。ふたりそろって、くだらねえ殺人ゲームをしやがって」男はナイトスタンドにデリンジャーを置いた。「ケチな玩具はなしだ」彼は尻ポケットに手を入れた。そしていま、その拳からはペンナイフのようなものが突き出ている。「これが武器ってもんだ」

カチッ。

ペンナイフじゃない。飛び出しナイフだ。なんて長い刃。それに、ひどく残忍そうだ。そして――なんとまあ――その切っ先は宙で止まっている。鋭い先端から市長の目玉までは一インチもない。声を震わせもせず、アンドルーは言った。「きみにはやれんよ。そうだろう？　きみはこのからくりを知りたくてたまらない――」

「ド阿呆め。おまえには目がふたつある。じゃあ、おれは？　おれには時間があるわけだ」

その刃にすっかり気をとられていたため、市長は刑事に気づかなかった。見えたのは、彼女の手――赤い爪――それと、大きな銃だけだ。その銃口がナイフの主のこめかみにそっと押しつけられている。

彼女の声は静かな、純絹の一音だった。「やめて」

「コンロイ！」彼女の相棒は銃をかまえ、ベッドの反対側に立っていた。

ナイフは少しも揺らがない。アンドルー・ポークはふたたび寄り目になり、鋭い切っ先を凝視した。

マロリー刑事が言った。「答えは全部、わたしが知っているわよ、コンロイ」

マットレスにナイフが落ちた。

すごくいい。この安堵感はオルガスム中の放出にも等しい――セックスの花火の輝かしいフィナーレだ。

ライカーのイヤホンはポケットからぶらさがっていた。そしていま、彼にはドアの外の階段をのぼってくる他の男たちの足音が聞こえている。

ゴンザレス刑事がベッドの上に殺し屋をかがませた。彼が捕虜に手錠をかけ終えたとき、若い新米警官ふたりが部屋に入ってきた。彼らは、邸内と屋外の倒れている者の数を報告しに来たのだ。

「四人やられました」ロウィンスキが言った。

「いま救急車がこっちに向かってます」相棒のモリスが言った。

「ところで……おまえがジャージーに置いてきたあの死体」ゴンザレスがコンロイを乱暴に立ちあがらせた。「おまえのベッドで死んでたやつだが。おれたちは、あれはホームレスだろうと見ている。あの男の名前をおまえは知らないんだよな？」

「ホームレスに名前があるのか？」

「悪かった。馬鹿な質問だったよ」そしてゴンザレスのこの言葉は心からのものだった。

ライカーも確かにそうだと思った。プロならば、生きたまま人が焼かれたことへの自らの関与を示唆するようなまねはしない――でもまあいいか。訊くだけ訊いたということで。

マロリーがミランダ・カードを掲げた。「イグネイシャス・コンロイ、あなたには――」

「イギーだ。イギーと呼んでくれ」

「イギー」ライカーは言った。「おまえの依頼人、ドウェイン・ブロックスが今夜、死んだよ。ご愁傷さま」彼はラテックスの手袋をピシッとはめて、ナイフを拾いあげた。「で、これはどういうことかな？　おまえと市長で、ちょっとした変態的空想を実演してたってことかい？それならおれも喜んで信じるよ――いや、本当に」

「嫌味はそこまでだ」市長はシーツを均し、枕をふくらませた。さらに五人の刑事が入ってくると、彼は言った。「参ったな」それはまるで彼らがただいやがらせに来たかのような口ぶりだった。「全員、出ていけ。その男を連れて、さっさと行くんだ」

「イギーにはしばらくここにいてもらいます」召使いをこき使うようなその手の口調に、ライカーがおとなしく従うことはありえない。彼はナイトスタンドの上のランプを傾けて、その底から金属の小さな玉を取り出した。「市長殿、ここを出るのはあなたのほうですよ」

「盗聴器を仕掛けたのか――」

「そう、さっき見回りをしたときに。邸じゅうに仕掛けました」ライカーは市長の膝に折りたたまれた紙を置いた。「盗聴許可の令状です。わたしが判事に、市長の警護係の仕事ぶりは話にならんと言ったんですよ。彼がそれを気にしたかどうかはわかりませんがね。あの判事はあなたには投票してないし。でもとにかく令状には署名してくれました……あなたを保護するためということで。じゃあ、共謀を認めたさっきの告白は？　あれはまあ、おまけですね」

「脅迫による告白は法廷では証拠にならんよ。わたしはただ――」

「確かに市長の言うとおりだ」ライカーは言った。「たぶんおれたちに使えるのは、あそこだけなんだろうな。ほら、彼が病院の子供にコンロイをけしかけたことを認めた部分」

「いいえ」大事な交渉をする口調で、マロリーが言った。「わたしが好きなのは、彼が補佐官の殺害を委託しようとした部分よ。タッカーにあれを聴かせなきゃ。彼はボスの秘密をしゃべりたくなるかも」ここで彼女は観客のほうを向いた。にやにや笑う刑事らと新米警官二名――そして、殺し屋一名のほうを。「市長に手錠をかけて、権利を読んできかせたい人！」

一斉に手が上がり、マロリーは勝者を選んだ。

アンドルー・ポークは驚きのあまり、権利の告知を待たずに黙秘権を行使していた。手錠をかけられ、彼は裸足で部屋を出た。付き添いは制服警官の若者ふたりだ。マロリーのこの選択は気前のよさと受け取られ、他の刑事たちは親指を立ててこれを讃えた。世間の目を引く逮捕劇は、今夜このふたりの新米を輝かせるだろう。しかしライカーはこれを、相棒の病的なユーモアのセンスに由来するものと見た。手錠姿の市長を連れて階段を下りていく彼らを目にするとき、気の毒なあの巡査部長は卒倒するにちがいない。

イギー・コンロイは手錠をかけられ、ロナハンとゴンザレスにはさまれて立っていた。マロリーはベッドのそばの肘掛け椅子を指さした。「彼をすわらせて」

すばらしい考えだ。穏やかな照明。すわり心地のよい椅子。見える範囲に法律家はいない。

彼女はミランダを読みあげ、仕上げにひとこと加えた。「もし黙秘権を行使するなら、こっちも――」

「わかったよ。あんたには訊きたいことがある」コンロイは言った。「こっちもだ。なんでも訊きな。だが先に、あのふたりのピエロがどういうゲームをしてたのか話してくれんかね」

「いいでしょう」マロリーは言った。「ウォールストリートのブローカーだったとき、ポークは株式公開にからむインチキ情報で自分の顧客十名をだましたの。それから彼は、口止め料で被害者たちを黙らせた――彼らの損失のほんの何パーセントかでよ。その契約に署名し、証券取引委員会(SEC)に嘘をついたとき、被害者十名は全員、ポークの犯罪の共犯者になったわけ」

「そこんとこはすっ飛ばせ。あのゲームはなんなんだ？　ブロックスはどうやって金を取る気だったんだよ？」

マロリーはコンロイと向き合い、膝と膝を突き合わせる格好でベッドの縁にすわった。「あの四つの遺体が邸の芝生に置かれたとき、市長はそれを被害を受けた元顧客の仕業だと考えた。なかのひとりが損失を取り返そうとしているんだと。条件はすべて、最初の身代金要求の手紙に明記してあった」

身代金要求の手紙はどれもとっくに灰になっている。ライカーは不思議に思った。なぜ彼女はそのことで嘘をつくのだろう？

「犯人が誰なのかポークが知ってさえいれば、あの四件の殺しでゲームは終わっていたでしょう。ブロックスには恐喝のネタなどなかった。だまされたのは彼の両親であって、彼じゃない」

マロリーは一方の手をついて姿勢をくずし、まどろむ猫のように半眼になった。「そして、わたしにはわかっている。彼の両親はインサイダー取引のことを息子に話していない……もし話していたら、身代金要求の手紙にその内容が書かれていたはずよ」

彼女が読んだことのない手紙に。

マロリーのしぐさに呼応して、コンロイも全身の筋肉をゆるめた。彼はそれまでより楽な気分で——この会話に——また彼女に臨んでいた。「それじゃ、あのイカレたチビ野郎、ブロックスは、ただ法螺を吹いてただけなんだな」

「いいえ、彼にはプランがあったの」マロリーは言った。「いいプランよ」

そして彼らは、室内に他に誰もいないかのように、そうしてすわっていた。終業後に一日の仕事のことを語り合うふたりの人。足りないのは、ビールだけだ。

「さて」マロリーは言った。「犯人はブロックスだと——SECによって自分に害を及ぼすことができない部外者だと、ポークが気づいたころには、もう手遅れ。市長はすでに四件の殺しの証拠を処分していた。そのうえ、ジョーナの誘拐殺人という陰謀に巻きこまれてしまったし。いまじゃブロックスにも、司法取引に使えるネタがある……仮につかまった場合はね。しかも彼はニュースで取りあげられた。ありとあらゆるチャンネルに顔を出し、カメラに向かって笑い——有罪を宣伝していた。まるでつかまえてくれ、と言わんばかりに。本当に利口よね。ポークにはますますプレッシャーがかかる。第一級の圧力よ」

いいや、それどころじゃない。ライカーはそれを、警官のイメージする高級芸術とみなしている。

「支払いの話に移ってくれ」イギー・コンロイが言った。「市長は常時注目されていた。海外の口座はない。いったいどうすりゃ身代金を支払えるんだ？」

「下手をすれば、ブロックスがつかまってしまうしね。そこのところは簡単だった」マロリーは言った。「リスクはゼロ。例の証券詐欺のことを知ったとき、わたしがたった五秒でその謎を解いた」

刑事たち全員の目がいま、ライカーに注がれていた。彼はほんの一インチ、首を横に振ってみせ、彼女は嘘をついているんだと男たちに伝えた。だがもしこれが本当だとしたら？　もし彼女が課のみんなにずっと隠し事をしていたとしたら——

刑事でいっぱいの部屋がしんと静まり返った。

「うまくいく方法はひとつしかない」マロリーは言った。「ブロックスはポークに、例の取引でペテンにかけた全員に、その損失を全額、返還するよう求めたのよ。身代金を回収する必要はない。ブロックスは郵便で小切手を受け取るはずだった——他のポークの被害者たちと同じようにね。わたしの計算だと、その総額は市長の持ち株の総額の三分の一にも満たない……それでも市長は一セントも払う気はなかったのよ」

「膠着状態か」コンロイが言った。

マロリーはうなずいた。「そこが穴だったわけ」

そしてそれは、ポークとブロックスは似た者同士だというチャールズ・バトラーの説を裏付けている。強欲と社会病質における双子。

「結果は最初から引き分けと決まってたのよね」マロリーは眉を上げ、殺し屋と〝傑作だね〟の笑みを交わした。「でもあなたのほうは、うまくやれるはずだった。ゲイル・ローリーもあなたに結びつくものは一切残してなかったし。ブロックスが自分のプランに穴はないと言っていたのは嘘じゃない。あなたに関するかぎりはね。あなたがつかまるはずはなかったのよ。墓地の死体の心臓でごまかしたりしなければ、こっちはあなたの名前すら知ることはなかったでしょう。あなたは金を持って、ただ立ち去ることができたの。だから……わたしが訊きたいのはそれ。なぜあなたは――」

「ジョーナの心臓をくり抜かなかったのか？……それはできなかったんだ」

マロリーが立ちあがった――ものすごい勢いで。そしてこう訊ねたとき、その声にはわずかに憤激の色があった。「なぜなの？」それはまるで、手錠をかけられたこの異常者が道理に合わないことをしたかのような――または、このほうがさらに悪いが、彼女から何かだましとったかのような口ぶりだった。彼女には説明を受ける権利がある。約束は約束だ。

「鈴のせいだよ」イギー・コンロイは言った。「空で鳴ってるジングルベル……弁護士を付けてくれ」

第三十一章

待合室には別の見舞客が置いていった新聞があった。それはタブロイド紙であり、チャールズ・バトラーにとってその日のニュースの第一希望の情報源ではなかったが、第一面の記事には抵抗しがたい魅力があった。そしていま、彼はイグネイシャス・コンロイがメディアの寵児となり、マンハッタン地方検事の承認により、記者たちのインタビューに応じていることを知った。ありあまるほどの不利な証拠から見て、いまや真っ黒に塗り立てられたアンドルー・ポークは、事実か架空かを問わずどんな犯罪ででも訴追可能であり、陪審は必ずいちばん手近な街路灯に彼を吊るすはずだった。

というわけで、〝恐るべき子供たち〟の時代――ナポレオンの夢を抱くちっぽけな王たちがつぎつぎ市長を務めた一時代は終わった。副市長が進み出て空いたポジションに収まり、新聞は彼を平均的収入の――しかし背丈は平均以上の――人物として熱烈に歓迎した。

チャールズは新聞から顔を上げ、腕時計に目をやった。一秒の何百分の一も遅れたことのないスイスの時計。約束の時間までもう一分しかない。

それでも遅すぎる。

小児科病棟のこのエリアは、派手な色に壁が塗られた陽気な場所だ。しかしそこには、香しいおむつのにおいやこぼれたミルクのにおい、それに、駆けつけた親たちとその騒々しい子供たちが飲み下した五種類の食べ物のにおいがたちこめている。チャールズは新聞をたたんで、エレベーターに顔を向けた。金属の扉がするすると開き、マロリーが出てきた。時間ぴったりだ。

彼女が隣にすわると、彼は言った。「例の殺し屋は告白をしたんだね。それに市長補佐官は検察側の証人になるそうじゃないか。どうしてこんな屑を読むの？　その記事のネタ

「マロリーは彼の手から新聞を奪い取った。「どうしてこんな屑を読むの？　その記事のネタの半分はわたしが仕込んだのよ」

「だけどコンロイの告白は――」

「ええ、その部分は本当。でもタッカーはまだ収監されていない。それとアンドルー・ポーク。あいつは金持ちが買える最高の弁護士を雇っている。それに判事は彼の告白の録音を放り捨てるかもしれないし……わたしにはまだ何かが必要なの。ジョーナの証言が必要なのよ」

「コンロイが告白したなら、いったいジョーナにどんな重要性が――」

「彼はポークの裁判で鍵となる。以前、わたしには最高の証拠物件があった――幼い少年の心臓という」

「ちがう少年の――」

「でも子供の心臓よ、チャールズ。それに勝るものはない。本来なら陪審は現物を手に持つことだってできた。なのにドクター・スロープがそれを手放してしまったわけ。なんと、胸にも

どして縫いこむところまでやったのよ」

ああ、確かに。実にひどいやつだ。そんなことをして彼女を怒らせるとは。それも、我が子の死を悲しむ親たちなんぞのために。「でもエドワードは、きみには写真と組織のサンプルがあると言ってたよ」

彼女の手のひと振りが彼に告げた——あいにく、それじゃ同じとは言えない。「でもわたしにはジョーナ・クウィルがいる。ポークは殺人計画に加担した。あの殺し屋に病院への地図を描いてやったも同然だし——それは十二歳の子供を殺すためだったのよ。そのことはどうするの、チャールズ？……見過ごすわけ？」

「だけどジョーナは——」

「陪審には証言台に立つ幼い少年を見る必要がある……アンドルー・ポークを憎み、有罪にする気になるように。もしも録音テープが却下されたら、問える罪は司法妨害だけになるかもしれない——それも、何かの罪を問えるとして、だけど。だから……死んだ尼僧と話すのはもうおしまい。あの子の幽霊には消えてもらわなきゃ」

病室に入ったとき、チャールズはジョーナのベッドの前に立つルシンダ・ウェルズに気づいた。きょうの彼女は看護師の役を務めており、ハート形の箱から薬になるチョコレートを慎重に取り出しては、患者に食べさせていた。ああ、でもその顔の幸せそうなことと言ったら！

いや——そこまでじゃない。この女の子は心配している。

ジョーナの叔父が窓辺の椅子から立ちあがった。「あの件は——」

「ええ」マロリーが言った。「薔薇（ばら）の出所は突き止めました」

ハロルド・クウィルはほほえんで、この奇妙な使いを果たした彼女に感謝を述べた。夜遅く、どこからともなく花束がひとつ現れたのだが、送り主を明かすカードはなかった。少年の叔父は、甥にとって有害なこの謎を解いてほしいと警察に懇願（こんがん）した。

マロリーは喜んでこの要望に応えた。病室の幽霊を信じる子供の過ちを正すべく大いに勢いこんで。そしてもちろん、彼女としては、なぜこの少年の心臓がくり抜かれなかったのか、という点についても考えねばならない。ただ、謎ならば、もっと大きなものがある。殺し屋が大量殺人に走ったあの夜、ジョーナはどうして生き延びられたのか？

病的なまでに几帳面（きちょうめん）な刑事である彼女は、だらしなく残された未解決事項を嫌う。

だがまずは……薔薇からだ。

彼女は、尼僧たちのあいだで語られるアンジー・クウィルの伝説から始めた。昔、修道院で栽培されていたのは、自給自足とささやかな商取引のための果物と野菜だけだった。「そこにあなたの叔母さんが加わったわけ。彼女にはどんな植物でも育てる才能があってね、修道院は前よりも大きな収穫を得られるようになったの。お金になる作物を」若い侍祭は薔薇まで育てた。それまで雑草も生えなかった土地で、あちこちに少しずつ。「ありきたりの花じゃないのよ」マロリーは言った。これは小修道院長の言葉だ。彼女はこのすべてを手紙に記したという。そして、花束とともにそれを送ったのだが、途中のどこかで手紙はなくなってしまったらしい。

「どうしてあなたが生きていることがわかったのか、院長は教えてくれなかった。それに、薔薇の送り先がなぜわかったのかも。たぶんあの人は枢機卿に教えてくれとせがみ、枢機卿が市警長官を脅して聞き出したんでしょうね」

マロリーは、少年の病室に花束を置いていった犯人までつかまえていた。「あなたとジョーナは眠っていたそうです。警護の警官はあなたたちを起こしたくなかったんですよ。でも箪笥の上にはスペースがなかった。だから彼は床の隅に花瓶を置いたわけです」

訪ねてきた殺し屋の目に入らない場所に。

花瓶はその後、窓辺の小さなテーブルに移されていた。なんてみごとな。何十本もの薔薇が咲き誇っており、その香りは圧倒的だった。小修道院長の言うとおりだ。これはありきたりの花じゃない。よくある種類ではあるけれども。だからチャールズは不思議に思う。どうして、どのように――

「じゃあ、それはアンジー叔母さんの薔薇なんだね」ジョーナの口ぶりからすると、この事実はなぜか彼の主張の裏付けとなるようだった。「叔母さんはそうやってあいつを脅して追っ払ったんだな」この子には、叔母さんが――メッセンジャー・サービスを介して――神のように働いたと信じる必要があるのだ。むきになって、少年はまた言った。「叔母さんの薔薇があいつを脅して追っ払ったんだよ……あなたは信じてないんだ。そうでしょ?」どうやら、マロリーと同様、この少年も沈黙からいろいろと読みとることができるらしい。ジョーナは叔父の椅子のほうに顔を向けた。「その人に教えてあげてよ」

「何かあるのかもしれませんね」ハロルド・クウィルは、しぶしぶ言った。「あのにおいがどこから来ているのか、ぼくにはさっぱりわからなかった。部屋は暗かったし。ぼくには花が見えなかった。あの男にもです。男は両手で枕を持っていました。彼がそれで何をする気かは、ぼくにもわかりました。そう、あの薔薇のにおいは強烈だった。それにジョーナはまだ半分眠っていましたからね。この子はそのにおいをアンジーの香水だと思い、アンジーが自分といっしょに部屋にいると思ったわけです」

「あの男もだよ」ジョーナが言った。「あいつには叔母さんがここにいるのがわかったんだ。叔母さんがあいつを怖がらせたんだよ」

叔父はこの主張を支持することもできたのだ。だがここでふたたび、真実を明かす沈黙、不作為による告白があり、それによってチャールズはコンロイの顔に恐怖の色がなかったことを知った。となると、あの夜、殺人者の手を押しとどめたものはなんだったのか？ マロリーと叔父との無言のやりとりのテーマは、まちがいなくこれだった。彼女の目による問いかけに対し、彼は肩をすくめるしぐさで答えた——さあね。

チャールズには自分なりの考えがあった。前回、マロリーの幼い証人を訪ねて得た情報に基づく単純な仮説だ。そこに至るのに、心理学の学位は要らなかった。そしてこの部屋にその説を聴きたい者はひとりもいないだろう。

これは死んだ尼僧とはなんの関係もないことだ。

理由はこの子供にある。

少年は冷酷非情な殺し屋、ひとり淋しく田舎で暮らす男とともに、チェリオスやバーベキューのハンバーガーを食べた。彼らはいろいろな話をし、いっしょにテレビを見た。そして、誘拐のシナリオをさらに大きく逸脱し、男はジョーナに車の運転まで教えた。たぶん、殺人を犯しにここに来て初めて気づいたのだろうが——コンロイは少年が恋しかったのだ。

「その前にも」ジョーナが言った。「アンジー叔母さんは鈴でやってる。そのときは、あいつを泣かせたんだからね」少年の両手が丸まり、怒りの握り拳となった。「あいつ、ひざまずいてたよ」

「鈴……ジングルベル」マロリーが言った。「その音はどこから聞こえてきたの？」

少年は天井を指さした。

「上の階？」

「ちがうよ」彼は言った。「あの夜、ぼくたちは外にいた……鈴は空で鳴ってたんだ」

マロリーの表情はこう言っていた——そんなことあるわけない。

刑事が病室をあとにしたとき、チャールズには彼女が少年の妄想をただの死体に、そして、最終的には、塵にもどす使命を帯びていることがわかった。マロリーは橋を渡り、森のなかの道路を進み、殺し屋の家に行こうとしている——そして、鈴を鳴らす幽霊を見つけ、そいつをここに引きずってきて、子供の前でずたずたにしてみせる気なのだ。

かわいそうなジョーナ。

根本の部分では、これは心の問題だ。もしマロリーには心がないという噂が真実なら、それがどのように働くか——また、どのように壊れるか、わからなくても彼女は許されるだろう。

その日がどんなふうに終わったのか、チャールズが知ることはなかった。彼女はその話をしようとせず、この件はそれから何十年も彼を悩ませることになる。九十代に入ってかなり経ってもまだ彼は、彼女がイギー・コンロイの家を再訪したとき、いったい何があったのか、怪しみつづけるのだ。

ああ、マロリー。彼女にもユーモラスな一面がある。ただしそれは彼女のダークな側面だ。決して答えが得られないこの疑問が終生、彼をいらだたせることを彼女は知っている。そしてそれこそが彼女のジョークのオチなのだ。彼がこの日の謎を解くことはない。しかし生涯の最後の時が近づいたとき、彼はそのジョークを理解し——きっと笑うにちがいない。

第三十二章

煙のかすかな異臭が花の香りと混ざり合う。花と言えば、見るかぎり、イギー・コンロイの家の軒や鎧戸(よろいど)やドアの彫刻だけだというのに。

正面の壁はきれいなままだが、芝生のほうはタイヤの残した溝や水溜まりで損なわれ、灌木(かんぼく)の茂みも消防士らに踏み荒らされていた。マロリーはこの損傷の痕跡をたどって家の角を回り、黒焦げになりながらもまだ立っている半分残った壁を目にした。黒くなった土台に近づくと、そこに薔薇(ばら)の木が一本あった――生きている薔薇。煙と火の熱にさらされたのに、萎れてさえいない。

彼女はこの奇跡を偏流による自然の手品ということにした。

角を回って玄関にもどると、消防署の立入禁止の張り紙は無視し、テープをむしり取って、第一の鍵をピッキングで開錠した。つづいて第二の鍵。彼女はドアを開けた。

そのとき鈴の音がした。

ジングルベル。

でも、なかから聞こえたのではない。上からだ。彼女は後方にさがって、離れたところから冷静に屋根を観察した。何もなし。そこで、家の無傷の側に目を向け、近くに立つオークの木をじっと見つめた。その木はどこか——おかしかった。完璧なシンメトリを求める彼女の目が、枝の半数に力を及ぼす歪みの作用をとらえたが、これは消防士らのしたことではありえない。

マロリーは、奇妙なものを見れば、必ずそれを調べずにはいられない。強力な衝動に駆られ、彼女は芝生と未舗装の私道を突っ切って進み、木の前に立った。ここでは草地も茂みも消防隊に荒らされていない。そう、幹の第一の分岐点の大枝に亀裂が生じたのは、他の要因、たぶん局地的な嵐のせいだ。樹液の流れから見て、それは最近の傷だった。視線を上に向け、彼女は気づいた。葉の生い茂る枝の一本が、傾斜する屋根の頂点のすぐ下にある小窓を貫いている。鈴の音はあの割れたガラスから漏れ出てきたにちがいない。

それは家のなかにいるのだ。

マロリーは玄関を通り抜けた。銃を手に。なぜなら、霊の世界など信じてはいないから。彼女が信じるのは、撃つことができるものだけだ。なかに入ると、ドアはひとりでに閉まったが、彼女はなんとも思わなかった。古い家とはそういうものだ。時を経て、建物は傾いた竜骨の上に落ち着き、重力がドアを回転させる。

彼女は濡れた灰皿のにおいのなかで足を止めた。床は消火ホースの水の残溜ですべりやすく、壁には煤のすじがついていた。煙で汚れた窓ガラスの乏しい光だけをたよりに、ざっとあたりを調べたが、二階への階段は見当たらなかった。焼き尽くされた寝室に通じる廊下は、黒ずんだトンネルだった。カチリとペンライトを点けると、屋根裏への入口が見つかった。焼け焦げた天井に留め金で閉じられた扉がある。足もとの床には、先端にフックが付いた金属の棒が落ちていた。急いで放り捨てたとか？　消防士のしたことじゃない。イギー・コンロイもこの上の鈴の音を聞いたのだろうか？

マロリーは棒を差しあげ、頭上の留め金にフックをかけて引っ張った。屋根裏の扉が開き、音もなくするすると折りたたみ式の梯子が下りてきた。彼女は木の段をのぼっていき、屋根裏の床の上に頭と肩を出した。構えた銃の先には、衣装ラックが倒れたときに投げ出されたハンガーと衣類の山があった。つぎに狙いをつけられたのは、段ボールやプラスチックの箱、埃まみれのスーツケース――そして、家のなかに数フィート侵入している一本の大枝だった。あたりには、風に運ばれ、割れた窓から流れこんでくる花のにおいがたちこめていた。イギー・コンロイはなぜ扉を開ける棒を放り捨てたのだろう？　先に彼を襲ったのは、そこには咲いていない薔薇の香りだろうか、それとも、ひとりでに鳴るはずのない鈴の音だろうか？

音を立てずに、彼女はさらに上にのぼり、暗がりのなかで動きをとらえた。梯子から足を踏み出したとき、あたりはしんとしていた。彼女は、家に入りこんだ大枝とそれ――その猫のあいだで立ち止まった。

そいつは虫食いのコートでできた巣の前に立っていた。なかではニャアニャアと子猫が鳴いている。逡巡（しゅんじゅん）の一瞬、母猫の目は大きくなり、その体は凍りついた。赤ん坊のために戦おうか、それとも、逃げようか？

保身が勝利を収めた。すると、窓への逃走のさなか、その首輪に付いた小さな銀の玉がチリンチリンと鳴った。鈴だ。猫はすばやかった。だが、充分にではない。マロリーが両手に猫をとらえると、そいつは彼女を引っ掻いた。飼い猫じゃない。人に慣れていたら、ここまで必死になりはしない。逃れようと半狂乱。まちがいなく野良だ。引っ掻かれた箇所から血が出ていたが、マロリーは暴れる猫を壁に投げつけはしなかった。一方の手がさっと伸び、コートの縁をつかむ。そして彼女は、猫をしっかりとくるみこんだ。その頭部だけが出るように。いまや猫は、焦燥と狂気と恐怖に駆られ、前にも増して激しく暴れている。だがマロリーにはその首輪がどうしても必要なのだ。ジョーナが自らの手で持てる確かな証拠、彼が鳴らせる鈴が。猫は噛みつこうとした。その歯が彼女の袖を引き裂いた。

「こら！　あんたのためなんだから！」

これは嘘ではない。少しもすり減っていない、まだ値札が付いたままのその首輪をひと目見ただけで、彼女にはこの猫の身に何があったかがわかった。

この近隣に住む馬鹿なやつ、たぶんシマリスか小鳥を愛する誰かが、凶暴なこの猫を、赤ん坊を孕んでいるとき、あまり速く走れないときにつかまえたにちがいない。そしてこいつは、マロリーのように獲物に忍び寄ることができないよう、鈴というハンデを負わされたのだ。骨と皮ばかりのその姿から、彼女にはこいつが飢えていることがわかった。でもなんの罪で？　狩りをした場所が、どこかのカス野郎の小鳥の餌台に近すぎたから、だろうか？

小さな留め金がはずれ、首輪がマロリーの手に収まると、解放された猫は、木の枝へと走り、軽やかにその上を渡っていった。窓の外へ、広い世界へと。これでやっと小鳥たちに自由に忍び寄ることができる。生きたまま彼らを食えるのだ。

マロリーは取り残された子猫を見おろした。母性愛なんてこの程度のものだ。子猫は小さく、まだ生後数日で、これは呪われたジングルベルの音がした時間枠に合っている。あの猫はひと腹分ここで産み落としたのだろうが、いまいるのは一匹だけだ。母猫は消防車に怯えて逃げ出したにちがいない。そしてきょう、子猫らを一匹一匹、新しい避難場所に移すために、帰ってきたわけだ。

マロリーは首輪をポケットにしまった。少年に与える証拠、世界に魔法はない、彼の叔母はもうこの世にはいないと示すものを。梯子を下りようとして、彼女は向きを変えた。するとそのとき、背後で物音がした――足音そっくりの音。この屋根裏に隠れる場所はない。それに、あの猫より大きなものは、割れた小窓のガラスの隙間を通り抜けることはできない。

でもここには何かがいる。逆立つ産毛、粟立つ肌の警告により、彼女にはそれがわかった。

いや、あの猫。あいつが赤ん坊のためにもどってきて、枝から床に飛びおりたのだ。それ以外、説明がつかない。それでも彼女は向きを変えなかったし、頭をめぐらせ、背後を見ることすらしなかった。そして、この決意には立派な信念がある。そこでは、鈴を鳴らすのは猫たちと決まっており、荒涼たる寒冷の地、マロリーの星の鉄則を維持するのに証拠は必要ない。そこでは、命の行き着く先は確実に死体、そして塵、そして――無なのだ。

マロリーは私道の車にもどった。ここまで来ると、もう空気中に煙の名残りはなく、におうのは花の香りのみ――それはいま強くなっている。しかし、前庭には生きている花はひとつもない。マロリーはにおいを追って、石畳の歩道をたどった。その道はガレージをぐるりと回って、折れたオークの木を通り過ぎ、家の裏手へとつづいていた。そこで彼女はパティオに立ち、森に囲まれた草地を眺め渡した。その圧倒的な美しさを前に、マロリーは味気ない計算をせずにはいられなかった。一本の木に咲く花の数の平均値を出し、成熟した木々から小さな青い若木へと一列ごとに低くなるその背丈から時間まで推し量り、さらに、少なくとも半エーカーはあるこの区画のそれぞれの木にあてがわれたスペースを算入し――

殺し屋の庭では、何十万もの赤い薔薇が栽培されていた。

ひとりの子供に語られたあの物語をもし信じてもよいならば、それらの薔薇はどれもみな、ある少女に捨てられた庭の主がその後、植えた種から生まれたのだ。この骨の折れる作業、何年にもわたる労働。それはすべて、一縷の望みのもとになされた。いつか帰ってくるかもしれない少女のために。

アッパー・ウェストサイドで、陽光輝く昼は黄昏へと変わっていった。キャシー・マロリーは光が薄れていくのにまったく気づかず、椅子の隣のランプを灯すことに思い至りもしなかった。心の目だけでものを見、復讐の念を胸に、彼女は借りと損失の台帳に取り組んでいた。世界は何を返済すべきなのか。彼女は多くを奪われている。

許しがたい行為だ。

彼女は終生、報復を渇望しつづける。

その望みは決してかなわない。

稀に彼女の部屋を訪れる者が、そういった探求の形跡に気づくことはない。訪問者はこの部屋を、空きスペースが多すぎる個性のない殺風景な場所とみなす。まるで空き部屋のようだと。彼女の養母ヘレンがスパイスの瓶すべてのなかで生きているというのに。ルイ・マーコヴィッツのいちばん上等のパイプとタバコの葉ひと袋は、引き出しのひとつに住んでおり、それを開けて、香りが薄れてきたと感じるたびに、マロリーは新しいタバコをひと袋、買ってくる。この込み合った住まいの他の住人たちは、戸棚やクロゼットのなかに隠された品々から出現する。

そして彼女の手には猫の首輪がある。

その後、彼女があの少年に会うことはなかった。

ジョーナは、鈴と薔薇のなかに叔母が生きていたと信じるままに放置された。マロリーの冷徹な計算によれば、愛とその急な死の帳簿上、許容できない、また、許容してはならない結末もあるのだ。

訳者あとがき

キャロル・オコンネルの小説では常に死者たちが大きな存在感を示す。その代表格が、マロリー・シリーズ全巻にキャシー・マロリーの養父として登場するルイ・マーコヴィッツだろう。登場すると言っても、マーコヴィッツはシリーズ一作目の冒頭で、すでに死んでいる。ニューヨーク市警の警視であったマーコヴィッツは、ある連続殺人事件の犯人に迫り、返り討ちにあったのだ。そんな彼の捜査を引き継ぎ、内勤の警官であるキャシー・マロリーが犯人を追い詰め、事件を解決する物語が、第一作『氷の天使』なのである。

ところが、個性あふれるキャラクターが多数活躍するこのシリーズにおいて、死者であるマーコヴィッツは、とりわけ重要な地位を占めている。ライカーやポーカー仲間たちの思い出話を通じて、マーコヴィッツ像は次第に肉付けされ、重大犯罪課を率いる超一流の刑事として、ジャズ、ダンス、B級映画、ポーカーを愛する男として、手に負えないワルである小さな泥棒キャシーの親馬鹿な父として、その個性は生き生きと浮かび上がってくる。

孤独なキャシーにとってもっとも大きな支えとなっているのは、このマーコヴィッツであり、やはり故人である彼の妻ヘレンだ。キャシーは常に親父さんの声を聴き、そのアドバイスを受け、彼とともに捜査を進めてきた。世界一優しい女性と評される養母ヘレンが悲しむことを思い、非情な行動を慎むこともあった。シリーズが進むにつれ、この傾向は薄れ、キャシー・マロリーの自立も感じられるが、それでも、彼女にとって誰よりも大切な存在であり、誰よりも助けとなっているのは、死んだ養父母であることに変わりはないだろう。

本作『修道女の薔薇（ばら）』では、誘拐された十二歳の盲目の少年ジョーナが、非情なプロの殺し屋による監禁生活のなか、最愛の叔母アンジーの声を聴き、そのアドバイスを受け、なんとか生き延びようとする。アンジーがすでに死んでいることは、ジョーナも殺し屋も知っているというのに、彼女がふたりに及ぼす力は絶大だ。不思議な鈴の音、漂う薔薇の香り……アンジーを象徴するそれらのものは、ジョーナを励まし、殺し屋を恐れさせ、何度もジョーナの危機を救う。

一方、外の世界では、キャシー・マロリーと重大犯罪課の刑事たちが、アンジーとジョーナを巻き込んだ連続誘拐殺人の捜査を行い、その複雑怪奇なからくりを解き明かしていくのだが、その過程でも、アンジーをめぐるさまざまな人々の証言から、いくつもの貌を持つ生前の彼女の姿が浮き彫りとなり、その存在感は次第に大きくなっていく。

死者が大きな力を持ち、その愛によって生者を支える——キャロル・オコンネルの作品には、このテーマが繰り返し現れる。また、オコンネルの小説の多くは、〝ロスト・チャイルド〟（迷子／行方不明の子供／途方に暮れた子供）の物語でもある。本作の〝ロスト・チャイルド〟、ジョーナは、生者以上の個性と力を見せる死者、アンジーによって救われるのか。また、「命の行き着く先は確実に死体、そして塵、そして無」と信じるキャシー・マロリーは、最後にどんな反応を見せ、どんな決断を下すのか。強欲とエゴイズムが織りなす冷酷な犯罪と警察との戦いを描く本作においても、それこそが最大の注目ポイントだ。今回もまた、醜悪の渦巻く混沌のなかで最強の愛を浮かび上がらせるオコンネルの世界を堪能していただければ、と思う。

キャロル・オコンネルは、一九九四年刊行の *Mallory's Oracle*（『氷の天使』）を皮切りに、長年にわたり着実にマロリー・シリーズを書きつづけてきた。しかし本書の原作、*Blind Sight* の二〇一六年の発表を最後にシリーズは途絶えており、いまのところ新作の情報は出ていない。

今後、私たちがキャシー・マロリーのその後を知ることはあるのだろうか。あるいは、『クリスマスに少女は還る』（*Judas Child*, 1998）、『愛おしい骨』（*Bone by Bone*, 2008）につづくシリーズ外の傑作が登場するのだろうか。いずれにせよ、オコンネルのつぎの作品が待たれる。

検印
廃止

訳者紹介　英米文学翻訳家。訳書にオコンネル「クリスマスに少女は還る」「愛おしい骨」「氷の天使」、デュ・モーリア「鳥」「レイチェル」「人形」「いま見てはいけない」、スワンソン「そしてミランダを殺す」「ケイトが恐れるすべて」、エスケンス「償いの雪が降る」などがある。

修道女の薔薇（ばら）

2020年3月13日　初版

著　者　キャロル・オコンネル

訳　者　務台夏子（むたいなつこ）

発行所　（株）東京創元社
代表者　渋谷健太郎

162-0814/東京都新宿区新小川町1-5
電　話　03・3268・8231-営業部
03・3268・8204-編集部
URL　http://www.tsogen.co.jp
DTP　工友会印刷
萩原印刷・本間製本

ISBN978-4-488-19520-5　C0197

2011年版「このミステリーがすごい！」第1位

BONE BY BONE◆Carol O’Connell

愛おしい骨

キャロル・オコンネル

務台夏子 訳　創元推理文庫

十七歳の兄と十五歳の弟。二人は森へ行き、戻ってきたのは兄ひとりだった……。

二十年ぶりに帰郷したオーレンを迎えたのは、過去を再現するかのように、偏執的に保たれた家。何者かが深夜の玄関先に、死んだ弟の骨をひとつひとつ置いてゆく。

一見変わりなく元気そうな父は、眠りのなかで歩き、死んだ母と会話している。

これだけの年月を経て、いったい何が起きているのか？

半ば強制的に保安官の捜査に協力させられたオーレンの前に、人々の秘められた顔が明らかになってゆく。

迫力のストーリーテリングと卓越した人物造形。

2011年版『このミステリーがすごい！』１位に輝いた大作。

巧緻を極めたプロット、衝撃と感動の結末

JUDAS CHILD◆Carol O'Connell

クリスマスに少女は還る

キャロル・オコンネル
務台夏子 訳　創元推理文庫

クリスマスも近いある日、二人の少女が町から姿を消した。

州副知事の娘と、その親友でホラーマニアの問題児だ。

誘拐か？

刑事ルージュにとって、これは悪夢の再開だった。

十五年前のこの季節に誘拐されたもう一人の少女――双子の妹。だが、あのときの犯人はいまも刑務所の中だ。

まさか……。

そんなとき、顔に傷痕のある女が彼の前に現れて言った。

「わたしはあなたの過去を知っている」。

一方、何者かに監禁された少女たちは、奇妙な地下室に潜み、力を合わせて脱出のチャンスをうかがっていた……。

一読するや衝撃と感動が走り、再読しては巧緻を極めたプロットに唸る。超絶の問題作。